叶兆言 著

刻骨铭心

人民文学出版社

图书在版编目(CIP)数据

刻骨铭心/叶兆言著.—北京：人民文学出版社，2017
ISBN 978-7-02-013445-8

Ⅰ.①刻… Ⅱ.①叶… Ⅲ.①长篇小说-中国-当代 Ⅳ.①I247.5

中国版本图书馆 CIP 数据核字(2017)第 251905 号

出 品 人　黄育海
责任编辑　付如初　杜　晗
装帧设计　蔡立国

出版发行　人民文学出版社
社　　址　北京市朝内大街 166 号
邮政编码　100705
网　　址　http://www.rw-cn.com

印　　制　上海利丰雅高印刷有限公司
经　　销　全国新华书店等

字　　数　248 千字
开　　本　890 毫米×1240 毫米　1/32
印　　张　13.5
版　　次　2018 年 4 月北京第 1 版
印　　次　2018 年 4 月第 1 次印刷

书　　号　978-7-02-013445-8
定　　价　59.00 元

如有印装质量问题，请与本社图书销售中心调换。电话：010-65233595

目录

第一章 哈萨克斯坦 …… 1
　烈女游娜 …… 2
　作家努尔扎克 …… 12

第二章 1926年的大明照相馆 …… 31
　在大明照相馆的留影 …… 32
　刺杀冯焕庭 …… 57

第三章 黄金十年 …… 85
　亚声的遗骸 …… 86
　雨花台下 …… 112

第四章 爱住金陵为六朝 …… 137
　希侣参与了首都计划 …… 138
　高云岭45号 …… 168
　成了电影明星的秀兰 …… 194

第五章 新都游览指南 …… 217
　秦淮河畔 …… 218
　金陵王气黯然收 …… 246
　虎贲之师 …… 281

第六章 鸡鸣落日 …… 305
　国际安全区 …… 306
　在南京的阿瑟丹尼尔 …… 330
　清凉古道上的刺客 …… 348

第七章 撼撼萧萧里 …… 363
　王可大的告白 …… 364
　天若有情天亦老 …… 382
　国民代表大会 …… 399

后记 …… 423
　有点多余的匆匆结尾 …… 424

第一章

哈萨克斯坦

烈女游娜

1

事实上,与游娜只见过一次面,连头带尾一天时间。十多年前,市里做官的老同学许打电话过来,说有个人想见我。这人是谁,我也没搞清楚,只记得当时刚完成一部长篇,苦尽甘来,仿佛牢狱里放出,心情很好,阳光很灿烂,很愿意轻松一下。老同学说知道你不愿意见人,知道你不喜欢与陌生人打交道,不过我这忙你得帮,这个鸟人你还非得见一下,必须给我个面子;不要老是躲在家里,一个人老躲在自己小窝里,你还写什么狗屁的小说。

老同学是秘书出身,现如今有头有脸,权力很大。他告诉我,这人是他领导的领导的孙子。关系有点混乱,意思十分简单,有一个公子哥喜欢我的小说,是我的读者,读了小说,很想见作者本人,让他爷爷跟当年的秘书打招呼，秘书又跟自己当年的秘书打招呼，然后老同学给我打电话。老同学的声音很容易让人又回到大学时代，那时候，他就是喜欢管事的班干部。我笑着跟他调侃，说你老领导的老领导的孙子，跟我有什么关系。老同学说好吧，说得对，跟你没关系，跟我有关系，那就见一见，就算他妈的委屈你。老同学说你老人家还真把自己当回事，你狠，你真的很狠，算我这个老同学求你了，行不行。

当年的同学，能混到他这地位这级别，真没几个。具体怎么见面，老同学已妥善安排：小车来接，先去金陵饭店吃早茶，然后南京一日游，我陪着玩玩就行。说好老同学一起参加，大家平时都忙，难得见面，正好借这机会放松一下，聊聊天说说话叙叙旧。第二天一早，果然有公家的小车来接，是老同学的秘书小孙。往金陵饭店送，快到目的地，小孙才告诉我，老同学有重要会议，可能没办法参加今天的全程活动。

结果这早茶吃得莫名其妙，老同学不到场，一切由秘书安排。金陵饭店早餐很高档，是自助餐，秘书已吃过早饭，他把我领到餐厅，跟女服务员解释，服务员坚持原则，不付钱，不让进。秘书便掏出手机，有些生气地跟某人通话，又让女服务员喊领导过来。很快，有个领班模样的男人过来了，与秘书一番交涉，依然是坚持原则，依然是不让进。秘书更加恼火，继续拨打电话，这次找对人了，他将手机递给领班，让领班听手机里的声音，对我挥挥手，让我进去。

这真是件让人尴尬的事，感觉很丢脸，用早餐的客人进进出出，我傻站在旁边，像个蹭吃蹭喝被人识破的混混。很显然，老同学活生生地把人给坑了，我又不稀罕吃这什么早茶。看着琳琅满目的早点，我一点胃口都没有，结果去要了一碗面条。面条都是小碗，我嫌费事，也带些赌气，索性要了一海碗。找位子坐下，十分孤独地吃着，心里还在抱怨老同学，恨他不守信用，恨他有官架子。那时候，手机刚开始普及，偏偏我又忘了带，否则真会掏出来骂他几句。

面条快吃完，秘书领着一个白面书生走到我面前，为我们做介绍，说这人就是谁谁谁的孙子。一眼看上去便知道是个有来头的公子哥，我又一次感到尴尬和狼狈，当时正捧着海碗喝面汤。放下海碗，礼节性握手，彼此说话声音有些大，餐厅里的人都看着我们。

2

握过手，白面书生示意我们走向餐厅的另一头，与坐那儿喝咖啡聊天的一男一女见面。男的年纪不小了，脸有点黑，脸上皱纹有点深，手上戴个大金戒指，胸前挂着大金项链，架子十足地跟我们握手，没站起来，只稍稍挪动了一下屁股，盛气凌人地指指旁边的空位，让我们先坐下，又做了个手势，吩咐服务员赶快上咖啡。

那谁谁谁的孙子姓唐，叫唐君，三十多岁，长得很干净相。本名唐军，后来改成了唐君，自小在南京长大，随祖父去了北京，口音中还带着南京腔。他介绍的一男一女，男的是董事长，姓什么不知道，干什么也不知道，反正大家都这么称呼，一口一个"董事长"。董事长身边那位年轻貌美的女子便是游娜。我们走过去，她似乎很想站起来，或许看见董事长没站，她人都已起身，结果一犹豫，与我握手时反倒又坐了下去，握完手，觉得不太合适，又站起来。

这位董事长气场很足，他坐在哪里，哪里就是中心，手上戒指和脖子上项链金光闪闪。唐君继续介绍，董事长显得心不在焉。说了没几句，董事长脖子转向唐君，说你用不着拐弯抹角，说点真格的，先说说人家小游的事，今天她才是主角，你应该多说说她，多介绍介绍小游。我们的注意力立刻集中在了游娜身上，本来还不好意思多看，董事长这么一说，都不约而同地把目光转向她。

不知道应该怎样描述游娜的漂亮，美丽的女人很多，美丽的年轻女人更多，她属于搁在一群年轻美丽的女孩子中，依然还能出类拔萃的那一位。游娜的美难以形容，一会儿冷艳如冰霜，一会儿热烈似焰火；她看你的时候，你不敢看她，她不看你，你又忍不住要偷眼看她。唐君也不知道怎么介绍，傻乎乎地看着游娜，笑着说她这个人还真不太好介绍，你还是自己介绍自己吧。游娜微笑着不说话。她沉默不语的时候,脸上便会带着一种说不出的忧郁,那绝对是一种令人难忘的忧郁。突然,她瞪了唐君一眼,这一眼不同寻常,足以说明他们的关系不同寻常。接下来是片刻的冷场,大家都不吭声,结果还是董事长直截了当,看了我几眼,上上下下打量了一番,不是很友好地问了一句:

"你能不能给我们的游娜专门写个电影本子?"

终于弄明白见面目的。原来唐君和游娜是一对小情侣,游娜电影学院刚毕业,董事长是一位有钱的金主。他们正在考虑涉足影视,想让游娜扮演女主角。我当即表示对影视无兴趣,隔行如隔山,影视行业水太深,不想蹚这浑水。唐君听了,立刻表示这次见面只是务虚,大家认识一下,交个朋友;他更有兴趣的,还是将我的小说改编成影视,问我哪部小说适合改编,又听说某导演正准备改编我的小说,如果真是这样,能否推荐游娜扮演女主角。

这一天我们去了玄武湖,去了中山陵,去了夫子庙。秘书小孙一路陪同,他与唐君坐一辆小车在前面开路,我们坐另一辆车在后面紧跟。我们的车很高级,又高又大,我坐在副驾驶位置,董事长和游娜坐后面。一路无话。游览过玄武湖,董事长的话渐渐多起来,说他和游娜一样,都是新疆过来的,不过他是汉族,游娜是哈萨克族。去中山陵要路过美龄宫,我为他们做着介绍,无意中回头,发现董事长那只戴着大金戒指的手,竟然肆无忌惮地搁在游娜的大腿上。游娜的大腿很白,游娜的裙子很短,游娜的两条腿并得很紧,那只黑乎乎的手,搁在雪白的大腿上,十分醒目。

虽然短暂一眼,我赶紧目光移开,赶紧坐端正,两眼看着前面的道路,若无其事继续说当年蒋委员长与宋美龄结婚时如何如何。董事长也若无其事,说你们南京人是不是都喜欢称呼"蒋委员长"。我不知怎么回答,说不清楚别人怎么称呼,可能只是个人习惯,我总是这么称呼老蒋,而称呼毛泽东呢,通常都是说"毛主席他老人家"。这时候,游娜忽然很天真地冒出来一句,这是我记忆中,她说过的第一句话:

"毛主席他老人家岁数大,还是蒋委员长的岁数大?"

董事长抢着回答:

"当然是蒋委员长岁数大。"

这一路上,秘书小孙对唐君很殷勤,唐君对董事长和游娜很殷勤。董事长话不多,游娜的话也不多,一起游玩还好,有风景可以看,唐君经常追着问这问那,各自回到车上便有些无聊。他们不说话,我也不知道说什么好。游览中山陵,灵谷寺,从无梁殿出来,来到一片空旷的坟场,一直沉默不语的游娜突然问唐君,她可不可以唱一首歌。董事长说当然可以,想唱就唱嘛。唐君看看我,征求意见,我便说最好不要,起码在这地方唱歌不合适。毕竟是埋葬着当年的抗日将士,新鬼烦冤旧鬼哭;这里又不是KTV厅,不适合唱歌。听我这么一说,唐君对游娜摆摆手,示意她不要造次。游娜看了看我和小孙,又看了一眼董事长,说好吧,不让唱歌,我就跳个舞。说完,也不等别人批准,已做起了舞蹈动作,扭胳膊扭腿扭屁股,动作很优美。她穿着一双高跟鞋,再高的鞋跟,也不影响做动作,一边跳,一边嘴里还轻轻哼着,哼着唱着,董事长居然也跟着舞蹈起来。

再接下来,去夫子庙品尝秦淮小吃。途中游娜的手机响了,接通了,竟然是老同学打过来找我,电话里连声抱歉,说刚开完会,正准备去夫子庙与我会合。我也不知道说什么好,心里有些不痛快。他问哪家的秦淮小吃最好,我想了想,没好气地回了一句,哪家都不好。老同学就说,干脆不玩什么秦淮小吃了,我们去品尝品尝民国大餐怎么样;你对南京有研究,到底哪家的民国大餐更有名。我觉得用人家手机这么聊天有点过分,便告诉他,据我所知,南京根本没什么民国大餐,民国穷得很,当年的南京国民政府很狼狈,战乱不断,经常窘迫,哪来的什么民国大餐。

老同学喋喋不休,没完没了,再次解释今天会议有多重要。完全不理会我是在用别人的手机,花的是别人的手机费。我一次又一次表示要结束通话,可他就是继续说,继续说,说完这个又说那个。我硬着头皮听,带着歉意地回头看了游娜一眼,没想到这一眼更加冒昧。她的坐姿不太好,这辆车座位太高,我们之间的角度又有点那个，她裙子实在短了一些，反正是走光了。我在无意中看见了游娜黑色的内裤。她怔了一下，白了我一眼，忙不迭地将腿并拢。

夫子庙有很多家经营小吃的餐馆，早已经预订好了，老同学先到一步，一本正经站在门口，恭候我们的到来，然后一起去包厢，一起用餐，品尝传说中的秦淮小吃。

3

这以后，又过了好几年，北京一位同学来南京出差，召集大家见面。照例会有混得阔的人争着买单，同学少年多不贱，五陵衣马自轻肥，眼睛一晃，毕业三十年，混出一点人模狗样很正常。学中文出身当秘书，跟在领导身边弄不好便是升官捷径。北京这位曾经也是秘书的同学是带着秘书来的，不仅带着秘书，还带了不少北京的官场秘闻。同学聚会百无禁忌，什么都能说，什么都敢说。在省里当官的有故事，在市里当官的也有故事，各行各业都有自己的八卦。我听他们胡说八道，说到最后，一起掉转枪口，开始嘲笑我，说你当作家最占便宜，都说作家也腐败，没听说哪位作家被双规；说你今天又捞到了一大堆素材，回去变成文字就是稿费，说不定还能得个奖什么的。

老同学许争着要买单，有人比他手更快，捷足先登，提前一步把账都结了。这时候,许已离开了纯粹的官场,成为一家很有实力的国企董事长,年薪非常高。聚会结束,他打电话给司机,让司机过来接,同时送我回去。也就是在这过程中,他问我还记不记得上次那家伙,就是他老领导的老领导的孙子,说你不是还陪他们玩了一天吗。我立刻想起他说的是谁,他说的是唐君。没想到我居然还能记得唐君的名字,老同学很严肃地看着我,说你知道不知道,唐君后来出事了,事情闹得很大。

不知道唐君出了什么事,事实上,我对后来的事情一无所知。接我们的小车到了,老同学抓紧时间,匆匆在车上跟我描述了个大概。具体细节,其中错综复杂的关系,他也弄不清楚。只知道唐君后来与游娜结婚了,结婚后,这个唐君高干子弟毛病改不了,继续拈花惹草,游娜心知肚明地都忍了。她对唐君的一次次出轨,基本上采取放纵态度,嫁鸡随鸡嫁狗随狗,嫁了石头搬着走,游娜只是忍受不了他对自己的无性。什么意思呢,就是唐君对游娜总是完成不了夫妻之实。他与她在一起,无论怎么努力,都办不成一次正事。一开始,这或许还能成为唐君出去寻花问柳的借口,到了后来,游娜不得不怀疑他对自己的真心,怀疑他根本就不爱自己。怨恨越积越深,她越来越压抑,越来越愤怒,终于有一天,一怒之下用上了剪刀,将唐君的那玩意儿给剪了。

我被这个故事的结尾吓了一大跳:

"后来呢,后来又是怎么样?"

"谁也说不清楚。你想想,毕竟是一件很丢人的事。"老同学长长叹了一口气,意味深远地说,"你想想,这叫什么事,人还活着,食色性也,连这玩意儿都给人剪了,活着还有什么意思,还能有什么意思。对了,有首歌是怎么唱的,要把根留住,什么是根,什么叫作根,这玩意儿就是根呀。"

在我到家之前,老同学断断续续地又说了些花絮,有的还有点靠谱,有的完全是在瞎编。首先,唐君的那玩意儿又接上了,如何接上的,各种故事版本,结论差不多,都说是比以前更好用,真正的金枪不倒。其次,唐君和游娜最后没有分手,都到这个份上,想不老实也不行,该收心的收心,该省心的省心。他们弄了一大笔钱,一起去国外定居,或者加拿大,或者澳大利亚;可能是瑞士,当然,也可能是在哈萨克斯坦。

作家努尔扎克

1

　　一个作家中断正在写的小说，会非常难受；随着年龄增加，思维变迟钝，一部长篇肯定要经历数次中断，甚至写不下去。手头这部小说就经历了好几次停顿，譬如春节长假就是严重威胁，虽然只有短短几天，即将到来前产生的那种恐惧，仿佛一只向你悄悄逼近的怪兽。在它虎视眈眈下，你的思路已经乱了，不得不提前放弃。长篇小说一旦放手，重新开始很困难。冬去春来，我开始重起炉灶，毫不犹豫地放弃已完成的许多章节；刚有点状态，正准备深入，一个即将到来的中断，又出现在眼前。

　　这就是与太太一起去日本看女儿，女儿正在东京大学进修，时间是整整一年；去的时候就说好，到樱花开放季节，我们去探望女儿，顺便观赏樱花。日本的樱花非常壮观。有一天，正在人山人海的上野公园观赏樱花，一条短信出现在我的手机上：

省外办安排您6月15日—6月22日赴韩国、日本一线采风，所有费用由外办承担，是否可以参加，请回复。

第一反应是非常沮丧，哭笑不得。这叫个什么事，人还在日本，突然接到一条消息，告诉你两个月后，还可以再来玩几天。我想到了拒绝，身边的女儿和妻子都建议接受。理由一，韩国没去过，既然难得的公费出行，为什么不去。理由二，再来一趟日本也没太大不好，可玩的地方很多；这次待半个月，下次再来，说不定又有新的收获。最关键一点，你的长篇小说已经中断，反正写不下去，不如索性再放一放，顺其自然，让大脑好好休息一下。

于是作为权宜之计，先答应下来。回南京，与负责此项工作的同志通电话，才知道这次采风活动安排了很多作家，去的地方也多，除了日本韩国，还有新加坡和马来西亚，有柬埔寨，有哈萨克斯坦。如果让人选择，最想去的地方是哈萨克斯坦，很遗憾我连去哪国的知情权都没有。询问有关同志能不能改，答复是不可能。现实就是这样，有些话，一说就俗；有些事，一当真就自取其辱。我感到羞愧，恨自己又失去平常之心，沾了体制那么多光，还在为出国挑肥拣瘦。

又过了一个月,有一天中午,刚完成一组还算满意的文章,正低头润色修改,手机突然振动了一下,又是一条短信,一个陌生号码发过来的:

您好,我是汇鸿的小唐,我们现在帮您联系发去哈萨克斯坦采风活动的邀请函,需要您提供因公护照信息页的扫描件或照片。如果没有因公护照,因私护照也可以。请发至我的QQ邮箱×××××@qq.com,若没有因公、因私护照,也请告诉我一下。谢谢!

我觉得莫名其妙,不知道"汇鸿的小唐"是谁,打电话问对方是不是发错了。感觉很像一条群发短信,没想到对方连声说没错,说我们就是按照名单发送的,名单上有你的名字。这让人非常意外,再次求证,到底有没有弄错。对方说他们是一家旅行社,照章办事,正在为去哈国的人办理签证,名单上有谁,就给谁办。这名单也不是他们决定。现在的事情很简单,就是需要你的相关材料,赶快把护照用手机拍张照片,尽量拍清楚一点,发过来就没事了。

好运气不知不觉降临,让人心想事成,竟然可以去哈萨克斯坦了。为什么会这样,并没想清楚,举头三尺有神明,认真写好好干,努力工作,自然会有意想不到的奖赏。我确实比较努力,也算刻苦,对于一个作家,没有什么比失去写作能力更糟糕的。事实上我最担心的,是这个。

2

喜出望外之后,也有些莫名其妙。现实生活中,自以为是的一些理由,往往是自欺欺人,说到底未必站得住脚,譬如我打算将游娜和唐君的故事,敷衍成一个短篇或者中篇,而游娜恰好是名哈萨克姑娘。大家都知道,新疆的哈萨克,与哈萨克斯坦的土著同根同源,属同一个民族。如果能去哈萨克斯坦,或许可以获得一些新的创作灵感。

灵感从来都是在无意中收获,强求不得,"排空驭气奔如电,升天入地寻之遍",所谓作家采风寻找灵感,体验生活,完全是外行的想当然,是有意或无意的骗人鬼话。游娜的故事让我觉得真值得写,让我耿耿于怀,让我玩味,首先还是因为她的那种非凡气质,那种让人过目不忘的美丽和忧郁。美丽很常见,就像好小说也很常见一样;真能让人过目不忘,那才是最关键的,因此她是不是哈萨克姑娘一点都不重要。她是个北京姑娘,是个上海姑娘,是个南京姑娘,故事照样成立，照样传奇生动，照样精彩好看。

其次一个负心男人被去势，被剪掉那玩意儿，是不是高级干部的孙子无关紧要，是骗人者还是被骗者也无关紧要，关键是最后那个触目惊心的血淋淋场景，那个即将到来又将永远凝固的惨烈画面，一篇小说能够这样已经足够。当然，还有那个神秘兮兮的董事长，那个来自新疆的老男人。真相显然有很多种可能，是游娜与唐君联手欺骗董事长，还是游娜与董事长联手欺骗唐君，每一种可能都可能导致不同的走向。曾经与老同学许电话里不止一次讨论这个话题，我不断提出疑问，希望得到一些补充的细节，说到最后，手机没电了，基本上还都是题外话。很多事不知道就是不知道，只能靠想象去填补，老同学所知更多的还是官场秘闻，还是老领导的老领导的生活逸事，至于那位老老领导的宝贝孙子唐君，说来说去也就那么一点点东西。

"你不会真要把这个故事写成小说吧。"电话中老同学聊得很开心，忽然变得警惕起来，"有些事可以写，有些事还真不能乱写。我跟你说，像我们这样，经常跟高干子弟打交道，是很麻烦的一件事。这里面水很深，既得罪不起，又不能真的那什么。你以为那些高干子弟都真有本事，有个狗屁本事，有些人挣大钱，泡漂亮女人，到处招摇撞骗，弄不好还把你拉下水。像唐君那样的人，就是最典型的例子，除了骗人和被骗，什么真本事都没有，长得再像一个小白脸也没用，鸡鸡让人割了也是活该。什么叫'富不过三代'，当官的家里也一样，我告诉你，从唐君他爹开始，就已经没什么大出息了。"

不能说因为要去哈萨克斯坦，又一次捡起了要写写游娜的念头，但是毫无疑问，自从定下来要去，我会反复地想到她，眼前会不断地飘过她的形象，会想到与她有关的故事结局，想到与她有关的故事开始。虽然有了念头，却始终没有付诸行动。事实上想得越多，动笔的念头就越淡，越觉得自己不会去写这个故事。很多念头一闪而过，像五光十色的肥皂泡，很美丽，破了也就破了。一个作家大脑里，想写的东西太多，能写的东西也太多，真正能写出来的很少。

话题回到去哈萨克斯坦。自从定了要去，日期一次次往后拖延，原定六月份必须成行，都到了七月中旬，依然没任何动静；去哈国签证之困难，远远超出了旅行社的想象。这段日子让人纠结，总是有个不能确定的出国日期在困扰，非常影响写作状态。继续长篇肯定不行，要写必须一鼓作气，我不想再次中断。一时间，仿佛成了临时工，只能干些零敲碎打的活。过去这些年，小说越来越少，散文越来越多，有评论家已把我归类到了散文作家行列。有一家出版社正计划出版我的散文全编，粗粗计算了一下，竟然可以有二十本！出版社吓了一跳，我自己也吓了一跳。

很显然，去哈萨克斯坦前，除了零零碎碎的散文，只能去学校做几次不精彩的演讲，只能去书市为自己的新书进行签售。通常情况下，对于这类活动，我都婉言谢绝，能免则免。哈萨克斯坦成了心中的一个疙瘩，我变得心不在焉，变得不再像自己，写作能力大打折扣。我开始利用这段时间编选散文集，编好一本，又接着编下一本。同时，抓紧时间阅读与哈萨克斯坦有关的书籍，临时抱佛脚地了解哈国的政治和文化。转眼七月底，接到通知，已定好出发日期，机票也买了；临出发前，哈国签证还没签下来，不得不临时退机票，往后再挪。这个哈国签证，标准的苏联风格，每周只办理一天，公事公办，毫无商量余地；这一天如果不行，如果没办成，就得活生生地推迟一周。

好事注定多磨，最后终于成行了，先飞新疆伊宁。准时到达禄口机场，飞机预告不晚点，大家喜出望外。结果还是遭遇空中管制，晚了两个多小时，其中一小时关飞机里，又闷又热，耳边一遍又一遍回响着"我们很抱歉地通知您"。第二天从霍尔果斯口岸过境，出关很容易，入关非常麻烦，活生生地堵在那儿，足足两个小时没一点动静。一支去北京参加国际汽车拉力赛的车队正好路过，队伍也没见多长，人也不是多得不得了，就是不能动弹；下车询问同样在等候出关的中国人，回答说平时都这样，今天更糟糕。

领队很着急，根据行程安排，与哈方的哈铁快运公司还有一场见面会。时间在流逝，负责送行的司机介绍说，只要花点钱，就能买通人家，就可以提前出关。我们都不会说哈语，不知道如何交涉，也不知道该跟谁说。打电话与哈铁快运公司联系，对方立刻派人赶过来，安排特殊通道入关。我们的面包车从排队等候的车队旁边缓缓经过。按照中国人的说法,这是一次标准的开后门,不守规矩。哈铁公司是哈国具有垄断性质的超大公司,门路广权力大,带人过关这种小事,对他们来说跟玩一样,根本算不上什么。

3

我对哈萨克斯坦的认识,积累了一大堆错误。孤陋寡闻必然少见多怪,一旦你想对这个神秘国度多些了解,就会发现自己不仅知道得少,而且错误得可笑。很多错误在过去都是模糊的,得过且过,现在却越来越明白,越来越清晰。我早就知道新疆有南疆和北疆,知道维吾尔和哈萨克不是同一个民族,过去也曾到过伊宁,去过霍尔果斯口岸。这次为了去哈萨克斯坦,又看了不少相关书籍。书到用时方恨少,看得越多,才明白自己知道得真少。

一想起哈萨克斯坦,情不自禁地会联想起中国历史上的"苏武牧羊"和"文姬归汉",威武不屈的苏武在贝加尔湖畔牧羊,才华卓绝的蔡文姬被南匈奴掳去做小老婆,这些广为流传的历史故事,早在少年时代,深深印入脑海。作为一名长江南岸长大的孩子,很长一段时间,我的地理概念都不准确。贝加尔湖,南匈奴北匈奴的活动区域,用来流放江南文人的宁古塔,差不多都被我当作同一个地方。给鲁迅和周作人兄弟上课的老师,最精彩的一个讲解就是,"世界上有两个球,一个叫东半球,一个叫西半球"。晚清时流行过一个段子,说慈禧太后想不明白,为什么仗打输了,突然冒出那么多国家来要求赔银子。一位老臣的解释堪称经典,他说洋人也好面子,世界上当然没有那么多国家,人家只不过是变着法子跟我们玩,生造出一些名字来讹钱;你想想,老是大英帝国,老是法兰西,老是这几家出来跟你要钱,多不好意思。

贝加尔湖在俄罗斯的西伯利亚,南匈奴的活动地盘应该是今天我国的山西和内蒙古,宁古塔在黑龙江省牡丹江市一带。它们相距甚远,都是遥远的北方,风马牛不相及。北方是个相对的大概念,西北东北,中国地图上的鸡头还是鸡尾,对地处东南一隅、操着吴语的江南人来说,有时候真没什么太大区别。"君不闻汉家山东二百州,千村万落生荆杞",在唐人杜甫的时代,秦地以东的大部分国土,都可以称为"山东"。上有天堂,下有苏杭,老派的江南人习惯以长江为界,江对面称之为江北,再往北,过了淮河,统统可以称为山东。山东的地域概念对于他们来说,就是北方,北方人都是山东人,就像广东人看谁都是北佬儿一样。

为什么会对哈萨克斯坦有那些奇怪的错觉,为什么会想到苏武牧羊的贝加尔湖,为什么会想到蔡文姬的《胡笳十八拍》和南匈奴,为什么会想到流放江南文人的宁古塔。"旅馆寒灯独不眠,客心何事转凄然",汽车在哈萨克斯坦境内奔驰,我们在游山玩水,我的大脑里却显得十分零乱。为什么总是会想到流离失所呢，为什么总是多多少少地会感到一些凄凉。事实上，这一路的安排非常妥当，吃得好睡得香，身边坐的都是中国人，大家说着中国话，我毫无异国他乡之感，甚至对车窗外的景色，也全无陌生印象。很长一段路程，觉得自己是行驶在中国甘肃境内的河西走廊上，两边都是连绵不断的山脉。导游是一名哈国国籍的小伙子，很英俊，文质彬彬。他自小在中国伊宁长大，能说一口非常流利的汉语。

古代哈萨克人泛指今天中亚一带的古代游牧部落，如乌孙和月氏，这些游牧部落正是现代哈萨克人的祖先。譬如有学者就认为"哈萨克"一词，是"乌孙"的对音意译；也有学者认为"哈萨克"是《唐书》中记载的"可萨"和"曷萨"。"哈萨克"一词在斯拉夫语中的解释是"逃亡者""脱离者"，属于古突厥的一个直系分支民族，经过漫长的历史洗礼，逐步形成了现在的哈萨克族。总人口大约一千九百万人，其中十分之一生活在中国的新疆。

年轻英俊的翻译介绍哈国情况，讲他所知道的哈萨克斯坦历史。因为在中国境内长大，小伙子身上还保留着中国式的爱国主义教育痕迹。他很自豪地告诉我们，哈萨克斯坦航天事业特别发达，苏联时期的航天飞行员，最出色的几位都是哈萨克斯坦人。在哈国有最大、最有名的苏联核基地，苏联的第一颗原子弹和第一颗氢弹，就是在那里试爆成功。哈萨克人能征善战，早在蒙古帝国时期，已经赫赫有名。第二次世界大战，苏联军队攻克柏林，最先冲进总理府大楼，在楼顶升起苏联国旗的战士，就是哈萨克人。

"你们所知道的苏联红军，最能打仗的，都是我们哈萨克人。"

年轻翻译还告诉我，美苏冷战时期，为模拟一场真实的核战争，就在一颗原子弹爆炸后不久，一支装备齐全的军队，直接在被烤焦的土地上进行军事演习，给他们的一纸命令是最简单的一行字：

"抵御敌军攻击，直到大部队到达。"

演习的目的只不过是想知道，这支部队在接受了致命的辐射之后，到底还能够坚持多久；只不过是想知道，真正发生了核攻击，会出现什么样的状况和后果。后果当然很严重，无疑是非常严重，肯定是不堪设想。

哈萨克斯坦是地球上最大的内陆国家，国土面积排名世界第九。年轻翻译介绍了它的许多优越之处，只字不提它所经历的苦难。这个年轻的国家看上去生机勃勃，充满了青春活力，事实上，它真正成为一个主权独立的国家，并没有多少年。无法想象就是这个哈萨克斯坦，最后一个在苏联解体的文件上签字。说起来，民族独立是多么美好，事实的真相却是，当年苏联解体，立陶宛率先独立，接着，格鲁吉亚独立了，乌克兰独立了，俄罗斯和白俄罗斯也各自宣布独立，同样属于苏联的中亚四国都独立了，最后才轮到哈萨克斯坦，姗姗来迟地在文件上签字。

无意对哈萨克斯坦的现状做出判断，我们只是匆匆过客，看到了一个新兴国家的欣欣向荣，看到了一个新的首都正在建设中。街头走过的美女不时地让我想起游娜，她们显然跟欧洲女人不一样，也不像维吾尔族女人，有点像蒙古族人，有点像朝鲜族人，更像我们汉人。这很可能是种错觉，我看人一向不太准确，然而或者但是，无论这些混血美女怎么清新脱俗，她们都不能像游娜那样让人过目不忘，都没有游娜脸上所特有的忧郁。作为一名外来旅行者，我显得心不在焉。因为匆匆地读了几本书，很想与年轻翻译聊聊哈萨克斯坦的过去，讨论一下哈国历史，但他对我的提问几乎一无所知，对我感兴趣的东西一点也没兴趣。

4

在哈萨克斯坦期间，安排了一次与哈国作家的对谈。对方来了将近二十位作家，还从当地大学聘请了一位熟悉中国文学的翻译。让我感到意外的是，十多位哈国作家中，除了哈萨克族之外，还有俄罗斯族，维吾尔族，朝鲜族。最奇怪的就是那位朝鲜族作家，年龄地位，感觉在参加会议的作家中，不是最大最高，也是相当大相当高,一举一动,很有些德高望重的意思。他说了一些当前哈萨克斯坦文学存在的问题,就提前离场了。

坐我身边的哈国作家是努尔扎克,年龄与我相仿,十多年前,从中国新疆的伊宁郊区移居阿拉木图。他递给我一张名片,上面用汉字分别印着"新疆作家协会会员"和"哈萨克斯坦作家协会会员",看到我觉得奇怪,他开始用不是十分流利的汉语与我交谈,简单地介绍自己的来龙去脉,然后用非常赞赏的语气表扬了一句:

"我看过你写的小说,它们很有意思,写得很好的。"

只是这么说一下,似乎还不够,还不够清晰,他又在桌上的白纸上面写了一句:

"你小说真的写得很好,我很喜欢。"

整个会议期间,只要有可能,我们一直在小声交谈。主要是他在说,努尔扎克告诉我自己的写作经历,在中国时写过什么,成为哈国公民,又写过什么,有什么样的困惑。他承认自己汉语水平不高,能说能读,但真正要用汉语写作,显然还有问题。努尔扎克用哈萨克文写作,曾得到官方鼓励和扶持,因此也有点小名气。他习惯的中国哈萨克文,与哈国现在通用的哈萨克文,完全是两回事。努尔扎克告诉我,在哈萨克斯坦,几乎所有人都熟悉两种语言,那就是俄语和哈萨克语,这是哈国的官方语言。

努尔扎克不会俄语，他是从中国过去的哈萨克，能说哈萨克语，口头交流没任何问题，真正要写作十分痛苦。同一种哈萨克语有着两种不同文字，相对自己的母语，哈萨克斯坦人更习惯阅读俄文，像那位年长的朝鲜族作家，不会说哈萨克语，因为用俄语写作，在哈国作家中，显然比努尔扎克更有身份。当然，问题不仅仅是用什么语进行写作，努尔扎克最大的苦恼，是完全不知道应该写什么。他过去的生活无论有多丰富，多精彩，就算千辛万苦地写出来，也未必有人要看，如今的哈国人根本不感兴趣。

第二天，努尔扎克陪我们一起去麦迪奥高山滑雪场旅游，夏季不能滑雪，只能坐着缆车游览。要连续坐三段缆车，每一次路途都很遥远，最后一直抵达雪山之下。麦迪奥高山滑雪场离阿拉木图市区不远，景色壮观，风光怡人，我从没坐过这么漫长的缆车，也从没如此接近、如此清晰地面对一座雪山。努尔扎克就住在阿拉木图，在这城市定居了很多年，这个著名的雪场却没来过几次。他解释说自己更喜欢骑马，更喜欢在绿色的草地上驰骋，哈萨克人是马背上的民族，他们的祖先都是骑在马背上放牧，都是骑在马背上打仗。骏马和草原才是他永远的家乡。

"年轻人才喜欢到这种地方来玩，当然，到可以滑雪的日子，这里会有很多外国人——德国人，法国人，意大利人，俄罗斯人，对了，还有中国游客，他们也很喜欢来滑雪。现在中国人不是都很有钱了吗。"努尔扎克说着,停顿了一下,脸上流过一丝不经意的苦笑,又继续往下说,"中国人现在真的好像很有钱,突然就有钱了。过去我是中国人,现在我是哈萨克斯坦人,过去我没有钱,现在还是没有钱。"

"很多中国人也没什么钱。"我接着他的话,笑着说,"可能也就是看上去有点钱。"

"为什么是看上去有钱?"

"有钱的永远是少数,老百姓,也就那么一回事了。"

"在这儿也一样,有钱的也是少数,跟中国差不多。在我们这里,有钱的,真的是很有钱,非常有钱。"

我们又一次谈起昨天开会遇到的那位朝鲜族作家,有意无意地,已不是第一次提到这个人。努尔扎克对他没有好印象,又忍不住要一次次提到。我不明白他为什么会那么反感,也许他觉得,与自己相比,哈萨克斯坦更像是那位朝鲜族作家的祖国。哈国是一个多民族国家,在这片辽阔的国土上,聚集着一百三十多个民族。除了占绝大多数人口的哈萨克,还有俄罗斯人,德国人,乌克兰人,朝鲜人。在苏联时期,哈萨克斯坦是流放之地。

二十世纪三十年代,中国东北有个伪满洲国,为防范日本人,害怕境内的朝鲜人被日本人利用,苏联下令将远东地区的朝鲜民族,统统强行迁入中亚地区。后来档案解密,迁往中亚地区的朝鲜人将近二十万。我们谈到的那位朝鲜族作家，很可能就是跟着父母迁移过去的，当然，如果根据他的年龄再认真推算，更应该是到了哈萨克斯坦才出生。努尔扎克告诉我，朝鲜人的生存能力一向是最好的，早在苏联时期，他们就与当局合作得很愉快，在现如今的阿拉木图，有朝鲜人的电视台，有朝鲜人的报纸，还有朝鲜人的剧院，差不多所有的大学，都设立了朝鲜语专业。

无论上山下山，努尔扎克都会突然陷入茫然状态。他小心翼翼地避免谈自己生长的家乡，除了对"新疆作协会员"这头衔还有所怀念，很多话都不太愿意说。与他一样，事实上，我也经常陷入一种茫然状态。好在景色怡人，我们陷入茫然之时，可以假装正在欣赏周边风景。下山的缆车上，努尔扎克开始很认真地向我咨询写作经验，问怎么样才能源源不断写下去。怎么才能写下去，这是所有作家都可能面对的一个难题。他觉得我一定是掌握了什么诀窍，在过去那么多年，竟然一直都在写。年复一年，书一本接一本出版，作为一名作家，无疑是非常幸运。

5

事实上，哈萨克斯坦之行，彻底打乱了我的写作计划。在日本东京观赏樱花，还有一种迫不及待地赶快回南京继续长篇小说的冲动,因为要去哈萨克斯坦,因为去了哈萨克斯坦,经历了一连串的杂乱无章,我突然意识到自己写了好几万字的小说,很可能又难以为继。小说的中断,很可能演变成中断的小说。

在哈国游览期间,无可避免地要考虑如何继续长篇小说。去哈萨克斯坦之前,可以完全不去想它,这注定是去了之后的事。现在,借口不复存在,离开哈国指日可待,接下来,必须把没干完的活干完,把没完成的小说完成。我告诉努尔扎克,正在写一部叫《刻骨铭心》的长篇,已经写了几万字,是一部反映南京市民生活的小说。我甚至向努尔扎克讲述了小说的走向,讲述了故事的梗概,要表达什么样的主题,还准备写多少字。看上去我踌躇满志,信心十足,事实上,我的内心早已开始挣扎,早已开始动摇。

回到南京我始终静不下来,一次次打开电脑,进入此前完成的那些章节,看着看着便心烦意乱,看着看着便思绪万千。不是不知道后面应该怎么写,也不是对已完成的章节不满意,而是突然觉得要写的那些东西太熟悉。不仅是对要写的那些人物太熟悉,对自己使用的叙述方法,文字风格,语感节奏,都毫无陌生之感。因此说到底,如果真有什么原因,让人不愿意继续写下去,那就是不愿意再轻车熟路。真正的写作应该避免驾轻就熟,应该尽可能地选择一条自己没走过的路。

一转眼,从事写作这行当三十多年,写了太多东西。路漫漫其修远兮，太阳底下无新事，创新永远是写作者的终极追求，然而人的能力毕竟有限，不可能扯着自己头发跳到地球之外。说老实话，我还是不知道自己应该怎么写，只知道不应该再像原来那样继续。原有的某些文字必须放弃，原有的那些章节只能部分保留，譬如小说的第一章，它本来是一个漫长故事的开头，一个看上去还挺不错的历史片断。

第二章 ◎

1926年的大明照相馆

在大明照相馆的留影

1

　　1926年8月的南京，立秋过后，天气还是热。十七岁的秀兰把自己收拾干净，要去大明照相馆拍照。那年头，拍张照片很当回事，秀兰在家仔细打扮了一番，对着镜子横照竖照。去大明照相馆，要经过秦淮河边的桃叶渡，秀兰注意到小亭子那边很热闹，里里外外都是人，有坐有站，看阵势是在听一位老先生说话。

　　这说话的老先生显然是个人物。只见他老人家红光满面，坐在众人中间，因为太热，上半身赤裸，白晃晃一身赘肉，手上那把折扇也不打开，拿在手上晃来晃去。旁边一位年轻人，拿着一把大蒲扇，十分殷勤地为他扇风。秀兰发现扇蒲扇的那个年轻人有点眼熟，一时想不起在哪儿见过。肯定是见过的，却怎么也想不起来。她目不转睛地对着那年轻人看,年轻人无意中看到了秀兰的眼神,也目不转睛地对着她看。两人的对视引起了别人注意,正说话的老先生见身边这位在走神,便不再往下说了,顺着年轻人的视线,扭过头来看秀兰。其他听讲的诸位,受到了影响,目光也跟着走,齐刷刷地都看过来。

秀兰立刻有些不好意思,情不自禁挺了挺胸,收了一下小蛮腰,低头从旁边走过。离桃叶渡不远就是大明照相馆,秀兰要去那儿拍照,一是因为离家近,二是因为希俨在那儿当伙计。希俨是她家的邻居,住在一个院里,一来二去,大家已经很熟悉。想到希俨,秀兰忽然也想明白了,刚刚那个眼熟的年轻人是希俨的朋友。这个人曾去过希俨的住处,好像是个什么同学。物以类聚人以群分,大学生总是和一般人不一样。在秀兰眼里,既然希俨是金陵大学学生,跟他来往的那些年轻人,自然也应该就是大学生。

希俨是森林专业的一名穷大学生,也是大明照相馆的伙计。秀兰出现在大明照相馆,他正在准备拍照。跟秀兰事先预料的一样,希俨看到她非常意外,根本没想到她会来。要说这地方秀兰其实来过一次。她爹吴有贵嫌希俨太穷,虽然住的地方是门对门,却不允许他们多来往,因此如果没有拍照的这个借口,她也不敢主动过来找他。希俨一边忙,一边笑着说你怎么就过来了,有什么事。秀兰解释说要拍张小照片,希俨便让她先等一会儿,等忙完了手头这张,就帮她拍，帮她好好地拍一张。

一群乡下人在这儿拍照——秀兰认定他们是乡下来的，因为照相馆门前空地上，停着两辆马车。要拍一张室内的全家福，要拍照的人已经就位。镜头内外差别很大，从老式木板照相机的相框里看过去，秀兰看到毛玻璃上密密麻麻全是人头，而且还是颠倒的，都是头朝下。当中是一个老头，看岁数着实不小了，旁边坐着他的两个小老婆，要年轻很多，一看就知道不是原配，原配夫人看样子已经不在了。除了三位长辈坐着，其他人都站着，拍照的姿势也摆好了，还在等一个人，等一个小孩。

这个小孩就是这家的重孙，人虽然小，却注定是这张照片上的重要人物。都摆好了姿势准备拍照，小家伙突然提出要拉屎，大家只好乖乖地等他。拉屎也不肯去茅房，一定要拉在照相馆门前的空地上，没办法只好依他。专门服侍他的老妈子情急无奈，连忙在地上铺上一层炉灰。偏偏这小家伙天生是个要捣蛋的主，就是死活不在炉灰上拉，撅着屁股挪来挪去，东拉一坨，西拉一坨。老妈子跟在后面忙，用炉灰将拉出来的屎裹住了，扫在簸箕里。好不容易拉完，老妈子替他擦过屁股，把他送回去拍照。

希俨拍照的时候，秀兰一直在旁边看热闹。希俨是慢性子，他不急不躁，耐心等待。那边摆好姿势准备拍照的人早已不耐烦，七嘴八舌抱怨着，一个劲地在催老妈子。作为一家之主的那个老头，脸上更是不好看，已经有些挂不住。天气热，为了拍照，衣服又穿得有点多，一个个汗流满面，都在喊"热死了热死了"，听口音好像是六合那边的。秀兰家有六合亲戚，说话就是这种腔调。

人终于坐齐整了，灯光全部打开，希俨准备正式拍照。秀兰与那个老妈子都把脑袋伸过去看相框，相框里的人物表情一个比一个严肃，因为生成的图像是颠倒的，这种严肃更显得有点滑稽。希俨举起一根手指，示意照相的人都看着他的手指，又关照大家不要乱动，千万不要眨眼睛，然后拖长着语调喊"一二三"。终于拍完了，那边意犹未尽，又鼓噪着要老头再拍一张两寸的单人小照片。老头先是不愿意，后来想想，被众人闹得心烦，又同意了，于是让希俨赶快换上新胶片，又拍了一张。

乱哄哄一群人离去了，希俨开始为秀兰拍照。秀兰说你一定要好好拍，一定要帮我拍好。希俨不说话，只是埋头闷笑。秀兰问为什么要笑，希俨说我当然要好好拍，肯定会好好拍的。秀兰说你好好拍就好好拍，为什么非要笑呢。希俨说我此时要是不笑，真板着个脸，你觉得这样好吗，你会觉得更滑稽是不是。秀兰被他一说，也忍不住笑了。希俨说你就这样，带点笑，拍出来的照片肯定好看。秀兰说我才不笑呢，才不会听你的话，要拍就认认真真地拍，我干吗要笑，就不笑，有什么好笑的。

秀兰嘴上说着不笑，等到真坐下来准备拍照，灯光热乎乎地打在脸上，心里却忍不住要笑。她想到刚刚在照相机相框里看见的倒影，想到自己现在的样子，也肯定是倒着的。想到自己来照相馆之前，横照镜子竖照镜子，想到自己在镜子里的表情，应该保持的形象。又想到来大明照相馆时，路过桃叶渡，看见一个年轻人很像是希俨的同学，想把这事告诉希俨；又觉得根本没这个必要，希俨真要是追问起来，她又不知道那年轻人姓甚名谁。

2

这时候，秦淮河边桃叶渡旁，秀兰路过见到的那些人，依然还坐在小亭子里吃瓜子喝茶，还在谈天说地。瓜子壳吐一地，沏了好几开的六安瓜片，已经没了滋味。这地方破败得很，一个挡不住风勉强遮遮雨的小亭子，搁一张桌子，几把竹椅，小炉子煮点水，便是个吃茶讲古的场所。

说起桃叶古渡，搁在南京城里，也算是个著名的去处，有历史有来头。喜欢书法的人都知道，东晋时的大书法家王羲之，儿子叫王献之，字写得比他爹还好。这个王献之风流倜傥，有位爱妾叫桃叶，就住在河对面。为了能和心上人相见，桃叶往来于秦淮河两岸，王献之放心不下，常亲自在渡口迎送，并为之作了首《桃叶歌》：

> 桃叶复桃叶，渡江不用楫，
>
> 但渡无所苦，我自迎接汝。
>
> 桃叶复桃叶，渡江不待橹，
>
> 风波了无常，没命江南渡。

历史上的传说往往会不靠谱，但不知猴年马月，有好事的人，在秦淮河边竖了一块石碑，基本上把一千六百多年前的故事给落实了。三人成虎众口铄金，都这么说，大家也就深信不疑。明朝有位诗人叫沈愚，觉得这事以讹传讹，下功夫去考证，得出桃叶渡绝不可能在这秦淮河的结论，确切地点应该是在长江北岸的"桃叶山"下，那里有个渡口才是原址所在，因此也写了一首诗：

> 世间古迹杜撰多，离奇莫过江变河，
>
> 花神应怜桃叶痴，夜渡大江披绿蓑。

"渡名桃叶山前是，莫任秦淮水上讹"，沈愚搁历史上没什么大名气，这首诗自然就没影响，知道的人也不多。直到1926年8月的一天，桃叶渡边上这个破亭子里，才有人又一次旧话重提。重提旧话的这位，便是前面提到的那位赤大膊说话的长者，一位来头很大的名人，大名鼎鼎的章太炎先生。太炎先生是革命老前辈，国学大师，此次来南京，应五省联军总司令孙传芳之请，担任"修订礼制会会长"。

一个月以前，远在广东的国民革命军宣誓北伐。当时的形势，国民革命军口号虽然喊得很响，实际不过区区十万人左右，真正看好北伐成功的人并不多。北洋军阀的军队，在牌面上占着很大优势。盘踞两湖和河南的吴佩孚部，兵力号称二十万，已与北伐的国民革命军交上火。"五省联军"孙传芳部，兵力约二十万，看了一阵热闹后，也正准备开赴前线，从侧翼夹击国民革命军。最兵强马壮的是奉系军阀张作霖，控制着京津以及东北三省，兵力约四十万，因为隔得远，对战争暂时采取观望态度，虎视眈眈地盯着南方。还有完全听命于奉系军阀的张宗昌，盘踞在山东，兵力也有十余万。

那时候的南京老百姓对纸面上的数据不感兴趣，报纸总是要看的，看了就扔了。对北伐究竟能不能成功，也不感兴趣。过去几十年，城头变幻大王旗，自太平天国开始，南京城没有好好安生过，一会儿这样一会儿那样。一会儿是长毛要来了，说来真的就来了，又是打又是杀。一会儿是曾国藩的湘军要来了，又是打又是杀。然后是辛亥闹革命，改了朝换了代，先杀革命党，然后革命党杀进来，然后又杀革命党，革命党再革命，反正你方唱罢我登场，都是说自己对，都说别人不好。督军和省长过不了几天就走马灯似的换，军阀们没完没了地混战，老百姓跟着倒霉。

来南京之前的太炎先生，还是挺看好孙传芳。看好他，并不是因为这个孙大帅拥有东南五个省的军队，而是看好他的知书达理，看好他喜欢国学。稀里糊涂答应了担任"修订礼制会"的会长，到南京以后，才发现上了一个大当，这个"修订礼制会"压根是在胡闹，正经买卖一件没干成，不正经的事一桩连着一桩。结果最引人瞩目的，既不是向他请教国策，也不是学问探讨，更不是民生研究，而是玩一种叫"投壶"的古游戏，活生生地让热闹一时的国学成为笑话。报纸上登了醒目的大照片，弄得沸沸扬扬，招来了一片骂声。太炎先生见多识广，不太在乎别人怎么在小报上编派他，毕竟担着会长虚名，又接受了孙传芳的馈赠，那银子不能算多，确实也不能算少了。

"夜笼寒水月笼沙，夜泊秦淮近酒家，商女不知亡国恨，隔江犹唱后庭花。"太炎先生已经落进了圈套，索性一副名士派头，左手拿着香烟，右手端着杯子，又要抽烟，又要喝茶，还要顾着说话。吟完杜牧的这首诗，便讥笑说："金陵这个地方，弄不好就会乌烟瘴气。想当年，唐才子杜牧路过这儿，心里生了一点不痛快，也就不愿意再进城了，就在江边上待着喝酒，所以会有'隔江犹唱'之语。所谓'夜泊秦淮'，其实与眼前的这条秦淮河，跟你们的这个什么桃叶渡，毫无狗屁关系。"

众人都从这语气中听出了不满。太炎先生是老资格的革命党人，属于辛亥元勋，他要是倚老卖老，别人还真拿他没什么办法。他的学问又大，肚子里的货色也多，要什么典故张口就来。太炎先生提到了明朝的沈愚，提到了沈愚对"桃叶渡"的考证，在座诸位都是第一次听说，既不知道沈愚是谁，也不明白为什么要提到这个人，反正就是带着耳朵听着。太炎先生是公认的国学大师，他老人家认可的事，自然是不会有错的。

"当年的桃叶渡因为桃叶山而得名，桃叶山后来又改名叫晋王山。为什么会叫晋王山呢？说起来有些话长，要知道这个晋王，和魏晋的晋没有关系，这晋王就是——"

此时的太炎先生心中颇有几分不痛快，原因之一，还是前面提到的"投壶"。本以为此次名流雅聚，共商国是，要好好探讨一下"联省自治"的意义，如何保境安民，如何创建太平盛世，没想到只是无聊文人奔走，投机的失意政客云集，正所谓群盗鼠窃狗偷，没一点点虎踞龙盘的样子。倒害得他有损了一世英名，虽然还说不上晚节不终，白圭之玷却已经是注定的事实。原因之二，今天在这桃叶渡，是一家青年文学社团安排的，召集了一大帮记者，说好要和当地几位名流会面，然而被邀请的对象一个个姗姗来迟，反倒是太炎先生这位客人先到一步，在这儿恭候别人大驾光临，是可忍，孰不可忍。原因之三，到南京后，孙大帅忙于军务，躲着不肯见面。前后围绕着太炎先生的，不是衣着光鲜的军人副官，便是少不更事的年轻记者，根本不把老先生放在眼里，专门提些奇奇怪怪的问题。太炎先生也实在懒得回答，譬如问他如何看待自己的学生鲁迅，对鲁迅最新出版的小说集《彷徨》有什么样评价，对他带着女学生私奔南下又有什么样看法。

"晋王就是隋炀帝杨广。"从年轻记者的表情上，太炎先生已看出他们对自己要说的话不感兴趣；就算是不感兴趣，他老人家也依然要继续往下说，年轻人爱听不听。"这个杨广带着千军万马，来到长江北岸，就在对面的桃叶山上安营扎寨，隔江眺望，谋划着如何一举拿下金陵。有道是'大抵南朝皆旷达，可怜东晋最风流'，这南朝的半壁江山，苟延残喘三百余年，眼见着已命悬一线。"

正说着，过来两辆半新不旧的黄包车，薇堂老人和李元老从车上下来。李元老与太炎先生原本熟悉，先抱了拳招呼，然后将薇堂老人介绍给他，同时为他们的来迟致歉。赤着大膊的太炎先生赶紧将长衫穿上。大家坐下，重新沏上一大壶茶，重新端上瓜子，重新开始聊天。薇堂老人是本地一位耆宿，地道南京人，开起口来，一口南京话土得掉渣；客套了没几句，与太炎先生一本正经地探讨起国学来。

薇堂老人说："'国学'二字，近来颇为流行，报纸上动不动称先生为'国学大师'，在下十分冒昧，很想听听你对这'国学'两个字的解释。"

太炎先生不由得一怔，听口气，很有些来者不善，吃不准目的何在。早在来南京之前，就听说这位薇堂老人脾气古怪，既风流好色，又顽固保守，仗着自己学问不错，最喜欢钻牛角尖，因此心里便在盘算，对他的提问接不接招。薇堂老人见对方不回答，仿佛旗开得胜先赢了第一回合，又咄咄逼人地接着说：

"这个国学，不清不楚，十分可疑。"

太炎先生笑了，四两拨千斤地回答：

"真觉得可疑，也就对了。如今报纸上说的哪一件事，不是不清不楚，哪一件事又不可疑？"

李元老比较开通，笑着打岔说："所谓国学，本来极其简单，无非是个招牌，拉张虎皮做做大旗。譬如京戏，你可以叫它国戏；譬如中医，你可以叫它国医；又譬如中国画，你可以叫它国画——"

一个叫绍彭的年轻人听了，忍不住要插嘴，一边说，一边还做动作："真要是这么说，中国的武术，譬如说太极拳，也可以叫作国术；中国的军人，也可以叫作国军；中国的凤凰叫国凤；中国小偷叫国贼。"

大家听了都笑，年轻人尤其笑得放肆，笑得开心，哈哈大笑。薇堂老人有些不高兴，立刻变脸，训斥说：

"长辈们在这儿说话，哪轮得到你们年轻小辈插嘴，不要狂妄，不要这般无礼。"

3

这个叫绍彭的年轻人，姓季，此前一直在太炎先生身旁打扇子，也就是秀兰看着有些脸熟的那位。薇堂老人这么说他，他倒是一点也不生气，满脸是笑。李元老为绍彭的身份向太炎先生做解释，原来这个年轻人是薇堂老人的入室弟子，已与他的宝贝女儿黄碧如订了婚。太炎先生回过头来，仔细打量身边的绍彭，心里也没有觉得有多冒昧，念他一直在为自己打扇子的分上，不说有点喜欢他，起码是不太讨厌。这个年轻人相貌还算不俗，大眼睛大鼻子。太炎先生自己有三个女儿，看待年轻男性，常常会是一种老丈人目光，既挑剔又宽容。

话题很快又到了今年三月的中山陵奠基典礼上。当时国民党的左右两派大打出手，让很多南京市民闹不明白这些人究竟要干什么。不只是市民不明白，很多有些小道消息的士绅，也觉得是一笔糊涂账。连地方长官都在看笑话。那时候，国民党还没有与坐镇此地的孙传芳彻底闹翻，还只是国民党自己在窝里斗。可怜这孙大帅也绕不明白什么左派右派，一边看热闹，一边还要派人维护治安。双方在奠基典礼上开始打，游行的时候又继续打，木棍和铁棍乱飞，打得昏天黑地，口号声也惊天动地。

"不过半年工夫，这个什么左派右派，又联合起来，玩起了北伐的把戏。早知今日，你们又何必要当初呢？孙馨远也叫是好脾气，真是好脾气，当初不管他们左派右派，统统抓起来，看他们还能怎么闹，看他们还能如何北伐。"

孙馨远就是孙传芳，薇堂老人一向是反感新派，视新派人物为群魔鬼怪；知道太炎先生也不赞成北伐，把话题往这上面引。说完了，想到自己的好友李元老就是国民党，怕他会多心，便打趣说孙传芳不敢抓他，因为李元老的名气太大，不敢碰他这个烫手的山芋。都说秀才碰到兵，有理说不清，那也不过是柿子专拣软的捏，欺软怕硬。一个人若真是名气大了，有了社会地位，当兵的才不敢把他怎么样。人家孙传芳好歹是留过东洋，日本陆军士官学校毕业，见过世面，害怕留下千古骂名。

李元老是贵州人，笑着带着贵州腔说："你又不是那个孙馨远，咋知道他就不敢抓我哈？"

薇堂老人说："他要抓，早就抓了。"

年轻记者中有人向太炎先生提问，如何看待国民党的左派和右派，太炎先生对这话题没兴趣，便将皮球踢给李元老，说李元老是老资格的国民党，又是该党的重要角色，自然应该问他才是。李元老也不推托，很严肃地回了一句：

"不错，说起国民党，李某人是有些老资格。真要问个说法，只能这么告诉各位，在下奉行的为人之道，是把这良心儿放在当中，既不左,也不右。"

绍彭笑着说:"李先生这话不科学。人的这颗心,应该是在左边的,怎么可以放在当中呢?"

李元老说:"你们这些年轻娃娃,用不着跟我讲啥子科学。"

绍彭不是青年文学社团的人,也不是报社的记者,他是金陵大学农科的三年级学生,对政治本来不感兴趣,学了农科以后,才发现对农业更没有兴趣。年轻人容易喜新厌旧,新的玩意儿玩多了,终于发现自己还是更喜欢有点发旧的东西,譬如小学和经学,又譬如书法和篆刻。绍彭的这些喜好让他显得有些落伍。在今天来的这拨年轻人中间,只有他是慕太炎先生的学问而来。太炎先生把皮球踢给了李元老,李元老又不愿意就国民党的左派右派发表意见,于是年轻人开始当仁不让,自己争辩起来。有两位记者从上海过来,在路上就这话题争过几个回合,现在又接着争论,很快转移到了要不要跟苏俄合作上面。这是左右两派争论的焦点,一个说不能要,一个说必须要,各不相让,各有各的道理,都觉得自己对,都觉得对方荒谬。

绍彭注意到几位老先生对年轻人的话根本不感兴趣,便笑着打断从上海过来的两位记者,说自己刚看过《聊斋志异》上的几篇文字,其中有则故事很有意思:一个叫桑生的书生,遇到两个漂亮女子,一个叫莲香,一个叫李氏。两女人相互攻讦,一个揭发对方是鬼，一个硬说对方是狐。可怜桑生被这两个女人纠缠，也不知道听谁的话才好，后来终于弄明白，原来两女人说对方的那些坏话，都是对的，都不错，都千真万确，一个确实是鬼，一个确实是狐。两名记者争得面红耳赤，根本听不明白绍彭在说什么。太炎先生笑着看了看李元老，又转向薇堂老人。他已知道绍彭与薇堂老人的女儿订了婚，说你这位东床快婿很会说话，这不是在变着法子骂人吗？把人家的左派右派都骂了，左也好，右也好，都不是什么好东西。

说话间，又有人过来了。这次过来的是位穿着皮鞋和长袖衬衫的中年人。与默默无闻的年轻人相比，这家伙早已名成功就，已有了很不错的社会地位。与在场的三位老先生相比，资格又着实嫩了一些，还说不上什么德高望重，然而年轻人显然对他更欢迎，一看见他，忙不迭地让座。他呢，也不客气，匆匆与几位老先生挥了挥手，算是招呼过了，便大大咧咧地坐下，手上有一块手帕，不住地擦汗，又抢过绍彭手上的蒲扇，使劲扇，一边扇一边喊热。

这位中年人便是近来大红大紫的戏剧家俞鸿先生。俞鸿祖籍浙江，出生在南京，是个富家子弟。去年的一部新编话剧大获成功，很受年轻人喜爱，被此地报纸誉为"新青年的精神导师"，走到哪里都很引人注目。俞鸿不是一个人来的，还带了两位年轻的美丽女士和一个男人。两位女士中，一个是薇堂老人的女儿，叫黄碧如，也就是绍彭的未婚妻。另一位是碧如的表姐关丽君。丽君是薇堂老人妹妹的女儿，那位年轻男士是丽君未婚夫郭亚声。亚声的腿受过枪伤，拄着手杖，走起路来有点一瘸一拐。

绍彭对碧如抱怨说："你们怎么到现在才来？"

碧如瞪大了眼睛，不知道说什么好，瞥了一眼俞鸿，很无辜地摊摊手，意思是说他非要拖拉，我又有什么办法。俞鸿刚到，被几位记者团团围住。本地一位记者问他对正在进行的北伐，有什么样独到看法，赞成还是反对。俞鸿眨了眨小眼睛，想了一会儿，说不知道这话该说不该说，能不能说。他属于那种快人快语性格，喜欢出风头，嘴上还在说该不该说，能不能说，紧接着便口无遮拦大发议论：

"北伐军的口号是什么？是打倒列强除军阀，你们想一想，帝国主义列强欺负我们很多年了，当然是应该打倒；而这军阀呢，自民国以来，战乱不断，民不聊生，自然也是应该除去。因此，你们若真要让我俞某人说实话，我是赞成北伐的。不只是我这么想，孙传芳孙大帅如果觉得自己不是军阀，如果也反对列强，就应该赞成北伐，就应该与北伐军联手，沿津浦线杀过去，先把那个狗肉将军张宗昌给灭了，拿下他的狗头。"

"俞先生可能不知道，孙传芳已准备亲自去江西前线督战。"来自上海的记者打断了他的议论，请他尊重事实，"你说的那个联手北伐军一起作战，恐怕根本不可能。现在的情形就是，北伐军既要在

47

西线与吴佩孚作战，又要兼顾江西和福建，这么看来，北伐军前途显然不太乐观，胜算的把握并不大。"

俞鸿笑了，说："北伐这件事，当然不会很容易，当然不会像你们从上海坐火车过来那么方便。"

绍彭代表身边的年轻人向亚声和碧如提问："对了，郭先生和祖小姐又有什么看法？你们不是刚从南边过来吗，这个北伐的前景，究竟会是怎么样？"

碧如拉住丽君的手，使劲地摇着，说："绍彭说得对，表姐你们怎么看待广东那边的形势？"

大家的注意力都集中到了丽君和亚声身上，既然这两个人刚从广东那边过来，显然更有资格对当前形势发表意见。在座的年轻人也更愿意听听他们怎么说。大家的观点没办法统一，虽然大多数人都赞成革命，都希望改变，然而究竟如何革命，怎么样才叫改变，心里一点谱都没有。

"这个我说不好，况且，现在怎么说已经不重要了，最重要的是赶快行动起来。"丽君沉思了一会儿，不知道应该怎么回答，便将问题推给了身边的亚声，"还是让亚声来回答吧，他比我会说。"

亚声也不推托，清了清嗓子，非常认真地说："这个问题，其实俞先生他说得很对，北伐自然不会是件容易的事，不可能像从上海那边坐火车过来一样轻而易举。风萧萧兮易水寒，壮士一去不复还，我们年轻人现在要想的，要关心的，恐怕还不是北伐能不能成功，而是一定要想明白，这个帝国主义的列强，究竟要不要打倒，这个万恶的各路军阀，究竟要不要除去。这个问题想明白了，什么样的问题都能明白，所有想不明白的事，最后你们也就都能想明白了。"

4

上海过来的两位记者中，有一位带着一架照相机，就手拍了几张照片。他是个新手，对自己拍摄的照片并没有把握，因此一边拍，一边很小心地在强调自己手艺不行。另一位从上海过来的记者在旁边泼冷水，说这照片真是不能轻易瞎拍，他们报社过去有位记者就为此闯过不小的祸。两年前印度的诺贝尔文学奖得主泰戈尔来华访问，专程去杭州拜访诗坛盟主陈三立先生。中印两国最有影响的诗人见面，没想到这样难得的机会，应该留作纪念的照片却拍坏了，留下不可弥补的遗憾。报社老板大发脾气，炒了手下的鱿鱼，所以他们现在做记者的，出门都不敢自作主张地乱拍照片。

听他这么一说，李元老也觉得为保险起见，不妨去照相馆拍张照片做纪念。反正大明照相馆就在不远处，照相馆里拍的照片总是会有把握的。太炎先生对拍不拍照抱无所谓态度，薇堂老人十分赞同。他为人保守顽固，对拍照却是情有独钟，说大家能够这么见上一面是种缘分；太炎先生大老远地从上海过来，认认真真拍一张照片，也算在情理之中。绍彭便说他正好有个熟人在那里，去那儿拍照，水平是相当得好。于是各自起身，向大明照相馆方向走去。有几位就此告辞，大多数年轻人仍然愿意跟过去看热闹；记者还想为要写的新闻稿再积累一些素材；青年文学社团的人，似乎还有些问题，没有请教清楚。

大明照相馆这边，秀兰自己的照片早拍完了，拍完也不肯回家，还赖在那里看希俨干活。难得今天照相馆的老板正好出门，希俨由小伙计上升为独当一面的摄影师，有人来就拍照，没人来就为昨日洗印出来的照片裁剪花边。那年头洗印照片都喜欢留有白的花边纹，秀兰觉得这活她都能干，并没有什么了不得的技术含量，便要从希俨手上抢过来也试试。希俨只好把裁剪刀让给她，嘴里很认真地关照，让她不要切歪了，切歪了难看。秀兰说我知道切歪了难看，你放心，我切得说不定比你还好呢。希俨又关照留的白边要适中，太宽了不好，太窄了也不好。

秀兰的手很好看，小小巧巧的，手指头十分灵活。希俨知道她有点喜欢自己，也知道秀兰的父亲吴有贵还指望着女儿养老，他就这么一个女儿，不太愿意秀兰与希俨这个穷大学生多来往。很快，一大叠照片切好了，秀兰突然又想到自己来的路上在桃叶渡那里遇见的那个年轻人,便把这事跟希俨说。希俨听了觉得好奇,追问到底会是谁呢,那人叫什么名字。

秀兰说:"你这个人真是莫名其妙,你的朋友我又不认识,我怎么知道他叫什么名字。"

希俨一本正经地反问:"你既然不认识,怎么会知道他是我的朋友?"

秀兰被问住了,脸顿时红了起来。

希俨又问:"你说你见过,那么又是在哪见过呢?"

秀兰想告诉希俨,曾经看见那个人去过他的住处,心里这么想着,却不愿意说出来。她不想让希俨觉得自己一直在偷看他,他们是门对门的邻居,事实上,希俨的一举一动,都在秀兰的"监视"之中。与希俨来往的人并不多,绍彭只是到希俨那里去过一两次,就让她给记住了。她差一点要问出这人是不是希俨的同学,真要是这么问了,那也就太傻了,说了半天,这人到底是谁她都说不清楚,希俨又怎么可能知道是不是他的同学。

就在这时候,绍彭他们过来了,浩浩荡荡一大帮人,有说有笑地出现了。原本安静的照相馆,突然变得十分嘈杂,都挤在大门口。秀兰一眼看见了人群中的绍彭,眼睛立刻发亮,连忙用手捂住嘴巴,害怕自己因为吃惊而尖叫起来。这真是所谓说到曹操,曹操就真的来了。绍彭进了照相馆,大大咧咧地与希俨打招呼。希俨很是奇怪,没想到他会来，回头看秀兰的表情，她的手还没有从嘴上拿开，另一只手悄悄地指点了一下，表示自己说的那个人，就是这个人。希俨立刻明白了，不由得笑起来：

"我说是谁呢，没想到是你绍彭。"

绍彭叫他说得有点摸不着头脑。事实上，他也注意到秀兰，注意到她在对自己看，看见她用手在指点自己，心里不由得"咯噔"了一下。跟着绍彭一起进来的是碧如，听说绍彭有个大学同学在这家照相馆兼职当伙计，便也跟着进来认认人。绍彭介绍大家认识。希俨早知道绍彭有个未婚妻，今天第一次见到，不知道如何打招呼；虽然心里已有准备，知道绍彭的女友肯定是个大家闺秀，真见到本人，发现比自己预料的还要漂亮。碧如是受过教育的新女性，很大方地伸出手来，要与他握手。希俨不太好意思，僵在那里，伸手也不是，不伸手也不合适，只好假装什么都没有看到；又觉得这么不对，人家明明是在互相对看的时候才伸手的，他这种假装没看到也太假了，太失礼了；心里还在这么想着，把手伸出去，碧如已把手收回去了。

秀兰被晾在一边有些尴尬，也显得比较多余，绍彭等着希俨做介绍，偏偏希俨就好像忘了这事，就好像秀兰根本不存在一样，也不挑明她是谁。结果就只能是绍彭大大方方地对着她看，秀兰呢，也忍不住一次次偷眼看绍彭。两人眼锋一对上，秀兰赶紧很慌张地把目光又移向别处。这一切都落在了碧如眼里,便在心里起疑,想这女孩子会是谁呢,想她与绍彭是什么关系,他们两人干吗要这样对视。同时,碧如也注意到希俨还在局促不安,脸憋得通红,手足无措,只要是与她的目光再次相对,神情中便有些讨饶的意思,仿佛是在为刚才的失礼致歉。

绍彭对希俨说明他们一行人的来意,让他为几位老先生照一张合影,一定要拍好。希俨毕竟只是这里帮忙的伙计,当家的老板不在,他那摄影水平来拍这样的照片,究竟有没有把握,绍彭拿不准。希俨说这件事很容易的,他绝对有把握,没问题。绍彭知道希俨是个十分稳重的人,说一不二,他说有把握就是有把握,他说没问题就不会有问题。于是将希俨拉到了一边,悄悄地问他身边的秀兰是什么来头。希俨看了看秀兰,觉得三言两语跟绍彭也解释不清楚,干脆就不说了,先准备拍照,便问绍彭究竟准备怎么拍,要拍多大的,要选用什么样的灯光布景。一边说,一边领他们到门口的大橱窗里看样片。

玻璃橱窗里展览着很多有来头的照片。大明照相馆是一家老字号,始建于1873年,最早的老板是个德国犹太人,取名叫"留仙楼"。辛亥以后,一个从日本留学回来的南京人接手照相馆,觉得"留仙"二字太像青楼妓寨,便改名为"大明"。为了表示有传承,橱窗里放了不少拍摄过的名人照片,光是前清的两江总督就有好几位，有孙中山和黄兴等人的合影，有前任江苏督军李纯的照片，还有一张孙传芳的照片。这个孙传芳正是炙手可热之际，报纸上常登载他的头像，所以大家对他最熟悉，一眼就认出来了。孙中山大名鼎鼎，也是都认识的；对于黄兴和李纯，年轻人便有些陌生。一群人一边看照片，一边胡乱议论。李元老忍不住感叹，说这才过去几年，已没人知道大名鼎鼎的李纯是谁了。

希俨指着孙传芳的头像为大家介绍，说这里本来放的是一张齐燮元的大照片。和李纯一样，这个人也是前任的江苏督军，不过，南京老百姓好像都不喜欢齐燮元，因此等他一离任，立刻就把照片拿走了。俞鸿听了就笑，说恐怕过不了多久，这孙大帅的照片怕是也保不住。他大大咧咧地这么一说，有记者便往本子上记，薇堂老人在一旁连忙关照，说这样的随口胡说八道，千万不要随随便便捅报纸上去，真传到孙传芳耳朵里不太好。李元老大笑，说薇堂老人多虑了，人家孙大帅公务在身，军情紧急，哪有闲工夫去读那些小报。天下事说不好的，江山轮流做，来得快去得也快，谁知道他在这还能称王称多少日子。

太炎先生脸上毫无表情，一直不吭声。大家都以为他不太赞同俞鸿和李元老的话，毕竟他是孙传芳请到南京来的贵客，腰里还揣着人家敬奉的大红包。俗话说吃人家嘴软，拿人家手软，就算心里有什么想法，他老人家也应该藏着掖着。可是谁也没想到，过了一会儿，太炎先生非常不屑地往地上啐了一口，说出来的话更加语惊四座：

"孙馨远算个什么东西，他如今再风光，也不过是个鼠辈，不起眼的一个小角色。"

太炎先生话音刚落，一旁一直不怎么说话的丽君，出人意料地率先叫起好来。她这一带头，其他的年轻人，除了希俨和绍彭还愣头愣脑地站在那儿，纷纷跟着拍手鼓掌。俞鸿见年轻人都已经鼓掌，十分高兴，也跟着热烈拍手。他这是为年轻人的鼓掌而鼓掌。与在场的年轻人相比，此时的丽君显得最有朝气，最激情澎湃，完全是一个女革命者的形象，颇有些脱颖而出。她按捺不住热情和兴奋，说太炎老先生说得太对了，不管怎么说，孙传芳也就是一个新军阀；新军阀可能会代替老军阀，但是军阀的本性不会改变，因此我们年轻人现在要做的，就是要彻底铲除新老军阀，彻底废除军人当政，毫无保留地坚决支持国民革命军北伐。不知不觉中，在大明照相馆门口的空地上，丽君竟然就开始演说起来。当然，她的所谓"演说"，也不过是喊几句口号，说几句大话，说完也就完了——说完还有点意犹未尽，便对人群中看着自己的未婚夫喊了一句：

"亚声，今天这个日子非同一般，我们也要在这照相馆里拍张照片，作个纪念。"

在丽君影响下，碧如深受鼓舞，也显得非常激动。她一向崇拜自己的表姐，处处都要以丽君为榜样。年轻人就应该要有一点年轻人的样子，碧如知道丽君和亚声刚从南方过来，知道他们跟国民革命军有联系，虽然还没有跟自己明说，早已经给了她足够的暗示。她相信丽君与亚声这次到南京来，一定是带着国民革命军的任务。事实上，碧如并不知道南方的革命党人是怎么回事，因为相信自己表姐，因为崇拜表姐，相信丽君的选择，碧如觉得自己也应该毫不犹豫地站在正在北伐的国民革命军一边。不只是她，包括她的未婚夫绍彭，都应该更加进步一些，都应该像丽君和亚声一样，成为国民革命军中的一员。

刺杀冯焕庭

1

1926年的夏天说过去就过去，连续下了几场大雨，天气开始转凉。街上有些混乱，常会有各种番号的军队开过。南京老百姓习惯了兵荒马乱，也绕不清都是谁的队伍。仗总是在打，好像离得还很遥远，与此地一时间也没什么关系。孙传芳领着他的军队正在江西前线作战，南京城防备空虚，不久前被赶走的奉鲁联军张宗昌部又被请回南京。铁打的营盘流水的兵，南京人对孙传芳其实并不太反感，他的军队要比张宗昌的军队纪律好得多。当初把奉鲁联军赶走，大家都觉得孙是做了一件大好事，没想到过了没多久，他居然又和张宗昌联手了，又把这个狗肉将军给请了回来。

大明照相馆拍照有个规矩，先拍照，拍完后印出样片，顾客看了觉得满意，再付钱加印，否则就作废片处理。秀兰的照片拍得非常好，她很高兴，让希俨悄悄地多印了几张。老先生们的那张合影也不错，很快也加印取走了。唯独丽君与亚声的情侣照，始终不见人来。照相馆老板问希俨怎么回事，希俨也说不清楚，反正照片照得挺好，人家不来看样片，也没办法。过了些日子，侦缉队的王队长带着两个手下找上门，神秘兮兮地拿出了几张小照片，一张接着一张搁柜台上，问照相馆老板这些照片能不能加印，说这几个人都是乱党，想多印几张，让弟兄们人手一份，按图索骥抓人。照相馆老板看了看照片，心里"咯噔"一下，说我这里只管拍照，如果你是有底片，要拿过来加印，当然可以的，这么小的照片要让本店翻拍，又是那么模糊，我们恐怕没那个能耐。

王队长听了很不乐意，说："哪来那么多废话！能加印加印，不能，你他妈直说，废什么话。"

照相馆老板看他完全不像讲道理的样子，没好气地回了一句："好吧，我就再废话一句，不能加印。"

王队长还是不相信："为什么不能加印？"

照相馆老板从抽屉里取出一张底片，让他看看清楚："要像这样的，就能加印，你现在这样，是照片，就不能加印。不能加印就是不能加印。"

王队长无话可说，领了手下怏怏而去。照相馆老板忽然明白，为什么那张丽君与亚声的合照，迟迟没人过来看样片。他没有声张，也谈不上是同情革命党人，只是不愿意多事。到晚上，希俨过来上班，便把王队长今天来过的事说给他听。学校已经开学，希俨现在只能利用课余时间，过来帮着洗印照片。听了照相馆老板的一番话，一开始也没觉得吃惊，毕竟那天丽君的所作所为，她的那个表演，如果要说她是革命党，还真没什么可奇怪。自民国以来，什么叫"革命党"，基本上说不清道不白，只要稍稍激进一些，都有可能自称是，也可以被别人这么认定。城头变幻大王旗，是不是革命党往往还不是罪名，真成为罪名的那个词叫"乱党"，一旦定名为乱党，就可以杀无赦了。

当天晚上，希俨干活干到了大半夜，洗印了一大堆照片，然后在照相馆的长椅上，将就着睡了一觉，睡得很沉。第二天上午，有人到店里来拍照，他也浑然不知，照样呼呼大睡。醒来时已快到中午，肚子很饿，感觉是被活生生饿醒的。早在睡觉前肚子已经饿得"咕咕"直叫，于是便到街上去胡乱买些吃的。走过照相馆门前的那块空地，走过桃叶渡，再往前走一点，是熙熙攘攘的夫子庙大街。沿街有各式各样小吃。希俨是个穷大学生，囊中羞涩，通常都是买一份安徽烤饼，既便宜又管饱，再买一大碗咸豆浆，坐在街边慢慢吃，慢慢喝，一边吃喝，一边在心里盘算。

恰好这一天是星期日，下午照例还要去照相馆帮忙，他就在这附近租了房子住，因此吃完以后，是不是要回家一趟，便成了一个不大不小的问题。要说回去睡觉，好像已经睡够了；回去看书吧，好像也看不了许久，不看也罢。脑子里漫不经心地胡思乱想，忽然看见迎面过来的几个人面熟，立刻想到是那天拍了照又不过来看样片的丽君和亚声，除了这两位，还有一个瘦瘦的年轻人，一路走，一路东张西望。到希俨身边停了下来，仍然是小心翼翼地往四处看，亚声还匆匆地扫了一眼希俨，丽君根本就没注意到希俨的存在，那个瘦瘦的年轻人很神秘地对亚声说：

"就在这儿，你们看这里人最多，岔路也多。"

接下来让希俨更吃惊，他们在他身边停下来不走了，干脆也坐下来，一人要了一碗豆浆。要了豆浆也不吃，光说话，压低嗓子交谈。听不清楚在说什么，样子很神秘。好像在商量事，亚声与那年轻人争着要去做，丽君在一旁劝解，一会儿劝年轻人，一会儿劝亚声。希俨心里想着要不要过去跟他们说一声，就说那天的照片拍得很好，问他们为什么不来看样片，然后趁机把侦缉队在找他们的事也说出来。正这么想着，这几个人好像已经讨论完了一件事，又在说另一件事。亚声做着手势，指着街对面的魁光阁，一会儿指上面，一会儿又指下面，跟丽君交代着什么。丽君一边听，一边点头。这时候，远处开始传来雄壮的军乐声，周围的人都有些诧异，纷纷抬头往声音传来的方向看，希俨看见他们不约而同地都站了起来。亚声从身上掏出一个布包,郑重其事地交给了年轻人,在年轻人手背上拍了几下,转身与丽君往街对面走去。

或许走得快,亚声过街时一瘸一拐,显得非常吃力。希俨看他们到了街对面,亚声回过头来,与街这面的年轻人对视,向他竖了一下手指,又对身边的丽君使眼色,丽君便转身进了魁光阁。魁光阁是一家茶楼,转眼间她已到了楼上,从三楼窗户露出脸来,往外面大街上看,看下面的亚声,看街对面的年轻人。除了希俨,除了亚声,除了希俨身边这位也在喝豆浆的年轻人,没人在注意她。大家都在看正开过来的军队,军乐声很近了,长长的队伍神气活现地正在过来,显然是要从这边经过。当时南京街头上,有军队走过并不稀罕,队伍前面居然还有军乐队开道,这个就有些隆重了。既然隆重,人们便忍不住要看热闹,夹道欢迎。

队伍越来越近,希俨完全是出于好奇,目不转睛盯着魁光阁楼上的窗户。仅仅凭直觉,他觉得此时的丽君一定会做些什么,果然不出所料,她忽然身影往后一缩,从窗户里消失了。人不见了,窗户里却突然抛出一块撕开的白被单,上面用浓浓的墨汁写着"打倒军阀"四个大字。紧接着,还是从那扇窗户,连续飞出了几叠传单,因为是从高空撒落,像雪花一样漫天飞舞。这一切发生得非常快,希俨甚至都没看清楚是不是丽君所为,好像是,又好像不是。现场顿时混乱,军乐队已到面前,受那标语和传单的影响,乐声也开始荒腔走板，不成个调子。大家的注意力都在标语，也有人在抢地上的传单。这时候，丽君也已经下了楼，希俨看见她很从容地从魁光阁里走出来，回到大街上，若无其事地站在亚声身边。

紧跟在军乐队后面，有几位骑在马上的军官。走在当中的那位显然职务最高，他就是这支军队的最高长官冯焕庭。冯焕庭是一名职业军人，虽然也曾久经沙场，但是突如其来的变化让他有些措手不及。与在场的很多人一样，他也在注意从魁光阁上挂下来的那条标语，看着"打倒军阀"那四个字，正恍惚着，就听见一声清脆的枪响，一颗子弹从他耳边擦过。有人大喊有"刺客"，他连忙低下头去，伏在马背上。接着又是一声枪响，然后，便是一阵"噼里啪啦"的乱枪，刺客已被打死了。

这时候的混乱才是真正的混乱。有人在尖叫，有人在乱跑，有人在大声地呵斥着什么。亚声和丽君还站在街对面，一动不动，看着倒在地上的刺客，神情黯然，依依不舍地看了一会儿，转身混在人群里离开了。

整个刺杀过程都发生在希俨眼前。那个刺客就是与丽君和亚声一起过来的年轻人，他刚刚就坐在希俨身边喝着豆浆。等队伍行进到自己面前时，希俨看见他飞快地打开布包，从里面拿出一把手枪，然后直冲出去，对着骑在马上的冯焕庭连开了两枪。

2

秀兰对大明照相馆拍的那张小照片十分满意,照相时她一直抿着嘴,不让自己笑。希俨不住地说要带点笑,她故意不笑,就是不笑,结果照片拍出来,还是甜甜地有点笑意。无论秀兰还是希俨,当时都不会想到为什么要拍这张照片。女孩子总是爱美,吴有贵让女儿拍照,秀兰求之不得,高高兴兴地去了大明照相馆。取了照片回来,将照片交给了她爹吴有贵,自己又偷偷地留了张样片,没事的时候就拿出来自我陶醉欣赏。

吴有贵是个典型的败家子,说他败家,也没有什么了不得的家当可败。他家好像从来也没富裕过,他从小已经习惯了家无隔夜粮的日子,朦朦胧胧地活着,有钱是有钱的活法,没钱是没钱的活法。本来还有几间祖上传下来的旧房子,青砖小瓦马头墙,三钱不值两钱地让他给赌输了,从此一直在大杂院里租房子住。他老婆在秀兰十岁的时候跟人跑了,也没人知道去了哪里,再也没有回来,再也不会回来。老婆跑了,吴有贵也不着急,急也没用。离他住的地方不远就是著名的花街柳巷,有老婆时,他都会隔三岔五地往那儿跑,没老婆了,更是有钱也去,没钱也去。有钱就当回嫖客,没钱就想方设法在那儿挣钱。妓院永远不缺做下手打杂的男人,而且妓女和嫖客的钱都特别好赚。

吴有贵有一个固定的老相好朱氏,因为专门帮人做媒,都叫她媒婆朱。朱氏巧舌如簧,促成了无数对姻缘,自己的家庭却十分不堪。她年纪轻轻守了寡,有三个儿子,好不容易把儿子拉扯大,一个接一个娶媳妇,娶了媳妇忘了娘。朱氏这个婆婆比媳妇凶,比媳妇厉害,然而儿子一个个又比老娘更凶,比老娘更厉害。她受不了儿子的气,盘算着搬出来与吴有贵一起过。吴有贵就一个女儿秀兰,早晚都要嫁人。朱氏一直对吴有贵吹牛,说要帮秀兰找一个好人家,这话讲了许多年,始终没有兑现。

终于到了要兑现的日子。原来拍这个照片,也是朱氏的主意。吴有贵拿到女儿照片,与朱氏约好见面,见面地点就在离朱氏家不远的来凤茶楼。见面时,将装照片的小袋子递给朱氏,朱氏见里面不止一张小照片,便把几张照片都倒出来,对比了一下,发现原来都是同一张底片翻印的。看着照片上的秀兰,她连声说拍得好,说拍得比真人还漂亮;又说秀兰这丫头活蹦鲜跳,越看越水灵,越看越招人喜欢。吴有贵十分得意,说还有什么好说的,你也不想想,她是谁的女儿,说完了,更得意地补了一句:

"我跟你说,秀兰她娘当年,也不输给她。"

朱氏脸上立刻略有不快,说:"瞧你那得意!好了,知道你媳妇当年也是个美人胚子。"

吴有贵看她不高兴:"你看你看,说变脸就变脸了?我媳妇都跑了那么多年了，就他妈跟死了一样，你还吃个哪门子的醋。"

朱氏看看四周："喂喂，你也是太滑稽了，我吃醋了吗？真是的，根本挨不上的事，我又不是你什么人！"

吴有贵老不正经地说："嗨，你是我的什么人，这条街上，谁不知道？"

茶楼的伙计阿狗提着茶壶过来，笑着调侃了他们一句："哟，二位老相好，又在这儿碰头了。"

朱氏大怒："怎么说话呢，没大没小。"

阿狗涎着脸："什么叫没大没小，就你们两个那点破事，这条大街上，谁还能不知道？"

吴有贵露出得意之色，那意思很明显，他并没有说错，大家都知道他们是怎么回事。朱氏不理睬阿狗，他倒是越发来劲，声音高得整个茶馆都听得见：

"我说你们呀，这种事得背着点人！"

朱氏作势要打他："小狗日的，滚一边去。"

阿狗给旁边桌子沏茶去了，朱氏追着他的背影骂了一句"你个小兔崽子，不得好死"，眼睛却盯着一位茶客刚扔在地上的香烟头。那烟头还有一截，还在冒着烟，见那茶客走了，朱氏连忙上前捡起来，急急忙忙连吸了两口，直到烫手，才又将烟头扔了。这时候，又有一位茶客扔了个烟头在地上，这次却是用脚踩了一下，将那烟头踩瘪了。朱氏看在眼里有些心疼，待茶客离去，再次弯腰去捡那烟头，捡起来，捏捏圆，还准备再吸两口。吴有贵看不下去，从口袋里掏出火柴和抽了半包的香烟，很不屑地说：

"你要抽烟，干吗要捡别人抽剩的烟头？"

"烟头又怎么了，你也没少捡过。"她拿过火柴，点手里的烟头，抽了没两口烫手，赶快扔了，看了看吴有贵，不无讽刺地说，"现在还真行呀，女儿还没嫁出去，已抽起整包的香烟了。我这人呢，就是穷命，看别人浪费，心里头舍不得。不像你，穷得快要卖女儿了，照样一副阔气派头。"

吴有贵从烟盒里拿出烟，自顾自地点了一根，一边抽，一边悠悠地说："女大当嫁，把自己的女儿嫁出去，这个又能有什么错？"

朱氏看他那腔调，忍不住要摇头，但似乎也没什么话可以反驳："话倒是不错，要给你家闺女秀兰找婆家，我这媒人还能不好好地算计？怎么也得选个好一点的，你说你以后还能靠谁，不就全靠这闺女？"

吴有贵听着，好像很有道理，点了点头，长长地吸了一口香烟；忽然想到朱氏也抽烟，便从口袋里又掏出那包香烟，问她抽不抽，要不要也来一根。朱氏看着他手上的香烟盒，说也不想浪费你的烟了，你就把手上的这根，直接让我呼两口算了。吴有贵把那烟递给她，嘴上还在客气，说不就是一根烟吗，要抽就抽一根，拿一根去好了。朱氏接过那支抽了一半的香烟，猛吸几口，又还给了吴有贵，带着几分体贴，说你也不要穷大方好不好，我反正抽不了一根的，能将就着呼上几口就行。

正说着，侦缉队王队长带着一名手下走进茶馆，从他们身边走过。他与朱氏显然认识，打过交道，很客气地对她点一下头，算是招呼，径直向角落里一张桌子走去。那张桌子坐了两个人，看见王队长到了，连忙毕恭毕敬地站起来，一看就知道事先约好了要在这儿见面。朱氏对吴有贵使了个眼色，压低嗓子，说见了这位王队长，她突然也想起来一件事，这人倒是也曾托她帮着找个媳妇。

"老吴你看看，觉得刚刚过去的这位怎么样，看着好像也挺合适。"朱氏的媒婆本色顿时显露出来，很有把握地说，"我待会儿就把秀兰的照片让他看一眼。你们家秀兰这么漂亮，他看了一定会喜欢。"

3

侦缉队王队长叫王可大，这一年正好三十岁。二十岁那年，王可大进了江苏省立警察学校，这所学校的前身又叫"南京警官养成所"，民国二年改了名字，过了没两年，学校停办。王可大也算是勉强毕业，也算是有一纸证书，好歹找到了一碗饭吃。北洋时期，军阀混战，谁打赢了谁狠，谁狠谁就可以在南京称王。王可大所在的侦缉队，名义上属于江苏省会警察厅管辖。在军阀割据时代，强者为王，只能是谁厉害就听谁的使唤，谁掌管这个城市就为谁办事。

孙传芳亲自去江西督战了，城防已移交给张宗昌的奉鲁联军。此时南京城里最有军事实力的部队，无疑就是冯焕庭的七十二师。对冯焕庭的一次未遂刺杀，传得沸沸扬扬，弄得人心惶惶。王可大这个侦缉队长被喊到了七十二师师部，让一位姓孙的副师长好一顿痛斥，责令他立即破案。自从干了警察这差事，王可大经常被这样训斥。民国以后，抓不完的乱党和逆犯，先是倒袁，要抓反对袁世凯当皇帝的人，紧接着又抓支持袁世凯当皇帝的人。然后张勋复辟，辫帅刚在北京那边宣布要把十二岁的溥仪请出来，改年号为宣统九年，南京这边已经认定张勋是逆贼，要全民申讨之，要捉拿附逆诸凶。然后直系军阀牢牢掌控着南京，再然后奉系军队打过来，直系军队又打过来，现在又是奉鲁联军。反正这南京城里换一拨主人，王可大便得抓一回乱党。

这一次，王可大是在来凤茶馆与线人见面，他得到的确切情报，是乱党肯定藏在金陵大学里面。自民国以来，"乱党"和"革命党"两个词经常混用，而大学往往是最好的藏身之地。因此王可大对线人的情报也是将信将疑，并不是十分当真。大学生年纪轻火气大，思想激进，很容易受革命党人的鼓动。不过线人接下来提供的情报，引起了他的重视，那就是在金陵大学的大学生中，不仅有可能隐藏着革命党人，而且还藏着一把枪。

王可大觉得这话不是开玩笑："你们看准了，真有枪？"

"真的有枪。"

"有枪就好办，有枪我们就可以抓人。"

"枪就藏在那什么剧社后台的箱子里。"线人很有把握地比画了一下，表示他看到的是一支士兵使用的步枪，"这么长的一把枪，我看得清清楚楚，不是演戏的道具，是真家伙，绝对是真家伙。"

王可大的手下对线人的话还有些怀疑，说革命党人搞暗杀，毕竟不是儿戏，为了便于携带，他们用的都是短枪，这长枪太显眼了，也不好使唤，带进带出太不方便。王可大觉得手下的怀疑有道理，不过只要是有枪，只要敢私下里藏枪，事情就好办，就可以先抓人，抓了再说，抓错了也没什么大不了。本来是这大学生不好惹，有了枪，那就是有了把柄，有了把柄就不怕学生再闹事。

第二天，王可大换了制服，带着几个巡警去金陵大学捉人。制服的上衣口袋，一边搁着嫌犯照片，另一边搁着秀兰的照片。王可大结过一次婚，是老家的童养媳。他从警察学校毕业，由着老母亲的意思圆房，生了一个女儿，夫妻之间也就那么回事，谈不上恩爱，也不能算不恩爱。女儿刚两岁，媳妇生了一场病，不明不白地死了。媳妇一死,王可大才想起她的种种好来,一时间也就没有再娶的念头。女儿丢在乡下由老母亲照顾,自己在南京过着单身警察生活。好不容易熬到了侦缉队队长,有心给他说媒的人多起来,他自己也有了再娶的意思,随口托过一次朱氏,于是就有了昨日在来凤茶馆的一幕。茶馆里的碰头结束,王可大领着手下往外走,守候在门口的朱氏笑嘻嘻地叫住了他,一口一个要见你王队长太不容易,说了没几句,直奔主题地为他做起媒来,把秀兰的照片硬往他手里塞。

照片上的秀兰让王可大动了心,越看越喜欢,有点一见钟情的意思。男人嘛,见着漂亮女孩都会有些那个,况且这是为自己介绍对象,中意不中意都很正常,有点动心也没什么不对。他在心里盘算,觉得这件事若要当真,真要想进行下去,肯定要等手上的这件公务告一段落。到那时候,再去找朱氏问个明白,弄个仔细,毕竟照片上的人,还只是个虚幻的影子。没想到第二天到了金陵大学,按图索骥找到了蓝心剧社,还没有开始搜查捉人,倒一眼先认出了秀兰。

说是一眼就认出秀兰也有些夸张。蓝心剧社的社址藏在金陵大学的大礼堂里,礼堂很大,后台也很宽裕。进了大礼堂,舞台上有人在排戏,舞台下还有观众在看戏。王可大领着手下走向舞台,走到舞台前面,回过头来,看见了坐在台下看戏的秀兰。事情还就是真的如此凑巧，他觉得眼前这个人似曾相识，怎么这么面熟，好像刚刚见过，想了一会儿，便从口袋里往外掏照片。掏出的第一张照片是通缉嫌犯的照片，他看了一眼，交给了身边的手下，接着换了一个口袋继续掏，掏出了朱氏交给他的秀兰的照片。这一比对，毫无疑问，就是眼前的这个女孩子。手下也凑过头来看，不明白队长手上怎么会突然有一张女孩子的照片，十分好奇地盯着。王可大也不做解释，把照片往口袋里一塞，很冷静地指了指旁边的空座位，示意手下先坐下来看会儿戏。

4

大礼堂正在排演俞鸿的新编话剧《潘金莲》，秀兰和希俨端坐在下面看排戏。这个时候，两个人这样坐在一起看戏，多少有些蹊跷，有些不太很合适，很容易引起别人误会。毕竟是男女有别，秀兰只是不当回事地跟希俨随口一说，稀里糊涂就变成了事实。现在，他们紧挨着坐在一起，台上演员说着火辣辣的台词，秀兰开始有点坐立不安。和希俨毕竟只是普普通通的邻居，门对着门，平时抬头不见低头要见，说到底是一种熟人关系。两个人约了一起出来，一起去看希俨的同学排戏，她爹吴有贵知道了，肯定不会有好话。

真要说起希俨这个人，秀兰多少还是有些好感。对方知道自己是穷学生，知道她父亲吴有贵不会喜欢穷学生，与她始终保持适当距离。平日里两个人交往，秀兰虽然主动，但决不是那种心里有算计的女孩，明知道与希俨在未来不会有什么结果，只是觉得在一起很愉快，能一起说说话就一起说说话，能一起玩玩就一起玩玩。自从去大明照相馆拍了照，取了照片，秀兰也逐渐知道吴有贵的真实用心，他无非是急着想把女儿嫁出去。要嫁给谁，当然是她爹说了算，秀兰不过是想到了有些不甘心不愿意。

每个月的初七日，二房东王胖子必定会来收房租，话照例会不太好听。无论是希俨，还是吴有贵，总免不了手头拮据。同是天涯沦落人，王胖子教训希俨，说来说去，少不了那句"没钱你还上什么大学"。数落起吴有贵，话更难听，什么伤人的话都会说，什么话都能说出口。偏偏吴有贵也是个嘴上不肯认输的人，人穷了志还不短，一开口必有大话，一开口就是等我有钱的时候，等我们家秀兰嫁了人以后。王胖子早就把他看死了，说就你这样的，就算是把女儿卖了，也神气不了几天。

王胖子最烦吴有贵动不动喜欢提女儿嫁了会怎么，好像女儿是他的一笔多么大财富，好像秀兰马上就要嫁给一个有钱的大阔佬。有一次，王胖子好心给吴有贵出主意，说秦淮河边的小西湖刚刚开业，很想弄两个丫头去唱唱歌什么的，这小西湖小本生意，正经八百的红歌女也请不起，托他随便找几个人试试。王胖子觉得秀兰就挺合适，歌唱得怎么样，他也不懂，起码她人倒是长得还可以。

吴有贵十分傲气地说："你想让我们家秀兰去当歌女，去卖唱当歌女？"

王胖子不当回事地说："歌女怎么了，卖唱怎么了，又不卖别的什么？"

吴有贵勃然大怒："王胖子我告诉你，不错，吴有贵是欠着你的房钱，但你别瞎打我们家秀兰主意好不好？"

王胖子说："什么叫瞎打主意，我这也是好心。"

吴有贵说："收起你那个狗屁的好心！"

王胖子以退为进："好好好，算我没说，算我没说。我不就是看秀兰平时喜欢哼那么几句吗——好，算我多嘴，反正说一千道一万，这房钱——"

"你王胖子放心，大不了是嫁女儿还钱，我吴有贵也不可能一直都穷，到时候，这破地方请我住，我还不一定肯住呢。"

这时候，有个叫潘六的从外面进来，吴有贵前面说什么没听见，最后几句都听清楚了。潘六一看就是个混混，也在这个院子里住，房租是从来不缴，一直都是二房东王胖子帮他垫付。王胖子见了潘六头大，赶快就绕着走。吴有贵气鼓鼓又意犹未尽，突然发现王胖子已溜了，人不在了，再回头一看，潘六正冲着自己冷笑。

潘六说:"好,好,有种,有种。老吴,这话我可是都听见了,大不了把女儿嫁了还钱,有你这话,我这赌债,它是跑不了了。"

吴有贵没想到自己这话会让潘六听见,嚣张气焰立刻没了,人也顿时矮了半截。拿人手短吃人嘴软,谁让他欠着潘六的钱呢,欠谁的钱都好办,欠潘六的钱就好不办。潘六对着吴有贵上上下下打量了一番,继续放出了狠话,说这一条街上,谁都知道他潘六是专门替别人要债的。俗话说,杀人偿命,欠债还钱,这些都是天经地义,你现如今要嫁女儿还钱,这很好,很好,那就请给个准日子,到时候连本带利一起还清。吴有贵急了,一口一个"六爷你听我说",潘六根本不想听他说,将拳头握了起来,对着吴有贵晃了几下,冷笑着说:

"我不听你说什么,潘六的拳头只认得钱!"

潘六的拳头只认得钱,在秀兰的心目中,他爹吴有贵也一样是只认得钱。上面的一番话她没有听见,类似的议论经常在她耳边回响。秀兰仿佛任人宰割的羔羊,仿佛砧板上的鱼肉,因此很有些郁闷。因为郁闷,只要希俨在家,只要她爹吴有贵不在家,她就不停地往希俨那里跑;反正是门对门,大家的门都是开着的,一抬腿就过去了。小时候,她娘还在的时候,秀兰也算念过几天小学,也还能借助字典凑合着看报纸,知道一点点新闻。这一段日子,都在说俞鸿的新戏《潘金莲》,秀兰不知道"潘金莲"是谁,对《金瓶梅》

的故事更是一无所知，只是到处听人议论，说这个戏很大胆很那个，而且有伤风化。秀兰脑袋毕竟简单，别人说什么也听不懂，有的话说着说着，看见她在场，就不往下说了。有一件事秀兰是知道的，那就是演这个戏的蓝心剧社，是金陵大学的学生发起，跟希俨很熟悉。秀兰十分好奇，想不明白，为什么好端端的大学生，不好好读书，非要出头露面地去演戏。

让秀兰更想不明白的，是大学生不仅出头露面演戏，还男扮女装。男扮女装演戏还不算稀罕，关键是这个女主角不是别人，竟然就是希俨的好朋友绍彭。想想都觉得好玩，秀兰的好奇心十分强烈，央求希俨带她去看排演。希俨也没觉得是什么大事，看排演就看排演吧，跟绍彭问好了日子，就真把秀兰带去了。没想到彩排看到一半，王可大带着几名巡警走了进来。

当时在现场看彩排的还有这个戏的剧作家俞鸿，还有绍彭的未婚妻碧如，还有碧如的表姐丽君，还有丽君未婚夫亚声。眼见着突然走进来几位巡警，大家都有些紧张。俞鸿虽然已是名流，外面都在盛传他这个戏过于大胆，走了淫秽路线，要对他进行封杀，要抓他起来吃官司。几个月前，五省联军总司令孙传芳大帅一怒之下，查封了画裸体模特的上海美专，并下令通缉刘海粟。现在孙本人去了江西前线，那面战事吃紧，但大帅的权威还在，下一道命令把他姓俞的给抓起来，还真不是个什么事。

秀才遇到兵，有理说不清，俞鸿心中忐忑不安，坐他旁边的丽君和亚声更是紧张，都觉得这些巡警是冲自己而来，显然是要来捉拿他们。希俨坐在他们后面两排，看着这两个人的后脑勺，心里也是这么想的。那天刺杀冯焕亭的一幕，他看得十分真切，现在巡警突然出现了，不是抓他们还能抓谁。舞台上的戏还在排演，王可大示意手下看一会儿戏，大家也就乐得服从命令听指挥，或坐着或站着，看那戏怎么往下演。这时候，正在排演的是《潘金莲》中剖心那一段，扮演武松的演员沈雨初手拿朴刀，正欲手刃潘金莲，嘴里有腔有调地大喝了一声：

"你这淫妇！"

扮演潘金莲的绍彭便用力掀开胸前的衣服，"扑通"一声跪下，十分矫情地念着台词：

"二郎，这雪白的胸膛里，有一颗炽热的正在燃烧着的心，这颗心已经给你多时了，它早就是你二郎的了。你不要，你不要，我只好权且藏在这里。可怜我已经等着你多时了，你要割去吗？请你慢慢地割吧，让我多多地亲近你。"

扮演武松的沈雨初又是一声断喝：

"你——你这淫妇！"

绍彭扮演的女角潘金莲出神入化，俨然是一个很正面的人物形象，相形之下，沈雨初的武松并不太好，没有好汉气概，个头不够高大，台词念得也不够铿锵，反倒显得英雄气短。于是俞鸿站起来叫停，给演员现场说戏，说"你这淫妇"要两个字两个字分开念，"你这"后面要稍稍停顿一下，要很愤怒的样子。沈雨初便模仿俞先生的口气，念成"你这——淫妇"，依然有些僵硬，似乎还不如以前。绍彭忍不住要笑起来，十分做作带点女人气地捂嘴，给观众的印象是潘金莲在窃笑。沈雨初被他笑得不知所措，有些窘，也跟着笑起来，说你笑什么，有什么好笑的。绍彭干脆笑起场来，拿下披在头上的假发，连声说对不起，对不起，我实在是有点忍不住。因为身着女装，又化了戏妆，他一拿掉假的披肩长发，露出了自己的男人脑袋，所有看排戏的人都笑出声来，他的未婚妻碧如笑得抱住了身边的丽君。王可大和他的手下巡警也忍不住要笑，只有亚声还显得比较拘谨，脸上微微有一点点勉强的笑容。

　　公务在身的王可大当然不会忘记自己今天是来干什么的，他回头看了一眼正乐不可支的秀兰，示意手下的巡警都到后台去搜查，现场气氛立刻又紧张起来，场面有些混乱。绍彭不男不女的打扮依然还透着几分滑稽，他不明白发生了什么事，一头一脸的无辜。沈雨初用手里的朴刀指着王可大，说你们这些家伙捣什么乱，没看见我们正在排戏吗？俞鸿怒不可遏地站起来，向王可大讨要说法。王可大坐在那里不动声色，面无表情地看了看台上的沈雨初，看了看身边站着的俞鸿，再看看四周，又回过头来，看了一眼秀兰。她正十分惊恐地看着他，这是他们有史以来的第一眼对视。王可大不愿意给她留下什么坏印象，微微一笑，很潇洒地竖起手指，在空中挥了挥，让手下的巡警继续搜查。

不一会儿，搜查有了结果，有两位巡警找到了藏着步枪的木箱子，便将箱子搬到舞台中央，当众打开，取出里面的步枪。王可大从座位上站起来，径直走到了舞台上，从巡警手里接过步枪，一本正经地琢磨了一会儿，抬起头来，看着绍彭和沈雨初，问他们这枪是怎么回事，是不是与南方的革命党人有关系。台下的观众都有些震惊，齐刷刷地往台上看。俞鸿戴着一副近视眼镜，黑黑的眼珠子在玻璃镜片后面瞪得多大。

王可大带着几分得意地说："光凭这一条'私藏军火'的罪名，我就可以把你们统统给抓起来。"

台上的沈雨初与绍彭对看了一下，都笑了，根本没当一回事。沈雨初十分不屑，说光天化日之下，当警察也不能不讲个道理，就凭一把演出用的道具，你们就把我们给抓起来，凭什么呢？这不是笑话吗。沈雨初还只是嘴上讥讽，绍彭走到王可大面前，一把抢过那支步枪，说你看看清楚，看好了，你们都看仔细了，就是一把演戏用的道具，说着拉开枪栓，将枪口对准了王可大，顿时引起了一阵惊呼。王可大没想到会这样，没想到转眼之间，黑乎乎的枪口直直地对着自己，现场局势突然变得不可控：

"你、你赶快把枪放下——"

此时的绍彭因为他那一身打扮，仿佛一名愤怒的怨妇，一个带着些滑稽的潘金莲，他没有听王可大的话把枪放下，而是毫不犹豫地扣动扳机，就听见"砰"的一声，枪管里冒出一团火来，大礼堂乱成一片，胆小的女人赶紧用手捂眼睛，舞台上烟雾缭绕，巡警们一个个惊慌失措，东躲西藏各自保命。等到烟雾散尽，王可大安然无恙，原来那确实是用来演戏的道具，是用报废的步枪改制的，对人根本就没伤害。台下的人都看着他，他也盯着台下的人看，目光首先找到了秀兰，她的眼里仍然还带着几分惊慌。这时候，王可大突然看见了亚声，在此之前，他一直没有注意到这个人的存在，现在才突然发现，亚声与自己要缉拿的那个照片上的人十分相似。

5

形势发展得很快。孙传芳在江西前线大败的消息，开始在市民口头广为流传。报纸上还在说冠冕堂皇的大话，还在鼓舞北洋军队的士气；街上还在游行，还在集会，口口声声要反对和申讨南方的叛党。1927年元旦那天，南京民众还在新街口召开拥护国旗的同盟大会，宣誓效忠代表北洋政府的"五色国旗"。没人能预料接下来会怎么样，南方的北伐军与北洋的安国军激战正酣，鹿死谁手，究竟谁更厉害，最后谁能夺得天下，一时间还真没人能说得清楚。

这时候，南京城最重要的人物就是冯焕庭，他自然而然地成了各方势力的关注焦点。以亚声为代表的激进派，认为像冯这样手中沾着革命党鲜血的军阀，必须除之而后快，必须继续刺杀他，为牺牲的同志报仇。以李元老为代表的是国民党保守派，主张应该对冯积极争取，化敌为友，利用他的特殊身份，配合北伐军进行北伐。绍彭的同班同学沈雨初是南京最早的共产党，他的观点与李元老接近，觉得军阀是杀不完的，像割韭菜一样，杀了这一个，更多的还会冒出来，因此能够争取冯实为上策，发动更多的革命群众才是根本。大街上，声势浩大的捍卫五色国旗大游行正在进行，亚声与沈雨初和李元老的争论还在继续。大家约好在一家酒楼碰头，外面游行的口号震天动地，他们一边喝酒，一边商量，商量来商量去，还是谈不到一起，只能各行其是，按照自己认定的方向去进行。亚声仍然盘算着暗杀计划，李元老继续谋划对冯的策反，沈雨初则负责策划发动底层，唤起民众的革命热情。

北洋方面对冯焕庭的态度也充满了分歧。孙传芳的五省联军加上张宗昌的奉鲁联军，已变成了七省联军，总司令是张作霖，孙传芳和张宗昌分别是副司令。在山头林立的北洋军内部，冯焕庭虽然已经混到了师长，但是他的门派从来都不是很清晰，谁的嫡系都谈不上。他属于那种标准的职业军人，既不是谁的嫡系，也谈不上有什么生死之交的亲信，他的地位都是靠货真价实的军功获得的。打仗时，他指挥的部队总是可以在关键时刻派上用场，有过多次扭转战局的不俗表现。现在，南方革命党人要刺杀冯焕庭，南方革命党人要策反冯焕庭，两种截然不同的小道消息，在军队内部悄悄流传，都说得有鼻子有眼，都说得跟真的一样，以至于大家都不知道相信谁的话才好。

同样，刺杀和策反冯部的小道消息，也传到王可大耳朵里。这两种消息的共同点，意味着不管怎么样，冯焕庭都会处于非常的危险之中。王可大又一次被喊到军法处训话，仍然还是七十二师那位孙副师长亲自召见，然而话题已转变。孙副师长显然在怀疑冯会临阵倒戈，他对是不是有人要刺杀冯焕庭已经不感兴趣，更在乎的是冯是不是在悄悄地与南方革命党人联络。因此，王可大的任务不仅仅要缉拿刺客，还要非常仔细地防范可能会有的说客。这是一次非常秘密的交谈。孙副师长向王可大交底，现在的冯焕庭确实是个危险人物，正处在不得不死的位置上。如果他坚定不移地站在北洋一边，对于正在北伐的革命军来说，此人非杀不可。如果他生了二心，与南方革命党人有什么联络，有确凿的通敌嫌疑，那么北洋方面便应该先下手为强，先自己除去冯焕庭。

很快到了《潘金莲》公开上演的日子，有关这部戏"诲淫"的议论早就沸沸扬扬，民众的好奇心被引发，大家都在拭目以待。因此一方面，北伐革命军兵临城下，古老的金陵危在旦夕；另一方面，习惯了醉生梦死的南京市民，仍然兴致勃勃地准备看戏，开演前三天票已经售罄。更让人意外的，报纸上居然很醒目地登了预告，说镇守南京的七十二师师长冯焕庭，届时将亲临现场观看首场演出。

或许冯焕庭只是想向市民表达他的镇定，说明南京城防固若金汤，根本不在乎北伐的南方革命军。大将军临危不乱，这才是地道的英雄本色。或许冯确实和革命党人有了接洽，已经得到了革命党人的许诺，甚至已经成为革命党的内应，稳坐钓鱼台上，根本不用担心北伐大军会不会打过来。总之一句话，冯焕庭决定出席《潘金莲》的首次公演，确实起到了稳定军心的作用，大家更希望见到歌舞升平，更希望离战争远一些，希望形势不要像传说中的那么紧张。然而希望毕竟只是希望，大家看到的都还只是表面现象，事实上，情况早已是非常危急，图穷匕首见，各方势力的较量都到了不得不摊牌的地步。

亚声不会放过这个千载难逢的好机会，他意识到替战友报仇的时刻到了，为完成对死去战友的诺言，亚声决定不惜牺牲自己生命。

然而他的一举一动，都在王可大掌握之中。自从那天彩排以后，一直有侦缉队的人在监视着亚声，亚声的来头早被王可大掌握得一清二楚。一直不抓他是孙副师长的旨意，因为孙副师长相信，只要这个亚声真是南方的革命党人，那么他就是一块检验冯焕庭是否通敌的试金石。

因此当亚声站起来，拖着一条受过伤的瘸腿，一瘸一拐走向冯焕庭，刚掏出手枪，还没来得及瞄准射击，王可大的两名手下已迫不及待，饿虎扑食地冲上前，一把将他牢牢按住。根本不可能有一点点机会，一点点的机会都没有。甚至连冯焕庭都没意识到自己眼前发生了什么事，他完全没有弄明白，正在准备看戏的观众也没弄明白。刺杀还没有开始，刺杀刚刚开始，已经令人感伤地结束了。演出照常进行，侦缉队的人将亚声押走了，同时带走的还有丽君。因为亚声被死死地按在地上的时候，她也试图接近冯焕庭；而在她的身上，经过搜查，最后发现了一把藏在隐秘处的小刀，一把十分锋利的小匕首。

第三章 ◎

黄金十年

亚声的遗骸

1

1927年2月底，南方的国民革命军开始准备攻打溧水和高淳，这两个后来属于南京的郊县根本不经打，北伐军的江右军一路过来，枪炮声尚未响起，高淳县知府已闻风而逃。几乎在同时，驻扎在溧水的直鲁军也明哲保身，悄悄地退守到了江宁的秣陵关。北伐军形势一片大好，负责攻打南京的江右军第二军军长谭延闿，副军长鲁涤平，都是湖南人，也都是国民党。党代表是李富春，也是湖南人，是共产党。第二军的精锐之师是第六师，第六师师长叫戴岳，湖南人，是国民党；第六师的党代表兼政治部主任叫肖劲光，也是湖南人，是共产党。

好像整个南京城就是被湖南人打下来的。北伐军的第六军军长程潜是攻城总指挥。他也是湖南人，也是国民党；他的政治部主任林祖涵，同样是湖南人，同样是共产党。第四十军军长贺耀祖还是湖南人，他带着部队猛攻通济门，从南京城的东南角杀了进来。第二军在鲁涤平指挥下，直接攻破了洪武门。南京城又一次领教喜欢吃辣椒的湖南人的厉害。六十三年前，曾国藩兄弟带着湘军将南京团团围住，最后攻入南京城，平定了太平天国，杀人如麻，落下了"曾剃头"的恶名。现如今这一幕，硝烟再起，仿佛又是当年的历史重演。这个城市又一次无可阻挡地陷于湖南人之手，南京人都是"大萝卜"，政治上一向糊涂。北伐军从广州一路打过来，南京的老百姓在一开始勉强能记住的，只是来了一些"湖南骡子"，也分不清什么国民党和共产党，反正都是来自南方的革命党。

自民国以来，各式各样的战乱就没有停止过，你方唱罢我登台，有理无理最后都要靠毛瑟枪才能解决。孙中山当上了临时总统，袁世凯成为正式大总统，袁世凯又称帝，革命党人倒袁，辫帅张勋复辟，各路军阀没完没了混战，皖系和直系对打，江苏督军齐燮元与浙江督军卢永祥开战，江浙大战又直接导致直系与奉系的对决。战乱不止，人祸不绝，南京城因此不复安生，老百姓就只好跟着一次次倒霉。

城破之后，抢劫照例无法避免，胜利者三日不封刀。北伐革命军是胜利之师，不能像那些不革命的军人一样，然而仍然也会出事，出了事,就把责任往溃败的直鲁联军身上推卸,推卸到本地的流氓地痞身上,后来又干脆全推到了北伐军内部的共产党那里。事实真相最后谁也说不清楚,兵荒马乱之际,向来都是坏人的发财机会。遇上这样的机会,谁都有可能趁机捞上一把,谁都有可能丧失人性。南京市民感到非常悲哀,非常无奈,眼看着他们的城市又一次易主,又一次被趁火打劫,富人被抢,妇女被奸,儿童被杀,房子被烧,这些曾经有过的历史再次重演。

情况开始失控,战乱引起抢劫,不仅针对平民百姓,很快发展到矛头指向居住在南京的外国人。外国侨民受到攻击,享受外交豁免权的洋人领事馆,一样遭受暴民洗劫。中国人向来内战内行,外战外行,起哄时最来劲,根本不在乎什么叫严重后果。都说老百姓怕官,当官的怕洋人,洋人怕老百姓。话是这么说,事实上当然不是这样,外国人的事情没有那么简单,洋人可不好惹;你他妈真敢袭击我老外,我就立刻跟你玩帝国主义,让你见识一下我洋人的厉害。停泊在长江里的英美军舰,开始用远程大炮猛烈轰击,炮弹像暴雨一样洒落在南京城内,一时间火光冲天。鼓楼丹凤街高楼门一带,到处都是爆炸声,到处鬼哭狼嚎。

国民革命军的口号是"打倒列强,打倒列强,除军阀",现在的北伐军是胜利之师,帝国主义列强敢这样对待我们,居然敢用武装干涉中国革命,是可忍,孰不可忍。于是事态开始进一步扩大,双方都捋起了袖子，都准备你死我活地干上一场。帝国主义的军队不怕，中国的军队也不怕，害怕的是各自的老百姓。1927年北伐革命军进入南京，给南京城里的外国侨民造成了非常大的恐惧。后来获得诺贝尔文学奖的美国女作家赛珍珠，正在书房埋头创作她的小说，正沉浸在小说的情节中，突如其来的混乱让她不得不赶快离开，变成一名狼狈不堪的洋难民。不只一名外国人被抢劫，也不只一名外国人被杀，帝国主人与中国结怨已久，仇恨早已淤积在那儿，暴力一旦蔓延开来，事态就再难以控制。

历史真相往往会被掩埋，被遮蔽；被掩埋和遮蔽的真实原因，不只是因为后来歪曲，因为加工篡改，还因为当时就没有认真弄清楚。一条条耸人听闻的小道消息不胫而走，流言蜚语像色彩斑驳的蝴蝶一样在空中乱飞，没人知道它们是怎么来的，来源不重要，真假也不重要。大家就是忍不住要议论，要分析，要探讨个没完没了，要在嘴上过一把瘾。有人说，英国领事被愤怒的北伐军士兵拉到了市中心，用一把青龙刀斩首示众。有人说英国领事夫人被二十七名北伐军士兵轮奸至重伤，此外还有上百名西方外国妇女被强奸。中国人对帝国主义的刻骨仇恨，似乎在短短的一瞬间，得到了最充分的宣泄，当时中国人最恨的还是大英帝国。

对日本人的仇恨也在增加。据日本的媒体报道，此次事件中，日本重伤五人，被强奸者有三十五人。与英美表现出的强硬态度有所不同，日本帝国主义显得非常克制，他们的海军陆战队遵照政府训令，竟然没有进行抗击，并且拒绝参与英美的行动。负责保卫领事馆的海军少尉荒木，自责未能完成护卫使命，竟然剖腹自杀。

南京市民的死伤，没有一个靠谱的数字。秀兰听父亲吴有贵绘声绘色地说过，朱氏的媳妇娘家出了事，一队士兵喊着整齐划一的口号经过那条街，两名掉队的士兵偷偷溜进朱氏媳妇的娘家，将她媳妇的弟媳母女给糟蹋了，可怜那小女孩才十五岁。俞鸿家的厨子上街买菜，一颗流弹飞过来，将他一条右腿给打断了。

2

转眼间到了1927年的12月13日，这一天是亚声与丽君结婚的大喜日子。过去这段时间，南京城又发生了很多事情。北伐军来了，北洋军跑了。国民政府在稀里糊涂之中，匆匆忙忙地成立了，南京稀里糊涂地就成了首都。老百姓一时真搞不清楚什么叫国民政府，南方的革命党人动不动喜欢弄个政府，一会儿叫临时政府，一会儿又叫什么军政府。北伐军在广州有一个国民政府，在武汉又有一个国民政府，现在南京再突然冒出来一个。武汉国民政府与南京国民政府老是吵架；都属于北伐的国民革命军，都说对方叛变革命。南京这边蒋介石先和共产党翻脸，一翻脸就往死里整，下手非常狠，逮着了便杀头，就枪毙；武汉那边汪精卫大声谴责，不光嘴上说说，还准备东征，要派兵过来收拾蒋。天下未定，鹿死谁手还难说，北洋政府还在北京发号施令，北洋军队实力还在，还在准备卷土重来，北伐革命军这边已经自己跟自己要干起来。

武汉国民政府很快也开始剿共，一点不比蒋介石心慈手软，该杀的都不放过。再然后就是欢欢喜喜的宁汉合作，武汉国民政府屁颠颠跑到南京来了，双方大员坐下协商，共同分享革命成果。令他们头疼的共党问题暂时解决了，该清的党都清了。"革命尚未成功，同志仍须努力"，北伐还要继续。就在这时间节点上，作为军事领袖的蒋介石撂挑子不干了，突然宣布辞职下野，开始猛追宋美龄。英雄难过美人关，美人也难过英雄关，事实证明蒋是撩妹好手，打仗有一手，追女人同样有一手。宋美龄是孙中山的小姨子，当时最有名的民国名媛，结果短短几个月，蒋介石就唱了一出"爱江山更爱美人"的好戏。宋美龄母亲倪老夫人当时正在日本疗养，为了获得未来丈母娘同意，讨得她的欢心，他不惜千里迢迢地跑到日本去求婚。

1927年12月1日，蒋介石与宋美龄喜结良缘，消息成为各大报纸的头条新闻。南京人都在议论这事。已过了十多天，亚声和丽君的婚礼上，大家还在回味蒋宋联姻，还在讨论他的东山再起。蒋介石成了大家心目中的英雄，都觉得能像他这样才不枉为男人，才叫活得潇洒；尽管他人已下野，不过问政事，国民党内请求他赶快复出的声音，却一浪高过一浪。亚声和丽君的婚礼谈不上特别隆重，也还算说得过去。亚声父母早已过世，他是新派人物，亲情看得很淡，兄弟姐妹虽在，根本没想过还要通知他们。丽君母亲也过世了，她的父亲和继母在北京做官，兵荒马乱地也不可能赶过来。好在她弟弟瑞麟刚从国外留学回来，带着新婚的卡蜜拉，一个漂亮的比利时美女。这位金发碧眼的洋媳妇，立刻成为婚礼上一道很特别的风景。

俞鸿带来了一位上海的女电影明星。女明星一到场，想不引人注目都不可能，就连古怪和保守的丽君舅舅薇堂老人，也提出来一定要与她拉拉手，还戴上了老花眼镜，很认真地欣赏了一番现实中的女明星。薇堂老人不久前刚看过这位女明星的电影，能和电影里的女人拉拉手，老人家觉得很神奇。这是一场完全模仿西方的新式婚礼，新郎穿一身刚裁剪出来的黑色西服，新娘是到处挂着流苏的白色曳地长裙。婚礼开始不久，新郎和新娘在大家的掌声中开始跳舞，跳了一会儿，亚声的一条腿受过伤，有点跛，结果就是新娘与自己的弟弟瑞麟一起跳。在他们的带动下，现场会跳舞的男人都开始寻找舞伴，俞鸿与女明星跳了一曲，兴致勃勃地又去邀请卡蜜拉，用自己半生不熟的英语与她搭讪。

就在这时候，身着北伐军军装的冯焕庭出现了。他的出现并没引起太大动静。在 1927 年的南京街头,身着北伐军服的军官如过江之鲫,多得数不清。婚礼越来越热闹,舞蹈还在继续,大家沉浸在欢快的音乐之中,没人注意到冯的到来。甚至新郎亚声一开始也没在意。他最先看到的只是冯的背影,一个身材高大穿着国民革命军制服的军官,在那边与人打招呼,向正在跳舞的俞鸿挥手示意,与坐在那手上端着紫砂壶喝茶的薇堂老人拱手致敬。等到冯焕庭完全转过身来,正面对着自己,笑容可掬地向他走过来,亚声才看清楚这个人的面目,才突然意识到眼前的这个人是谁。

这个人正是亚声念念不忘试图要刺杀的冯焕庭。在亚声的想象中,冯焕庭已无数次地被自己击中,他已经死过无数次。亚声的子弹击中了冯焕庭的心脏,他又在冯的脑袋上补了一枪。亚声不止一次地想象自己举着枪面对他,想象自己对着他瞄准,想象自己把枪管伸进了冯的口中,轻轻地扣动扳机。在想象中,冯焕庭脸上显现出了临死前的恐惧,死到临头罪有应得,他甚至都来不及求饶,来不及说一声你饶了我吧,就被亚声给无情地击毙了。

亚声与冯焕庭的私愤公仇,真要加在一起,可以好好地梳理一番。说起来,他们也算是大同乡,都是安徽无为人。亚声的一个叔叔与冯焕庭还是安徽陆军小学同学,后来又一起进了南京陆军中学。亚声与冯焕庭的纠葛,必须要从亚声的这个叔叔说起。

亚声姓郭,是当地名声赫赫的世家,只是到亚声父亲那辈,已破败得不成样子。1906年废除科举,郭家意识到靠读书再不会有出路,便让亚声叔叔去从军,先进本省陆军小学,毕业了,又到南京去读陆军中学。1911年辛亥革命,武汉那面先打起来,形势一度很吃紧,眼看要顶不住了,革命党人通电全国,号召有热血的青年赶快前去支援。正在陆军中学读书的亚声叔叔和冯焕庭积极响应,书也不念了,十几个同学结了伴,悄悄逃出南京城,马不停蹄地向战火纷飞的武汉赶去。

当时的南京还处在清政府控制之中,武昌城头的枪声根本不足以惊醒这个城市。革命党人接二连三起义,势不可挡,光复大旗随处飘扬,转眼之间,南京周边都成了革命党的天下。遥远的陕西、山西、云南光复了,有一点距离的湖南、江西、安徽光复了,差不多同一时间,上海光复,杭州光复,苏州光复,沿着沪宁线,无锡、常州、镇江一个接着一个光复,江北的扬州、泰州也都光复了,只有南京还牢牢掌握在清政府手里。南京城的地位有点特殊,只要南京还在,大清王朝的这口气就可以苟延残喘。陆军中学的同学纷纷离开南京,亚声叔叔他们去武汉支援,路途走到一大半,眼见快到目的地,固若金汤的南京也乱了,江浙的革命党人从四面八方杀了过来,开始攻打清政府在南方的最后堡垒。

南京城很快被革命党人攻打下来,南京光复了。南京的问题一旦解决,武汉那边的重重围困,也就可以大大地缓一口气。大清王朝这一下真的要完了,眼见着土崩瓦解。辛亥革命第一枪在武昌打响,只要南京被拿下,被革命党人掌握,这个龙盘虎踞的古城,立刻表现出它的王气。南京立刻代替武汉,成为革命的指挥中心,形势一片大好,成功指日可待。这一来,亚声叔叔也用不着再去武汉,一枪还没放,掉头再往南京赶。事实上,他们在往回赶,全中国的革命党人,都日夜兼程地往南京赶。年轻人回南京目的很简单,革命军兴,革命党亡,既然革命即将成功,那么革命意味着也到头了,他们这些学生兵很自然地就应该回去继续念书。

与年轻人的天真想法不一样,很多人匆匆赶往南京,因为预感到了就要改朝换代,看准了是一个升官发财机会。鸟为食死人为财亡,南京光复,革命党人纷纷涌向此地,投机者也如期而至。武昌那边仍然告急,南京已经俨然像个大官场。四川的同盟会会员吴玉章代表蜀军政府赶到南京,刚成立的中华民国临时政府,像点样子的官衔早被瓜分一空,部长的位置没了,次长的位置也没了,以至于吴的老朋友只能抱歉,让他任选一个司局长干干。

亚声叔叔回到南京才发现,想继续念书已不可能,校方决定让大家提前毕业,将他们分配到不同的部队。大清朝没了,进入了民国,内战断断续续没完没了,亚声叔叔与冯焕庭在战场上时而联合,时而对立,不止一次大打出手。军阀打来打去,这两个人军衔也在作战中越来越高。亚声十八岁东渡日本,东洋求学三年,除了能说

95

一口流利的日语，什么货真价实的东西也没学到，便回国投奔叔叔，那时候，叔叔在军中已很有地位。亚声投军的第三年，亚声叔侄与冯焕庭又一次在战场上相遇。一开始，还是亚声他们占优势，人多势众，一路高歌猛进，不料打到最后，亚声叔侄的部队大败，几乎全军覆没。胜负乃兵家常事，此前冯部也不止一次在战场上吃过亚声叔叔的亏。然而这一次，亚声叔叔输得很惨，走投无路之际，决定向老同学认输。就在去投诚的路上，突然多了一个心眼，让原来准备跟自己一起去的亚声留下来，叮嘱他一旦发生不测，立刻去广东投奔粤军。显然他已有预感，对老同学冯焕庭是否会手下留情，是否会接纳自己，好像并没有什么把握。结果真像预料的一样，他一去不返，成了鲁军俘虏，很快未经审判就被枪毙了。不仅他送了一条命，与他一起去的几个卫兵，也被同时打死。

亚声千辛万苦地逃到广州，在广州，他加入了更倾向于革命的粤军，投奔了叔叔的另一位老同学。粤军内部的纷争也十分复杂，一会儿支持孙中山，一会儿反对孙中山；一会儿要东征，一会儿要北伐。亚声想着要报仇，要在战场上与冯焕庭决一死战。在粤军的一次内斗中，他的一条腿被弹片给打瘸了，继续留在军队不太合适，眼看着报仇越来越不现实，他毫不犹豫地加入了中华革命锄奸党，当时这是一个最激进的暗杀组织。亚声决定采取更直接的暴力手段，刺杀冯焕庭。

3

亚声抱着必死的决心去刺杀冯焕庭,不成功便成仁。他知道很可能会失手,还知道就算刺杀成功,自己肯定也活不了。对他来说,刺杀就是自杀,没想到功亏一篑,自己虽然失手了,冯焕庭竟然没有杀他;不仅没杀他,没有当场将他们枪毙,而且吩咐侦缉队的王可大,以需要获得口供为理由,将他和丽君严加看管保护起来。一开始,亚声觉得冯焕庭不杀自己,是为了向即将攻进南京的北伐军示好,留着他们只是一种交易筹码。没料到冯身在曹营心在汉,大家都还在猜想他会不会临阵倒戈,敌军进攻的时候会不会投降的时候,他的部队已经换了北伐革命军的番号。

事实上,早在亚声去广州投奔粤军之前,冯焕庭已悄悄地参加国民党。论起在革命党人中的资历,冯焕庭比亚声和丽君更胜一筹。大水冲了龙王庙,既然都是"咸与革命",都是革命党中的一员,以往恩怨便不值得再提。说起来亚声叔叔也是北洋军阀中的一员骁将,他的死固然冤枉,也多少有些可惜,但身上也是血债累累,也是沾满了革命党人的鲜血,现在革命都快成功了,大家应该既往不咎,以德报怨,共同建设一个新中国。宁汉合作,国民革命基本成功,南京又一次迅速成为一个不折不扣的大官场,与1911年辛亥革命光复后的情形如同一辙。突然之间,国民党内各派政治势力,改明争为暗斗，表面上变得一团和气。各界社会贤达，只要嘴上拥护三民主义，只要表示不再赞成共产党，都可以在新政府中捞个一官半职。

北伐革命军入城，南京治安一度失控，只有冯焕庭驻防的那个区域秋毫未犯，当地居民出于感激，自发地给他送了一面锦旗，上面写着"军威朔漠"四个大字。这件事在报纸上刊登出来，结果冯焕庭就被调入警备司令部任职。关于这件事情的解释，有一种观点认为，虽然冯也是革命党人，但是他所掌握的军队并不完全是，将冯调往警备司令部兼个副职，实际上是解除了他的兵权。因此，1927年12月13日这天，冯焕庭出现在亚声与丽君的婚礼上，神情之间，多少有些沮丧。他缓缓走向亚声，伸过手来要跟亚声握手。

亚声一时间不知道说什么好，结果他就什么话也没说。冯焕庭也没说什么，脸上带着些许微笑，似乎有话要说，话到嘴边又不说了。结果两个人只是握手，无话可说，无言相对，僵持了好一会儿，大家表情都有些尴尬。最后还是亚声打破沉默，先开了口，他不无讥讽地说了一句：

"冯师长别来无恙，气色很不错。"

"只要不是有人老惦记着要追杀我，应该还说得过去吧。"冯焕庭脸上表情更加僵硬，沉思了一会儿，不由得笑了，"今天焕庭过来，是要向你亚声兄表示祝贺，祝贺新婚大喜，同时也要感谢，感谢你上一次的失手，幸好你失手了，要不然，一枪真把我打死了，今天这个热闹场面，恐怕就不会出现；当然，你这个幸运的新郎，也就入不了洞房。"

亚声对这个人的恨意顿时减少了许多，尽管自己还不能完全原谅冯焕庭，也不想原谅他，但天意如此，事已至此，又是在今天这样的场合，在自己大喜的日子里，面对冯的这番话，他还能说什么呢。

亚声不动声色地说了一句："看来我还得表示感谢，感谢冯师长的不杀之恩！"

"不不，应该是我来表示感谢。"这时候，冯焕庭脸上的笑意已变得很真诚，他十分认真地说，"是焕庭要先感谢，先感谢你的不杀之恩。"

"冯师长是真心感谢，还是在讥笑亚声办事不利索？"

冯焕庭一本正经地看着亚声："都有一些。"

亚声被他这么一说，还真有些不好意思。

4

1928年1月9日，刚度完蜜月的蒋介石在众人呼唤中，又一次走马上任当上了总司令，通电全国，表明自己"专司军令，俟北伐完成，即解职引退"。这时候，天下仍然大乱，北洋军阀还在长江北面聚集，还在准备反扑。蜜月中的亚声决定追随蒋总司令，作为政治部文职人员，跟大军一同北上。丽君去码头送别，与亚声一起坐摆渡船到长江对岸，站在站台上看着他登上火车，目送他的列车远去。

没人想到亚声会一去不返。三年以后，1931年6月28日上午11点，同样是坐摆渡船到长江对岸，同样是在浦口火车站站台上，丽君挺着大肚子，手里牵着一个男孩，又一次迎接亚声的到来。这一次见到的，不再是活着的亚声，而是装在大皮箱里的遗骸。人生之痛，莫过于生离死别，丽君做梦也不会想到会有这样一天。现在，她手里牵着的男孩是前夫亚声的遗腹子泉忠，肚子里的孩子，则是现任丈夫冯焕庭的。这时候，冯焕庭就站在丽君身边。他的身份已是首都警官学校校长，同时兼任首都警察厅副厅长。站台上除了丽君一家，还拥挤着很多人，老老少少男男女女，什么样的人都有，都是那个大皮箱里的死者家属。家属之外，还有中央党部和外交部官员，还有新闻界记者。

事实上，亚声在1928年的5月3日已遇难，死了已有三年多。高歌猛进的北伐军在蒋总司令率领下，一路打到济南城下，攻入济南城内。自古两军对垒，都在淮海一线决战，逐鹿中原，谁赢，谁就可以得到天下。拿下徐州，再攻入济南，继续挥师北上，平定北京指日可待。就在这个节骨眼上，日本人蛮不讲理地捣起乱来，借口要保护自己侨民，公开出兵占领济南。一时间，原来属于北洋军阀掌控的济南城，突然冲进去了两支军队，都是荷枪实弹，都有些不讲理。两军对垒，难免擦枪走火，都不把对方放在眼里，谁也不怕谁。一年前，国民革命军攻入南京时的混乱局面，眼见着又要再现。上一次在混乱中保持克制的日本人，这一次变得非常蛮横。他们的部队训练有素，像把尖刀一样插向济南。冲进城内的北伐军，与自己的后援部队被一切两断。

冲突不可避免地发生了，说有事就有事，枪炮声大作，火光四起。冲突的后果很严重，日方死亡军人二百三十名，平民十六人；中国方面死亡高达三千人以上，被俘缴械七千多人。北伐军吃足了苦头，与北洋军作战的连胜势头被遏制。眼见着形势不妙，日本人来势汹汹，确实也不好惹，赶紧派人去谈判。一位叫蔡公时的党国元老临危受命，出任国民政府外交部山东交涉公署主任，成为与日方交涉的谈判代表。蔡自己就是留过日的，他要前去谈判交涉，当然还要选几位懂日语的助手，在政治部服务的亚声便被选中。

济南也是中国人的地盘，按说北伐革命军与北洋军队在此激战，是自家人的纷争，与日本国没任何关系。日军没理由进入属于中国人的地界，不应该干涉中国内政，然而此前的中国政府签订过一系列条约，这些不平等条约像绳索一样勒在中国政府脖子上，所以发生在济南的冲突在所难免。十三年前，第一次世界大战爆发，日本作为参战国向德国宣战。它没有急着出兵欧洲，而是先向德国在中国的殖民地青岛进攻，强迫当时的袁世凯政府签订"二十一条密约"。这是一条非常流氓的密约，说白了一句话：日本已向德国宣战，它的敌国德国在中国山东境内的一切利益，都可以是日军的攻击目标，同时也可以被日军据为己有。

由于日本人已进攻了，青岛被日本人所控制，已经造成了"二十一条"签不签约都一回事的实际局面。弱国无外交，经过一次次交涉谈判，使用了所能使用的外交手段，袁世凯最终还是不得不签订丧权辱国的《民四条约》，埋下了祸根。根据《民四条约》，日本人认为自己有权从青岛派兵过来保护本国侨民。一年前的南京事件，在日本国内激起了强烈的反华情绪，此次济南事变，日本军方正好利用了这种情绪。他们在青岛有驻军，要想向济南派兵很容易。

亚声开始正式工作的第二天，也就是1927年的5月3日，一群全副武装的日本兵进入交涉公署。这些日本兵根本不把国际公法当回事，根本不理睬什么叫外交人员，国民政府的青天白日旗扯了，孙中山的画像撕了。交涉公署主任蔡公时据理力争，全副武装的日军将公署内十八名工作人员，一个个都捆绑起来，用刺刀在脸上乱划,或割去鼻子,或削掉耳朵,反正是想怎么凌辱就怎么凌辱,最后折磨够了,拉到公署后园一起枪毙,在尸体上浇上汽油,焚尸灭迹。三年以后,外交公署已成为山东农矿厅棉检所,经过挖掘,发现了若干不完整的尸块和头骨。根据当时的技术,没办法具体区分清楚是谁的遗骸,只能都收集在一起,装在一个大皮箱里运回南京。

装有亚声等人遗骸的大皮箱,从列车上搬了下来。浦口站台上顿时鬼哭狼嚎,叫喊声惊天动地。在场记者赶紧拍照,在小本子上做记录。家属们纷纷上前,围住了那个大皮箱,喊着自己亲人的名字。丽君挺着大肚子,不方便挤过去,只能远远地先看着,一边流着眼泪,一边对冯焕庭立誓:

"我们要为亚声报仇!他不应该就这么不明不白地死了,我们一定要报仇!"

冯焕庭搂住丽君,斩钉截铁地向她保证:

"丽君你放心,他不会白死的。这个仇迟早一天,一定会报。我们总有一天,会跟日本人算账。"

"这件事不能算完。"

"这件事不会完。"

5

对于已经成为国民政府首都的南京老百姓来说,发生在济南的1928年"五三惨案",是一件非常严重的事件。报纸上天天在报道前方胜利消息,北伐革命军总司令蒋介石是当时最大的英雄,正春风得意,不曾料想让日本人当众扇了一记耳光。他觉得遭受了非常大的侮辱,曾在日记中写道:"身受之耻,以五三为第一。倭寇与中华民族结不解之仇,亦由此而始也!"蒋介石没想到半路杀出一个程咬金,他做梦都不会想到,自己所率领的北伐军所向披靡,一路连胜,最后却会栽在凶神恶煞的日本人手上。

此后的蒋介石日记中,"雪耻"二字不断出现,他显然难以忘怀,一直惦记着要跟日本人清算这笔账。济南事件后果非常严重,甲午以来中国人遭受的耻辱记忆,被立刻唤醒,被迅速放大,中日双方的民族主义情绪,经过这次事件,突然变得不可调和起来。它成了此后发生的一系列中日对抗冲突的先声。日积月累,仇恨越结越深,加上1931年的"九一八"事变,加上1932年的"一·二八"淞沪抗战,加上1933年北方的长城抗战,再加上1937年的"七七"卢沟桥事变,以及紧接着的"八一三"淞沪抗战,对日的全面战争终于爆发。

事实上,在济南惨案事后,中日双方都有过主动放大的企图,都曾在这件事上大做文章，都在宣传上极力渲染己方的无辜和对方的野蛮。双方民族情绪均经此事变被点燃。中国老百姓绝对不会想到，明明是我方吃了大亏，是我们的外交人员遭受凌辱，被割耳削鼻，被枪毙，被焚烧尸体，还死伤了那么多人，损失那么惨重，在日本国内却引起了完全不一样的反响，引发了反华的舆论浪潮。当时南京国民政府驻日特派员殷汝耕，根据自己所见到的真实情况，写了一份报告回来：

> 此间关于济南消息日渐具体化。我军对日侨剥皮、割耳、挖眼、去势、活埋、下用火油烧杀、妇女裸体游行当众轮奸等事，日人言之凿凿，其所转载京津、伦敦、纽约各外报亦均对日同情，归咎于我。

面对日方这种明显夸大其辞的宣传，国民政府也意识到要"用事实宣告全世界"的重要，国民党上海党部成立了一个专事针对日本的国际宣传部门。你不仁，我则不义，用今天的话说，就是你宣传我也宣传，你会说我也会说，双方都在借助济南事件，都想让国际舆论站在自己一边。很快，事件的真相各说各辞，各有一套自己的说法，中日关系从官方到民间，双方越来越戒备，越来越敌视，都存了必须有一战的心理准备。和平成了不现实的幻想，走向战争似乎已不可避免。中方一直处于守势，最重要原因不是不想打，是自己国力太弱，内乱不止，知道自己暂时还打不过对方，军事上根本不是对手，不敢打。自济南惨案开始，抗战时代已悄然开始，战争机器已启动，轰轰作响的金属噪声，完全掩盖了和平的声音。主张和平的人士被鄙视被嘲笑被唾弃，无论日本还是中国，主和的观点都会被认为是反动，违反了历史潮流，不符合主流民意。

装有亚声遗骸的大皮箱，一直搁在建成不久的外交部地下室，如何处置这些遗骸，成为一个不大不小的问题。官方态度始终处于微妙之中，经常会根据形势变化，中日关系趋于紧张或缓和，在不同时间段，会有不同处理方式。丽君在中央党部有一份兼差，很重要的一项工作，就是负责处理济南死难外交人员的善后事宜。丽君曾联名其他家属向国民政府递交一份报告，请求为遇难的外交人员设灵公祭，举行国葬。国民政府批复这事不符合《国葬法》规定，建议在济南遇难处建塔对尸骸保存，在塔前设祠纪念。由于皮箱里的遗骸不止亚声一个人，如何处置很难协调。丽君的身份颇有些特殊，她是南京社交界最出风头的名媛，与国民政府中很多高官常有来往，而且已经与冯焕庭结婚了，还有了孩子，亚声的遗孀和未亡人身份，多少有点牵强。中国人难免保守，丽君可以新派，可以再嫁男人，可以为安置前夫的遗骸呼吁奔走，可以为与亚声一起遇难的同胞家属争取抚恤金，但是有的遗孀和未亡人并不能完全领她的情。她们看不惯她没完没了地在那出风头，对她的提议总是会抱有成见。

1933年春天，俞鸿应丽君之请求，以"济南事件"为背景，以她与亚声的爱情故事为主干，写了一个电影剧本，亲自担当导演，并让刚开始走红的秀兰扮演其中一个重要角色。电影还未开拍，报纸上就开始炒作宣传。正是北方的长城抗战期间，中央军东北军西北军联合作战，与日本人浴血火拼。这个时候拍这样一部电影，恰好用来鼓舞人心。长城抗战与一年前的淞沪抗战不一样，"一·二八"淞沪抗战，因为在上海开战，离南京太近，开战第二天，也就是1932年的1月29日，国民政府担心战火蔓延到南京，决定迁都洛阳。1月30日的《中央日报》上，正式发表了《国民政府移驻洛阳办公宣言》。南京人对迁都非常失望，这仗刚开打，政府已带头先逃跑。虽然很快又回来了，还搞过什么"还都典礼"，心里总觉得不靠谱不踏实。

长城抗战发生在遥远的北方，因为遥远，南京人心理上会觉得安全了不少。俞先生的剧本，一开始得到了中央党部的充分支持；电影拍摄完成，只是在内部试映了几场，便遭到了审查机关的封杀。理由是中日关系正在改善，长城抗战已结束，已经签订了《塘沽停战协定》，此时不宜过度刺激日方。当然还有一个潜在的重要原因，当局发现俞鸿的思想越来越左倾，与共产党的观点有很多一致的地方；现在封杀他拍摄的电影，可以警告那些支持俞鸿拍电影的老板，让他们以后再也不敢轻易给他投资。

在不多的几场放映中,丽君组织观看了一场,招待当年外交部山东交涉公署死难者家属。放到我外交人员被惨杀的镜头,电影院里哭成一片,直到电影已放完,凄凄惨惨的抽泣声还在继续。事实上,前来观看电影的家属,对这部电影谈不上多满意。在电影的故事中,塞进了太多丽君提供的私货,与家属有关的唯一内容,也许就是最后的大屠杀。他们的亲人就是在那场屠杀中不幸遇难。

电影结束,丽君又安排了一次聚餐,就在离电影院不远处新开的一家小馆子,一边吃饭一边讨论。小孩子们被安排在楼上,边吃边闹,把地板踩得咚咚乱响。丽君着重解释了为什么选择葬在济南比较好,在那里建塔竖碑设祠,会有什么纪念意义。到场家属没办法统一,有赞成,有不置可否,也有坚决反对。反对的理由是济南太远,为什么不能就近安葬?葬在中山陵附近,这样也便于家人清明时去扫墓。讨论到最后,安置遗骸没有一致的观点,话题转移到了抚恤金上。存者且偷生,死者长已矣,对于家属们来说,这个或许才是更关键的。死去亲人入土为安固然重要,孩子们要读书,老人们要抚养,遗孀们还要继续生活下去,这些问题不能得到妥善解决,光讨论如何安置遗骸,又有什么太大意义。有人提出应该趁还没落葬,向政府建议再增加抚恤金,各家实际情况并不一样,对最困难的家属，理应特殊照顾。有个遗孀哭着说，她有九个孩子，还有两个老人，丈夫一撒手走了，为国捐躯了，让还没死的这些人如何活下去呢。

大家情绪激昂。有位家属透露了一消息，说在死难的十八人名单中，有个人其实并没死，具体原因说不清楚。反正有人见过名单上的这个人，他千真万确地还活着，家属一直在冒领发放的抚恤金。这话一说出来，仿佛手雷引爆一样，引起大家愤怒，同时也引起了无限想象，因为大家见到的遗骸，根本没办法辨认。如果真有一个人没死，那么会不会就是自己的亲人。丽君听了非常震惊，当即表示要严查此事，必须查个水落石出；冒领政府的抚恤补助金，可不是件光彩的事，也是对其他遇难者的亵渎，性质太恶劣。

楼上的小孩子吵闹得厉害，最后干脆打起来，男孩子与女孩子，鬼哭狼嚎惊天动地，楼下的大人们不得不上去干涉。聚会匆匆宣告结束，各奔东西。只有一个叫何镜秋的女人留下来，与丽君还有话要说，还有事要向她反映。丽君与其他人作别，回过头来看着何镜秋，说大家都走了，你有什么话要跟我说？何镜秋与丽君年龄相仿佛，与她一样，丈夫遇难时，肚子里孩子还没出生。何的丈夫是法国里昂大学的博士，因为籍贯江宁县，财政部就把他的抚恤补助金转到了原籍，由江宁县负责发放。要领取抚恤补助金，必须去江宁县财务局。财务局一位姓张的出纳员总是故意刁难，寻找种种借口，就是不发给她。

刚开始，何也不明白为什么会这样，后来才知道，原来是江宁县的周县长看中了她，故意指使出纳员不给她发抚恤金，目有就是以此为要挟，迫她乖乖地就范。这个何镜秋确实长得很有几分姿色，一副楚楚可怜的样子，也难怪男人见了会动心。丽君便开导她说，人死了也不可能复生，没必要再守寡；这年头，女子再嫁本来就是很正常，况且她还这么年轻漂亮，完全可以再嫁个合适的男人；如果这县长真喜欢她，真要想追求，并不是什么坏事。何镜秋沉默不语，眼泪流了出来。流了一会儿眼泪，告诉丽君那县长根本就是个有家室的男人，他非常无耻，就是想利用手上的职权欺负她，是要拿她当外室，想娶她做小老婆。

丽君听了怒不可遏："他想娶你做小老婆？"

何镜秋不说话，有些话用不着再说。

"这个人多大年纪了？"

"五十多岁吧。"

"五十多岁，好，很好，你让他得逞了？"

何镜秋怔了一下，捂着脸痛哭起来。

"这件事必须要有个说法，必须要有！"丽君看着何镜秋十分悲伤的样子，咬牙切齿地说，"一定要有个说法，要不然，也太对不起死去的革命同志！这个什么周县长，他做的事，就跟日本人一样，比日本帝国主义还坏！"

6

　　直到1937年的12月13日，日军杀气腾腾地攻入南京城，亚声的遗骸仍然还存放在那个大皮箱里，仍然还搁置在外交部的地下室。城破之前，外交部匆匆转移，仓皇离开南京，也顾不上这个皮箱。1939年10月，日军中国派遣军正式组建，司令部的地址就选在了外交部大楼。1945年日本投降，国民政府还都南京，外交部再次接管这栋大楼，但装有遗骸的皮箱早已不翼而飞。有人说是被日本人处理掉了，理由很简单，既然这地方是日本兵的司令部，人家自然会到处检查搜索；放在地下室的这个皮箱，显然是对日方不利的证据，被他们销毁很正常。也有人说，还没等到日本人发现，皮箱已被小偷趁乱盗走了。国民政府撤退后，无孔不入的小偷想趁机捞上一笔，潜入了外交部的地下室，发现这个皮箱，以为是什么宝贝，神不知鬼不觉地带了出去，结果发现是一箱人的遗骸，顿时感到很晦气，就把箱子丢弃在路边，或者干脆扔进了长江。

雨花台下

1

1927年春天，北伐革命军进入南京，老百姓心目中，国民党共产党差不多一回事，都是革命党，都是从南方过来，都是广东过来的湖南人。他们来了，北洋的军人便跑了。然后国民党建都，清党，剿杀共产党，又在蒋介石率领下继续北伐，一路北上，一口气拿下北京，让北京改名北平。这个改名的意义非同小可，五百多年前，明朝开国皇帝朱元璋以南京为京都，将当时的元大都改名为北平，确定了南京这城市号令天下的首都地位。这以后，朱元璋的儿子朱棣又把首都迁到北京去了，北平又成了北京，南京的"京"还保留着，依然叫应天府。到了清军南下，南京被改名为江宁，这一改好几百年。现在的国民政府也效法老祖宗，改北京为北平，用意非常明显，"京"是首都专用之词，国无二君，一个国家只能有一个首都，北平的"平"和江宁的"宁"，看上去吉祥如意，看上去很和谐，又平静又安宁，其实都是必须镇压与防范的意思。

过一段日子，南京的报纸上总会有报道，又有哪些共党分子被抓了，被杀了。街头巷尾，常会见到枪毙人的布告，白纸黑字，打着红叉，给人的感觉就是，好像共党分子永远杀不完。自从当上了首都警察厅副厅长，杀人布告上的落款，都是端端正正地写着冯焕庭的名字。他因此也成为一个标志性人物，人所周知，给人一种杀人如麻的印象。自从离开军界，习惯了带兵打仗的冯焕庭，没想到自己竟然最后会在警界打拼，会在警界如鱼得水。民国以来的军人，嘴上都会说军人要以服从命令为天职，事实上都是养兵自重，都是以保存实力为头等大事。被解除了兵权的冯焕庭，最初并不是很乐意到警界去服务；作为一名职业军人，他更愿意去战场上体现自己价值，宣威沙漠驰誉丹青。一段时间以后，冯焕庭突然发现，战场上打来打去，说到底也是为不同的军阀卖命，兄弟翻脸反目，自己人打自己人，真正能当好一个警察头子也没什么不好。

一开始，警备司令部副司令只是个闲差，有职无权，很多事插不上手。世道乱的日子里，通常都是军警不分家，军队摇身一变，连衣服都不用换，套上个红袖标，就可以成为维护治安的宪兵，有什么事，都是军方说了算。渐渐地，社会开始安定，军警就必须分家。毕竟南京已成为首都,既然是首都,就要像个首善之都。冯焕庭这个警备司令部副司令当了不久,中央陆军军官学校军官研究班成立,他赋闲无事,虽然已超龄,还是积极报名参加了。这个研究班的第二大队为警察组,专门培养高级警务干部。

军官学校的校长自然还是蒋介石亲自挂名,不只是校长的名头大,校务委员会的委员也不得了,都是当时响当当的人物。结业时发毕业文凭,证书上要有校务委员会委员的亲笔签名,从左到右,笔管条直地写着吴敬恒,胡汉民,阎锡山,蒋中正,何应钦,戴传贤,朱培德,张学良。这一长串签名,排在中间的为大。蒋介石是校长,何应钦是教育长,是个实际管事的人。再后来,开始筹备首都警官学校,从研究生班毕业不久的冯焕庭参与了筹备工作,成为首都警官学校的一位副校长,是实际事务干得最多的,干了几年副校长,终于转为正校长。

这一段日子,也是冯焕庭追求丽君最热烈的时期,功夫不负有心人,经过不懈努力,结果便是个人的事业和爱情,双双都获得丰收。彼时,丽君已守了两年寡,但仍然年轻漂亮,仍然是社交界的活跃人士,仍然到处出风头,到处抛头露面。追求丽君的男人不在少数,说是成群结队也不夸张。她始终有些犹豫不决,拿不定主意,不知道自己应该选择谁。乱花渐欲迷人眼,事情的发展往往出人意料,没人会想到冯焕庭会在众多追求者中脱颖而出,没人会想到冯会是最终的胜利者。

只要想想冯焕庭与亚声的私人恩怨，谁都会觉得这桩婚事根本不可能。大家都觉得丽君可能接受任何人，也不可能接受亡夫生前的仇人冯焕庭。但世上很多事，往往是因为不可能，所以也就变得可能了。换句话说，天下其实真没什么不可能，只有想不到，没有做不到。在先总理孙中山的逝世纪念日，首都各界人士都到中山陵去参加谒陵仪式，参加的名人很多。仪式结束，大家沿着高高的台阶往下走，就在半道上，冯焕庭很严肃地拦住了丽君，直截了当地提出想与她交往。这个请求非常突兀，没有拖泥带水，没有一点点铺垫，开门见山，很干脆。

亚声遇难后，丽君与冯焕庭也见过几次面，基本上没说过什么话，有时候是装着没看见，有时候也只是点点头。毕竟都是场面上的人，都是革命同志，都应该以德报怨。没想到这次他会这么肆无忌惮，丽君也是见惯了世面的女人，跟异性打交道十分有经验。面对这样的直截了当，如此的开门见山，她先是吃了一惊，镇静下来之后，很大方地问他：

"冯先生说这话究竟是什么意思呢？"

冯焕庭说："我就是想问问，丽君女士这里，能不能给姓冯的一个机会。"

谒陵的人流正纷纷往台阶下走，他们站在半道上，有些妨碍别人。冯焕庭迎面拦住了丽君，丽君拿他没办法，只好绕开他而行，往横里快走了几步，头也不回地径直往下走。那时候中山陵刚建成不久，中山先生的遗体安葬还不到一年，周围都是光秃秃的，看不到多少树木，满眼荒凉。丽君一口气走到了台阶最下端，心里十分忐忑，也有些恨冯焕庭冒昧无理。想到亚声当年北上，或多或少与跟冯赌气有关，一股更大的恨意油然而生。回过头来，发现他还站在那里，正对着自己看，好像吃准了她最后会回头一样，远远地又向她招了招手，丽君更加生气，狠狠地瞪了他一眼。

2

冯焕庭与丽君的婚事办得很快，很仓促，都是二婚，给大家的感觉，多少也有些敷衍了事。丽君本是个喜欢热闹的女人，这一次嫁给冯焕庭，首先自己就不太愿意大张旗鼓。她觉得若是兴师动众，太引人注目了，不仅是对不住死去的亚声，别人也会在背后指指戳戳，没完没了地说闲话。还不如婚事从简，在报纸上登一则消息，广而告之，这样显得既新派，又时髦。丽君和亚声已有过一次轰轰烈烈的婚礼，这一次能够低调一些也好。俗话说，与人方便就是自己方便，丽君不要求婚事铺张热闹，也正符合冯焕庭的心意，他本来就抱着无所谓态度，一切都服从丽君安排。冯是军人出身，办什么事讲究一个干净利落，讲究实效，喜欢干干脆脆不拖泥带水，只要能把自己中意的美人娶回家，只要能达到这个目的，怎么样都行。

这一年，冯焕庭三十七岁，结过一次婚，在老家娶的媳妇，为他生了一儿一女。因为有老婆，过去那些年的戎马生涯，身边一直有位小老婆瑞云在伺候他。这瑞云最早是大户人家的通房丫头，早早地让主人给破了身。后来主人家破败了，又被卖给了妓院，说起来算见过些世面，懂得种种伺候男人的伎俩，冯焕庭对她，倒是比正房还喜欢。然而小老婆就是小老婆，毕竟是那样的出身，冯焕庭对她新鲜劲过了，时间一长难免腻味。三年前，冯焕庭的老婆在老家生了病，一开始也没觉得什么，没想到越来越严重，一病不起。正房大老婆死了，瑞云觉得机会来了，言语之间旁敲侧击，不断地向冯焕庭表达想"转正"这层意思。这冯焕庭也是干脆，一句话让瑞云彻底死了心，说她就是小老婆的命，只配当小老婆，要是不想当，立马给我走人。

一旦打定主意要娶丽君，冯焕庭就开始马不停蹄地进行。首先是打发瑞云。丽君是女界名流，大名鼎鼎的新派人物，眼睛里就算是容得了沙子，也容不下家中还有什么小老婆。冯焕庭的正房太太已死了，丽君如果要进门，自然应该是堂堂正正的续弦，冯家绝对的独一无二的女主人。冯焕庭与瑞云有个五岁的小女儿锦绣，平日里他对这个女儿非常喜欢,很有几分宠爱;现在为了要娶丽君,也只能忍痛割爱,将她一起逐出门。瑞云没想到冯焕庭会如此绝情,说翻脸就翻脸,说不给机会,就不给她任何机会。他跟她摊牌,明白无误地给了瑞云两个选择,要么回安徽老家照顾冯的老娘,同时帮着照顾前妻留下的一儿一女,要么带着女儿回瑞云的老家苏州,在那里自己租房子单过,生活费用这一块,冯焕庭会派人负责安排。

瑞云又哭又闹,寻死觅活,一点儿用也没有。她提出要在南京租房子单过,这样的话,冯焕庭想念女儿,也可以过来看她。如果他觉得旧情未了,还能惦记起瑞云一丝一毫的好来,她也愿意随时伺候接待;生是冯家的人,死是冯家的鬼。瑞云好话说尽,软硬功夫做足,还是没有任何商量余地。冯焕庭知道,不处理好瑞云的事,丽君那里就不会有一点儿希望。当断不断,反受其乱,大丈夫一言既出,驷马难追,他既然打定了主意,就没有再改的道理,结果瑞云只能接受第二个选择,带了女儿锦绣,拿了一笔安家费,眼泪汪汪地回了苏州老家。

那头刚安置完了瑞云,这头便开始向丽君强势出击。冯焕庭开始全面进攻。他想到了中央军官学校的教育长何应钦,何与李元老曾经一起在黔军中共过事,有一段生死交情。冯焕庭托何应钦与李元老打招呼,李元老与丽君的舅舅薇堂老人是老友,结果李又成了间接的媒人。人托人固然有些拐弯抹角，可是它最大的好处是，这件事也随带宣扬出去，弄得很多人都知道。丽君父亲带着继母在北京官场上混，北洋政府垮台，他和南京的国民政府若即若离，既不想合作，也不愿意得罪，后来到国外一家跨国大公司谋了份差事。他留过洋，当过买办，在国外过日子一点问题都没有。丽君不喜欢自己的继母，跟父亲也不太亲近，对舅舅薇堂老人反而有几分亲近，对他的话谈不上言听计从，却也很少惹他老人家不高兴。

薇堂老人逮住了机会，与外甥女丽君讨论冯焕庭，带着一点儿不屑地说："我看那个姓冯的，一点儿都不怎么样。"

丽君听了便乐，笑着说："我也没觉得他怎么样。"

"那个叫冯什么？"

"冯焕庭。"

"到底哪三个字？"

丽君一个字一个字解说给舅舅听，薇堂老人听了直摇头，连声说这名字也不好。早年间那袁世凯想要当皇帝，有一个河南省长田文烈，他的字就叫焕亭，这个人后来还当过总长，当过农商总长，内务总长，还有交通总长，好像什么总长都干过。说完想了想，又说后面那个亭不是一个字，他弄错了。丽君便说名字不重要，同名同姓古来有之，薇堂老人不赞成，说名字怎么会不重要，名正则言顺，这很重要的，马虎不得。丽君不想和薇堂老人计较，说好吧，舅舅真觉得名字重要，觉得名字不能马虎，那就算是重要，算是不能马虎。薇堂老人对名字似乎还有话说，说你的这个"丽君"两字，与"焕庭"倒是正合适，恰巧还能对得上，搁在一起是天造地设，宜室宜家琴瑟调和。

"舅舅的意思，好像我真会嫁给那个姓冯的。我才不会嫁给他呢。"

薇堂老人说："你嫁不嫁，舅舅无话可说。现如今行的都是些新规矩。什么叫新规矩？新规矩就是没规矩，你怎么会肯听舅舅的话呢，嫁与不嫁，我这当舅舅的是没办法替你这外甥女做主，你也不会听我的。"

丽君笑着说："说不定我这次还就听了舅舅的话。"

"你什么时候听过？"

"当然听过。"

"那就好，你既然想听听舅舅的意见，"薇堂老人就很严肃地来了一句，好像这句话才代表他的真实想法，"我的意思，最好还是不要嫁给这个姓冯的好。"

丽君反问了一句："为什么呢？舅舅刚刚还说我们的名字天造地设，怎么一会儿又反对起来。"

薇堂老人为自己的出尔反尔做解释，说舅舅也说不出个为什么要反对和赞成，总之一句话，女大当嫁，寡妇门前是非多，你既然已经有心要准备嫁人,不管是谁,还是越早越好。这动静呢,当然是越小越好,我看这个姓冯的也还行。丽君听了,心里生出了几分不痛快,说来说去,薇堂老人还是希望她赶快嫁人,嫁给谁并不重要。因此嘴上带着几分调皮,说舅舅想让我嫁给这个姓冯的,我偏不会嫁给他,偏不。她当时嘴上这么说,心里也确实是这么想的,因为自己虽然不像亚声那样痛恨冯焕庭,但是也谈不上有任何好感。

当年亚声执意要刺杀冯焕庭,作为未婚妻的丽君爱屋及乌,毫不犹豫地跟着他参加了中华锄奸党,参加了这个革命党中最激进的暗杀组织。对于年轻人来说,再也没有什么比革命更刺激,再也没有什么比想象中的暴力更诱惑人。丽君万万没想到,最后会发现冯也是革命党。你也革命,我也革命,我们大家都革命,这笔糊涂账一时间还真没办法弄清楚。度尽劫波兄弟在,相逢一笑泯恩仇,革命让大家结怨,让大家相互仇恨,临了还是革命,又让大家和解。最后的结局永远无法预料,如果当年他们真的刺杀成功,或者说她和亚声被当场打死了,这结果又会怎么样呢?不知道。

3

首都警官学校的校址就选在城外的雨花台下。说起这雨花台,向来是南京很好的一个风景点，高不过一百米，就在城外，一出城门就是。那年头也没有什么高楼房，站在雨花台上往下看，城内风光一览无余。南京最早曾有过"金陵八景图"，后来又有过"金陵二十名胜"，有过"金陵四十景"，"金陵四十八景"，不管哪一种说法，雨花台都必须是名列前茅。南京人若是闲得慌，想吃点什么，想玩个什么，通常都是出了中华门往南走，过长干桥，过长干里，再穿过米行大街，然后就可以登雨花台了。去东郊游玩完全是后来的事，在中山陵建成之前，东郊还很荒凉，风景也没什么可看，一般情况下，没人会去那里游览。

丽君最喜欢马祥兴的凤尾虾和蛋烧卖，冯焕庭与她第一次来这里，米行大街还没拓宽，还没有改名。1932年，这条大街才被拓宽，继续往南延伸，一直通到雨花台下，因此也就改名为雨花路，米行大街从此不复存在。丽君郑重其事地关照冯焕庭，到了马祥兴，什么都可以不点，凤尾虾和蛋烧卖这两道菜，无论如何不应该放过。来马祥兴用餐的人很多，生意火爆，大堂里已没有桌位，门口露天的几张桌子，也已经有人坐在那儿等待上菜。好在他们有时间，就在旁边的一张长凳上坐下等候，一边等候，一边闲聊。

马祥兴的历史可以追溯到1840年，也就是大清朝的道光二十年。那一年，广州那边打起来了，中国和英国之间发生了第一次鸦片战争，大炮轰过来轰过去。因为离得太远，南京这边倒是一点动静也没有，照样歌舞升平，仍然是夜泊秦淮近酒家。就在这一年，这家最有名也是最早的回民馆子，在花神庙开张营业，后来又搬到雨花台下的回族营，再以后，到1927年，仿佛是为了欢迎从广州一路过来的北伐军，为了庆祝南京国民政府成立，马祥兴搬到中华门外的米行大街。自从南唐以来，南京的米行大街就像北京前门大街一样，一直都很热闹，商家店铺一个挨着一个。南京人向来爱吃，江南又特别富庶，占着天时和地利，马祥兴生意非常红火，上至达官贵人，下到平民百姓，都喜欢赶到这儿来凑热闹。

冯焕庭第一次单独与丽君下馆子，就是约在马祥兴。那时候，他们的关系还没最后敲定，面对冯的紧追不放，丽君始终都在说不行不行，然而也只是在嘴上说说，并没有真正拒绝。她这里既然还留着一点儿活口，留着一丝松动，冯焕庭便全力以赴，不择一切手段继续猛追，继续发动攻势。女人说到底都还是希望有男人追，丽君不缺少追求自己的男人，但铁了心要娶她为妻的，好像也没有几位；就算有那么几个，也是实在让她看不上眼。比起来，冯焕庭不算最好，肯定也不是最坏。

冯焕庭刚从陆军军官学校军官研究班毕业，刚拿到毕业证书，正在协助筹备首都警官学校。约好了在这下馆子，不只是为了简简单单吃一顿饭，也不只是为了去参观刚开学的警官学校，还有一个重要原因，说出来十分荒唐，就是为了去看枪毙人。当时发生了一起很轰动的郭小三虐妻杀妻案。有个叫郭小三的渣男,心理极其变态,他本是一个鱼贩子,平时以虐妻为乐。可怜他老婆人长得高高大大,自从嫁给郭小三,没享受过一天好日子,新婚第二天便挨了耳光,以后更是三天一小打,五天一狠揍。邻里都知道他是畜生,也没办法劝阻,谁说他都不会听,越说越来劲。这郭小三不打老婆就不高兴,不只是打,还会想出种种办法凌辱,譬如喊了妓女回来,一边跟妓女鬼混,一边逼迫老婆在旁边观看。又譬如咆哮着剪光了妻子的阴毛,再将她赤裸着身体关在门外,声嘶力竭地喊别人快过来看。反正越是出格越是过火,他越是干得出来,越是干得欢,终于有一天出了人命,下手太狠了一些,竟然将老婆给活生生地打死了。

有人就报了官,要是搁过去,这种事也就算了,说不定也就糊弄过去,虽然人命关天,毕竟是家丑外扬。然而现在已进入国民政府时代,南京又是中华民国首都,出了这样不文明的事情,应该有个说法,必须有个说法。大家便支持女子的娘家出面打官司,报纸的记者也参与进来,律师事务所的律师也愿意免费帮忙,以丽君为代表的妇女界精英,更是公开声援讨要说法。聘请法医验尸,尸检报告很快就有了,连同遍体鳞伤的死者照片,都刊登在了报纸上。真是很惨很惨,很不人道很不人道,一时间,群情激愤舆论哗然,不靠谱的小道消息到处在传播,骇人听闻的细枝末节沸沸扬扬。杀人要偿命，惩恶才能扬善，既然不杀不足以平民愤，法院就判了郭小三的死刑。

郭小三最后被判处死刑，妇女团体的积极呼吁起到了很大作用，这里面自然也就有了丽君的一份功劳。因此，死刑执行的时候，丽君觉得自己应该到场，去亲自见证那个显示法律尊严的时刻。于是她想到了让冯焕庭陪自己一起去，冯焕庭便欣然接受，他当然不会放过这样一个追求丽君的好机会。那时候南京的刑场就在雨花台下，紧挨着警官学校的围墙，要枪毙人，都是临时戒严，公开执行，谁要来观看都没问题。郭小三案件轰动一时，他要被执行死刑，专程赶去看的人自然会很多。在马祥兴下馆子的人中间，就有几位是准备去看热闹的。而在看枪毙人之前，先在这里大快一下朵颐，一边津津有味地吃，一边津津有味地讨论。

雨花台刑场这一天不能说是人山人海，反正要比以往枪毙人多得多，山坡上看热闹的人已聚集了不少，好一点的位置，早已被人事先占据。好在有冯焕庭照应，管事的宪兵他都熟悉，都曾经是他的手下。眼看着犯人要押过来了，几个宪兵在维持秩序，用警棍挥打不服从指挥的人。一个年轻的军官过来，为他们安排了一个好的位置，视线特别好，能看得很清楚。前呼后拥的行刑队伍终于来了，走在最前面的是宪兵，全副武装，头上戴着钢盔。押送的犯人有一长串，分别被捆绑在黄包车上，由雇来的车夫拉着，夹在行进的队伍中间。到了刑场后，宪兵迅速分散开来，将碍事的群众轰开，木桩似的站在那儿值勤，一动不动，气氛立刻就紧张起来。

没想到这一天要枪决的不止是郭小三一个人，还有九名参加南京暴动的共党分子。丽君也没想到会是这样，她心里只有一个郭小三，没想到今天要枪毙这么多人。报纸上经常会有共党被处决的消息，对这一点，她和大多数南京人一样，也习以为常。她并不是那种胆小怕见血的女人，丽君上过战场，见过成群结队的死人，见过垂死的伤员，听过子弹在耳边呼啸，看过炮弹在身边爆炸，也看过活生生的人在眼前突然倒下，但在刑场上看杀人，还真是第一次。

整个行刑过程很快。要被枪毙的人一个接着一个，从黄包车上拉下来，由两名宪兵押持，拉到不远处一个土堆边上，让犯人跪下，手一松，人往两边散开，跟在后面的宪兵举起手中驳壳枪，朝后脑勺上就是一枪；待犯人倒在地上，又在身上补两枪。接着处决下一个，第二个被行刑的是个硬汉，两名宪兵用了很大力气，还是没办法让他跪下来，刚按下一条腿，便又倔强地站起来，最后行刑的宪兵只能对站着的他开枪，枪管顶在了他后脑上，扣动了扳机。枪响了很长时间，那个人脑袋都开花了，还是顽强地站在那儿，还是不肯倒下。行刑很快结束，法医在验尸，围观人群开始骚动，要冲过去看热闹，负责戒严的宪兵不让大家过去。

丽君甚至都没搞明白,哪一个人才是郭小三。宪兵开始撤了,围观看热闹的群众一窝蜂地奔向死者,冯焕庭问她要不要走近看看,丽君连连摆手,示意赶快离开这个地方。

4

这次看枪毙给丽君心里留下了阴影,很长一段时间,她都不愿意再坐黄包车。她这样身份的女人,出门坐黄包车是经常的事,但只要一坐在黄包车上,睁开眼睛也好,闭上眼睛也好,都有一种要被拉到刑场上去执行死刑的恐慌。她把这种感觉说给表妹碧如听,碧如听了,感同身受地直耸肩膀,脖子一个劲往下缩,说表姐怎么可以去看枪毙人,太可怕了,看这个是要做噩梦的,你胆子真是太大了。

为了方便出门,丽君开始骑自行车。她本来就会骑,家里有辆现成的自行车,搁在那儿一直没人骑。男式自行车横档有些高,穿裙子不方便,索性改穿长裤。最初冯焕庭还不会骑自行车,有时候出去约会,去某个风景点游玩,竟然是丽君载着他。后来他也学会了,也买了一辆,到周日,两个人便一起骑车出去。国民政府在南京定都不过三年时间,新首都面貌变化非常快,到处都在拆旧房子,到处都在拓宽大马路。丽君与冯焕庭的关系,也发展得非常快,很快开始谈婚论嫁。仪式什么的一切从简,丽君家房子很多,小半条巷子都是她家祖业,很多房间空置在那儿,有一部分干脆直接交给二房东打理,象征性地收些租金,作为维修房子费用。冯焕庭成了上门女婿。他最初还打算在外面租房子迎娶丽君,没想到她根本不在乎,说还租什么房子呀,你就搬到我们家来算了,要租,就租我们家的房子好了。

丽君属于那种男人一碰就会怀孕的女人,与亚声是这样,与冯焕庭也是这样。他们再婚时,丽君和亚声的儿子泉忠已两岁出头,这个由奶妈一手带大的孩子,似乎跟冯焕庭更亲,跟他很投缘,冯对泉忠也视如己出,非常喜欢。说起来,泉忠这名字还是薇堂老人给起的,济南自古多名泉,历史上曾经是"家家泉水,户户垂柳",亚声死在济南,又是为国捐躯,担得起一个"忠"字。丽君与冯焕庭生的第一个孩子是女孩,第二个又是女孩,相比较起来,虽然只要是孩子冯焕庭都会喜欢,但还是有些偏爱男孩,尤其刚与丽君结婚那几年,他与小泉忠的关系相当不错。

冯焕庭在官场上如鱼得水,地位越来越稳固,名声越来越显赫。他常会让丽君产生一些很奇怪的联想,即便已成为夫妻,天天同一张床上睡觉,她仍然会想起他是北洋军阀的师长,是自己曾竭力要刺杀的对象。现在的冯焕庭是维护首都治安的重要人物,枪毙人的布告上,落款处必定有他的签名。他大权在握,似乎可以决定别人生死。只要回到家中，冯焕庭一定会立刻换上长衫马褂或睡衣，顿时变成另外一个人。这个居家男人很会讨女人喜欢，好像天生就知道女人要什么，喜欢什么，在床上的表现尤其出色。丽君总是忍不住要比较冯焕庭与亚声，比较他们第一夜的表现。

亚声显然是急性子，新婚之夜，根本不考虑新娘痛苦，翻上翻下，前后折腾了五次，每一次都很快，快得让人感伤，让人茫然。他一条腿是瘸的，但一点都不影响，就仿佛预感到生命快要到尽头，整个蜜月中，亚声都是毫无节制，就好像是在跟谁赌气。与亚声不一样，冯焕庭在新婚之夜表现出来的不急不慢，反倒让丽君有点手足无措。他好像并不着急做那件事，一个劲地跟她聊天，说自己只有真正地娶了她，真正地得到了她，真正地占有了她，他与亚声叔侄的恩怨，才算是真正了断，他们之间的问题，才能算是最终解决。

丽君不明白他为什么会在这时候说这样的话，她觉得他不应该说，不应该这个时候说。可以在心里想，大家都可以在心里想，只能在心里想，为什么非要说出来。真相有时候还是需要掩盖，本来有点手足无措，冯焕庭一番话，让她更加手足无措。为掩饰自己的惊慌，她想表现得大方些，主动些，大方和主动又可能会给人一种错觉，好像她已经迫不及待。丽君平时给人的印象大大咧咧，是个思想开放的新女性，别人都觉得她不够矜持，不够淑女，她因此又忐忑不安，害怕冯会看轻自己。她知道自己其实不完全是那样。

冯焕庭很可能早就看透了丽君的心思，早看出了她的慌张，看出了她的毫无经验，看出了她的虚张声势。他在战场上是个出色的高手，干警察工作更是一位高人。冯焕庭擅长心理分析，一眼就能看出对方在想什么，想掩盖什么。新婚之夜，他不过是采取了欲擒故纵的手段，对手已被自己拿下了，他现在要做的，就是让丽君彻底地松弛下来。丽君确实很紧张，真的很紧张，紧张到最后，她终于向冯焕庭坦白，说自己也不想紧张，偏偏还是紧张。她向他表示歉意，连声说对不起，说着说着，歉意也没了，对不起也不用再说了，冯焕庭的耐心终于得到了很好的回报。他根本用不着像亚声那样一晚上辛苦五次，仅仅只要一次，只要一次，就彻底地将丽君给征服了。

这以后，丽君对冯焕庭越来越欣赏，她喜欢被他征服的感觉。她喜欢自己仿佛同时在跟三个男人交往的感觉，一个北洋军阀豢养的反动军官，一个首都的警察厅厅长，一个温柔居家的好男人，不同男人给了她不同体验。第一种感觉是刺激，与自己的敌人睡一张床上，在无实际伤害的状态下，用身体进行肉搏，这种体验很奇特。第二种感觉则是满足，权力和成功永远是男人的春药，冯焕庭屡屡向她表示，自从娶了她，他的个人事业始终蒸蒸日上，在通往权力的道路上一帆风顺。换句话说，丽君是个有帮夫运的女人，有了她，冯的运气越来越好。这样的表扬对丽君很重要，因为亚声死得那么快那么惨，她知道肯定会有人在背后说她"克夫"。

居家好男人这一点更加重要，丽君表面上处处要表现出自己的新女性形象，骨子里依然还有几分陈旧。女人毕竟是女人，再强悍的女人仍然是女人。新女性总是想象自己可以和男人一样，像男人征服女人一样征服男人，事实上，在她们内心深处，还是希望能够被男人征服。丽君算不上一个好母亲，接二连三地生了四个孩子，生了两个女儿，生了一个儿子，又生了个女儿，但她对这些孩子的耐心，对这些孩子的关爱，远不如公务更繁忙的冯焕庭。孩子们都喜欢父亲，他们对他总是很亲近，而他对孩子们也是一视同仁，无论什么要求，不管是否合理，只要有可能，都会尽可能满足他们。冯焕庭有一个哄孩子的好本事，那就是所有的孩子都觉得他对自己最好，都会觉得父亲更宠爱自己。

受冯焕庭的影响，丽君对共产党的印象越来越坏。她想不明白，为什么他们总是杀不完，像韭菜一样割了一茬又一茬，刚杀了一批，居然还有一批。"共党暴动分子"的字样经常会出现在报纸上，以至于她不得不在餐桌上，要与冯焕庭讨论这个话题，问他会不会抓错了人，会不会杀错了人。冯焕庭觉得丽君的想法很幼稚，他告诉她，共产党人确确实实是想在城市里发动暴动。这个一点都不奇怪，全世界都有这个威胁,都是因为有一个苏俄在背后捣鬼,非要搞什么"共产主义",弄得大家都不太平。老实说,警察厅早已掌握了足够证据,做好了准备,严阵以待;既然这些共党分子不怕死,非要玩命,那就正好成全他们。

冯焕庭不愿意在家里讨论这些,尤其不愿意在孩子们面前。只有一次例外,丽君怀上了他们的儿子以后,冯焕庭抚摸着她滚圆的肚子,非常得意地告诉她,南京地下党组织又一次被彻底破获。算起来,已经是第八次,与前几次相比,地下党人数越来越少,越来越不成气候。冯焕庭告诉丽君,他刚开始与共党斗的时候,共产党还很厉害,还想在南京发动兵变,组织暴动。想模仿苏俄的十月革命,利用国民政府立脚未稳,暗中向军队渗透。当时有个国军教导旅驻扎在浦口,其中一个连就一度被共党完全掌握。共产党搞地下工作确实厉害,不过他冯焕庭更厉害,更有一套,在他领导下,共党分子根本不是对手,该杀的杀了,该抓的抓了,还剩了些可疑分子,他们的一举一动,都在警方监视之中。

洋洋得意的冯焕庭不仅在抚摸丽君的肚子,手还不时地滑向她的隐秘部位。丽君被抚撩得心猿意马,渐渐地,也有一点激情似火,也有一点汹涌澎湃,开始奋起反击,开始摸索寻找,开始抚摸他,捉弄他,弄得冯焕庭情绪高涨,满腔热情浑身冒火,像黑夜中迷路的一头莽撞的公山羊。丽君手上的动作有些笨拙,有些夸张,一会儿快一会儿慢，怎么做都是不对，怎么做都是差了那么一点点。结果大家都感到别扭，都有些气馁，丽君毕竟是挺着个大肚子，她的力气已用完了，说我的手酸得实在吃不消，都抽筋了，你干脆就进来吧，你想怎么就怎么，不过动作可要当心一些，你自己可要稍微有点数，别伤着孩子。

现在轮到冯焕庭不知所措，他十分茫然地看着丽君。丽君很有把握地来了一句，我觉得这次会给你生个儿子，我觉得应该是个儿子。冯焕庭没有贸然进入丽君的身体，他起身将床头的台灯关了。丽君不知道他在黑暗中要干什么，就看见一个黑影子在自己面前晃动，忙乱，喘着粗气，呼吸声越来越重，然后一串热热的液体，射到了她凸起的肚子上。她立刻明白是怎么回事，明白他干了什么，想到他干这事还要把灯关了，就忍不住想笑。又过了那么一小会儿，冯焕庭重新将台灯打开，从床头柜上的烟盒里取了一支香烟，正准备点火，忽然问丽君要不要也来一支。丽君怔了一下，说好吧，我也来一支。其实她那时候还没有烟瘾，在公共场合，有时候为了表现出新女性派头，显示自己的与众不同，偶尔也会抽上一两支，离不开香烟那是后来的事。现在，既然冯焕庭情绪这么好，意犹未尽，话好像还没说完，还喊她抽烟，她就陪他抽一支。

大家都把香烟点上，害怕烟灰抖落在床上，冯焕庭手上托了个玻璃烟缸。两个人一边喷云吐雾，一边继续聊天。冯焕庭侃侃而谈，谈起了自己这些年与共产党打交道的切身体会，谈起了南京这地方很怪，南京人总是会有些缺心眼，干什么事都不是很靠谱，干什么事都有些随意。丽君听了，轻轻地拍打了他一下，说我就是南京人，你凭什么这样说我们，你明明是已经占着我们南京女人的便宜，还要得了便宜再卖乖。

冯焕庭一本正经地说："我不是说你们南京女人，我是在说南京的共产党。"

"南京的共产党又怎么了？"

"南京的共产党与别的地方也不一样。"

"怎么不一样？"

冯焕庭笑了，说这话可不是我随口说说，是他们的共产党人自己说的，这些话，我冯焕庭就是想编，想胡编乱造，都编派不出来，你别以为我是在说笑话。为了证实自己并不是在凭空瞎说，冯焕庭给丽君讲了一个共产党叛徒的故事。就在前年，侦缉队无意中抓获了中共的江苏省委书记，这个人被抓不久便招供了，根据他的口供，警察厅顺藤摸瓜，中共南京市委书记被抓，中共南京的地下电台和印刷厂也被破获。成了叛徒的这个人后来被中统保护起来，还为他专门出版过一本小册子，让他将自己参加共党的经历，以及中共地下组织在南京如何发展的历史，一五一十地都如实撰写出来。

在这本共党叛徒撰写的小册子中，最让丽君感兴趣的是共产党在南京最早的历史。原来早在1920年，共产党还没成立前，南京就有了共产主义小组。1921年春夏之季，筹备召开中国共产党的第一次代表大会，中共重要创始人之一的张太雷向共产国际汇报，说中共已经拥有七个省级地方组织，其中之一便是"南京组织"。在上海法租界的贝勒路树德里3号，在共产国际代表的见证下，中共一次代表大会正式召开，广州派去了代表，北京派去了代表，长沙和武汉派去了代表，山东派去了代表，连留日学生也有代表，可是南京方面，竟然没向路途并不遥远的上海派代表。

第四章 ◎

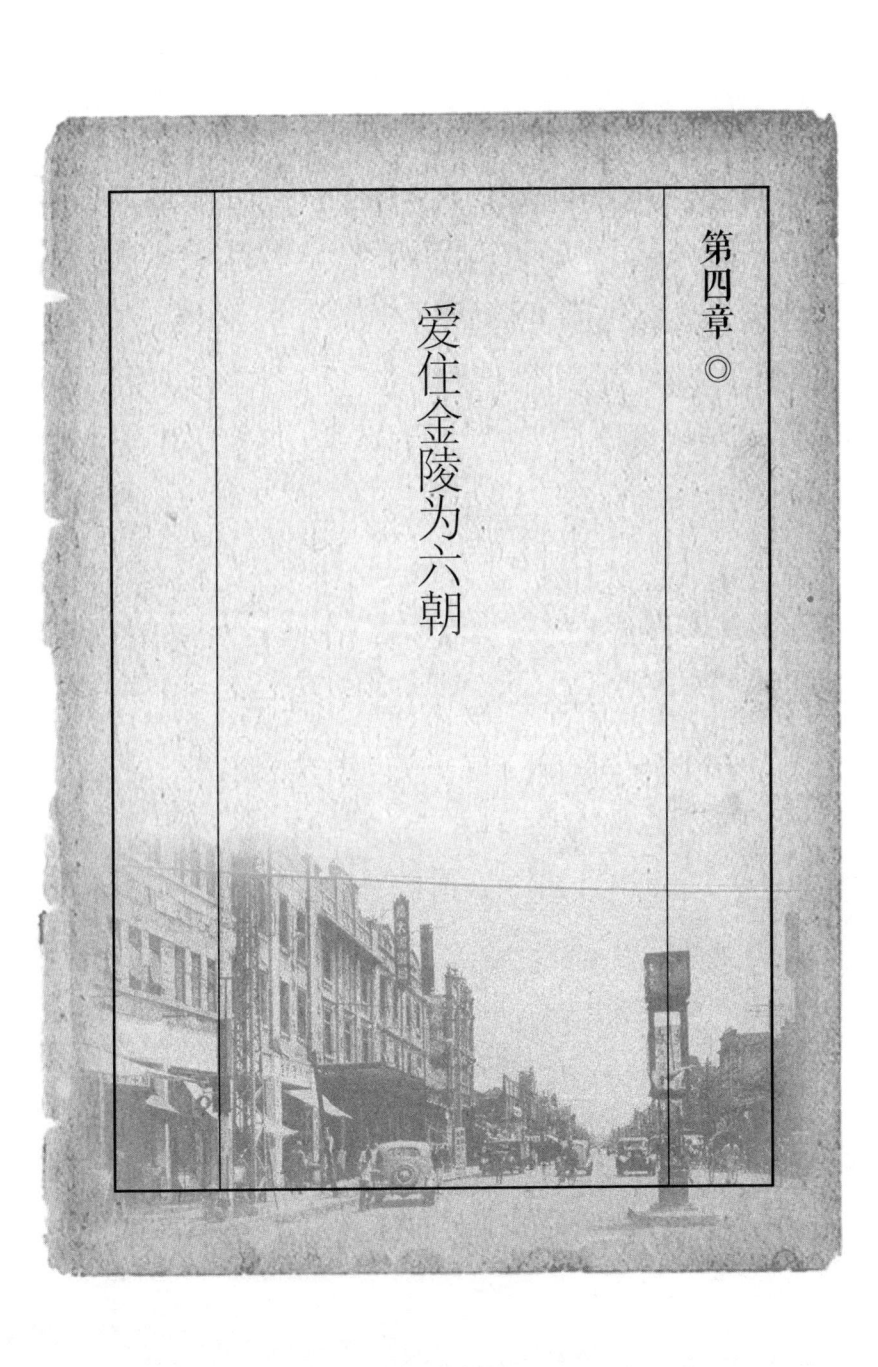

爱住金陵为六朝

希俨参与了首都计划

1

1931年5月31日，这一天是希俨记忆中非常耻辱的一天。他一早就出门了，在夫子庙一带徘徊了许久，最后去了蒋有记，在那儿买了两块鸭油烧饼，又到隔壁的六凤居要了一碗豆浆，店堂里慢吞吞地吃完，然后才非常不情愿地去首都警察厅。首都警察厅在保泰街，从六凤居出来，到万寿宫坐小火车，到无量庵下车。今天他是要去自首，要在共党分子"悔过自新"文书上签字。

这时候，希俨在南京国都设计技术专员办事处工作了快两年，各方面表现都很不错，业务能力强，深受上司赏识。希俨的顶头上司叫林逸民，广州国民政府时期，他是广州市工务局局长，国民政府定都南京，成立国都设计技术专员办事处，他便从广州过来继续当官，成为国都设计办事处的主任，首都城市规划方面的负责人。希俨在学校学习的是森林专业，大学毕业，一时找不到合适工作，刚成立的国都设计办事处正好急需人才，他前去应聘，参加了由林逸民亲自主持的公开考试。虽然不是学的建筑，对城市规划也没太多了解，但因为他的外语成绩突出，办事处经常要和外国专家打交道，林逸民便破格录用了希俨。

没想到在国都设计办事处会如鱼得水，没想到希俨一个学习森林专业的大学生，在建设新首都的规划中，会有大显身手的机会。当然也没有想到，因为参加过几次共产党地下组织的活动，结果在个人事业的上升通道中受阻。事实上，希俨从来没有真正地参加过共产党，他没有宣过誓，也没有举行过入党仪式，更没有填过表，签过任何字。只不过是有一天，在沈雨初的安排下，希俨意气风发地参加了飞行集会，在街头撒了些事先印好的传单，然后去一家吃面条的小餐馆与沈雨初碰头。正是在这一次碰头中，热气腾腾的面条刚端上来，沈雨初庄严地向希俨宣布，从即日起，他就是中共的党员了。

希俨和绍彭与沈雨初之间，已有了很多年友谊。年轻人聚集在一起，总是非常容易倾向革命，总是站在弱势群体一边，站在多灾多难的劳动大众一边，站在反对政府当局的一边。一开始，他们在心底里欢迎南方的革命党，后来北伐革命军来了，又更倾向共产党。

况且沈雨初本来就是个共产党,尽管大家都是无话不说的好朋友,都在一个大学读书,事实上,希俨和绍彭并不是很清楚,并不知道他怎么就成了共产党。在他们印象中,沈雨初不过是更激进一些,走得更快一些,走得更远一些。北伐革命军到来之前,希俨和绍彭对革命所知甚少,只是出于一种幻想革命的本能,觉得现实十分糟糕,希望现状能有所改变。国民党和共产党在他们心目中,最初都是一回事,是沈雨初才让他们明白,原来同为革命党人的国民党、共产党,根本不是一回事。

一方面,共产党到处暴动;另一方面,共产党又成了国民党的猎杀对象。沈雨初开始东躲西藏,他一会儿完全消失了,没了踪影,一会儿又突然毫发无损地冒出来,出现在希俨和绍彭面前,大家仍然还是最好的朋友。沈雨初总是那么乐观,不断地向他们灌输共产主义思想,告诉他们人类最美好的未来,必定还是属于劳苦大众,共产主义的理想最后必定会实现。希俨和绍彭对沈雨初的宣传将信将疑,但有一点认识大家都是一致的,这就是共产党比国民党更进步。不知不觉地,受沈雨初的影响,希俨和绍彭一起参加了由进步团体组织的读书会,参加了以读书会名义组织策划的活动。这些活动表面上看是完全合法,譬如为劳工的权益呼吁,譬如举行游行反对国民党新军阀之间的混战,反对帝国主义的霸权,实际上,背后都是共产党的地下组织在安排。

沈雨初在共产党人中的地位也很奇特。他告诉希俨和绍彭，自己的很多观点，与从海外归来的那些共产党人完全不相同。他并不赞成搞那些飞行集会，也反对进行极不现实的"南京军事暴动"，共产党员都是有原则的人，都有严密的组织纪律，必须服从组织安排。说出来让人难以置信，完全是在不知不觉之中，希俨和绍彭越来越倾向于共产党，对国民党的很多做法，都保持着不赞成的态度。或许因为年轻，或许一次次地参加了集会和游行，他们变得更热血。虽然对政治并不是真正地感兴趣，希俨和绍彭不止一次为是否要参加共产党进行讨论，他们甚至与沈雨初一起商量。没想到沈一口就拒绝了，理由是参加共产党是件非常危险的事，如果在思想上还没有完全准备好，还没有准备好要为共产主义理想而献身，那么共产党也不会要他们。换句话说，党也要对他们进行考察，并不是你们想参加就可以参加。

绍彭听了，有些不乐意，酸溜溜地来了一句："那就算了，真要是这样，我们也不参加了，犯不着那么麻烦。"

"你们这个态度就有问题。"沈雨初先是批评了一句，然后又带着安慰说，"当然，我们共产党人，欢迎一切愿意参加革命的同志。"

绍彭仍然不乐意，有些不屑地看着沈雨初："你雨初的这个态度，也不像欢迎人家的样子。"

与绍彭相比，当时的希俨思想更激进，更倾向共产主义。沈雨初宣布希俨是共产党员的第二天,一场大规模的全城搜捕开始了,沈雨初被抓,很快被拉到雨花台枪毙;与他同时一起被枪毙的共产党人,多达二十几个。报纸上登载了沈遇难的消息,是绍彭先发现的。他在报纸上看到了这个噩耗,将消息告诉了希俨。一时间,白色恐怖甚嚣尘上,希俨感到了害怕,感到一种前所未有的恐惧,没想到血淋淋的牺牲会来得这么快。他开始与绍彭讨论,自己是不是应该赶快逃亡,既然沈雨初已宣布他是共产党,如果他被抓,结果又会怎么样。听说希俨已经是共产党员,绍彭感到有些意外,也有点为他担心。有太多的共产党人被拉到雨花台枪毙,沈雨初遇难一周后,又有七名共产党人被枪毙。雨花台下血流成河,如果希俨被抓,是不是也会这样,也会被拉到雨花台。据说当局枪毙共产党都用不着正式审判,乱世用重典,宁可错杀了三千,绝不能放掉一人。希俨觉得自己有一点冤枉,因为他参加得多少还是有些稀里糊涂。

2

在首都警察厅一间几乎完全封闭的密室里,工作人员递给希俨早已准备好的纸和笔,在砚台里倒了一些墨汁,拿出一份"悔过自新书"的样本,让他抄写一遍,又吩咐他在每一页纸上,签上自己名字。抄完后签字，工作人员拿过去粗粗看一遍，就算工作完成。整个过程很短，完全是走过场。希俨没想到这么简单，虽然做了精心准备，脑袋里已排练了无数遍，很担心对方可能会有些刁钻古怪的提问。沈雨初遇难快两年了，既然死无对证，可以把很多事都推到他身上。最担心的是会牵涉到绍彭，绍彭虽然没有加入共产党，可是有些抗议活动他参加了，有些飞行集会他也参加了。这时候，希俨如果说出他的名字，提到他与自己一样，也有过一段相似经历，就等于卖友求荣，等于出卖了绍彭。早在去警察厅之前，希俨就打定主意，只字不提绍彭，有关绍彭的话，一句也不说。这是一条底线，不管怎么样，这条底线绝对不能突破。

根本没人跟他提起绍彭，工作人员对他在说什么，说不说话，似乎都不太当一回事。好像就是一个形式上的走过场，重点是希俨已认识到过去的错误，保证再也不和共产党人来往。所谓悔过自新，无非是在警察厅备个案，并不对外公布。希俨没想到会这么简单，有点不相信地问工作人员，难道这样就算完事。工作人员看着他，说当然是完事了，难道你还有什么话要说，还有什么话没有说。希俨如释重负，说我也没什么要说的，只是问一声，问事情是不是真结束了。工作人员扫了他一眼，说我这里反正是结束了，你可以走了。

希俨便往门外走，刚出门，一名年轻警察伸手拦住了他，做了一个请他往这边走的手势：

"侯先生请留一步,厅长有话要跟你说。"

希俨不由得一怔,心想事情还是没有那么简单。事已如此,开弓没有回头箭,既然进了警察厅,既然已经来到这里,只能老老实实地遵命,听别人安排。年轻警察在前面引路,很快到了厅长办公室门口,敲门进去,冯焕庭正坐在办公桌前等候。希俨的心里便开始忐忑起来,不知道接下来会发生什么样的事情。冯焕庭看见希俨,屁股挪动了一下,欠了欠身,指着办公桌对面的一张木椅子,示意他坐在那儿。年轻警察从热水瓶里倒了一杯热水给希俨,又替厅长的茶杯里加了一点水,轻手轻脚地离去,随手还把门给带上了。

冯焕庭看着希俨,摸了摸下巴上新长出来的胡茬,开门见山,语重心长地对他说:

"侯先生今天能够过来,能够到警察厅来备这么一个案,很好,这么做还是对的,很有必要,对你侯先生,对国家,都有好处。年轻人嘛,犯点错误很正常,能够认识到自己是犯了错误,这就很好。谁还能不犯点错误呢?"

这时候,冯焕庭刚在首都警察厅厅长的位置上扶正,他的凶神恶煞形象,杀人如麻名声,暂时还没有在市民印象中形成。现在,他正和蔼可亲地看着希俨,慢吞吞地说着话,柔中带刚,好像说什么话都是不经意的,只是随口说说,然而即使这样,已足以让希俨不寒而栗。在冯焕庭那张看上去和善的脸上,希俨看到了眉眼之间的杀气。希俨不知道冯接下来还会问些什么,为什么要跟自己谈话,在悔过自新书上签名,会不会有什么阴谋。白纸黑字已经签过名了,如果警方突然翻脸不认人,以他的笔迹和签名为证,最后置他于死地,那不就是太冤了?这不是自投罗网吗。

虽然没有亲眼目睹沈雨初被枪毙,有很长一段时间,希俨只要一闭上眼睛,眼前就好像有他的影子在晃动。希俨承认自己被吓住了,他不得不承认自己确实有点害怕,甚至是很害怕。不只当时害怕,现在也依然有些后怕。那些日子,他躲在江宁乡间,直到风声完全过去,才又提心吊胆地回到南京。事实上,在国都设计技术专员办事处工作这两年,恐惧一直萦绕在希俨心头,他始终处于一种高度紧张状态。共产党人前仆后继,过一段日子,就会有几个人被拉到雨花台去枪毙,每次看到这样的消息,希俨便会有一种很异样的感觉。除了害怕政府方面的人来抓自己,同样也害怕共产党的地下组织来和自己联系。他打定主意,从此再也不参加任何政治活动。

去警察厅做一个"悔过自新"的备案,这是希俨的顶头上司林逸民的主意。林很欣赏希俨的工作能力,早就看出他好像存有什么心思。由国民党组织部和宣传部联合发起的"悔过自新"运动,其宗旨就是为"误入歧途"的年轻人寻找一条出路。在林的劝说下,希俨决定去警察厅做个"备案",主动把过去的事情说说清楚,放下思想上的包袱,否则按照林逸民的分析,一旦警察真找到了他,真拿他当共党分子对待，很多事情会很被动。

冯焕庭告诉希俨，说国都设计处的林逸民主任，专门给他来电话打招呼，愿意为希俨担保，说他是个很有为的年轻人。冯焕庭说林主任面子不能不给，林主任既然那么爱惜人才，侯先生又能够不再执迷不悟，放下包袱，我们警察厅当然愿意乐观其成。不管怎么说，侯先生这么做，于国家，于个人，都会是件非常好的事。希俨担心的提问，到冯焕庭这里，仍然没有一字提起。不但没提起，冯焕庭还问希俨，刚刚办备案时，工作人员有没有言辞不恰当的行为，有没有威胁过他。希俨表示什么都没有发生，就是抄了一遍准备好的文字，然后签了几个名字在上面，每一页都签了。

"好，签了就好，签了就好。"绕了半天，冯焕庭终于说出了自己想问的话，"顺便问一声，听说侯先生与季先生绍彭是好朋友，这个姓季的现在怎么样了？"

让人最担心的话题还是出现了，希俨顿时惊出一身冷汗，看着冯焕庭，因为紧张，几乎就要崩溃了。他知道这位冯厅长认识绍彭，知道他们为了丽君女士，还结下过梁子。毫无疑问，如果绍彭落到他手上，这家伙决不会轻易放过他。

希俨有点儿结巴地说："冯厅长也认识绍彭？"

现在是冯焕庭有些尴尬了。他耸了耸肩膀，说："也不算太熟悉吧。这个人内人倒是认识，内人跟他很熟。噢，没什么，我也是随便问问。"

一直到离开首都警察厅,希俨都没有真正弄清楚,冯焕庭与他的这次单独谈话,究竟是为了什么。是因为林逸民跟冯焕庭打了招呼,为了讨好林,特地与希俨谈一次话,以示对林招呼的重视,还是有意让他传一个话给绍彭,告诉他警方随时随地可以以赤色分子的名义收拾他,让绍彭最好离丽君远一些,他作为首都警察厅长可不是好惹的。

3

结果希俨去首都警察厅自首完全是自取其辱,等到明白过来,一切都晚了,后悔也来不及了。事实上,警方很可能什么都不知道,什么证据都没有,他这是活生生地白送上门去让人羞辱。因为去警察厅"悔过自新",因为在那里备了案,希俨反倒成了警方的监控对象。更为可笑的是,不仅警方在监视他的一举一动,甚至连国都设计处同事,希俨的一位竞争对手,为了能够被提拔,竟然向上面打小报告,反对提拔希俨,理由就是他属于共党嫌疑分子。

为了这事,希俨差一点把最好的朋友绍彭牵连进去,真的只是差一点。除了惹恼绍彭,让他很生气,希俨也让自己成为了笑柄。听说了这件事情,绍彭第一个反应,觉得希俨对不住死去的沈雨初。沈雨初死得很悲壮，像一个男人，他并没有出卖希俨，没有出卖自己的好朋友；而希俨呢，却把自己吓得尿了裤子。绍彭觉得希俨可以不再参加政治活动，可以不再与共产党的组织发生联系，但是真的没有必要去"自首"，去向政府"悔过自新"。希俨对此无话可说，觉得很窝囊很憋气，只能自我解嘲，说绍彭你说得对，就是这样，确实是没事找事，自寻烦恼，迎着大风撒尿，最后都尿在自己身上了。

看到希俨为这事十分懊恼，绍彭很快原谅了他，觉得他这么做，也是事出有因。希俨本来就不是一个胆子大的人。他感到恐惧，感到害怕，很正常。荒唐之处在于，风声都已经过去了，大家差不多都把这事给忘了，国共双方与他们已都没有联系，他们根本没必要再去悔过自新，希俨完全是多此一举。不过做都做了，既然事已如此，再纠结也没什么意义。

转眼间，一年又过去了，希俨的职务也提升了，他所做的工作非常有成效，越来越得到上司赏识。不只是林逸民主任看好他，挂名首都建设委员会常务委员会主席的蒋介石，也特别欣赏希俨提出的一句口号："在三民主义旗帜下，首都南京将成为全国力量的源泉和全世界的样本"。蒋专门向下属询问，是谁想到了这么一句话；说这句话的意思很好，他要的就是这个。

与希俨仕途上的顺风顺水相比，绍彭却好像越来越不得志，大学毕业后，就从来也没有找到一份像样的工作。他本是公子哥出身，世家子弟，家里有的是钱，有没有工作也无所谓，然而在别人眼里，一个成年人没有一份正式工作，难免游手好闲。尤其是他未婚妻碧如会感到不安，两人谈婚论嫁好多年了，偏偏绍彭总是三心二意，感情始终不能专一，经常要闹出些让人哭笑不得的事。有一阵子，他突然看上了碧如刚守寡的表姐丽君，一门心思地要娶她为妻，而丽君似乎也喜欢他又年轻又帅气的样子，大有非他不嫁的意思。结果闹得沸沸扬扬，弄得大家都很尴尬。绍彭要娶丽君的理由，是因为同情孤儿寡母，因为可怜她。这一点又犯了大忌，恰恰是丽君最不能接受的。心高气傲的丽君炙手可热，追求她的男人正排着队呢，怎么可能接受他这种带着点孩子气的求婚。

　　一波刚了，一波又起，与丽君那段纠葛结束了，警察厅长的情敌角色扮演完了，绍彭又惹上了新的麻烦。与碧如预定的婚期越来越近，他突然与一位年轻的护士打得火热。状况发展很快，从开始擦出一点点小火花，没过多久，就轰轰烈烈地燃烧起来。护士小周是碧如中学同学的妹妹，这位同学曾是碧如最好的小姐妹，有很多年，上学放学都是同来同去。碧如患阑尾炎住院开刀，手术后伤口愈合不好，在医院里多住了几天。绍彭天天去看她，天天给她送鲜花，整个病房都觉得他是个有情有义的好男人，却不知道送花不是绍彭主动想到的，而是碧如布置的任务，是她要求他这么做。原因十分简单，碧如的女同学知道绍彭为了丽君曾背叛过她，碧如的自尊心受到极大伤害。她现在要让别人看到，尤其是要让女同学的妹妹护士小周看到，通过她把这讯息转递给姐姐，现如今的绍彭改正了错误，他现在最爱的女人是碧如。

潜意识中，早在绍彭与表姐丽君发生纠葛之前，碧如曾担心绍彭会看中的女同学，她不止一次地在碧如面前，表现出了对绍彭的好感，非常嫉妒她有绍彭这么一位未婚夫，常流露出要找对象，就要找像绍彭这样的帅小伙子，人漂亮，家里又有钱。碧如没想到绍彭那么快地就会看上女同学的妹妹，绍彭自己也没想到。事实上，在偷偷地跟护士小周约会的同时，他跟一个叫黄凤英的女革命者已有了实质性关系。这个叫黄凤英的女人是个职业革命家，身世与丽君有些相像，出身官宦人家，在南方待过一段时间，比丽君革命得更彻底，更加无畏，是一名坚定的托派分子。

绍彭生得眉清目秀，自小养尊处优，是一个贾宝玉似的男孩，女孩子都会情不自禁地喜欢他，他也很容易喜欢上女孩子。绍彭曾经向希俨解释过自己为什么会喜欢护士小周，为什么会喜欢女革命者黄凤英。他喜欢护士小周身上那种出奇的安静，戴着白蝴蝶一样的护士帽，戴着一个白的大口罩，口罩上面一双黑黑的大眼睛。这双大眼睛脉脉含情，这双大眼睛会悄悄说话，这双大眼睛非常勾人。与护士小周的安静相比，黄凤英正好相反，她总是风风火火，好像随时随地都可以燃烧起来。这两个女人，一个柔情似水，一个热烈如火。水与火都是绍彭喜欢的类型，而他最不愿意忍受的，最不愿意看到的，就是自己未婚妻碧如的不温不火，就是碧如的矫揉造作。其实要论姿色，护士小周与黄凤英一点也不比碧如漂亮，这也是碧如一想到就最不能服气的，她永远也弄不明白为什么会这样。

现在，绍彭急需要希俨的再一次帮助，急需希俨再一次帮他打掩护。一切就仿佛历史重演，当初绍彭与丽君偷偷见面，希俨就不止一次地帮绍彭圆过谎。

"这几天碧如很可能会来找你，会问起昨天晚上的事情。"绍彭很认真地叮嘱希俨，让他帮自己圆谎，"记住了，如果碧如真要是问起，你就说我一直和你在一起，一定要记住，一定要这么说。"

"又怎么了？"

"三言两语说不清楚，反正千万别忘了。"

过了一天，碧如果然到国都设计处来找希俨，说是突然想到要吃这附近的鸭血汤，于是就特地跑过来了，让他陪她一起去。希俨知道她来找他的真实目的，幸好绍彭事先打过招呼，希俨也知道应该怎样应付，只是觉得碧如找的这个要吃鸭血汤的借口，实在是太勉强。他看了看手表，时间也差不多了，便与办公室的小蒋打了个招呼，与碧如一起去吃鸭血汤。这家鸭血汤开在一个可以移动的小木房子，经常沿着秦淮河边的小路推行，每天究竟停在什么地方，也没有一个准头儿，反正喜欢它的老客户，总是很容易地就能找到。

没有桌子，有几张很破烂的小竹椅，人多时根本不够分配。好在大家也不在乎，都习惯了就在路边站着吃。

希俨出身寒门，对这种街头路边的小摊贩没任何障碍；他只是奇怪，碧如这种出身于有钱人家的小姐，怎么也跟贩夫走卒似的，大大咧咧地就站在路边吃起来。除了吃鸭血汤，大大咧咧的南京女孩子还喜欢吃旺鸡蛋，就是那种未能焐出小鸡的鸡蛋，一边吃，一边用染了指甲的小手，捏刚成形的小鸡鸡毛。希俨要付钱请客，碧如说既然是我叫你来的，当然是我请客，再说这也太便宜了，你要是想请我，就应该找好一点的馆子。希俨说这个好办，我升职后，薪水也涨了，应该请你和绍彭吃一顿。说完有些后悔，觉得自己不应该提到绍彭。碧如若无其事地说好吧，我就先记着这一顿。对了，新街口那边新开了一家福昌饭店，都说那里的咖啡不错，你干脆请我吃一次咖啡吧。

从头至尾，碧如都没有一字提到绍彭，看得出来，是故意不提到他的；最后是希俨有些憋不住，主动说起前天晚上，说绍彭一直与他在一起。希俨一本正经地说，我看绍彭最近情绪还不错，气色也还可以。碧如没接他的话茬，希俨见对方没有回应，顿时有一种说话落了空的感觉。过了一会儿，碧如冷笑起来，盯着希俨的眼睛看，说希俨你也不用再演戏了，你俩老是玩这样的把戏，像唱双簧一样，又是何必呢？我是真不想戳穿你们。希俨说我也没骗你，绍彭是真的和我在一起。碧如说你们在不在一起不重要，真也好假也好，我反正是都不相信。可惜他编谎话的本事，也越来越不行了。你希俨呢，平时倒是老实巴交的一个人，从来不说假话，唯独为了绍彭，老是跟着他谎话连篇，我真不知道怎么说你才好。希俨被她这么一说，也有些尴尬，也不知道自己的这个谎话，是应该继续编下去好，还是应该到此为止。

4

希俨出生在南京西南郊区一个叫铜井的地方，历史上，这个地方以产铜而出名。到清代末年，铜已经没了，基督教却兴旺起来。村子上很多人家都开始信教，希俨的父母成为第一代教民。因为也没什么文化，都不识字，所谓信教，也就是跟着别人一起上教堂，听外国来的传教士说教。希俨从小不太喜欢女孩子，可能是家中女性太多的缘故。他有一个哥哥，五个姐妹，都把他当女孩看。他的性格比较内向，村里的男孩子总是欺负他；希俨跟男孩子玩不到一起，只能跟女孩子玩，女孩子也会欺负他。

好在希俨天生是个读书种子，成绩一直突出。因为学习成绩突出，他的学费一直都是免收。在过去的年代，通常只有有钱人家子弟才能读得起书，才能进入洋学堂。大清时是这样，民国了，依然是这样，希俨很幸运地进了金陵中学。金陵中学是教会办的，希俨能够进入这所教会学校，不是因为他父母信教，而是因为当时地方政府出台了一项政策，进行了一次统一考试，成绩突出而又家庭贫寒者，由政府发放奖学金供其读书，希俨便是这个政策的受惠者。

金陵中学毕业，可以免考直接进入金陵大学深造，希俨最想读的是化学，去注册的时候，办事人员告诉他，要想学习化学，必须多缴一百多大洋。希俨这样的穷学生，一百多大洋是个天文数字，做梦也缴不起，于是就选择了森林专业。这个专业当时根本没人愿意读，尤其是在南京人心目中，就没有什么森林的概念。南京周边都是丘陵，就是在城里，也是这山那山，说起来都有些名头，藏着不少古迹。老百姓从来没有封山育林的观念，那树就随它生长；到了冬天，留几棵大树，其他的都砍回家当柴禾烧。因此，只要是个山头，看上去必定是光秃秃的，满眼凄惨兮兮的荒凉。

希俨是通过沈雨初才认识了绍彭，沈雨初也是森林专业的学生，与希俨一样，也是个穷学生，来自河南，家境比希俨要略好一些。当时森林专业的课程，都是由外籍教师来教，用的也是外国教材，教学内容与现实生活离得很远。譬如如何防治沙漠，森林林木遗传育种，森林病虫鼠害等等，所有这些，都提不起学生太多兴趣。沈雨初的很多时间，都花在学校的蓝心剧社上。他是个非常热心的人，特别愿意助人为乐。希俨手头拮据,只要他肯开口,沈雨初总会想办法帮他。那时候,大学里穷学生其实很少的,家庭出身非富即贵,一些有钱子弟上课,来去都要坐黄包车;学校里有宿舍也不肯住,在外面包了房子住,平时还得要有仆人伺候。

因为沈雨初的缘故,希俨与绍彭有了第一次见面。这次见面非常有意思,很特别,大家都没说一句话,为什么呢?因为希俨去刚成立的蓝心剧社找沈雨初,沈雨初正好不在,他便在大礼堂的门口等候。当时是希俨的父亲病重,眼见着就快不行了,他得到消息,要急着赶回去。偏偏手头太紧,连个最基本的盘缠钱都凑不够,便想要找沈雨初先拆借一下。等等他不来,走投无路的希俨正准备去学校宿舍找,却看见沈雨初远远地过来了,身边还有一位年轻人。两人边走边说,一看就知道也是本校学生,别着校徽,穿着一身蓝布长衫。这个人就是绍彭。

希俨急忙把沈雨初拉到一边,跟他说起自己的窘迫,沈雨初脸上立刻露出了为难的神情,说手头也正好紧张,也正缺钱花。沈雨初说自己没钱,就是真的没钱,当然希俨这忙必须帮,转念一想,突然有了主意。他让希俨先等着,转身走向站在不远处的绍彭,轻轻地在他耳边说着什么。绍彭听明白之后,撩起长衫,从衣兜里掏出了钱包,尽其所有,悉数都交给了沈雨初。沈雨初一看那么多钱,便又拿出一部分,退还给了绍彭。一举一动,希俨都真真切切看在

希俨参与了首都计划

155

眼里,心里觉得过意不去,非常不好意思,想自己也不认识人家,虽然是沈雨初的人情,但希俨心里充满感激,一直惦记要把这钱赶快还上。

这以后,大家成了好朋友。本来只是希俨与沈雨初关系不错,沈雨初与绍彭关系不错,很快变成了"桃园三结义"。再以后,希俨与绍彭的关系似乎更进了一步,要更密切些。当然,沈雨初自己走得也更远了,更快了,他成了共产党,成了职业革命家。他做的那些事情不得不瞒着人,希俨和绍彭也不例外,这也使得他们之间的关系,越来越隔阂和疏远。北伐革命军进入南京不久,沈雨初开始东躲西藏,躲避国民党对他的追杀。要说政治态度,沈雨初最激进;希俨一开始,又要比绍彭进步一些,甚至可以说,进步得多;绍彭后来成为共产党,成为国民政府下令通缉的罪犯,并且逮捕入狱,都是后来的事情。

希俨与碧如的接触,也是因为绍彭与丽君之间的纠葛,开始变得多起来。事情总是发展得很快,很突然,从开始有一点点影子,到铁了心要娶丽君,这中间几乎没什么过渡。丽君是碧如的表姐,碧如自小就羡慕这个比自己大不了几岁的表姐,人长得漂亮,聪明伶俐,家里更有钱,更会讨男孩子喜欢。女孩的羡慕与嫉妒总是分不开,有多少羡慕,就会有多少嫉妒。丽君曾经是碧如的偶像,也是她在未婚夫面前要卖弄的资本。曾经一度,碧如常为有丽君这样一位时髦的表姐感到自豪,后来的情况就完全变了。

希俨开始身不由己地帮着绍彭圆谎。绍彭与丽君偷偷地约会,两个人一起去看电影,一起逛公园,非要希俨为他证明,是他们两个男人一起去的。绍彭好像永远都只会找这一个借口,好像这个世界上,只有希俨一个人才能帮他圆谎。碧如知道绍彭与希俨是最要好的朋友,她到学校里去找绍彭,找不到便去希俨那里,拉着希俨一起找。希俨在学校外面住,碧如经常去希俨那里找绍彭,弄得对希俨十分有好感的秀兰,也情不自禁地吃起醋来。秀兰在一开始,只是怀疑碧如是希俨的女朋友,后来弄明白了,原来她是别人的未婚妻;既然已是别人的未婚妻,还要经常跑来找希俨,就真有些莫名其妙。

好在绍彭与丽君的事,来得快,去得更快。学校里放假了,绍彭去乡间希俨家住了几天,在那几天里,绍彭最思念的人不是未婚妻碧如,而是已成为寡妇还带个孩子的丽君,发誓只要一获得自由,就立刻与她结婚。希俨为绍彭的一门心思吃惊,为他的执着百思不得其解,不知道怎么才可以让他改变主意。

希俨不得不和绍彭讨论碧如,问他如果真的与丽君结合了,他的未婚妻碧如怎么办。绍彭口口声声地要对丽君负责,要给丽君一个交代,可是对碧如呢?谁又来对碧如负责,绍彭又能给她一个什么样的交代?希俨希望绍彭能认真地回答这个问题。绍彭想了想,说这个问题根本不是问题，他早就想明白了。生命诚可贵，爱情价更高，既然自己是真的爱丽君，那就是说他已经不再爱碧如；既然已经不相爱了，还要和她待在一起，那就是对爱情的不尊重，对碧如的不尊重。

希俨摇了摇头，说："这话说得也太轻巧了，好像话是不能这么说的。"

绍彭说自己的话没有任何不对，没有什么不能说。他不过是把心里的真实想法说了出来。只要是说真话就好，人是自由的，碧如也是自由的，他如果与丽君结了婚，碧如就更加地自由。她可以去找一位志同道合的生命伴侣，找一个更爱她的男人结婚。如果她要是觉得你希俨更合适，当然也可以找你，我觉得你们就很般配。说完，绍彭怕希俨不乐意，又连忙补了一句：

"我也是随便说说，没别的意思。"

希俨与绍彭再一次回到南京城里，他们得到了确切消息，丽君已准备与冯焕庭结婚。过了没几天，就真的结婚了，报纸上刊登了消息。绍彭的情绪立刻坏到极点，他试图挽回败局，还有点不死心，偷偷地约丽君见面，丽君大大方方地答应了，说这样吧，我们一起吃个饭，你请我，我请你，都可以的。结果吃饭的时候，丽君居然带着冯焕庭一起来了。她若无其事，冯焕庭也若无其事。绍彭整个人懵了，丽君为两个男人做着介绍，还很认真地责怪绍彭，问他为什么不把她的表妹碧如带来。

5

与丽君相比，看上去十分文静的护士小周，才真是个狠角色。绍彭意识到情况有些不妙时，事态已变得不可收拾。这一次玩火，玩得太过了。那一段日子，绍彭有点过于多情，脚踩着两只船，与护士小周和黄凤英同时保持关系，结果两个女人都怀孕了。碧如虽然也有些耳闻，一直想抓住把柄，但等到掌握了证据，铁证如山，护士小周已经开始公开逼嫁，一定要与绍彭奉子成婚。

事情到了这样一步，作为绍彭最好的朋友，看着他焦头烂额，希俨也束手无策，不知道还能如何帮忙。这种事不是帮着圆个谎，就能稀里糊涂地蒙混过去的。女人肚子里孩子是藏不住的，有了，会一天天大起来。护士小周索性撕开了脸，一哭二喊三上吊，千方百计地逼迫绍彭就范。虽然要比碧如小好几岁，心计也未必真比碧如深，但是她有一个最厉害的法宝，就是敢不计后果，只要她认准了，什么逆天的事都能做出来。她才不管碧如会怎么想，甚至都不觉得自己是在跟碧如抢男人。护士小周认定的对手是黄凤英，这个女人跟她一样，肚子里也怀了绍彭的孩子，因此，她们在同一条起跑线上。换句话说，她要奉子成婚，黄凤英也可以。

好在黄凤英根本不屑与护士小周争抢，因为她根本就不在乎婚姻，她奉行的是不婚主义。作为一名职业革命家，黄凤英对于性的态度比较开放，她觉得自己提着脑袋干革命，随时随地都会牺牲。怀孕对她来说完全是个意外，一个不应该的意外，是短暂性爱之后的一种负担。黄凤英发现自己怀孕，确确实实也苦恼过一阵，想去医院堕胎。根据《中华民国刑法》对堕胎罪的第一条规定，"怀胎妇女自行堕胎的，刑罚方式改为有期徒刑、拘役及三百元以下罚金"，如果私下去医院堕胎，显然是有风险，弄不好会暴露自己的身份。

结果两个怀了孕的女人见面谈了一次话。绍彭害怕她们见了面会不顾死活地打起来，更害怕她们硬逼自己当面表态，便让希俨做全权代表，做协调的中间人，把双方谈的结果，再一五一十地反馈给绍彭和碧如。想象中的争吵并没发生，护士小周看见黄凤英的肚子比自己还大，看上去已是很明显了，气势顿时弱了许多。而且对方的态度，完全是一副大姐模样，说起话来，既风风火火，又有理有节。黄凤英可能根本就不知道碧如的存在；或许把护士小周和碧如还理解成了一个人。她口口声声地让小周不要责备绍彭，说自己与绍彭之间的事情，她负主要责任；既然是她负主要责任，有什么困难她都会自己承担。黄凤英向护士小周保证，她不会向绍彭要求什么，不会向他们要求任何东西，他们完全可以当她不存在。黄凤英还告诉护士小周,自己到时候准备去湖南老家生产,然后就把孩子留在老家,交给她母亲看管。

不只是护士小周被感动了,连在一边负责协调的希俨,也大大地松了一口气。黄凤英真是有情有义的女人,最后护士小周热泪盈眶,与自己的情敌相拥而泣。两个女人之间的敌意全消,开始互诉衷肠,开始表达各自的善意,俨然不顾她们身边还站着一个希俨。说到最后,满是泪痕的脸上,居然都露出了笑容。她们开始取笑绍彭的所作所为,讥笑绍彭的惊慌失措,讥笑他编的谎话有明显漏洞,讥笑他竟然自己不敢出场,却派了一个毫不相干的男人来充当中间人。

接下来,护士小周再战碧如。这一次情况完全不一样,她没有再接再厉,大获全胜,而是碰上了一个非常强硬的钉子。双方都做足了准备,都不把对方放在自己眼里。护士小周凭借的是现实,是肚子里正在一天天大起来的孩子。碧如倚仗的是历史,是大家早已经都知道的婚约。与上一次谈话不一样,这一次并没有中间人。这一次纯粹是两个女人之间的战争,交战双方旗鼓相当,实力差不多,没有旁观者。

碧如不甘示弱地说:

"别以为我会让步,别想那么美,我绝不让步,绝不!"

"你以为我会让步吗?好吧,我也告诉你,情况就是这样了。我怀了绍彭的孩子,生是他的人,死是他的鬼,"护士小周更不甘示弱,气焰嚣张地说了一通,"眼下都是新社会了,别跟我来什么婚约不婚约,也别说什么订婚不订婚,结了婚都可以离婚的。什么父母之命,什么媒妁之言,那一套早应该不管用了,现在的问题就这么简单,说什么也没用,绍彭喜欢我,我也喜欢绍彭,我肚子里已经有了他的孩子,就这么简单,你看着办吧。"

碧如完全没有想到护士小周会这么厉害,自己第一次看到她时,她还是一个流着清水鼻涕的小丫头,常常被姐姐欺负。周家是开水果店的,碧如有一个印象,当年去她家玩,她父母不停地用小刀削水果,将水果坏的部分用刀削去,再放在篮子里降价销售。碧如的印象非常深刻,她母亲用快烂的水果招待自己,非要塞给她一个烂橘子,都变味了。碧如吃了一口,不好意思扔,又不愿意再吃下去,就偷偷地藏口袋里,结果衣服都给染上了橘子的颜色。

碧如跟希俨控诉护士小周,忍不住还要提起这件往事。事情到了这一步,必须坐下来好好地进行谈判,好好地进行协商。只有谈判和协商才能解决问题。然而大家都开始意气用事,护士小周对绍彭以死相逼,给了他一个准日子;要是到那一天,他还没有娶她,她就死给他看,绝对不是开玩笑,她说到做到。碧如听了,也逼绍彭,说她会不要脸,我不会;她会死,我也会死;绍彭你要是敢娶她,那就是我死给你看。这样也好,你不给她收尸,就来为我收尸好了。

那些日子里,最忙的反倒是局外人希俨,四处斡旋,挨个地帮着传话。很多带有威胁性的狠话,结果好像全是说给他听的。两个女人都以死相逼,都失去了理智。绍彭被逼急了,便对希俨也来这么一句:

"那就干脆大家一起死了算了。"

谈判陷入僵局,连绍彭也玩起破罐子破摔这一损招,让所有的当事人都哭笑不得。绍彭和碧如都拿希俨当知心朋友,都跟他倾诉,都要他帮自己说话。特别是三个人聚在一起的时候,各说各的话,谁也不听谁的。希俨夹在当中,两个人动不动就要他评理,就问他是不是应该这样,是不是应该那样。碧如说你希俨真不愧是绍彭的好兄弟,处处都要帮着他说话。绍彭就紧接着跟了一句,说希俨当然是我的好兄弟,他当然应该帮我说话,他不帮我,谁来帮我。

再下来,事情就朝着更荒唐的方向发展,嘴上说说死还是容易的,真要去死也不是那么容易。眼见着护士小周说的那个准日子要到了,狠话已经放出去了,从绍彭表现出来的态度来看,她似乎也意识到自己这一招未必管用,便又想出更险恶、更蛮横的一招。这一招不光是要牺牲她自己性命,而且还要置绍彭于死地。在与黄凤英的对话中,护士小周知道了黄的托派身份,她当然弄不清楚"共党"和"托派"的区别,因为觉得自己走投无路,她突然想到了鱼死网破。事情已到了这一步,如果绍彭不与自己结婚,她反正没脸再活下去,便要以他"通共"的罪名向当局告发,这样一来,谁也别想再有好日子过。

情况顿时变得复杂,一个女人要是歇斯底里,什么样的疯狂事都可能做出来。现在,绍彭不只是为自己的处境担心,更为黄凤英担心。与希俨商量,希俨也没什么办法,最后绍彭也急了,说要不这样,我和小周结婚,你呢,就跟碧如结婚,这事不就都解决了吗。希俨没想到绍彭竟然会这样说,连连摇头,说你脑子是不是出了问题。绍彭知道自己是病急乱投医,嘴上还要强辩,说自己脑子很清醒,没任何问题。又说这主意就算不是太好,不是最佳方案,仔细想想,也未必就算什么坏主意。真要是能这样,它绝对解决问题。

希俨不高兴地问了一句:"解决了什么问题?"

"什么问题都解决了。"

希俨真的有些生气了。自从与绍彭认识,他从没有与他红过脸,甚至没有争论过什么。绍彭也从不把希俨当外人,他们无话不说,是最要好的兄弟,可以说是割头换颈的交情,现在他突然脱口而出这么一段话,确实是有些过分。看着希俨的脸色很难看,绍彭也知道这话不太恰当,叹了一口气,说自己也不过是信口一说,这件事情确实是他绍彭对不住碧如,他不是个合格的好男人,碧如是无辜的，她应该找一个比他更靠谱的男人。

希俨接着绍彭的话，气鼓鼓地来了一句："你当然是对不起碧如。"

"我对不起她。"

希俨又说："你好好想想，你对得起谁？"

6

一个月后，绍彭和护士小周，希俨与碧如，在同一张报纸上刊登了结婚广告。护士小周大获全胜，很快生了一个大胖小子。在这之前，黄凤英回到湖南老家，已为绍彭生了一个儿子。黄家也是当地的名门望族，思想倒并不保守，黄凤英父亲是个开明绅士。想不开的是碧如父亲薇堂老人，与黄凤英父亲相比，他一点都不开明。在薇堂老人看来，女儿既然与绍彭订婚，就再无反悔的道理。父母之命媒妁之言，这些都是天经地义，绝对不能违抗。名正则言顺，护士小周怀有身孕这事，完全不足为惧。不管怎么说，都是碧如与绍彭门当户对，婚约在前。先入一天为大，护士小周既然愿意当小，非要甘心做别人小老婆，那就索性成全她好了，原配和正宫娘娘的位置，又岂是她想觊觎就能得到的。

首都建设委员会在希俨与碧如结婚后的第二年，正式予以裁撤，理由是到了 1933 年 4 月，首都各项重要建设都已基本完成，委员会挂名的那些大佬太忙了，再也没时间过问这些琐事。在过去的几年中，国都设计技术专员办事处编撰的《首都计划》中的城市规划，正在一步步卓有成效地实施。作为参与《首都计划》的重要功臣之一，希俨的个人事业得到了进一步提升，他被调到了市府工作，直接分管首都城市的基础建设。这是个非常重要的位置，在这个位置上，希俨大显身手，个人才华得到了充分体现。

都说是夫贵妻荣，眼看着希俨越来越成功，碧如暗暗得意，情不自禁沾沾自喜。当然也还会耿耿于怀，旧情已断恨意未消。她觉得嫁给希俨，多少有些不明不白，多少有些不清不楚。她希望希俨能够说出这样的话，希望他能说自己其实早就在偷偷地喜欢她，早就在偷偷地暗恋她了，只是因为绍彭是他的好朋友，因为朋友妻不可欺，因为他希俨是个正人君子，才没把这层意思表达出来。偏偏希俨从来就没说过这样的话，他不愿意这么说，即使在碧如非常明显的暗示下，暗示他应该这么说，应该把这话说出来，暗示自己很想听到这样的话，哪怕他是在瞎编，也应该编给她听。然而希俨仍然无动于衷，没有任何表示。碧如希望听到的电影台词般的表白，始终没有出现。

"你完全用不着是为了绍彭，才硬着头皮娶我这个残花败柳。"情绪最糟糕的时候，碧如曾经气急败坏地这么对希俨吼过。她也说不清楚为什么会对他这样。为了激怒希俨，碧如甚至还暗示自己与绍彭已经有过了那种关系。她对他说过最羞辱人的话，就是告诉希俨，如果不是被绍彭坏了名誉，她才不会嫁给他呢。事实上，碧如确实想不明白，想不明白希俨为什么要娶她，为什么愿意娶她这个被绍彭抛弃的女人。她想不明白希俨与绍彭之间，究竟是一种什么样关系，为什么会要好到那种程度，好到令人难以置信，他为了绍彭可以赴汤蹈火。

新婚之夜，碧如恨恨地问道："希俨你是不是为了绍彭，什么样的事情，都愿意为他去做？"

希俨想了想，回了一句："是这样，我愿意。"

"他让你为他去死，你也愿意？"

希俨毫不犹豫地说："绍彭不可能让我为他去死的。"

"如果他要你去死呢？"

"没有这种如果，不可能！"

新婚之夜，什么也没做成，刚开始就结束了。第二天接着做，还是没做成，难度太大。第三天终于成功，碧如说你现在总应该明白了吧，我为你还保持着处女之身。她以为希俨会十分惊喜，会万分感激，没想到他一片茫然，好像根本不知道她说了什么。

高云岭45号

1

　　新生活运动据说是在江西南昌发起的，但这个运动变得家喻户晓，却是在首都南京。中国的事情就这样，无论你有什么动静，大事或小事，必须是在首都发动，必须在京城坐镇指挥，才会有气势，才能号令天下。南京的新生活运动一旦搞起来，全中国也就开始纷纷响应。丽君是新生活运动积极分子，作为妇女界代表，她在这个运动中大出风头。新生活运动有很多种解释，有过太多花絮，具体如何解释，怎么样才算最权威，一般老百姓搞不清楚，社会上精英也搞不清楚。在洋人眼里，这不过是一场"建基于牙刷、老鼠夹与苍蝇拍的运动"。如果用一个字形容，是"新"，如果用一句话，是必须要和以前不一样，要和以往的种种不是和陋习告别。譬如说女子不再烫发。丽君曾是南京最早烫头发的女人,那年头,南京能烫发的理发店不多,烫发的女人更少,真正时髦的女人都是要专程去上海烫发。

在南京,带头烫发的是丽君,带头不烫发的也是丽君。她带领一群妇女界人士到街头上去演讲,反对女子烫发,崇尚朴素,看见有烫发的女子,就劝其改正,劝她们再把弯曲的头发拉直。有人还出了个近乎恶毒的提案,一讨论,竟然真的实行了——强令妓女一律烫发。这样一来,烫发便成了妓女的标志;有烫发女子在街上走过,无论是不是妓女,便会有轻薄男子上前挑逗捉弄,大家见到这样的场景,也不会跳出来打抱不平。于是行之非常有效,除了偶尔见到的外国女人——很多外国女人头发天生是弯曲的,街头再也没有烫发女子,烫了发的妓女也偷偷地把头发拉直。

仿佛南京的城市景观,短短几年中,发生了重大改变一样,丽君与表妹碧如的关系也已修复。为了绍彭,她们一度闹得不可开交,尤其是碧如,对表姐丽君恨得咬牙切齿。现在各人都有了自己的归宿,丽君嫁给了冯焕庭,碧如与希俨成婚,绍彭也娶了护士小周,覆水难收友谊未绝。碧如一向以丽君为榜样,两人关系恢复,又开始处处都跟着她学。当年丽君赶时髦烫发,她也学着烫发,现在返璞归真,反对烫发,她就跟着一起上街宣传。丽君决定要在南京置地盖房子,她毫不犹豫地也跟着一起行动。

丽君有个熟人在南京市民银行服务，这家伙认识很多地产商人，从他那里得到一个消息，说高云岭傅厚岗一带有十几亩地皮要出售。根据新城市规划，这地方未来将是新贵们的居住区，于是丽君与碧如一起，由那位银行熟人带领去看地。结果非常满意，见到的那块地相对平坦，交通也方便，只是坟头略多一些。靠着山岗，鼓楼坡往北走不了几步就是。原来是大户人家的墓园，因为破败了，现如今满眼荒冢，碧如心头有几分犹豫，多少有些忌讳。丽君也在心里嘀咕，不知道有没有禁忌。那位朋友是行家，说首都正在扩张，都在往周边延伸，你们想，在城市的周边，只要是块空地，怎么可能没有坟头呢，真要比较起来，这地方都算是少的。

朋友的话很有几分道理，希俨搞城市规划，知道这一片地方未来升值空间极大，投资回报肯定丰厚。碧如比丽君仔细，早在来看地前，就跟希俨讨论，知道在这儿买地绝对划算。因此两个女人对着荒冢怔了半天，丽君便对碧如说，你们家希俨的意思非常对，这个地方真的很好，未来肯定要发展。不管盖不盖房子，先把地买下来总不错，真不想要，还可以转手卖给别人，怎么都不会吃亏。陪他们去看地的银行朋友听了，连声赞同附和，说这才是懂行的人说的话。又说坟茔这玩意儿根本不足为虑，用不着忌讳，很多世界名城的高档住宅都这样，住家紧挨坟地不算什么事。碧如听了，仍然拿不定主意，问丽君她是怎么想的，丽君说还要回去与冯焕庭商量，说你也回去再跟希俨商量一下。碧如说她倒用不着再商量，希俨反正都会听她的，只要你丽君真想买，真想在这儿盖房子，我就跟着你一起买，反正这次我是跟定你了。

结果就真的买了下来，又约几个人，把十几亩地都瓜分了。丽君与碧如一家买了两亩地，两家紧紧挨着，东西为邻。她们最早出手，选的位置也是最好。选好了地，便开始准备着手盖房子。先在报纸上登广告，请坟主过来迁坟。这事稍稍有些麻烦，广告登出去了，迟迟不见人来。到日子只好当作无主坟处理。没想到不处理也没什么动静，真花了钱，请人当作无主坟处理了，刚迁坟不久，竟然有人找来了，说没有看到报纸上的广告，说你们凭什么迁我们家祖坟，凭什么说这些是无主坟。气势汹汹地要打官司，叫嚣着必须赔钱，赔少了还不行。因为没心理准备，丽君还真被吓了一跳，让碧如回去问希俨，问他应该怎么办。希俨对付这个很有一套，说打官司就打官司，大不了在法庭上见面，买卖是合法的；报纸上登广告请求坟主迁坟，也是合法的；逾期业主可以自行处理，同样是合法。既然都是合法，也就不用担心，能法庭上见反而是好事，该了断的都了断，免得以后房子盖起来，再生事就麻烦了。

来闹事的人中，有个叫"黄毛"的小伙子，长得完全像个外国人，金发碧眼大鼻子，只是个头不高，又瘦又小，是一个洋人与中国女佣留下的私生子。因为在中国的贫民窟长大，说一口地道南京

171

话，从来也没见过自己爹，甚至都不知道爹是哪国人，闹起事来，却是最凶的一个，说话口水直喷，袖子捋了再捋。口口声声他的洋人老爹就葬在这里，现在把他爹的坟居然迁走了，这件事若是告官，肯定会引起国际纠纷，弄不好还会是外交事件。闹着闹着却不再有声音了，原来就是一伙地痞小流氓，有当地的黑社会在背后唆使，无非想冒充无主坟主讹点钱，有钱人的钱不赚白不赚，后来打听到消息，是首都警察厅厅长要在这儿盖房子，立刻吓得作鸟兽散，不见了踪影。

2

那些年，首都的阔太太们心里都惦记着要盖房子。南京的城北，被划出了好几块新住宅区，专供新贵们盖楼。全世界都在大萧条，到处都在闹经济危机，产业工人都在失业，美国华尔街天天有人跳楼。唯独中国的南京像个大工地，欣欣向荣，马路在不断地拓宽，一栋栋民国官邸如同雨后春笋，拔地而起的政府大楼一个比一个更漂亮。好像全世界的优秀建筑设计师都没饭吃，都跑到中国来打工了，都来南京找活干。全世界第一流的建筑材料，也正在源源不断地运往南京——西班牙的墙砖，意大利的花岗岩，法国的铜龙头，只要有钱，都可以招之即来。

地既然已选好，地皮已经清理干净，接下来就是选择盖房子的图纸。要盖一栋称心如意的房子并不容易，询问的人越多，可选择的方案越多，想法也越来越多，最后要下决心就变得越来越犹豫。画家徐悲鸿的夫人蒋碧微在法国留过学，她正好也在附近买了块地，也是想盖房子，也是要寻找图纸，便约了大家一起四处去看。先是去看法国大使馆，这个很近，就在高云岭，看了以后不是很满意；又去下关英国大使馆看房子。蒋碧微与外国人熟悉，英国大使馆里有两栋小楼，一栋叫白楼，一栋叫红楼，都很有特色，很豪华很有气派，看了都觉得好。仔细想想，又仍然还是不太合适，太像办公的场所，多少有一点大而无当。

　　蒋碧微的丈夫是画家，要安排一间大的画室，她自己还能画几笔，一门心思要亲自参与设计。当时文化人也没什么钱，处处还要想到节俭。丽君没她那样的耐心，看到临了，眼花缭乱，也不耐烦了，便跟碧如商量，干脆找两栋现成的小楼，快刀斩乱麻，依着葫芦画瓢，照样搬过去就行。反正要盖的楼不能太小，小了没气派；也不能太过分，她们的丈夫都是吃官家饭的，过于奢侈了，也不合适。最后选中两套西班牙风格的建筑，搁在一起，为避免重复，又专门做了差别化处理，让它们看上去风格统一，又不完全一样；外表上新奇别致，内部结构非常实用。原设计者是西班牙建筑师，名气很大，可以说享有国际名声，现在把外形照搬过来，经过中国工程师重新改造，根据中国人习惯进行一番加工，美轮美奂，完全可以当作中西合作的典范。房子盖好以后，参观的人络绎不绝。

中国人盖房子，到了最后上梁的时候，通常都还要搞些形式，要挑个好日子，要买些瓜果糕点祭祀一下，要在梁上扎几根红绳子驱邪，还要给工人发赏钱。到那天，两位男主人也被喊到现场，在这之前，希俨和冯焕庭各自都来工地看过，两个人正式碰面，却是这些年来第一次。对于希俨来说，也是有意识地要避开他。从内心深处来讲，他真不太愿意见到冯焕庭，因为只要一想到这个人，一想到他的那间办公室，就会想到自己去警察厅的悔过自新，想到那段近乎屈辱的不愉快经历，想到冯与自己那次莫名其妙的谈话。现在，两个人终于又见面了，冯焕庭仍然还是首都警察厅厅长，希俨则春风得意，在市府的一个重要部门当上了处长。平日里大家公务繁忙，都有权都有势，身上的官僚习气都很重。见了面，装腔作势地握手，也无话可说。经过简短地敷衍，先去看房子，一同看了你家，再去参观我家。等到两个男人有机会单独在一起，两位女主人忙别的事去了，再聊了没几句，便不可避免地说到了绍彭。

冯焕庭直截了当地向希俨建议："侯先生若有机会，不妨给那个季绍彭带个信，让他不要与共产党走得太近。"

希俨听了一怔，好像不太明白他在说什么，很认真地回了一句："我现在与绍彭倒是也很少见面，不过据我所知，他跟那个共产党，从来就没有过什么关系。"

"没关系就好。"冯焕庭的言辞中充满了一种傲慢,同时还带着几分不屑,"年轻人干什么不好,年轻人可以干的正经事太多了,我也只是提醒一声。"正这么说着,远远地那边碧如已喊了起来,让他们赶快过去,说有事需要他们两个男人过去帮着拿主意。冯焕庭意犹未尽,还有些话想对希俨说,见碧如在招呼他们,也就不往下再继续说了。希俨与冯焕庭到了那边,心里还在盘算冯焕庭刚说过的话,对正在盖的新房子也发表不了什么意见。碧如一口一个姐夫,拉着冯焕庭问这问那。冯焕庭跟希俨一样,也没什么想法,就一个劲地说很好,说就这样就很好。

一旁的丽君嫌他不负责,说:"焕庭你不能老这样,除了说很好很好,难道不能说些别的什么?"

看完了自家正在盖的房子,又兴致勃勃地去参观别人家小楼。都还没正式完工,也都差不多了,外形外观已经像模像样。都是些有身份的人家,都是外形不同的一栋栋小洋楼,围墙都还没砌好。在建的这些小楼,风格基本上不一样,琳琅满目,有点争奇斗艳。当时的《首都计划》对新住宅区做了整体规划,特别强调建筑物的差异性,希望业主们不要完全照抄别人家的图纸。根据国外高档住宅区的经验,建筑物风格迥异这一点很重要。房子和房子必须要不一样才好看;只有不一样,有了差异,才会显得别致。在政府政策的指导干涉下，南京城北新住宅区带有了很强的试验性；当时的想法也很简单，就是希望它们未来能够成为中国城市高档私宅的样板。

很快房子盖好了，各家砌好围墙，空地上新种了各式花木，又选了个黄道吉日正式搬迁。就在乔迁新居的那几天，被冯焕庭打发去苏州的如夫人瑞云，年纪轻轻突然病故。跟着瑞云一起生活的小锦绣才八岁，没人照顾，便接过来由丽君抚养。这边家里已有了丽君与亚声生养的儿子泉忠，与冯焕庭生养的两个女儿大宝和二宝，怀在肚子里的第三个孩子也有好几个月了。反正家里孩子已经够多，再添一个也无所谓。锦绣来了，正好还可以帮着带弟弟妹妹玩。锦绣是个很乖巧的女孩，大眼睛，杏子脸，很会看人脸色；来了以后，丽君的儿子泉忠特别喜欢这个小姐姐，整日形影不离地跟在她后面。

让丽君有点不高兴的不是自己要当后妈，而是因为锦绣的来，她突然得到消息，原来冯焕庭与远在苏州的瑞云偷偷地还有过来往。他竟然不止一次地去苏州会过这女人，关键还是不止一次。换了别的女主人，或许也不是什么事，也可以忍，搁在丽君这样的新女性身上，不闹一下便有点说不过去。自从与冯焕庭结婚，丽君肚子没轮空过，用她的话来说，自己作为一个新时代的女性，已成了冯焕庭的生育机器。女人怀孕了，男人出去偷腥，似乎也情有可原，然而她毕竟是为冯焕庭怀孕，是帮他在传宗接代，是为他在做出牺牲，他再这么出去胡搞就不对了。尤其不能接受的还是去找瑞云,这说明他们之间的关系,还没有完全切割,冯焕庭仍然还是有一妻一妾的嫌疑。冯焕庭曾向丽君暗示过,说瑞云在床上很有一套,很会那个,十八般武艺样样精通,非常懂得如何让男人喜欢。言下之意,两个人一比较,丽君在某些方面并不是让冯焕庭特别满意。

丽君也恨自己总是在怀孕。那年头时髦女性,经常在一起讨论如何避孕,因为生孩子很耽误事,影响了很多人生享受。可是这个事并不容易,能采取的方法和手段,都极其原始落后。同时不孝有三,无后为大,丽君连生了两个女儿,还没有儿子,要想谈什么避孕,简直就有点大逆不道。丽君也只能是嘴上抱怨,知道自己必须赶快生个儿子出来,只有为丈夫生了儿子,才能真正将他给拴住。她虽然有个儿子泉忠,就目前看,冯焕庭对泉忠也很不错,对他视同己出,不过男人肯定还是更想要个自己亲生的儿子,丽君怀了第三胎,他对她百般呵护就是明证。

八岁的小锦绣来了,丽君为显示自己这个后妈很大度,先带她去鞋店买了双时髦的红皮鞋,又让家里老妈子找出两套不再穿的旧衣裳,请裁缝过来加工翻新,为锦绣专门缝制了棉袄棉裤。上上下下一打扮,原来一个脏兮兮的小丫头,顿时焕然一新,完全变了一个人,只是不愿意开口说话。丽君问她话,问什么,不是点头就是摇头,从来不多说一句。问上学了吗,摇头。问想不想死去的亲娘,也是摇头。问以后想怎么样,还是摇头。最后问喜欢不喜欢现在的这个家,喜欢不喜欢这些弟弟妹妹,锦绣想了想,很认真地点了点头。

据送锦绣过来的人说,她那个亲娘瑞云根本不怎么照顾女儿,平日里除了打麻将,招蜂引蝶,不干一件正事。她自己不识字,对女儿的教育也是不闻不问。说起来现在也算是新社会,妇女要解放,还在搞新生活运动,到她那里却一切照旧。瑞云母亲也是妓女出身,她不知道自己父亲是谁,一切仿佛命中注定。脾气乖张的瑞云一旦生气,对女儿又是骂又是打,张口闭口小婊子的。最先只是因为冯焕庭喜欢小锦绣,把女儿带在身边,打算借她挽回一点这个男人的心,很快发现男人都靠不住,只见新人笑,哪闻旧人哭,对她们母女根本不闻不问。瑞云心里就有气,就拿女儿撒气,常把锦绣身上掐得青一块紫一块。冯焕庭出公差路过苏州,把瑞云喊到旅馆去见面,专门关照不用带孩子。这话是当着小锦绣面说的,说厅长只想见瑞云一个人;都以为小孩子听不懂,偏偏锦绣人小心不小,全记在心上。瑞云平时心情好,喜欢说冯当年如何疼锦绣,怎么样喜欢她;去见过冯焕庭以后,回到家,情绪没变好,反而更坏了,一口一个男人都不是东西,把我当作路边的闲花野草也罢了,自己的亲闺女都不要了,也不怕女儿长大了跟她妈一样。

或许就是这原因,锦绣对冯焕庭总感到生疏,总有些若即若离。

看到他对弟弟妹妹好,抱这个亲那个,便会觉得自己是个外人;不到迫不得已,绝不会主动开口喊一声爸爸。冯焕庭也有感觉,能感觉到这孩子有些记仇,私下关照丽君,让她对锦绣好一点,多照顾一点,毕竟现在都一家人了,不要让小丫头觉得我们对她不好。丽君听了便冷笑,说你这话究竟什么意思呢,都说是后妈难当,我这个后妈难道还不称职,还不够好。冯焕庭连忙解释,让她不要误会,说自己根本没有那个意思。又说自己最佩服的就是她的胸襟,说她气量大,说她跟别的女人不一样。丽君继续冷笑,说怎么跟别的女人不一样?男人眼里女人都不一样,是不是因为这个不一样,你到了苏州,才又会去找那个女人?你跟我说句老实话,现在你让我对锦绣好一点,是不是心里还放不下那个女人。冯焕庭说人都死了,你实在没必要再说这样的话,没必要跟一个死去的女人争风吃醋。

丽君这次真的生气了,说我难道还会跟一个妓女出身的人争风吃醋,你确实太看轻我了,怎么能拿我和一个妓女相比呢,难道在你眼里,女人都是妓女?冯焕庭脸色顿时不好看,丽君知道自己话说重了,立刻见风使舵,说好吧,我就是争风吃醋了,我争风了,我吃醋了,又怎么样。女人就会这样的,实话告诉你冯焕庭,也真因为你还是个不错的男人,是好男人,女人才会为了你争风吃醋。我有时候想想,自己真是没出息,真不像个新女性,想想也真没有道理,我居然在和一个那样的女人生气,为一个死了的女人不高兴,

高云岭45号

179

我知道这个不值得,很不值得。

活人不应该与死人生气,丽君嘴上这么说,心里未必就这么想。而且她还知道,男人和女人一样,冯焕庭其实也会与死人争风吃醋,也会为死去的亚声纠结。有一次,他们正做着那个事,到忘情时刻,丽君疯癫癫地,竟然冷不丁地冒出来一句,说亚声如果还活着,他看着我们现在这样,看着我们住这么好的房子,看着你这样对待我,看着你这样欺负我,他会怎么想呢。冯焕庭大怒,说他要是敢在这儿,我立刻拔枪毙了他。丽君说你干吗要这么厉害,干吗要这么凶;冯焕庭喘了口粗气,说我不仅要把他毙了,我还要把你也毙了,你信不信。

3

丽君的房子成了样板,自从搬入了新居,高云岭45号就不断地有客人要来参观。外面早传得沸沸扬扬,说她家这栋小楼,在新住宅区最有品位。女主人的虚荣心得到充分满足,只要是个机会,丽君便会向客人滔滔不绝。装修经验是什么,买地最起码要买多大,怎么计算税费才划得来,不能轻易相信地产商人。外国有名气的建筑设计师,也不是都好,也会坑人,也会瞎胡闹。院子里应该种什么树苗,不应该种什么,花花草草看似随便,其实都很有讲究。

高云岭45号成了首都南京的一道风景线，这里是当年最热闹的沙龙所在地，大小官太太在这儿聚会，老派的，新潮的，有的根本还不是正房太太，也不过就是个小三，但只要有点经济实力，动了要盖房子的念头，便会成为丽君家的客人。丽君不仅要带着客人参观自己的家，还会带他们去邻近的碧如家参观，去她弟弟瑞麟家看房子。瑞麟家的房子离她家有一段距离，几乎是丽君一手代办的。她那位洋弟媳妇卡蜜拉中国话说不好，根本没办法与别人打交道。

冯焕庭与贺太太的认识，也是拜丽君所赐。贺先生在汪精卫手下做事，分管机要工作，年龄已不小了，一头白发，长须飘飘，能写一手好字。这个贺太太很有意思，喜欢带着女儿到处出风头。她拉着年迈的丈夫和女儿一起过来看房子，心思不在房子上，而是没完没了地与冯焕庭聊天，一个劲地奉承，夸奖他当了首都厅长后，京城治安顿时就好了许多，又说他真是厉害，抓了那么多共产党。贺太太女儿还不到二十岁，天生丽质，小脸蛋嫩得能掐出水来。说起这个风韵犹存的贺太太，身世还真有些特别。祖上是清朝的王爷，爷爷那辈家里的钱还用不完，辛亥一革命，便成了流落在南京下关一带的穷人，穷得十分彻底，连贩夫走卒都不如。当时的江苏最高长官，为解决沦为赤贫的旗人的基本生存问题，专门颁布过一道法令，允许以工代赈，拆南京的明城墙卖钱，所获之款用以接济旗人生活。

贺太太父亲懒得去拆城砖，他什么活也干不了，便把两个女儿卖入娼门，送进大石坝街的春院楼。民国前，她爹曾是妓院常客，不知道嫖过多少汉家女子，现在也算报应，轮到女儿替大清还债。懂得生意经的老鸨知道如何赚钱，将贺太太姐妹包装成旗人家格格，专门为她们伪造了一段显赫家史，二人一下子就大红大紫。贺太太姐姐成了妓院头牌花魁，贺太大名声也随之鹊起。她丈夫贺先生在二次革命时与她相识，两人情投意合。那年头，革命党人常躲在妓院里商议大计。再以后，被北洋政府通缉的贺先生流亡海外，临行前去看贺太太。贺太太姐妹居然偷偷资助了一笔盘缠，贺当时就发了毒誓，日后如果发迹，一定要为贺太太姐妹赎身。

这以后就有了身孕，贺太太这样的身份，有了身孕，老鸨首先不乐意，然而她打定了主意，一定要为贺先生保住肚子里的孩子，最后生了个女儿。也就是在那一年，贺太太姐姐染了绝症，前后也不过一个多月，便香消玉殒，物还在人已亡。贺先生在日本避风头，等到风头一过，通缉他的命令取消了，便回国迎娶贺太太。他那时也没什么钱，论岁数，比贺太太大了差不多三十岁，基本上已是个糟老头子。赎身的银子其实都是贺太太自己出的。贺先生有老婆有孩子，儿女成群，贺太太也不与大房争，心甘情愿地做小，一心侍候贺先生。小报记者便将他们的经历，添点油加点醋，演绎成一段活灵活现的香艳故事。女人有时候比男人更需要故事，在首都的官太太中，像贺太太这样有情有义，像她这样通情达理不争名分的，少见，这也都会在无形中提高她的声誉，增加她的魅力。

不管别人怎么说，不管别人怎么看，反正这个贺太太属于冯焕庭喜欢的类型，一看就喜欢，越看越喜欢。从一开始双方的眉来眼去，到后来的苟且偷情，他们之间的关系发展飞速，快得让人难以置信。不过要说他们的故事，还必须说贺太太的家事，先要说一说贺先生和他的儿子。

贺太太说起来愿意做小，不争名分，但贺府中大大小小的事情，其实都已经是贺太太在当家做主。贺先生不怕正房的太太，就害怕偏房的姨太太；不是一般的害怕，是白天黑夜都有点恐惧；凡事都让着她，都宠着她哄着她。贺先生有个宝贝儿子叫仪祉，因为是贺家的独子，贺太太对他十分巴结，处处让他三分。女主内男主外，贺太太知道以后的日子还很长，还得倚仗年龄与自己差不多的继子。偏偏这个继子仪祉是个很不争气的东西，说起来也是留学过日本，但什么正经的本事都没有，开口闭口都是日本怎么好，中国怎么不好，日本怎么先进，中国怎么不先进。

当时南京的民间气氛，因为此前发生了济南事件，因为"九一八"东北沦陷，因为"一·二八"淞沪抗战，因为1933年的长城抗战，对日本人的情绪，早已经是仇恨到了极点。人们最恨的就是汉奸，去电影院看电影，去剧场看戏，在街头听演讲，在学校里上课，处处都可以感受到这种气氛。抗日的洪流不可阻挡，出于外交方面考虑，国民政府表面上还在控制过于明显的抗日言论，实际上却是一直在暗中鼓励。媒体上常用"敌方"和"某国"来代替日方，大家心知肚明，一看到这些词，便知道是在说谁。《义勇军进行曲》已成为当时最流行的歌曲。

偏偏仪祉与日本人的间谍搞到了一起。他在上海有个日本朋友小野，这个小野，用中国人的话来说，就是一个标准的日本浪人，年纪四十岁出头，在中国到处碰瓷，到处惹是生非。上海有日租界，日本人受到保护，因此只要到了上海，仪祉便去找小野，由他带着出去寻欢作乐。虹口一带好玩的风月场所基本上都玩过，统统都由小野安排，花钱的当然是仪祉。到了南京，要去夫子庙的秦淮河边花天酒地，都是由东道主仪祉安排，仍然还是他来花钱买单。小野不会说中国话，在南京你要是说日本话，连妓女都不怎么待见，服务得也不太好，小野因此很不高兴，用日语骂妓女。妓女也不懂他说什么，仍然是敷衍了事，小野继续骂，骂到最后，干脆动起手来，扇了两记耳光，还撕坏了妓女的衣服。

当时的南京，新生活运动轰轰烈烈，正义人士提议取消妓院的呼声甚嚣尘上。南京市府顺应民心，对妓院从业人员做了进一步规范，从表面上取消了妓女卖淫，只允许歌女存在。妓女和歌女，换个名称就行，市府要求所有歌女必须佩戴"桃花章"上岗。这个佩戴在胸前的铜质桃花章设计得有些荒唐，中间两个谁也看不清楚的篆字，周围是六朵盛开的桃花，要说难看也谈不上，说它和国民党党徽有几分相似，还真没什么大错。国民党党徽是中间一个太阳，十二个三角星环绕，所谓"青天白日"。国民党是执政党，胸前别个党徽，装腔作势多少还能吓唬人。桃花章就不一样了，春风桃李花开日，桃花虽然也很美丽，作为卖笑女子的特殊"芳记"，也就太有贬损之义，明摆着含有一层歧视。惹得妓女们很不高兴，广大从业人士也想奋起抵抗，可是怎么说都是弱势群体，警察要让你戴，你还就得戴，不戴就罚款，为了这事，妓院里上上下下，都憋着一股怒火。

　　小野出手打了妓女，尤其是扯坏衣服，也算是摊上了事。被打的妓女立刻撒起泼来，坐在地上又是哭又是喊，声音惊天动地。老鸨过来调解，一看这情形，也跟着数落，说你们是日本人又怎么了，是日本人也不能不守规矩。妓院的小二便要与小野动手，取了根棍子直扑过去，没想到这小野岁数不小，头发泛白，身手却十分了得，先往边上一让，然后拳头挥舞起来，照着小二的脸部喉咙胸口，就是一组电闪雷鸣似的击打，小二立刻鼻青脸肿，血流满面。这一下子也把大家给镇住了，好在情况很快发生变化，妓院里的其他客人，听说日本人打人了，一个个义愤填膺，纷纷站出来指责。不光惊动了这一家妓院，邻家的嫖客也被惊动了，还有路过的老百姓，听见动静都过来看热闹。有不怕事的，看见日本人在这儿撒野，便围过来准备动手，准备打抱不平。仪祉见势不妙，赶紧扔了几张钞票在地上，拉了小野就跑。他们这么一跑，大家就在后面追。

出妓院不远是市府路，正好那天有学生集会，集会完了是上街游行，呼口号，要求政府出兵抗日。气喘吁吁的仪祉拉着小野在前面跑，起哄的人民群众在后面追，一头就扎进了学生队伍。学生们也弄不清楚是怎么回事，光听说是日本人打人了，火气就上来了，就将他们团团围住。小野继续撒野，他大约知道这时候，主动进攻才是最好的防守，因此谁冲上来，他就先攻击谁。学生虽然人多，但都是读书人，火气虽然大，秀才遇到兵，一时还真有点奈何不了他。但是人多就是人多，而且越围越多，气势也越来越旺，大家想大不了被他挨几下，咬了咬牙一拥而上，将小野和仪祉按倒在了地上，又是拳打又是脚踢，一顿暴揍。小野开始还有点反抗，很快就是死狗一条，躺在地上，只有挨打的份儿，任你怎么打他，就是不求饶，死活不吭声。仪祉跪着讨饶，一口一个我是中国人，别打我，中国人不打中国人。他想以此少挨点打，没想到学生弄清楚了真实情况，突然醒悟过来，想到日本人还真不能乱打，真打死了，肯定会引起外交事件，日本人会借此大做文章，便立即主动保护小野，将小野团团围住，不让群众再接近他。愤怒的群众没办法再打小野，满腔怒火就宣泄到了仪祉身上，说你个狗汉奸，竟然带着日本人睡我们中国的女人，不打死你还他妈打死谁。

4

冯焕庭与贺太太之间，一开始确实有几分滑稽。仪祉与小野被打这种小纠纷，由派出所出面处理一下，也就完事了。但派出所觉得这事牵涉到了日本人，应该向上级汇报；汇报就汇报了，反正人也没被打死，打了就打了，如果日本人非要讨个说法，那也等日本人来交涉了再说。日方如果不过问，中方只当什么事也没发生，用不着事先做出预案。

然而贺太太不甘心，觉得仪祉不能白白地就这么让人痛打一顿。她去派出所做笔录，办事人员幸灾乐祸的样子也让她十分恼火，说你们吃了国家公粮维护治安，这个治安是怎么维持的？办事人员就说，你还说我们不维持治安，要不是我们赶到现场，要不是我们拦着，你们家的那位少爷，早就让人民群众给打死了。贺太太生气的恰恰就是这么一句解释，因为仪祉在医院里，见了贺太太就哭着喊着说觉得最委屈的，就是警察明明都赶到了，仍然还是不作为，有意站在一旁看笑话，害得他继续被别人打。那些打他的人看到警察不管，打得更厉害，更肆无忌惮。

贺太太就向冯焕庭告状。这样一件事，对于公务繁忙的警察厅长来说,根本可以不接待,但因为是贺太太,居然也就破例接见了。底下人先还拦着不让见,贺太太气焰嚣张地说我认识你们冯厅长,看你们谁敢拦我?底下人看她样子好像真有来头,就打电话请示。冯焕庭接了电话,想了想,说好吧,她要见,那就见一见。此前虽然只见过一面,但贺太太进了厅长办公室,见了冯焕庭,却好像是看到多年的老熟人,一口一个我知道冯厅长不会不见我,一口一个我知道会为我们做主的,我们家仪祉的这个事情,不能就这么算完。

冯焕庭问清了缘由,也不知道该说什么,就一直很严肃地点头。贺太太显然经过了一番精心打扮,一双脉脉含情的眼睛,比她的嘴巴更会说话。冯焕庭只要跟她的眼睛对上,就再也听不清她说什么。贺太太说我知道冯厅长公务繁忙,可我就是偏要争这一口气;说出来也不怕你冯厅长会笑话,我就是要告诉他们,就是要让你的手底下人知道,我确实是认识你冯厅长的,不是冒充的;冯厅长你说是不是,是不是这么个简单道理,我不能让他们觉得我是在瞎说。

冯焕庭心不在焉地一个劲点头,脸上保持着微笑。贺太太说到最后,情意绵绵地来了一句:"冯厅长不能总是让我这么一个人说话,我说得到底对不对,你冯厅长也得给一句话。你一句话不说,不会是真把我给忘了吧,真的已经记不清我是谁了?"

"贺太太说笑话,焕庭当然记得。"

"记得就好，我就是要听冯厅长这句话。我就是要让你的手底下人知道，我就是要让他们知道我不是瞎说的。"

对于这种主动送上门的女人，冯焕庭明知道纠缠下去，不会有什么好结果。他知道自己不应该理睬贺太太，但是男人的大脑往往不听小脑指挥，接下来一番对话，就显得莫名其妙。他开始批评手下的工作方式，为手下对贺太太的态度表示抱歉，对贺太太信任自己，专门过来与他见面表示感谢。同时也委婉地批评了仪祉，对他与日本人的交往进行了指责。冯焕庭告诉贺太太，现在提倡新生活运动，年轻人不应该出入风流场所，更不应该带着日本人一起去。

贺太太很激动，很感动，十分动容地说："冯厅长说得太好了。我来找冯厅长的目的，一方面是要为自己出口气；一方面，也是希望冯厅长能帮我个忙。像我这样的一个弱女子，就是要有冯厅长这样的人帮我撑腰，帮我好好地管一管我们家那个仪祉。冯厅长你肯定多少也知道一点我们家的事，有些话我真是不太好说。"

冯焕庭说："贺太太有什么话，尽管说。"

贺太太更加激动，说："我这个人性格就这样，只要你冯厅长不见外，我是有话就要说的，不说出来难过。"

这一次谈话，开始有些莫名其妙，结束也是莫名其妙。直到贺太太满面春风地离去，冯焕庭仍然不太明白她专程跑过来找自己的真实目的。贺太太的眼睛太会说话了，两个人眉来眼去，能记住的只是她的各种放电。她走了以后，冯焕庭便给辖区派出所打电话，打听事情的来龙去脉，又让手下赶快将报上来的材料找出来让他过目。一周以后两个人就又见面了。南京举办防空演习宣传，在新街口集会，普及防空知识，同时为空军募捐，号召大家踊跃购买航空债券。为空军募捐是宋美龄女士发起的，那天她也出席了活动。冯焕庭身兼首都防空副司令长官，在集会中还紧跟在宋美龄后面，向公众讲了一番话。

贺太太带着她的宝贝女儿参加了集会。那天到场的名媛数不胜数，因为宋美龄带头参加的缘故，很多党国要人的家眷都来到了现场。贺太太的丈夫也有些头衔，但搁在当天的人群中，她完全是个不起眼小人物，只能远远地仰望宋美龄。眼看着大出风头的丽君呼东唤西，看着丽君挺着个大肚子，与风光无限的宋美龄打招呼，看着她们站在一起谈笑风生，说不清楚自己是一种什么样的情绪。与冯焕庭勾搭成奸以后，贺太太忍不住要问他，一个男人究竟有了什么样的老婆，才不会有去勾引别人家太太的念头。那天在集会现场，贺太太更多的时候，是直勾勾地看着冯焕庭。借着人群的掩护，她就肆无忌惮地放电。在她眼神的强烈骚扰下，冯焕庭的防空演讲很不成功；虽然是照本宣科，手下人已写好了讲稿，他仍然还是结结巴巴，有点语无伦次。

冯焕庭选了个特殊的日子，专程去拜访贺太太。作为国民政府行政院长汪精卫的下属，贺先生陪同汪院长去华北劳军了。冯焕庭在报纸上看到这条消息，立刻动了要去拜访贺太太的念头。贺太太好像早就预感到他会出现，先是在客厅里热情接待，很快就把他带到自己卧室密谈，因为他们接下来的谈话内容，不应该让别人知道。冯焕庭非常严肃地告诉贺太太，警方已掌握了确切证据，日本人的间谍正在精心设计，准备收买仪祉；通过仪祉，日方很有可能获得一些有价值的情报。贺先生在行政院的机要室工作，如果他把重要的文件带回来办公，那么就很有可能泄密。

贺太太没想到事情会这么严重，说冯厅长你不会是吓唬我吧。我一个弱女子，经受不住这样的惊吓，跟日本人有来往已经不太好了，这真要是当了汉奸，这要是成了卖国贼，这还得了，这个事怎么办呢？冯焕庭十分严肃，说事情确实很严重，现在最关键之处，还不能打草惊蛇，不能让日方知道我们已了解他们的企图。而且也绝对不能让贺先生知道，因为日本人的最后目的，不只是从仪祉那里获得有用的情报，他们更想把贺先生也拉下水。有证据显示，贺氏父子前些日子去上海，在日本人秘密安排下，曾经一起去逛过日租界的妓院。贺先生尽管一把年纪，日本人真要是玩起什么美人计，说不定还是会有些用的。

贺太太立刻就来火了，眼睛瞪多大说："难怪前一阵子，我们家这位贺先生总对我唠叨，说日本女人怎么好怎么好，皮肤怎么光滑，身上总有一种什么样的香味,走路连一点声音都没有。现在我算是明白了,原来是这样。"

冯焕庭说:"贺太太先不要急着生气。"

贺太太气呼呼地说:"我怎么能不生气。"

冯焕庭告诉贺太太,说你必须按着我说的话去做,要帮着政府监视他们父子;还是那句话,最关键的是不能走漏风声,不能打草惊蛇。贺太太做梦也想不到冯焕庭上门拜访,竟然是跟她说这个事。她惊魂未定,说冯厅长怎么说,我自然是要按着冯厅长的指示去做,只是我这么一个弱女子,能不能做好呢?冯焕庭安慰她,说只要她不走漏风声,不让贺氏父子察觉,一切都好办。这次会面的最终结果,是与贺太太商定好,以后他们可以每周见一次面,地点就安排在开业不久的首都饭店。首都警察厅已经在那包租了一个房间,到时候,贺太太也算是在帮政府做事,她可以把贺氏父子的一举一动,把他们的可疑之处,向警方做出汇报。

说冯焕庭多少有些假公济私,这个判断基本上不能算错。事实上,在首都饭店的第一次见面,很快就是公私不分。阅人无数的贺太太,没想到平日里看上去十分斯文的冯厅长,一旦撒起野来,如此凶猛和狂野,如此不顾死活。双方都是干柴烈火,都是一点就着,冯焕庭是因为丽君怀孕,贺太太是因为贺先生根本不中用,一个杀猪似的要叫,一个捂住了对方嘴不让她叫,结果到最后,冯焕庭自己也忍不住哼哧起来，吓得贺太太反过来要捂他的嘴。

贺太太心满意足，冯焕庭也心满意足。贺太太摇着头，说我们这么做，恐怕不太对。冯焕庭点点头，说我们这么做，确实不太对。后悔也来不及了，当然，他们也不后悔，根本用不着后悔。贺太太心里充满了疑惑，觉得这一切都是冯焕庭事先设计好的，自己只不过是被骗。她太天真，像鱼儿一样地咬了钩。然而冯焕庭非常肯定地告诉贺太太，她并没有上当受骗，公是公，私是私。贺氏父子确实有汉奸嫌疑，确实是警方的监控对象，在这一点上，他可以摸着良心向她保证，绝对没有哄她蒙她。至于垂涎她的美色，那就不能责怪他了，男人就是男人，男人都是男人，像贺太太这样的美人，谁不是做梦都想得到呢。

贺太太依依不舍，说："以后真可以每周都见一次？"

冯焕庭的回答只有两个字："当然。"

成了电影明星的秀兰

1

秀兰成为电影明星，完全是偶然。国民政府定都南京前，国产电影都在上海拍摄；南京成了首都，电影工作者开始考虑在这拍电影。请俞鸿写剧本，俞鸿花两晚上写了个《秦淮河畔》。一位年轻导演拿到剧本，说太像话剧，对话太多场景太少，结尾也仓促，没办法拍，请他再修改一下。俞鸿很不高兴，说我这戏你们一时看不懂的，用不着修改，照着剧本拍就行。事情有些弄僵，那时候导演也没地位，投资的老板最牛最狠，他说了算，他说拍就得拍，不能拍就换人。年轻导演不愿意放弃，自作主张修改，借口要压缩，男主角的戏删了又删，戏中女配角本来没什么戏，男主角戏份大大删节，跑龙套的女配角便出彩，就几个特写镜头，几乎没有台词，大家看了以后，反而牢牢记住。

当时的好演员都集中在上海。俞鸿写剧本，心中已选好了演员，男一号早就预定。俞鸿也算是新锐剧作名家，他的戏，男演员一般都乐意扮演，因为他的本子都有个显著特点，都是男演员戏份重。俞鸿坚持认为，电影观众更多的是女性，在国际上是这样，在中国也应该是这样，因此如果要写戏，要千方百计地把男主角写好，要让男主角感动女观众，要靠男主角紧紧抓住票房。电影开拍前，上海的男女演员都被请到南京来，除了讲戏，还带他们逛夫子庙，在玄武湖划船，去中山陵谒陵。女演员闹情绪，嫌男演员太不把她放在眼里，又觉得投资方对她有些怠慢，不陪着喝酒就给人看脸色，居然找了个借口就开溜了。

导演便与俞鸿商量怎么办。俞鸿说这剧本中的小女子，根本就不是个重要角色，你只要到大街上，随便拉个清秀一点的丫头，扯到电影棚里，先给她说戏，把她弄糊涂了，在临拍片前，突然扇她两大耳光，再狠狠训她一顿，让她委屈得不明白是怎么回事，不知道自己错在哪里，然后赶快把她脸上的表情给拍下来，基本上也就差不多了。导演知道俞鸿说的是气话，请来的女演员不告而别，在他看来，这是给脸不要脸，太自以为是。过了一会儿，俞鸿对女演员的气也消了，说你可以去找金陵大学的学生，找一找蓝心剧社的人，让他们帮你选个女演员。

蓝心剧社还真没有女演员，他们要演话剧，都是男扮女装，当时女大学生很少，能登台表演的更少。导演找到了沈雨初，沈雨初笑着问导演，就让他们剧社的绍彭来扮演怎么样，绍彭连潘金莲都可以扮演，演其他女角肯定没问题。正好绍彭也在场，让沈雨初不要开这种玩笑，说人家是正经八百地拍电影，不是学校里的联欢会。导演就跟他们讨论，说这剧本需要一个什么样的角色，让他们帮着推荐，帮着出出主意。听完了导演介绍，绍彭忽然有了主意，说我倒觉得有个女孩子很合适，她的经历正好与你的剧本有些接近，人也是长得挺漂亮，说不定还真行。

绍彭向导演推荐的就是秀兰，当然只是随口说说。他听希俨说起过，秀兰父亲要卖女儿还债。那时候，绍彭与秀兰还不熟悉，只知道是希俨对门住的邻居，他去找希俨说话，见过几次。有一次，正与希俨说着话，秀兰突然跑进来，一看见绍彭，吓得赶紧退出去，弄得希俨很尴尬，追出去问她怎么回事，再回来向绍彭解释，说也没什么事，无非是要跟他聊聊天说说话，看见他在，就退了出去。绍彭觉得奇怪，问他们要聊什么，为什么看见他要跑，又问他们关系是不是有些特殊。希俨立刻发誓，说就是邻居关系，就是普通邻居关系，让绍彭不要胡思乱想。绍彭觉得他们关系肯定不一般，蓝心剧社彩排《潘金莲》，希俨带她去看过戏，能这样，好像已经不是一般的邻居关系。

希俨对绍彭讲述了秀兰的故事，说她爹是个十足的无赖，正在和一个媒婆密谋商议，要把她卖到有钱人家去做妾。让女儿做别人的小老婆，很可能是个岁数不小的老家伙，一个做爹的人竟然会这样做，实在太无耻了，令人发指。绍彭非常气愤，说这世道简直坏透了，像这样的女孩子，我们还真是应该帮帮她。就像后来推荐秀兰当演员一样，当时这话只是随口说说，说了也就说了，并没太当回事。绍彭和希俨一样，不知道怎么才能帮助到秀兰。一开始，绍彭觉得希俨可能喜欢这个女孩子，很快发现，希俨对秀兰好像也就那样，谈不上喜欢，当然，也谈不上不喜欢。

没人想到年轻导演会把绍彭的推荐当回事，导演真带着人去找秀兰，给她拍了几张照，把照片让老板过目，又送去给俞鸿看。老板不置可否，说要听听俞先生的意见，俞鸿说好吧，真要听我意见，我就说行，先让这丫头试试，反正也没多少戏，谁来演都可以的，都一样。秀兰稀里糊涂地就去了摄影棚，就成了电影演员。反正还是无声电影时代，对话都靠后期制作时将字幕写上去，不会说国语也没关系。导演跟她说戏，讲剧本中故事，说一个与她相爱的大学生，因为家庭反对，不能与她成婚，结果愤而出走，到南方去参加革命党。等到大学生随北伐革命军从南方回来，旧军阀已赶走，旧封建还依然，当年那个相爱的女子，也就是秀兰扮演的这个角色，早已嫁给一个有钱的富人。那个有钱富人呢，只是贪图她的美色，

成了电影明星的秀兰

197

并不是真心爱她，成天出入风流场所，还喜新厌旧，扬言要把她卖到妓院去。电影结尾，两个曾经相爱的恋人，又在秦淮河畔相遇。他们无言面对，默默相看泪眼，沿着河边小道，并肩漫步。杨柳轻拂在她的肩头，秦淮河静静流着，镜头越拉越远，他们的结尾又会怎么样呢，没人知道。

2

秀兰和大家一样，做梦也不会想到自己会成为电影明星。她此前甚至都没在电影院里看过电影，唯一一次看电影，还是在夫子庙广场，晚上放露天电影，是谁放的，为什么要放，这些都搞不明白。是一部武侠片，银幕上的人打来打去，图像也不是很好，很不清楚，人的动作像木偶一样。有大段大段的字幕，秀兰没上过学，又不识字，只能看个热闹。

电影里几个作为男主角陪衬的镜头，彻底改变了秀兰的命运。在那个年代，中国电影刚起步，能够去拍电影，非常了不得，十分稀罕。电影公映了，几乎所有知道她的人，都会去看。大家不敢相信，身边活生生的一个普通女孩子，居然就这么拍了电影。尽管短短几个镜头，银幕上秀兰的一举一动，还真的就是有女明星气质。多少年以后，秀兰成了电影明星，在一次采访中，面对记者"她为什么能够一炮而红"的提问,秀兰沉默不语,想了一会儿,笑着说自己天生就有走进人物内心的能力。这句话其实根本不是她的原创,她走红以后,别人在吹捧她的文章里这么写的。现在她已经学会借用别人的话,来应付记者的提问。一开始,秀兰并不知道这话究竟是什么意思,她的文化程度不高,拍了电影,才开始学习识字,一个字一个字去认。她很勤奋,很快就能看书读报,事实证明,她的天分确实高于常人。

自从国民政府定都南京,这个城市的变化实在太大。变化表现在各个方面,城市的外观变了,街道变宽了,楼房变多了,马路两边新种的法国梧桐正在冒出绿叶。秀兰永远也忘不了自己第一次是怎么走进电影棚的,她觉得那些临时搭建起来的布景很滑稽,导演做的种种表情也很滑稽。他说我现在要开始跟你说戏了,这个戏应该是这个样子的,你要怎么样怎么样,你必须怎么样怎么样。导演刚跟她说话,秀兰总是忍不住想笑,导演的神态太可笑。他手舞足蹈,口水乱飞,秀兰渐渐有些被打动。导演故事中的年轻大学生,让秀兰想到了希俨,一想到希俨,秀兰表情就有些复杂。

毫无疑问,希俨是秀兰喜欢的第一个男子,说是她的初恋,也没任何不妥。初恋永远最美好,就像一位外国名人形容的那样,初恋就是一点点笨拙外加许许多多好奇。秀兰始终记得他刚搬来时的样子,穿着永远不变的蓝布长衫,洗得都发白了,一大清早,坐在窗下读书。窗户正对着她家大门，秀兰进进出出，第一眼就能看见他在那儿用功学习。寒冷的冬天，炎热的夏天，都是这样。南京夏天很热，男人到三伏天，整日赤着大膊。天越来越热，越来越热，希俨身上还穿着那件长衫，秀兰越看越替他觉得热，终于忍不住了，非常淘气地跑到窗前，隔着窗户问他：

"你干吗不跟大家一样，非要捂着那件长衫呢？"

希俨不好意思地笑了。秀兰记不清他说了什么，确实也说了一句什么话，因为太紧张，当时就没听清楚。这时候希俨说什么不重要，事实上，就像她的提问一样，那也是秀兰跟希俨开口说的第一句话，门对门这么住着，已不少时间，眼神之间交流也有过无数，直接面对面的谈话，这还是第一次。天气真是太热了，谈话第二天，希俨也想明白了，毅然脱去了长衫，光溜着上半身，还是像往常那样坐窗口读书。秀兰看了，又忍不住要笑出声来，读书人真脱去了长衫很滑稽，感觉跟没穿衣服的全裸一样。他那一身肉很白净，吓得她都不敢走近。希俨看到她在笑，自己也笑，这一笑，两人之间隔阂消除了，从此成为无话不说的熟人。

脱去读书人的长衫，还穿着一条长裤，希俨与普通小市民还是不一样，还是有些怪怪的。他是个穷大学生，看上去很斯文，也没多少衣服可以换洗，穿来穿去就那么两套。与秀兰熟悉后，让她帮忙缝过一次衣服。他想借针线自己缝补，秀兰就笑话他，说你一个大男人，男子汉大丈夫，怎么可以自己缝衣服，我来帮你缝吧。希俨属于那种喜欢陪女孩子说话的男人，在女人面前总是很有耐心，秀兰说什么，有趣的无趣的，他都会很认真地听，不管赞同不赞同，都会胡乱点头。用秀兰她爹吴有贵的话来说，希俨这人多少有那么一点娘娘腔，像个二尾子。秀兰她爹看不上希俨，不愿女儿嫁给一个穷大学生，都说大学生将来会有出息，但在吴有贵的人生经验，根本不相信会有什么将来，人要是命不好，命犯天煞孤星，念再多的书都没屁用。

自秀兰懂事，吴有贵永远都是欠人家一屁股债，永远会有人追在后面讨债。他跟女儿发生口角，经常挂在嘴边的一句话，就是要卖了她还债。这既可以是句气话，也可以是个玩笑，秀兰没办法当真，没办法不当真。小时候，她不止一次地被吴有贵这么恐吓，一吓就哭，就哭得很伤心。渐渐人长大了，也习惯成自然，开始无动于衷。将来会有一个什么样的结局，她并不知道。秀兰感觉自己就像吴有贵囤积在那的货物，迟早会以一个合适的价格卖出去。

当然，秀兰开始引人注目，除了电影里飘过的几个短暂镜头，还与小报记者的过度渲染有关。一个差点被卖给别人做妾的小弱女子，因为拍了电影而得到了拯救，这故事很励志。小报记者开始猛挖秀兰身世。在小报记者的笔下，传闻和真实之间，本来就没什么界限，想怎么写就怎么写。吴有贵要卖女儿还债的情节，被无限地放大了，他顿时成了一个十恶不赦的人,一个没有人性的爹。也不能说完全无中生有,吴有贵确实不止一次说过,要将秀兰卖给有钱的老头子做妾。他走投无路时,心情不痛快,或许也真的就是这么想的。

好在吴有贵从来不看报纸。他那些狐朋狗友,都是些不识字的底层市民。当时真正想娶秀兰的是王可大,也就是北伐革命军进入南京前的侦缉队王队长。王可大抓过革命党,他害怕革命党人追究自己做过的事,国民政府成立之初,也曾离开南京避过一阵风头。等到风声渐渐过去,又重新回到警局接受审查,再回侦缉队,由原来的正职队长,降职为副队长。过去的事情,说过去就过去了,既往可以不咎,搁哪朝哪代都还需要办案的人。王队长当年的任务是抓革命党,现在变了,改成抓共产党。如果不是因为拍了电影,迎娶秀兰几乎顺理成章。重回警局以后,等到一切都安定下来,王可大选了一个好日子,买了几样点心,几包香烟,两瓶大曲酒,又扯了两段花布,上门去看望吴有贵。

王可大的目的很简单,就是直截了当地到吴家求婚。此前经过媒婆朱氏的介绍,他对秀兰留下了很不错的印象,现在想把这件事落实下来。秀兰正好也在家,吴有贵没让王可大进屋,他把王拦在了门外,看了看他的礼物,心里已明白他的意思。王可大穿着一身警服,如果不是这套警服,吴有贵一时还想不起他是谁。躲在室内的秀兰也是,也是因为他身上的那套警服,立刻想起了那天在金陵大学大礼堂看戏,他带着手下要把蓝心剧社的人抓走。秀兰并不知道朱氏从中做媒这件事,因此也不知道王可大为什么会拎着礼物上门,不明白她爹为什么不让他进门。

王可大与秀兰相互对望了一眼,一个在门里朝外看,一个在门外向里看,中间还隔着一个吴有贵。秀兰听见她爹吴有贵正用十分傲慢的口气教训王可大,说你还是赶快拿着东西走人吧,凭你手上拎着的这一点点东西,也想上门求亲,是不是也太不把我老吴放在眼里了。一听见"求亲"这两个字,秀兰吓了一大跳,脸立刻红了,心跳立刻加快了许多。王可大没想到会遭遇这样迎头一棒,进也不是,退也不是,他的脸上有些尴尬,一时间还真不知道说什么才好。

3

秀兰对希俨有点失望,或者说很失望,非常失望。她不知道他内心深处的真实想法是什么,自己有什么心事都告诉他,他呢,什么话都听,都能听进去,听了也会表示同情,也气愤,也打抱不平,可还是不痛不痒,还是隔着一层窗户纸不肯捅破。终于有一天,秀兰气鼓鼓地问希俨,要是吴有贵真把她卖给什么人的话,他会不会想办法去救她。希俨说当然不能袖手旁观,他肯定会出手相救;具体怎么出手相救,也说不清楚。无非是找些朋友帮忙,希俨说他曾经跟绍彭和碧如谈过这个话题，跟沈雨初也说过，他们听了都很气愤，都觉得秀兰她爹太过分，不应该这样对待自己女儿。

希俨的这些话让秀兰很不开心，这个男人没有一点点要娶自己的意思。她觉得自尊心很受伤害。希俨是个有文化有前途的大学生，他的所作所为，他的躲躲闪闪，说明他根本就看不上她。想到希俨竟然把她的事告诉别人，把自己跟他说过的悄悄话，毫无隐瞒地告诉了绍彭和碧如，告诉了沈雨初，秀兰心里更加不痛快。这些人聚在一起，不知道会在背后怎么议论自己，肯定不会有什么好话，肯定会躲在后面提醒希俨，肯定会说秀兰是在偷偷地逼嫁，是想方设法地主动送上门，他们肯定会说她是个有心计的女孩子。为此秀兰心里有些闷闷不乐。拍了电影后，形势发生变化。她的身价明显提高，吴有贵本来已松了口，礼也收了，钱也用了，已经准备接受这个女婿。王可大通过朱氏再一次来正式求婚，十分认真地表达了一番诚意，允诺将照顾吴家父女一辈子；然而因为秀兰拍了电影，有了点小名气，身价不同了，吴有贵又突然改变主意。

那一段时候，秀兰变得非常努力，努力学习文化。一开始，她是在平民夜校的扫盲班上学习识字，是班上唯一的一名女生。平时只要是个机会，就非常虚心地向希俨请教，让他辅导自己功课，希俨也很乐意教她。第一部电影成功，后面的电影开始接二连三地来找她，基本上都是配角，片酬几乎没有，但秀兰全都应承下来，她开出的价码也不高，只要能给她提供读书和学习机会就行。新成立的首都影业公司正好也是想培养她，便专门请了人给她上课，教她文化知识，教她说国语，还教她跳舞。无声电影的时代眼看着就要结束，接下来，将是有声电影的天下，秀兰真要想成为电影明星，不学会说国语可不行。

成为民国新都的南京，正在经受前所未有的激烈变化，短短几年，变化实在太大，大得让人不敢相信自己眼睛。眼见着希俨大学毕业了，到首都建设委员会工作上班，绍彭整日无所事事，沈雨初成了职业革命家东躲西藏。在首都影业公司一手安排下，已开始走红的秀兰，成了民国元老李济的干女儿。所以要做这样的安排，是接下来拍一部电影，她要扮演一位革命者的后代，一位出身高贵的年轻新女性。平民出身的秀兰必须增加一些贵族之气才行，而速成的捷径便是成为某位名人的干女儿。有了名人光环，秀兰的身份自然也就提高得更快。李元老有个小女儿，在家中排行最末，却最得父亲宠爱，年龄与秀兰相仿，是个极度狂热的影迷，秀兰成为她爹的干女儿，她们也就成了好姐妹。

秀兰很快成为首都影业公司的台柱子，成名来得太容易，一时还真不太适应。报纸上刊登了沈雨初被枪毙的消息，这让她为希俨的安危感到担心，秀兰知道他们是好朋友，知道他们经常在一起谈论时局，很担心希俨被牵涉进去。初恋时那种美好感觉，正在逐渐消失,过去因为是邻居,他们经常见面,希俨是她能接触到的唯一不让人讨厌的男性。现在已经完全不一样,时间和空间正在发挥积极作用,大家都变得忙乱起来。秀兰一部接着一部拍电影,希俨在首都建设委员会的工作也十分不错,职务不断地提升,直到有一天,听说希俨竟然与碧如结婚了,秀兰才大吃一惊。

从一开始,秀兰就知道绍彭与碧如是一对,就认定他们迟早会成为夫妻。她知道这两个人与希俨的关系很不错,知道这小两口一旦发生了不愉快,往往是希俨从中进行调解。有一天,秀兰注意到是碧如一个人来找希俨,那时候,希俨大学刚毕业,正在找工作。碧如眼泪汪汪地走了过来,径直进了希俨的房间。两个人在房间说个没完,真是说个没完,最后还是希俨把碧如送了出来。秀兰假装自己有事出门,故意与他们迎面相撞。希俨一边走,一边还在继续跟碧如说什么,碧如满脸委屈,眼角边带着泪水,他们只顾自己说话,甚至都没注意到秀兰的存在。

希俨后来跟秀兰做了解释,说绍彭突然与碧如的表姐丽君有了纠葛,正一门心思地闹着要与碧如分手,再与丽君结婚。这消息让人很意外,秀兰见过丽君,知道她是个很传奇的女人。希俨说碧如非常生气,既为了未婚夫的变心,也有点不甘心不服气,恨丽君横刀夺爱。这个刚死了丈夫的年轻小寡妇,轻而易举地就把绍彭弄得神魂颠倒。秀兰记忆中,类似场景不止这 次,反正希俨始终是在为绍彭和碧如扮演中间人角色。希俨一次次解释，秀兰似信非信，她相信希俨，但不太相信碧如。女人之间天生就会产生敌意，秀兰不喜欢碧如，尤其不喜欢她和希俨单独在一起。

等到秀兰知道希俨最后是与碧如结婚，知道绍彭最后是与护士小周结婚，事情已过去很长时间。报纸上确实登过结婚的启事，可是又有多少人真会去看这样的消息呢？秀兰就没看到，她压根就不知道有这件事。秀兰知道希俨结婚的第一反应，是愤怒，她首先想到的是希俨过去一直都在欺骗自己。他在秀兰面前表现出的对碧如的不屑，现在看来明显都是假的，都只是做给秀兰看，一切都不过是在演戏。希俨肯定在内心深处就偷偷地爱着碧如，真相终于大白，终于天遂人愿，有情人终于成了眷属，而秀兰却傻傻地一直还被蒙在鼓里。

时间到了1934年底，秀兰十分意外地与绍彭相遇。他们坐在李元老家的花园里。两个人都没想到会有这一幕，会有这样的一个机会，都感慨发生在对方身上的巨大变化。这时候，秀兰已成为当红的电影明星，与她打交道的都是些社会名流；绍彭刚从监狱里假释出来，为他做担保的便是李元老。正是通过这次在花园里的偶遇，秀兰才第一次知道几年没联系的希俨，不仅与碧如结了婚，而且有了小孩。他们生了一个儿子。

"我一直觉得你和碧如会在一起。"那一天是李元老六十三岁生日，前来祝寿的客人纷纷散去，花园里只剩下秀兰和绍彭。秀兰无限感慨，说做梦也没想到，没想到最后结果会是那样。绍彭同样无限感慨，笑着说我也一直以为你和希俨会是一对，你们那时候挺合适的。那时候，我们老是问希俨，老是审问他，让他老实交代，他还不好意思说，真的，那时候我们经常要跟他开这样的玩笑。秀兰不知道绍彭说的"我们"，是指他和沈雨初，还是他和碧如，不同的"我们"有着不同的含义。她想说希俨怎么会看中我呢，说他一个前途无量的大学生，怎么会看中我这样没文化的女孩子；话到嘴边，没好意思说出口，也觉得没必要再说了。

一阵悲凉从心底流了过去，秀兰想到以往情景，情不自禁地苦笑。绍彭继续唠叨，说世事真难料，太多事情都是想象不到，谁会想到几年不见，秀兰成了电影明星。绍彭这么一说，秀兰便想起当初能拍电影，也是因为绍彭一句话，随随便便一句话，彻底改变了她的命运。记得电影拍完公映，希俨就说这事得好好感谢绍彭，没想到他会促成了这样一件好事。秀兰记得她当时还对希俨说过，说我干吗要感谢他呢，要谢，也应该是先谢你希俨，是你有了这样一位好朋友，要是这中间没有了你，这事根本不会发生。

事到如今，秀兰不知道是不是应该再说一声迟到的谢谢，过去一直没有这样的机会，现在再说，已经晚了。不过短短几年工夫，他们都不是过去的那个自己，他们都已经和过去的那个自己告别。绍彭问秀兰最近又要拍什么片子，说她在《中华之女》里扮演的那个角色非常好，演得非常出彩。秀兰很想知道希俨的近况，她心里还在惦记他，又不好意思直截了当地问。绍彭刚刚说到希俨，见秀兰的反应有些冷淡，就没有再往下说，故意把话题扯开了。

"为什么结局会是这样呢？为什么到了最后，会是希俨和碧如走到了一起？"秀兰临了还是没忍住。她没办法按捺住自己的好奇心，还是太想知道这到底是怎么一回事，也就顾不上害羞，干脆直截了当地问绍彭，"我真的是很好奇。对了，你们现在还有来往吗，希俨现在怎么样了？"

因为不断地拍电影，秀兰对外面的事所知甚少。作为一个远离政治的人，她甚至不知道绍彭为什么是被保释，也不知道什么叫保释。现在她更关心希俨的现状，她只是想知道他的消息。这时候，无论绍彭谈点什么，只要是与希俨有关，秀兰都愿意听，都想知道。

绍彭说："早知道你今天会在，我就把希俨一起叫来了。我们昨天还在一起。"

听说希俨昨天还与绍彭在一起，秀兰立刻有一种希俨离自己很近的感觉，心咚咚直跳，脸顿时就红了。这一切都落在了绍彭眼里，他有些明白怎么回事了，知道秀兰心里还放不下希俨。和希俨不一样，绍彭心直口快，觉得有义务帮希俨解释几句，消除一些误会。

绍彭告诉秀兰，说你可能会不相信，当初希俨与碧如结婚，很重要的一个原因，还是为了帮助他绍彭。为什么是为了帮助绍彭呢，秀兰有些听不明白。绍彭就继续解释，说希俨是为了他绍彭，才与碧如结婚，他最后与碧如结婚，也是迫不得已。为什么是迫不得已呢，秀兰变得更加糊涂。绍彭便把当时的情形，把护士小周如何逼婚，如何威胁，一五一十地都说给秀兰听。秀兰仍然是听不明白，越听越糊涂。

绍彭说："秀兰你知道，希俨是个讲义气的人，为了我，他什么事情都会做的。"

秀兰想说，你绍彭变了心，不想要人家碧如了，就让希俨娶碧如，这算个什么事，这恐怕也有点太"讲义气"了。秀兰还想说，像你们这样，算是什么狗屁的朋友关系，朋友妻不可欺，你们这样做也太乱了，太不讲道理，太不讲规矩。那么人家碧如又会怎么想呢，她就那么心甘情愿地听任你们摆布，你们说怎么样就怎么样，你们说让她嫁给希俨就嫁给希俨。秀兰还想说，希俨到底是喜欢你绍彭，还是喜欢那个碧如；他要是喜欢碧如就不对了，不喜欢她也不对，怎么都不对。秀兰的脑子里有着太多问号，她觉得绍彭的有些话简直就是胡说八道，根本让人无法赞同；可是她嘴上说出来的那些话，却还是言不由衷，好像很赞同绍彭的意思。她顺着他的话往下敷衍，说我知道希俨是个很讲义气的人，为了朋友，他什么事都能做的。

4

国民政府时期的南京,小报极其活跃,到处都在宣传新首都新气象,宣传新生活运动。宣传新生活运动,目的是为了让一般国民吃饭有吃饭的样子,穿衣有穿衣的样子,居室要符合最基本的卫生标准,走路要遵守交通规则。金陵自古有王气,这里的老百姓向来很自以为是。新生活运动轰轰烈烈,动不动宣传这个,动不动宣传那个,结果小报上只要说到了新生活,多多少少都是嘲笑,完全不当回事。譬如号召大家要靠马路右边行走,有好事者便编造了某位大佬接受记者采访,说政府提倡的新生活运动,大部分是很好的,很有几分道理,就是这个马路要靠右边行走说不太通;大家都在右边行走,那么请问,马路的左边又让谁去走呢?其实人家大佬就没说过这话,所谓采访完全子虚乌有。小报常常不用考虑真假,根本不在乎对错,老百姓开心就好,人民群众欢迎就行。当时的南京有一份《中央日报》,说起来来头最大,是党报,是党国的喉舌,可是也抵挡不住小报的亲民路线,动不动也会在内容上有所让步,尤其是在广告上显得十分轻浮,譬如露天电影的广告就是油腔滑调:

诸君欲得一避暑娱乐之处所乎
榆园露天电影

有天然的风扇，是纳凉的胜地

不日开幕，先此露布

打倒戏院夏令之臭闷空气

开创首都唯一之露天电影

国民政府定都南京之前，南京的电影院也没有几家，电影院里放得最多的是武侠电影。老百姓的趣味向来是琢磨不定，尤其电影这种时髦玩意儿，基本上你能放映什么，大家就被动地看什么；电影银幕上有什么，就时髦什么。看电影既是一种乐趣，也可以是一种身份象征，不是什么人都能看得起的。南京成为首都以后，现代化就像长了翅膀一样地向这城市飞扑过来，电影院开始多起来，看电影越来越大众化。能看得起电影的观众，很快增加了无数倍，电影已正式成为一种大众消费。

大众花钱消费了电影，自然就得花唾沫消费电影演员，就得吐槽电影明星。自从秀兰开始拍电影，跟她有关的种种绯闻，纠缠不清的男女关系，一天也没间断过。老百姓都好谈论这些，街谈巷议，一说起男演员的风流韵事，一说起那些让少奶奶大小姐如痴如醉的男明星，更多的还是一种羡慕。说起女明星的口吻就完全不一样，天生了一种恨意，逻辑十分简单，女明星若不跟男人睡觉，就拍不了电影，拍不了电影，就成不了明星。于是铁板钉钉，原因就是结果,结果就是原因。小报记者捕风捉影,也不知从哪得到了消息,说秀兰与侦缉队的王可大曾经订过婚。

在那个时代,订婚也是件大事,开不得玩笑。虽然说已经新生活运动了,已经是一个新的民国时代,父母之命媒妁之言应该反对,但多少年的传统,也不是说变就能变。尽管王可大否认了记者的说法,否认他与吴有贵之间有过文书约定,也否认自己付过多少订金,但到记者笔下,王可大成了一个不折不扣的受害者,被成名后的秀兰抛弃了,鸡飞蛋打人财两空。更有小报记者不惜造谣生事,编造了秀兰与王可大曾经同居,说他们两人还生过一个孩子,是个女儿。

作为一名女演员,遭遇男性骚扰几乎不可避免,秀兰开始很不习惯。她出生于底层,粗俗的事也没少见,下流胚也遇到过。一开始因为不识字,对报纸上怎么说自己,完全无动于衷,眼不见为净;后来认字了,有文化了,名气也越来越大了,她开始阅读报纸上的自己,开始留意那些与自己有关的文字,各式各样的烦恼也因此而生。最让她痛恨的就是含沙射影,看上去没有指名道姓,谁都知道是在说谁,譬如出生于本埠的某新晋女演员,又譬如首都城南那位演电影的女戏子,一些文章从头到尾无中生有,充满了恶意,都是别有用心地往她身上泼脏水。她不知道有些文章就是首都影业公司老板授意炮制出来的。老板一方面正花大价钱培养她,包装她;另一方面,又故意要弄出些骇人听闻的消息,故意要把观众的注意力,集中到女演员私生活上。

甚至那场关于秀兰赖婚案的官司,也是首都影业公司的老板在背后策划,最初选定的男方原告是王可大。王可大明白了对方的企图后,坚决拒绝当炮灰。一来他是公务人员,不愿意卷进这种无聊的事情中去;二来也是隐约感觉到了对方的不怀好意。秀兰成名后,王可大确实在不同的场合吹过牛。他确实说过自己当初差一点就娶了秀兰,男人嘛,关于女人的事情吹些牛皮也很正常,不过也就是吹吹牛,吹牛还要吹到法庭上去,这个就太过分了。一场关于秀兰赖婚的官司莫名其妙地就打起来了,原告是一个秀兰从没听说过的家伙。他煞有介事地说吴有贵收了自己多少钱,自己花了多少银子,说吴曾经对他有过许诺。这样的官司除了引人注目,几乎没有一点胜算,从头到尾都是闹剧。首都影业公司老板要的就是这个效果,要的就是能够吸引住民众眼球。剧情变化也是一波三折,最初是让秀兰变成众矢之的,让大家都去指责她的背信弃义,然后剧情反转,大家开始痛恨包办婚姻,痛恨有钱人仗势欺负和压迫穷人,最后终于真相大白,原告竟然是个十足的无赖,一个收了钱就可以败坏别人名誉的小混混。前后将近一个月,秀兰成了小报上最大的焦点,人们情绪一直跟着剧情变化而变化,等到官司快结束,秀兰的新电影也开始准备公映了。

绯闻始终都伴随着秀兰,与她一起拍戏的男演员也常常不安好心,尤其是还没成名的时候,借不怀好意地骚扰提高知名度的事屡见不鲜。那些男明星表面上道貌岸然,私下里龌龊不堪。他们欺负秀兰是个新手,欺负她年轻,欺负她没文化,欺负她没有背景。即使成了名,不愉快的事也一样会发生。

南京虽然是首都,中国电影的重要基地还是在上海,大多数电影还是在上海拍摄,有影响的明星也都是在上海。秀兰要想火,不去上海滩拍几部电影是不行的。正好又是与第一次拍片的那位男主角合作。这时候,秀兰已是一位冉冉上升的新星,而演男主角的演员已开始走下坡路。仍然是一部老套的革命加恋爱的电影,男主角是富家子弟,因为思想苦闷,染上吸鸦片的恶习,后来在一位爱他的女学生帮助下,又重新振作起来,开始投入到新生活运动中去,主动去郊区体验生活,为建设新乡村而贡献青春。

男演员据说也是吸过鸦片的,演这个角色,倒也算得上得心应手。秀兰与他配戏,最不能忍受的是他的口臭,只要是拍摄与他面对面,便会感到窒息。总算坚持到把戏拍完,剧组在华懋饭店庆功聚餐,这是当年上海滩最著名的一家饭店,来往的都是名流。蒋介石与宋美龄当年就是在这里订婚,美国电影演员卓别林偕《摩登时代》女主角来华访问,入住的是51号房间,这个房间从此变得非常有名。秀兰经不住大家轮番灌酒,她毫无经验,很快就喝醉了。这是她第一次喝醉,醉得很狼狈,一次次跑到隔壁卫生间里去呕吐,吐得太厉害了,感觉肚肠都快吐出来。

男演员假装好心地过去安抚,其他一起喝酒的人也起哄,因为他们在电影中扮演的是一对情侣,现在也仍然拿他们当情侣对待,拿他们的关系取笑,言辞中还带有鼓励的成分。男演员当仁不让,趁机大吃豆腐,众目睽睽之下,在秀兰背上捋过来捋过去,又是揉摩,又是捶打。秀兰进卫生间呕吐,他也跟了进去;她瘫坐在地上,抱着抽水马桶一个劲吐,他便从后面将手伸过去,绕到她胸前,一手一个抓住了她的两只乳房,像捏橡皮球似的使劲捏,捏得她非常疼。秀兰将他的手拉开,又忍不住要吐了,又是吐得死去活来,他两只不安分的手又伸了过去。反反复复好几次,秀兰吐得浑身无力,喊也喊不出来,一次次将他的魔爪拿开。外面宴席上大家还在嬉闹,对卫生间里发生的一切,完全没有察觉。男演员得寸进尺,冲外面看了一眼,竟然隔着裤子去摸秀兰的下身,摸了一下,得寸进尺,手还想伸进去,秀兰终于喊出声来。外面还在嬉闹的一名女演员听见,浑然不知地跑了进来。她也喝得差不多了,一边打着酒嗝,一边傻笑着看他们,口齿不清地说:

"吐完了就好了,吐完,只要吐完了,就没事。"

第五章 ◎ 新都游览指南

秦淮河畔

1

　　秀兰终于成为首都影业公司倪老板的猎物，这一点，似乎也是早就在大家意料之中。仿佛白天过去就是黑夜，冬天过去就是春天，这样的事情水到渠成，迟早都会发生。并不是什么样的女人倪老板都能看中，他也算是有身份的人，首先是有些革命资本，父子两代都为革命出生入死过。他的父亲是辛亥元勋，当过都督，跟在孙中山后面干过事。他自己参加过讨袁之役，也一度在广州革命政府任职，参加过东征，在这之前，还在上海的股票交易所赚过大钱，曾出钱资助过刚成立的黄埔军校。国民政府定都南京，他的年龄也不算太大，不过四十多岁，就已经没什么革命斗志，完全是以名士身份在上流社会厮混，主动辞去了政府中的职务，弄了一家影业公司，专门拍些与北伐革命有关的电影。这些年来，倪老板过着醇酒妇人的生活。他毕竟是个见过各种世面的人，与政府始终保持着若即若离的关系，三教九流都有来往，黑白两道都能够轻易罩住。

秀兰是首都影业公司自己培养的台柱子，倪老板只培养女演员。男演员都是花钱到外面去聘请，有钱能使鬼推磨，他坚信只要自己愿意，只要舍得出钱，没有请不到的男演员。拍电影是要花钱的，倪老板并不善于经营，好在他有的是钱，也不在乎。秀兰进了首都影业公司，吴有贵也不管公司是不是挣钱，一遇上缺钱的日子，就大大咧咧地跑到公司里去支女儿的薪水，寅吃卯粮。所谓支薪水，其实就是借秀兰的名跟公司借钱，他也记不得自己前后已拿了多少钱，反正说到临了，总是扔下这么一句大话：

"先给我记在公司的账上。"

秀兰急了，忍不住要说吴有贵几句，他便涎着脸分辩，说用自家女儿的钱，又有什么不好意思？女儿的钱不用白不用，自己女儿的钱难道还要留给别人去用？秀兰说我的脸都让你给丢尽了，人要脸，树要皮，公司上上下下，都知道我有你这么一个爹，根本就不知道廉耻。吴有贵说什么叫不知道廉耻，怎么不知道？告诉你秀兰，你这个亲爹还就这样了，别跟我来新生活运动的一大套。这个世道不管你玩什么样的新，不管你玩什么样的运动，说一千道一万，爹还是爹，女儿还是女儿。秀兰被他气得说不出话来，又是咬牙，又

219

是跺脚,临了还是只能苦笑,说我真应该好好地感谢你才是,谢谢你没把我给卖了,没卖给什么糟男人,像现在这样卖给了电影公司多好,有一个公司,你可以没完没了地去要钱。吴有贵说你能明白这道理就好,你爹我真要是贪图一点点小利,三钱不值两钱地把闺女给嫁出去,这个买卖就做得亏死了,就亏大了。秀兰没办法跟他说理,郑重其事地关照公司:她爹再过来支钱,千万不能再给他了,吴有贵是个无底洞,有多少钱都能糟蹋掉。

倪老板也不知通过什么途径,知道秀兰在上海受到了欺负,决定要为她出气。他专门搞了一个庆祝活动,做出了种种许诺,将上海的那位男演员请到南京来。活动期间,好吃好喝地招待,悄悄派人带着他去那种地方娱乐,事先已全部设计好了,全程都有小报记者跟踪。结果男演员在南京嫖娼,被当地的小流氓一顿痛打,又在警局拍了验伤照片,都登在了报纸上曝光。秀兰知道倪老板是为自己出气,很感激,而且是真的有些被打动。女人总是愿意有男人护着自己,秀兰出生到这么大,很少有男人真正为她着想。

倪老板又让人找了两个五大三粗的地痞,专程上门去警告吴有贵,说以后再也不许去影业公司支秀兰小姐的薪水,不可以再做那种让他女儿感到没面子的事。前面支的账就算了,以后到日子,自然会有一份月钱送到他手上,给他多少就是多少,不得讨价还价。如果不听警告,第一次上门先剁一根手指,第二次打断一条腿,第三次就要他的命,说到就能做到。如果不相信的话,他可以试一试。吴有贵立刻被吓住了,知道这绝不是玩笑话,也没胆子再去影业公司要钱,更别说闹事,遇到手头紧的时候,便在外面到处跟人家抱怨,说养女儿养女儿,结果弄到了最后,女儿算是白养了,白为人家养了:

"一个大姑娘,不正正经经地嫁个人,非要去做别人的外室,唉,这叫个什么事呀!"

秀兰与倪老板好了一阵。倪老板是有太太的,也有儿有女。倪太太的出身也是很不一般,她对秀兰的态度,就当这个女人根本就不存在。倪老板花天酒地,身边总会有别的女人,换了谁都一样,换了谁都休想撼动正宫娘娘的地位。大家好像一开始就知道怎么回事,都不想把那点意思弄得不好意思。倪老板这人,对待女人的态度基本上是喜新不厌旧。他看中的女人,只要还有那么点情义在,必定是要尽量关照,尽可能地负责到底。与秀兰成为相好以后,答应要帮她做成两件事,一是再找个好本子,为她拍一部好电影;二是找个好男人,将她嫁出去。

2

绍彭保释不久,又一次入了狱。这一次入狱,要比上一次更麻

秦淮河畔

221

烦,问题严重得多,弄不好都够得上枪毙。具体怎么回事,怎么严重,外人也说不清楚。有一天,秀兰正在公司里听人说剧本,忽然有人进来报信,说外面有个姓侯的先生要找她。一时间,秀兰想不明白会是谁,见了面才知道,原来是很久不曾见过面的希俨。时光真是不饶人,希俨看上去成熟了不少。他的表情很沉重,眉头紧锁,一看就知道是遇到了什么要紧的事情。

希俨见了秀兰,先东张西望,十分犹豫,想说又不敢开口,最后压低了嗓子,对秀兰说了这么一句:

"这里说话怕是不太方便,我们能不能找个地方?"

影业公司对面就有一家茶社,聚集了很多吃茶的客人。他们找了一张角落里的桌子,一人泡了一杯太平猴魁,一边喝茶一边说事。秀兰一开始还忐忑,毕竟很长时间不见面,大家变化都大;看到希俨也多少有些激动,好在很快也平静下来。希俨说今天专门跑过来找她,就是想问问她有没有办法,为营救绍彭出些力。秀兰觉得这事十分奇怪,绍彭被保释还是不久前的事,当时就是秀兰的干爹李元老出面,好不容易把他从监狱里弄出来,怎么转眼工夫,又被捉了进去。

希俨一个劲地叹气,说事情已如此,形势火急,现在就是要赶快想想办法,营救绍彭。他说这种事情真上了法庭,法庭一旦做出判决,很可能没什么再回转的余地。秀兰注意到希俨是真的着急,他有点六神无主，眼睛里很慌乱，额头上都是汗，不由得想到绍彭对她说过的话，说希俨为了他，什么事情都肯做的。他们还真是一对难得的好兄弟，又有情又有义。秀兰只是想不明白希俨为什么来找自己，她一个弱女子，对政治根本不关心，又能有什么能耐呢？真是病急乱投医。他为什么不去找自己太太碧如？为什么不去找碧如的表姐丽君？为什么不去找碧如的表姐夫冯焕庭？冯是首都警察厅厅长，找谁也比不上找他更合适。

希俨非常焦急地看着秀兰，深深地叹了一口气："能找的人基本上我都找了。这件事情，真的是有些棘手，有的人帮不上忙，有的人是不肯帮忙。"

秀兰就问："谁不肯帮忙？"

希俨苦笑着，不肯说。

"是不是你太太不肯帮忙？"秀兰想到碧如，心里便有了几分妒意，用一种自己很少有的语气问希俨。

希俨不说话，依然是不肯说出谁不帮忙。他不说，秀兰就更加认定是碧如，是碧如不肯帮忙。她不愿意帮忙也在情理之中。碧如不帮忙，她的表姐丽君也未必愿意帮忙，毕竟她们之间为了绍彭有过过节。至于那位当了警察厅厅长的冯焕庭，面对自己昔日的情敌，不趁机落井下石，已经算是客气了。秀兰的心里正这么一五一十地盘算着，希俨却开始为碧如说话，说碧如其实也是很着急，说她专门为了这个事情,去找过丽君和冯焕庭。正是因为去找过他们,从他们那里得到了消息,所以才知道事情很严重,非常严重。

秀兰说:"怎么个严重,难道还会枪毙?"

希俨说:"这个也真说不准。当年的沈雨初,不就是这样不明不白送了命?"

这话一说出来,气氛顿时不一样,有些紧张。茶社小伙计过来加水,希俨和秀兰对看了一眼,又看看周围,也不再往下说了,好像害怕小伙计会听到什么,又好像担心附近会有密探。小伙计提着水壶离开了,秀兰才轻声问了一句,情况是不是真像希俨说得那么严重,绍彭是不是真会被枪毙。希俨说当然很严重,正是因为情况非常紧张,所以他才会来找她,想通过她,让首都影业公司的倪老板出面斡旋。秀兰听了有点奇怪,不明白为什么不是再去找身居高位的李元老,而是要找倪老板。李元老是秀兰的干爹,这个大家都是知道的;倪老板与她的关系,也许大家也已经知道了,但是在秀兰心里,总觉得还是个不愿意公开的秘密,不想让别人知道。现在希俨这么来找她,显然是听到了什么风声,心里顿时有一种说不出的别扭。

绍彭的再次被捕,与旧相好黄凤英多少有点关系。自从跟护士小周结婚,绍彭和黄之间完全断绝了来往。这个黄凤英是非常坚定的托派,思想上与绍彭有许多不一致的地方。绍彭婚后不久,在钟英中学找了一份教书的工作,又经人介绍,参加了南京青年会,成为青年会最早的一批骨干成员。青年会的会址就在成贤街,定期举办一些读书活动,通常是选择周六晚上或周日上午进行。也就是在这期间,在共产党最困难最危险的时候,绍彭参加了南京的地下党组织。当时属于白色恐怖时期,南京是国民政府所在地,对共产党的地下活动打击十分严厉,不断地有共产党人被抓被杀。

南京作为国民政府的首都,自定都以来,到1934年8月,中共南京地下组织前后共遭遇了八次破坏。国共双方都觉得这个地方很重要,都非常重视。尤其是这第八次的全军覆没,罪魁祸首不是别人,恰恰就是那位介绍绍彭参加组织的地下党领导。这个人是中共江苏省委的代书记,在上海英租界被巡捕抓了,引渡给国民党,经受不住考验,最后投诚了国民党,开始为国民政府工作,成了中统特工总部上海区说服组组长。因为这个人被抓了,绍彭也在劫难逃。

绍彭第一次被捕,正在中央大学附近的沙塘园一所平房里印刷传单,侦缉队突然冲进来的时候,他手里还拿着一个印刷用的滚筒。绍彭试图反抗,将手中的油印滚筒扔了出去,差一点儿砸到一名侦缉队员。这时候的抵抗是无效的,与绍彭一起印刷的一名同志跳窗逃跑,被守候在窗外的侦缉队抓了个正着。南京地下党组织被一网打尽。由于绍彭刚入党,根本用不着严刑拷问,特工总部对他的情况很了解，可以说是一清二楚。既然有人愿意保释他，来头似乎也不小，当局乐得做个顺水人情：一方面是放他出狱，以示政府的宽大，同时，又派人暗中监视，放他出来也只是作为鱼饵，目的是想钓几条更大的鱼。

也就是第一次被捕期间，绍彭的婚姻开始触礁。护士小周觉得与他在一起没有安全感，这个男人一直没有正式工作，对太太平平地居家过日子，根本不往心上去。南京城市建设发展得非常快，有钱人都在买地盖房子。说起来，绍彭家境不错，祖上留下来的资产还够挥霍一阵，可是坐吃山空总不是个事儿。问题的关键还在于，护士小周听说黄凤英又从老家湖南来到南京，绍彭一再向她保证，说他不会再与黄联系，还说他们虽然都是革命者，都反对国民党反动派，思想和观点却并不一致，大家不是一路人，因此也不可能再走到一起。护士小周听不进这些话，那时候心里已存了一个念头，趁自己还年轻漂亮，赶快与他分手算了。

这时候，中国东北已成了伪满洲国，一名退伍的东北军军官回不了原籍，便在南京当起了地产商人。这个人姓袁，大家都叫他老袁。老袁胆子很大，买空卖空，敢于空手套白狼。很多来南京的外地人都想买房子，他抓住了这机会，还真把不少买卖给做成了。不仅做成了一桩又一桩房屋买卖，还在去鼓楼医院看病时，与护士小周一来二去熟悉起来。一开始，护士小周也只是想通过他买房子，谈来谈去讨价还价,房子交易没做成,男女之间的苟且,却在半推半就中完成了。正好是绍彭被捕期间,小孩又小,护士小周内心十分寂寞。她本来也不是个太有忌惮的女人,东北人老袁身体又很强壮,枕头边好话说尽,哄着说要娶她,她自然就相信了。等到绍彭保释出狱,这两个人已同心合意,似漆如胶,就等着一个适当的机会,跟绍彭把话挑明。

在保释期间,绍彭的一举一动都被特务监视。他自己心里也有数,好像也习惯了,明知道身后有人在盯梢,并不太当回事。渐渐大家都放松了警惕。有一段日子,或许是故意让跟踪的特务难堪,绍彭有意识地在上流社会招摇,专门往有些身份的人家里跑,故意在街上兜圈子,在闹市里毫无目的地散步。城北新住宅区住的都是权贵,都是首都的成功人士,小洋房一栋接一栋。有一天路过,绍彭忽发奇想,去敲丽君家的大铁门。自从丽君家的新房建成,他无数次地从她家门口经过,从来也没进去过。他们之间曾经发生过的故事,早已是过眼烟云。

丽君家的豪宅就藏在那两扇黑黑的大铁门里面,与碧如和希俨的家是隔壁邻居,一眼看过去,更加富丽堂皇。绍彭曾经听碧如说过,丽君家全套家具都是从法国专门定制,家中的自来水龙头,抽水马桶,浴缸,还有墙上的马赛克小瓷砖,则是意大利进口。这天从碧如家出来,绍彭的思路还陷在刚刚与希俨的那些谈话之中,一

秦淮河畔

眼瞥见跟踪自己的便衣特务躲在路口的拐弯处探头探脑,不由得怒火中烧,不由得很想发泄出来,便直冲冲地走向丽君家的大铁门,毫不犹豫地敲起门来,把门敲得咚咚直响。

有人过来开门。丽君夫妇不在家,院子里养了条大狼狗,用铁链子拴住了,光听见狗狂吠,没看见它扑过来。此时的丽君家仿佛幼儿园,不仅有自家的几个孩子,隔壁碧如家的小孩也在;还有瑞麟和洋媳妇卡蜜拉的三个小孩,金发碧眼,看上去完全就是外国孩子,一开口,说的是地地道道的南京话。唯一的大人就是卡蜜拉,今天是国民政府法定的儿童节,孩子们不用去学校上课;恰好又是卡蜜拉的大女儿杨杨生日。丽君家新安装了一个秋千架,反正住得也不远,卡蜜拉便带着自己孩子过来玩。

这些孩子平时经常去碧如家,都见过绍彭,也不见外,照样玩照样闹。丽君家佣人弄不清楚绍彭什么来头,也不敢怠慢,请到客厅吃茶。结果是卡蜜拉与绍彭一边聊天,一边看孩子们嬉闹,看他们荡秋千。孩子中岁数最大的是锦绣,仿佛幼儿园的小老师,说什么话都是管家口气,那些孩子也还都能听进去。绍彭本来是准备了一些话,如果遇到冯焕庭,他就怎么说;如果遇到丽君,他又是怎么说。没想到两个人都没遇上,根本没照面。

卡蜜拉带着南京口音的中国话说得非常好。她童心很重,跟绍彭聊了没几句,又兴致勃勃地上前指挥孩子们荡秋千。孩子们不玩了,她自己又上去玩,荡得很高,迟迟不肯停下来。丽君的大儿子泉忠,瞪着一双大眼睛,挥舞着手上的玩具手枪,一本正经地向绍彭提问,说季叔叔能不能告诉我,是不是小日本很害怕我们中国人。小孩子没头没脑地冒出来这么一句话,很天真,绍彭一时也不知道怎么回答才好,想了一会儿,十分肯定地对泉忠说,我想是的,小日本应该会害怕中国人。泉忠很得意,因为他认为绍彭是站在自己一边,等于是在帮他说话。卡蜜拉的女儿杨杨眨巴着一双蓝蓝的大眼睛,奶声奶气反驳泉忠,说人家小日本才不怕你呢,小日本真要来了,先把你杀了,放在锅里煮了吃。泉忠对着杨杨扣了一下手枪扳机,嘴里模仿着枪响,说小日本要来,我先开枪打死你,再打死他们。

3

卡蜜拉的丈夫瑞麟说起来是丽君弟弟,其实俩人是双胞胎。母亲死了,父亲有了续弦,没有再生。父亲那一代有两个男丁,还有一个伯父。这伯父是长房,只有两个女儿,所以瑞麟一生下来,交由大伯母抚养。关家是南京世家,偏偏他们家这一支不够兴旺,几世单传,好不容易到了父亲这一辈,有两个儿子,结果还是长房无子。瑞麟还是小男孩的时候,家里已做好准备,准备为他娶两个老婆,兼祧长房二房,也就是民间的一子顶两房。

虽然是一母所生,瑞麟与丽君有着完全不一样的童年。丽君在自己父母身边长大,小时候,父亲到处做官,父亲出国,她也跟着一起出国。母亲病逝,父亲娶了续弦,因为与继母关系越来越紧张,丽君才又回到南京。瑞麟是在大伯父和大伯母的宠爱下长大,伯父虽有两个女孩,但家中地位根本不能与瑞麟相比。与一直在做外交官的瑞麟父亲不一样,大伯父并没有太大出息,基本上是守着用不完的家产过日子。瑞麟十岁的时候,大伯父过世了,他这一死,瑞麟的地位变得更加重要,成了这个家族唯一的继承人。

大伯母对瑞麟宠爱归宠爱,教育方面倒是从来也没放松过。让他进了最好的小学,进了最好的教会中学,中学毕业也不急着上大学,先让他在家里待一年,再送去国外留学。为了这个并无血缘关系的儿子,大伯母操碎了心。上小学,专门派人天天护送,就怕被人家绑票。上中学,瑞麟坚决不允许再有人接送,怕被同学们笑话,结果负责接送的下人,不得不瞒着瑞麟,暗中偷偷地保护。中学一毕业先结婚,自然还是大伯母一手操办,女方是她娘家的亲戚,比瑞麟大两岁,人长得很漂亮。等到媳妇肚子里有喜了,大伯母这才放手送瑞麟去英国留学。

瑞麟去英国学习建筑,大伯母亲自送至上海码头,眼泪汪汪地一直将他送到轮船上。在此之前,她从未坐过火车。可怜她一双小脚，走路走不快，一路走，一路咬着牙忍着痛，脚也痛心也痛，眼泪不停地流，舍不得他出远门，怕他在外面受苦。瑞麟去英国，买的是头等舱，去用餐，必须西装硬领衬衫蝴蝶结，必须摆出上等有钱人的模样，这让他感到很不习惯。于是经常穿了便服，自降舱位去普通餐厅用餐，结果别人就怀疑他是日本人，怀疑他是日本人的间谍。在很多人心目中，中国人穷，都应该是东亚病夫。这时候，正值第一次世界大战结束不久，整个欧洲都陷于厌战的反思中，《凡尔赛和约》刚刚签过字，中国内地正在为青岛的归属誓死力争。

瑞麟名义上是去英国学习建筑设计，其实对设计根本谈不上多大兴趣，他更感兴趣的是建筑的外形。留学期间，只要有机会，他便去欧洲大陆旅行，沿着地中海旅游，甚至在比利时的安特卫普定居了一段时间。当时的英镑很值钱，一英镑可以换好几百法郎。他本来就可以算是有钱人，到了欧洲花英镑，便显得更有钱。"一战"结束以后，中国公派留学生日子过得很辛苦，官费不仅少，而且常常不能准时到达，因此很多留学生都跑到了德国，那里的生活费要低得多。瑞麟是自费出国留学，他不差钱，动不动还资助别人。有一段日子，父亲带着继母在英国做外交官员，又专门给他带了一笔钱过来。

在欧洲的日子非常悠闲，有点名气的大学瑞麟差不多都游学过

秦淮河畔

231

了,很多课程,只要你肯花钱注册,都可以去旁听。时间一年年过去,他的学历很多,进修过的课程不少,正式的毕业文凭却没拿到,没有一所学校他能熬到毕业。很长一段时间,他最大的兴趣是到处写生。瑞麟喜欢画各式各样的房子,有时是用钢笔,有时是用铅笔,画了无数素描,结果最后回国,光是这些素描,就装了整整两大箱。除了这两大箱素描,他还带回了一个比利时美女卡蜜拉。卡蜜拉是瑞麟在安特卫普居住时房东的二女儿。房东有三个女儿,年龄挨得很近,个个都是貌美如花,弄得他眼花缭乱,吃不准自己究竟是喜欢哪一个,而三姐妹好像是都爱上了他。一开始语言交流还有很大的障碍,瑞麟可以说法语,可是卡蜜拉一家用的是荷兰语,于是只好法语英语加上手势,渐渐地交流就没什么问题。三姐妹中卡蜜拉的法语最好,你一句我一句,话越说越多,很快就情投意合了。

再以后,就是在当地的教堂里正式结婚。卡蜜拉一家信奉天主教,如果知道瑞麟在中国结过婚,已经有了一个儿子,肯定不会同意这桩婚事。事实上,他们内心深处从来就没有赞同过。瑞麟根本没把过去的婚姻放在心上,在国外生活了好多年,他甚至已忘了自己曾经拜过堂结过婚。瑞麟写信回去要钱,说要在国外结婚,也不说是娶了个外国人,只说是看中了一个女孩子,要结婚;接到信的大伯母毫不犹豫,立刻给他寄钱。新婚的卡蜜拉跟着丈夫在欧洲漫游,瑞麟旧地重游,领着她又一次领略了地中海风光。卡蜜拉觉得自己非常幸福，在结婚前，她从未离开过安特卫普，每到一处新的风光景点，便忙不迭地给姐姐或妹妹寄明信片。

在法国的普鲁旺斯旅游，空气中弥漫着熏衣草和百里香的香气，卡蜜拉突然意识到自己可能是怀孕了。她满怀喜悦地给母亲写了张明信片，告诉她这个消息，同时也告诉母亲，如果自己真的怀上了孩子，她和瑞麟将动身返回中国，结束漂泊不定的生活。事情的发展跟预料得完全一样，卡蜜拉确实是怀孕了，开始有了孕期妊娠反应。在返回中国的途中，她开始没完没了地呕吐，吐得死去活来，一度甚至怀疑自己还能不能活着到达瑞麟的家乡。轮船终于快到上海了，海上行程即将结束。望着不远处的海岸线，卡蜜拉突然发现她已经完全恢复了正常。

直到女儿杨杨出生，卡蜜拉都不知道瑞麟还有一个妻子，不知道他还有一个儿子。对卡蜜拉来说，这件事情不仅让人感到痛苦，而且绝对荒唐。瑞麟的大伯母说什么她也听不懂，就看见她没完没了地唠叨，看见她在空中胡乱比画，卡蜜拉唯一能明白的，是老太太希望她赶快为瑞麟生个儿子。老太太最迫切的愿望，就是她的儿媳妇赶快生儿子，生得越多越好。远在他乡的卡蜜拉孤立无援。她看过几本与中国有关的书，知道中国人男尊女卑，知道在中国人心目中最重要的大事就是传宗接代。她还知道有的中国男人会娶妾，会娶好几个小老婆。这一点，几乎所有欧洲女人都觉得奇怪和不能接受。无论瑞麟怎么解释，卡蜜拉也弄不明白什么叫两头大，什么叫一房顶两房。她想不明白，为什么瑞麟就可以一分为二，就可以变成两个男人，就可以名正言顺地娶两个合法的妻子。既然他和前面的妻子还没离婚，那么他们现在的结合无疑是不道德的，是不可能被上帝允许的。

更让人难以接受的现实还有，卡蜜拉生产期间，瑞麟与前面的中国太太还有联络，不只是单纯联络，他们竟然还那个，还让这个太太一次次怀孕。面对这样令人痛苦的局面，卡蜜拉连想死的心都有。不得不承认瑞麟是个会哄女孩子的好手，他的话并不多，但是句句都能击中女人要害。他的眼神有一种特别魅力，总是会显得非常的无辜，好像是在向你讨饶，是在说我知道自己错了，我对不起你，我希望你能原谅。瑞麟向卡蜜拉保证，一旦他大伯母不在，就和他的中国太太签字分手，中国的很多男人都是这么做的，都是用这种办法，解决了包办婚姻的遗留难题。

自从知道瑞麟还有一个中国太太，卡蜜拉就一直在思考，在想象与他分手，想象自己怎么才可以离开瑞麟，怎么再回到自己的家乡安特卫普，怎么与自己的父母和姐妹解释她的遭遇。从一开始，卡蜜拉就决定要隐瞒，就不准备告诉自己的家人。她无法想象他们知道瑞麟有两个太太后，会是什么样的强烈反应，会是如何的抓狂和愤怒。她精心设计了一个悄悄离开瑞麟的计划，计划等女儿杨杨稍稍大一点，偷偷地买一张还乡的船票，在一个谁也不知晓的日子里，神不知鬼不晓地不辞而别。然而女儿杨杨还没有断奶，她还处在哺乳期，就又一次怀孕了。

结果便是瑞麟通过不断地让她怀孕，以及一栋新建的小楼，最终还是把卡蜜拉留了下来。女人毕竟是女人，外国女人也是女人，卡蜜拉接二连三地生了孩子，那天在丽君家，当着绍彭面荡秋千的时候，她肚子里的孩子已经三个月，又是一个小男孩。此前她已为瑞麟生了一个女儿，两个儿子。瑞麟的中国太太名叫吴芳，这个女人更厉害，竟然一口气连生了四个儿子，两年一个，深得老太太喜欢。吴芳与瑞麟的大伯母住在老宅里，老人家含饴弄孙，晚年有四个可爱的孙子相伴，倒也其乐融融。这个吴芳还是东山老先生的入室弟子，会写一些旧诗词，还能写一手绢秀的好字，薇堂老人晚年的诗文集，便是这个外甥媳妇吴芳一手抄录。

卡蜜拉与老宅的人几乎没交往，能躲避则躲避，能不见面就不见面。国民政府提倡新风俗，最重视的节日是元旦，不赞成过春节，到旧历过年，连爆竹都不许燃放。到了那几天，警察在街上巡视，谁家放爆竹和烟火，会冲过去干涉。关家老宅照例是要祭祖，平时也就算了，除夕之夜，瑞麟必须回去烧纸磕头。卡蜜拉这洋媳妇不愿意去，老太太也不强求，说你们二房里向来新派，你二叔也是那种不要祖宗的，他们供不供烧不烧纸我不管，反正我们大房要做出大房的规矩来。瑞麟自小叫大伯父为爸，叫亲爹为二叔，印象中，二叔确实也没单独祭过祖摆过供，他在这方面确实十分新派，从来不穿长衫马褂，永远西装笔挺，就算逢年过节给祖宗磕头，清明去扫墓，也只是跟在大伯父后面意思一下。

卡蜜拉与瑞麟一起过的节日是圣诞，是元旦。瑞麟回国后，成了中央大学建筑系教授。南京作为首都，到处大兴土木，学建筑大有用武之地。瑞麟对建筑设计没兴趣，对盖新房子更没兴趣，然而依然可以成为首都建筑设计领域的权威。让他成为权威的秘密武器，是在国外期间画的写生图片，整整两个大木箱。那些搞建筑的设计师要想获得灵感，只要对瑞麟说出自己的想法，画几笔简图，瑞麟就立刻可以找出相对应的图片来。瑞麟的素描十分逼真，他画了那么多，完全只是因为兴趣爱好，回国后居然能派上那么大用场，这是完全也没有想到的。事实上，作为一个建筑界的权威人士，瑞麟不仅对即将新建的公共建筑兴趣不大，对自己家要盖的小楼，也同样不愿意动太多脑筋。

卡蜜拉家在城北新住宅区的小洋楼，花费了她太多心血，从小到大从里到外，几乎都是她一手操办。为了这个新居，卡蜜拉与丽君走得非常近。丽君少年时，与父母在法国待过两年，能说一口很地道的法语；卡蜜拉刚到南京，丽君是她不多的几位能进行语言交流的人。丽君和自己大伯母几乎没有来往，也不喜欢吴芳，跟吴芳完全不是一路人，她与卡蜜拉很投缘，当初与碧如一起买地盖楼，就曾想拉着瑞麟一起干。可是他一口拒绝了，中央大学已为瑞麟提供了现成的住处，他觉得那样就很好；有现成的教授楼可以住，为什么还要自己吃辛吃苦地再盖新房呢。与那些外地到南京来的新贵不一样，关家老宅的房子实在太多，多得都让人感到厌烦，修缮也要花很多钱。瑞麟觉得房子无非是身外之物，能有个地方住就行了。

瑞麟没想到最后是一栋小楼将卡蜜拉留了下来。这栋小楼完全是按照卡蜜拉的意愿建造的，房子的内部结构很像她安特卫普老家的房子，只不过房间更大，更宽阔。外形很像印象中安特卫普最漂亮的一栋房子，卡蜜拉从未进过那栋房子，它的内部结构全靠想象，可是记忆中它真的很美，一想起故乡那栋老房子，她便会有一种强烈的思乡之情。卡蜜拉的新居终于从理想变成现实，从乱糟糟的工地，变成了花园洋房，它成功地打消了她悄悄逃回祖国的念头。这栋美丽的小楼成功地绑架了她，卡蜜拉终于明白，她可以带着自己的孩子逃走，可是这栋倾注了太多心血的房子，没办法带走，因为这栋房子，卡蜜拉注定再也回不去了。

4

如何挽救绍彭，一度成为大家共同努力的一件事。或许因为第一次保释比较容易——李元老出面给有关人士打了个电话，绍彭立即被保释出来，因此他的再次被抓，一开始并没有人觉得情况很严重。大家只是突然意识到绍彭这个人失踪了，到处找他，打听他的下落，最后终于有了确切消息，他确实又一次被捕了，就关在瞻园路126号首都宪兵司令部的看守所。这个看守所是专门用来关共产党的，很多著名的共产党员都关在这里。在当时老百姓心目中，在这里关过的共产党员无非几种结局：一是坚贞不屈，拉去雨花台枪毙；一是意志不再坚定，老老实实自首变节。希俨知道绍彭的脾气，他这人是公子哥出身，心高气傲，认准了一件事情，看准了一个目标，谁也别想把他给拉回头。

秀兰听了希俨的话，便向影业公司的倪老板求助，让他想想办法，看看有没有可能将绍彭保释出来。倪老板嘴上说共党的事很复杂，千万不要搅到这浑水里去，你一个拍电影的女明星，我们好不容易把你给捧红了，万一让小报记者安上一个"通共嫌疑"，会引起很多不必要的麻烦，太不值得了。倪老板告诉秀兰，他们正在拍摄的这部电影，外面已经有一些不好的传言，说他们的电影有赤色嫌疑，写这个剧本的俞鸿也被怀疑是共产党，近来正被当局监视。听了倪老板的话，秀兰有些失望。她不知道倪老板暗地里还是派人前去通融了，通过江湖上的朋友，了解到了绍彭被捕的经过。

事实上，处于保释期间的绍彭，随时随地都有可能再次被逮捕，南京地下党组织由于中共江苏省委代书记叛变，被一网打尽。江湖上的朋友为倪老板打听清楚了确切消息，所谓保释，只不过是当局为了放长线钓大鱼，正在等候其他的共党分子上钩，一旦有人敢过来与绍彭联系，就会收网抓鱼。这个阴谋中共其实也知道，南京的地下组织基本上属于放弃状态，既不敢派人再跟他接洽，更不知道如何营救，因为此时江西的苏区已不复存在，红军还在长征途中，行踪不定，绍彭一时间想逃也是无处可逃。那是绍彭精神上最痛苦的一段日子，身后随时都有特务在监视，熟悉他的朋友，要么是对他面临的处境一无所知，要么就是有意识地避开了。

也就是在这个时候，绍彭获知了护士小周的奸情。很意外，似乎又在情理之中。本来结婚前后，绍彭与护士小周之间的感情就谈不上有多好，双方都难免有勉强成分，为了孩子不得不在一起凑合。对于女方来说，是未婚先孕，必须要有个交代，必须要给孩子找个父亲，加上还有黄凤英和碧如的纠缠，多少有些赌气，因此护士小周对绍彭更多的是一种埋怨。绍彭被保释回家，护士小周的埋怨有增无减，总是以各种理由拒绝与他同房，一会儿肚子疼，一会儿胃疼，一会儿又是头疼。有时候就算皱着眉头尽了义务，动不动还会冒出来这么一句：你绍彭不是胆子大不要命吗，既然人都进去了，干吗还要再死出来呢？好多共产党都拉到雨花台去枪毙了，为什么不一枪也把你给毙了。

护士小周发现自己又怀孕了，就把这事告诉了老袁，老袁有些疑惑，说你真敢肯定是我的种子，会不会弄错了。护士小周很生气，说除了你这个死鬼，难道还会有别的男人。老袁就说，你男人要是不放出来，我也不会有别的想法；你男人现在放出来了，这个事情就难说了，就说不准了。护士小周便发火，说你个死鬼真是没良心，为了你，我整日装病诈死，都不肯让他碰一下。人家为了你守贞死节，没想到你倒是竟然不认账了。老袁也急了，连忙安慰她，拍着胸脯保证，说是我老袁的账，自然是要认的。你小周一百个放心，一万个放心，我也是快五十的人了，你真要是能为我生个儿子，我都不知道该如何感谢。

绍彭也疑惑，他注意到她有了妊娠反应，好像比第一次怀孕还要严重。一开始，也没往别处想，只是觉得这事怎么这么容易，这么轻而易举，真是碰不得，一碰就有事。怀了孕，护士小周更有理由拒绝，绍彭心情本来不太好，又遇上她心情更不好，脾气火爆，两个人针尖遇麦芒，一说就要吵架，一吵架就会说出伤害对方的狠话来。护士小周也不知从哪打听到消息，说黄凤英又来南京了，刚找到一份新工作，在船板巷小学当教员，看上去还是像当年那样漂亮。女人的嫉妒永远没有道理可言，本来护士小周觉得自己已不再爱绍彭了，她现在心里只有一个老袁，可是一想到黄凤英，她的怒火就忍无可忍，就忍不住要对绍彭发泄一下：

"都是说话不算话的东西！那个狐狸精不是说以后再也不会来南

京了吗，结果呢，都是放屁，都是放屁。"

绍彭不知道护士小周为什么要这么说，他根本不知道黄凤英又到南京来了。护士小周说你不要装死，你怎么可能不知道她的事。绍彭非常委屈，说我是真的不知道。她看他的神情，的确是不像知道的样子，便强词夺理，说不知道也没关系，我现在告诉你了，你可以去找她，反正离这也不远，就在船板巷小学。绍彭说我不会去找她，我干吗要去找她。护士小周冷笑起来，说你尽管去找，尽管去，我才不会吃醋呢，我根本犯不着吃她的醋。绍彭想她正处在怀孕期间，自己应该让着她，也不与她多争，以沉默来抗拒。护士小周看他突然不说话了，火气更大，继续喋喋不休，陈芝麻烂谷子的旧账都搬了出来，话越说越多，越说越难听。绍彭没办法，只好拦着她的话锋，想不让她说下去：

"你干吗要说那么难听的话呢？少说几句行不行，为了肚子里的孩子，不要那么生气好不好。"

护士小周说："我生不生气，跟你又有什么关系？"

"怎么没有关系，这孩子总是我的吧，你为了他也应该爱惜身体。"

"凭什么说这孩子是你的，你凭什么？"

"你说这样的话有什么意思呢？"

绍彭并没听出她话里有话，只是觉得她还在赌气，还是在说赌气的话。没想到护士小周心里其实也不踏实,虽然她在老袁面前坚定不移,咬准了是老袁的孩子,可是这个事情也真的很难说。什么可能都会有,如果确实是老袁的,为什么在绍彭保释前,自己没有怀上呢。心里不踏实,多少就有些底气不足,越是底气不足,她越是要强迫自己相信,坚持认为肚子里的孩子是老袁的,必须是他的。她已经打定主意要与绍彭离婚,摊牌也是迟早的事情,今天话都已经说到这个份上,开弓没有回头箭,干脆把窗户纸捅破算了,把更难听的话说出来。

　　护士小周以为绍彭知道了真相会很生气,他也以为自己会很生气。偏偏结果也就那么回事,脸红了一阵,牙咬了一会儿,绍彭很快平静下来,变得非常理智。他觉得这件事情无论真假,自己都应该接受,都必须接受。天要落雨娘要嫁,一种如释重负的轻松油然而生。对于一个革命者来说,家庭本来就是负担,妻儿老小都是拖累,现在护士小周既然选择了这样的方式与他分手,或许这也正是绍彭内心深处所希望的,甚至还有那么一点求之不得。护士小周想玩一回破罐子破摔,没想到罐子扔地上了,碎片飞得到处都是。绍彭的反应完全出乎她的意外,没有暴跳如雷,没有打她骂她,也不曾对她说一句狠话,只是沉默了许久,最后是淡淡地说了一句话,四个字:

　　"这样也好。"

　　"这样也好"四个字让护士小周久久不能平静,吃不准绍彭真实的想法是什么。这时候,最好的办法就是两人索性撕破脸大吵一架,现在这样无话可说,大家都把话憋在心里,反倒让她心烦意乱。女人的心理总会有些复杂,她已经铁定了主意要与绍彭分手,但真的要分开,又好像有点舍不得。与老袁相比,绍彭又年轻又帅气,是个玉树临风的美男子,自己当年确实是很爱他,确实是被他吸引住了。因为爱,她不惜横刀夺爱;因为爱,她不惜虎口拔牙。为了能够与绍彭在一起,能使用的手段都使用上了,好不容易心想事成,结了婚,生了儿子,现实生活却又完全不是她设想的那样。如果绍彭能够原谅她,如果绍彭还爱她,还能做出舍不得她的举动,护士小周说不定也就回心转意了。

就在吵架的前一天晚上,两人睡在同一张大床上,绍彭轻轻抚摸着护士小周微微凸起的小肚子。她睡意蒙眬,似醒非醒,坦然地接受他的抚摸。渐渐地,睡意全然没有了,心里开始想到老袁。老袁已快五十岁,已经开始谢顶。外面都在传他赚了很多钱,这些年在首都南京,城市化进程飞速发展,最赚钱的买卖就是倒腾房子。护士小周对老袁究竟有多少钱并没有太大兴趣,她只要他能够对自己好,只要他能够不断地哄自己高兴就行。女人总是抵抗不住男人的一张嘴,老袁太能说会道,口若悬河舌灿莲花,只要是和他在一起,她常常被逗得乐呵呵笑个不停。老袁的那张嘴,不仅能说会道,还能干别的事,很会干别的事。

在绍彭抚摸下，护士小周脑海里却在想着老袁，想着那些不应该想的场面，心猿意马，不由得脸上一阵燥热，觉得对不住绍彭，毕竟他们才是名义上的夫妻。幸好是在黑暗中，绍彭也不可能看到她的脸红。为了掩饰慌张，护士小周微微动了一下身体，像一条离了水的鱼那样挣扎了几下。如果绍彭心细一些，此时应该能感觉到她的心跳正在加速，应该能够感觉到她的歉意。如果他再心细一些，应该感觉到她那身体除了表达歉意之外，正像一张弓一样地绷紧，先只是一阵阵绷紧，然后又开始放松。这时候，她的身体已经对绍彭打开，像一朵花那样迫不及待地盛开了。他的手却还停留在她隆起的肚子上，没有意义地捋来捋去，真是愚不可及。

绍彭还是偷偷地去船板巷找了黄凤英，两个人偷偷地见了一面。去的时候，黄凤英在给孩子们上课，看门老头垂着脑袋在打瞌睡，他悄悄掩了进去，找到她正在上课的教室，站在窗口看她给孩子们上课。黄凤英看上去很苍白，有些憔悴，头发有些凌乱，她在黑板上写粉笔字，给孩子们讲解，无意中一回头，看到了站在窗外的绍彭，怔了一下。孩子们也看到了绍彭，都侧过头来看他，绍彭在老师和同学们的共同注目下有些尴尬，然而他并没有离开窗口，还是饶有兴致地继续观看，看黄凤英怎么给孩子们上课。下课了，黄凤英走出教室，责怪他不应该来这里找她，让他赶快离开。

操场上孩子们跑来跑去，嘻嘻哈哈打闹，叽里呱啦乱叫。绍彭不肯就这么离开，黄凤英也很无奈，拿他没办法，想撵他走，撵不走。很快，课间休息已结束，上课铃声响了起来，孩子们纷纷向教室跑去，黄凤英不得不回去继续给学生上课。绍彭便在操场上闲逛，玩给孩子们玩的单杠双杠，看门老头注意到他了，走过来问话，听他说是有事要找黄老师，也就不再管他。绍彭百无聊赖，傻坐在双杠上等候，那双杠是给小孩玩的，很矮，他吊儿郎当坐在上面，姿势很滑稽。有一个班的学生在上体育课，正排着队做操，在老师带领下喊口号。绍彭时不时地回头去看学生做操，那些学生也不断地回过头来看他，害得体育老师一次又一次地训斥学生。

终于等到了放学，黄凤英板着脸走过来，绍彭也沉着脸迎上去。一时间，都不知道说什么好，大家脸上都没什么表情，很快绍彭憋不住了，先笑起来。黄凤英说你笑什么，有什么好笑的，一点都不好笑。绍彭说我觉得还是蛮好笑的，你都来南京了，为什么不跟我说一声。黄凤英说我为什么要跟你说，人家根本就不想和你有什么关系。绍彭知道她说的是气话，当然，也许她心里确实是这么想的。事实上，过去这一段时间，她是不是还能想到自己不知道，反正他根本就没有想到过她；要不是护士小周提起，自己的心里似乎已经没有她这么一个人。

黄凤英说："干吗又要来找我，你这是何苦呢？"

绍彭解释说："我也是刚刚听说，才知道你在这里教书。"

金陵王气黯然收

1

　　黄凤英不想听绍彭的解释，他也觉得自己的行为有些冒失，可能她真的不想再见到自己。接下来，也不知道说什么好，黄凤英依然是板着脸，依然是一头一脸的女革命者形象。面对她的大义凛然，绍彭不由得想起护士小周当年很重要的一个撒手锏，就是威胁要去举报黄凤英，向当局检举她的共党身份。女人若是疯狂起来，什么样的荒唐事情都可能做出来。护士小周并不知道黄凤英的这个托派，与绍彭参加的风马牛不相及，形同水火。她想到的只是鱼死网破，谁也别想过安生，要完蛋大家一起完蛋。黄凤英一度也曾想把绍彭拉进她的托派，然而绍彭最后并没有被黄凤英说服，他觉得自己没有办法接受托派的观点。

船板巷就在秦淮河边,两个人沿着河畔小道来回漫步。黄凤英告诉绍彭,自己的住处就在附近,绍彭提出要去她住的地方,她一口拒绝了。来来回回,他们在秦淮河畔走了一遍又一遍,眼看着天要黑下来,黄凤英肚子也饿了,前面柳树下有一个挑担子卖馄饨的,她便提议一人先吃一碗充饥。正好绍彭也觉得有些饿,两个人就走过去,看着卖馄饨的裹小馄饨,往小炉子里扔柴禾,等锅里的水烧开,将裹好的小馄饨下下去。不一会儿,两碗热气腾腾的小馄饨下好了,他们一人端一碗,站在柳梢下吃起来。吃着吃着,天真的黑下来了。绍彭很想跟她说说自己保释的事,也很想与她一起讨论当前的政治形势,聊一聊国际共产主义运动。他甚至还抱有一种希望,希望黄凤英能脱离托派组织,不过犹豫了许久,还是没有说出来。湖南人脾气都是很倔的,黄凤英这个湖南妹子脾气更倔,绍彭相信自己一时还不可能说服她,既然是不可能说服,那么干脆就不要说了,多一事还不如少一事。

　　吃完馄饨,两个人继续散步,走来走去也走累了,寻了一处无人的小码头,在石阶上坐下休息。天完全黑了,绍彭伸出胳膊,想把黄凤英往自己怀里搂。她打了打他的手,拒绝与他拥抱。黄凤英很坦然地说,我们再也不会有那种关系了,我们已经结束了。黄凤英又说,你反正也是知道的,我从来都不对你隐瞒,我是一个革命者。革命者是什么呢?就是把自己当作贡品,当作牺牲品,献给人

247

类的解放事业。黄凤英的话让绍彭感到悲哀,过去这些年,"革命者"成了一个冠冕堂皇的词,谁都可以以革命者自居,谁都可以说对方是反革命。黄凤英与绍彭分别属于不同的地下组织,都是在当局的追杀之下,都冒着会掉脑袋的风险,彼此的理想和目标完全不一样,不仅不能携手,而且还相互敌视,相互拆台。说老实话,绍彭也不太了解什么才是中国托派的正式主张,不明白他们到底是在追求什么。

绍彭没有跟黄凤英说出自己的中共党员身份,根据地下党的保密原则,确实也不应该说出来。他可以相信黄凤英,却不能相信托派;他觉得黄凤英只不过是暂时被蒙在了鼓里。绍彭坚定地相信,真理在自己一方,只要有足够的时间,他最终一定可以说服黄凤英,一定会让她明白。

这一天的月色特别好,正对着他们的小码头,河对岸是一处略为隐蔽的拐角,不时有男人路过,在那里解开了衣服小便。因为是晚上,有的男人也不愿意再规规矩矩地对着墙角,干脆转过身来,冲着波光粼粼的秦淮河撒野。月色中,隐约地能见到一道扬起的白色弧线。两个人坐在河这边,突然间没什么话说了,绍彭便跟黄凤英说起了护士小周,说她外面已经有人,说她背叛了自己。黄凤英心不在焉地听着,好像这个事与她毫无关系。绍彭有些后悔与她说了这个,可是都已经说了,一言既出驷马难追,后悔也来不及。这时候真不应该谈这些,谈这些也没什么意思。他希望她能够跟自己说些什么,她却总是心不在焉,问她这问她那,问什么都不想说。

在绍彭记忆里,或许因为黄凤英年龄比自己大的原因,他从未觉得她生得矮小。有一段日子不见,他突然发现她不仅是多了些憔悴,而且也矮了许多。过去某些印象显然是不准确的,绍彭一直觉得她是个很成熟的女性,有思想有见识,敢做敢当,现在突然意识到她真的很幼稚,太固执,一点都不成熟。绍彭记得刚与黄凤英认识,她身上那种女革命者气质充满了魅力;那时候的绍彭在她面前,完全像个大孩子。两人一起坐在草地上晒太阳,坐着坐着便躺了下去;他印象最深的,是拿她的大腿当枕头。火热的阳光有些刺眼,黄凤英把手放在他眼睛上,为他遮挡阳光;如果周围没有人,她还会俯下身来亲吻他的额头。

黄凤英在男女关系上,一直是比较开放。没有太多的遮遮掩掩,他们很随意就到达了那一步。那时候,黄凤英的托派男友还没牺牲,还关在国民党的监狱里。黄凤英也知道绍彭有未婚妻,知道他连婚期都已经定好了,知道他曾不顾一切地追求过一个叫丽君的女人。她知道这个女人与自己同年,也曾经是一个革命者。在黄凤英面前,绍彭毫无保留,没有任何秘密,什么事都愿意告诉她。在黄凤英面前,绍彭像一个又淘气又乖巧的大男孩,还带着一些羞涩。黄凤英不止一次地与他说笑,问他是不是更喜欢比自己岁数大的女人,是不是还在怀念那个已经完全背叛了革命的丽君。她总是表现得更为主动,总是在调侃他,总是在戏弄他。黄凤英让绍彭失去了童贞,让他很轻松地度过了令人难堪的第一次,让他从一个无知的男孩,迅速变成了成熟的男人,变成了一个有点坏的男人。

坐在秦淮河畔小码头上,看着脚下河水静静地淌过,绍彭不由得无限感慨,感觉到了岁月流逝,感觉到了时光无情。过去这些年,黄凤英改变许多,又好像什么都没变,真正改变的可能只是绍彭自己。

如果还有同样机会,还是坐在昔日的草地上,他想自己也许不会再拿她的大腿当作枕头,再也不会像过去那样浪漫,当初的热情已大打折扣,现在更愿意做的,只是想将她搂在怀里,只是想照顾她,只是想保护她。曾几何时,他是那样地渴望伏在她怀里,扑在她身上,渴望她的搂抱,渴望她的爱抚。现在绍彭终于明白,明白自己已经成熟多了,已经懂得了许多过去并不是很明白的道理。他觉得自己才是真正的革命者,自己迫切要做的事情,不仅是要反对国民党反动派的统治,唤醒愚昧落后的群众,还要说服像黄凤英这样的托派分子。绍彭坚信自己有这个能力,也有这个义务,他坚信可以将她拉到正确的革命道路上来。

绍彭完全没想到这次与黄凤英的见面,会给她带来什么灾难性后果。他完全忘记了自己正处于保释期间,仍然还在特务监视之下。绍彭没有想到这会是他与黄凤英的最后一次见面,在这次见面不久,他与黄凤英分别被秘密逮捕了,而她被捕的原因,就是因为与绍彭的这次不同寻常的见面。国民党特务组织相信已经钓到了一条大鱼。他们得到一个确切的情报,共产党的地下组织正在设法营救绍彭,正在想办法将他转移出南京。一旦绍彭真的离开南京,一旦他真摆脱掉了特务的监视,那么此前针对他布置的所有,都将不复存在,都将化为乌有。

黄凤英与绍彭一样,都是被关在瞻园路的首都宪兵司令部看守所。虽然关在一起,关在同一个监狱里,但男牢女牢各自分开,二人从来没见过面,绍彭根本就不知道她也关在这里。反倒是黄凤英听牢友说起过绍彭,感到很吃惊,没想到他会是中共党员,更没想到他已经是第二次入狱。或许有人疏通的缘故,绍彭最终被判处了十年徒刑。黄凤英的案子则一直悬而未绝。她很强硬,死活也不肯认错,提审时要她交代与绍彭的关系,她不相信他是共产党,笑着说他们只是普通的朋友关系。审判官紧追不放,说怕不只是普通朋友关系吧。黄凤英便不再说什么,这以后,只要是提到绍彭,她都是一言不发。其实审判员已弄明白,已经把他们的关系梳理清楚,知道他们之间确实没什么关系,当时以为抓到了大鱼,没想到抓错

251

了人。抗战全面爆发，黄凤英依然拒不认错，最后被判处死刑，也没有拉到雨花台，就在监狱里执行了。

那天两人分手，绍彭还在想下次见面，还在想自己到时候应该与黄凤英说些什么。时间也不早了，月亮升得很高，他提出要送她回去，黄凤英犹豫了一下，拒绝了。绍彭心里就想，她所以会拒绝，很可能是和别的男人同居，不愿意让他看到那个人。既然是这样，也用不着太勉强，心里却有一点酸酸的，一丝淡淡的嫉妒。没想到两人从码头上站起来，绍彭还没站稳，黄凤英已主动地偎到了他怀里，搂着他的脖子，将他的头拉下来，非常深情地吻了他。

"就算你真和小周分开，我们也不会再在一起。"黄凤英在他耳边说着，"绍彭，我们的关系结束了。"

绍彭说："我们的关系不会结束。"

"不，结束了，真的结束了。"

最后绍彭还是送黄凤英回去，她嘴上说不要送，实际上也没怎么反对。路上早没人了，一只白猫从前面蹿过去，回过头来，对着他们轻轻地"喵"了一声。走出去不一会儿，拐进一条小巷，黄凤英说她就住在这个巷子里，就是前面不远的那个门洞，绍彭以为这是要与自己分手，停下来与她告别。黄凤英又一次与他主动接吻，吻他的舌头，吻他的眼睛，吻他的额头，还在他鼻尖上轻轻咬了一下。这时候,她又一次告诉绍彭自己不是一个人住,这话其实已说过了,但绍彭毫无反应,并没往心上去,没想到黄凤英又补一句:

"不过你可别想歪了,我不是一个人住,不是和别的男人在一起,是几个女的一起住,我们合租了一间房子。"

绍彭笑了,不知道再说什么好。

黄凤英嗔怪道:"你笑什么,有什么好笑的。"

2

秀兰最后还是嫁给了俞鸿。刚开始只是个传言,有人在背后这么议论,流言蜚语满天飞,终于有一天,这件事情被证实了,她确实是嫁给了俞鸿。可以说是水到渠成,也可以说是一语成谶,尽管大家都觉得这好像不太可能,都觉得只是街头巷尾的八卦,就仿佛秀兰与倪老板的传言一样。女明星如果没有绯闻,那就不叫女明星。有了绯闻,新闻就不再是新闻。俞鸿也是有家室的人,有儿有女,离过一次婚,这次为了娶秀兰,又一次断然离婚。他的第二任太太出身于南洋富商,当初不远万里来南京与俞鸿同居,挤走了前面的正房夫人,为他又生了一儿一女。没想到前后也就十年时间,相同的一幕戏再次上演,俞鸿又一次婚变,又一次狠心地抛妻别子。

按照秀兰的意思,她与俞鸿结婚,也应该像希俨与碧如那样,像绍彭与护士小周那样,在报纸上登一则广告。当时,在报纸上刊登结婚广告是很时髦的事。然而俞鸿不同意,理由是现在的小报记者都很无聊;某些记者已被当局收买了,为了攻击那些思想左倾的文化名人,专门写些接近黄色的下流文章。这一年俞鸿已五十多岁,究竟五十几,还真有些说不清楚。他的名声很大,首都南京最著名的剧作家,写的话剧和电影剧本,有一部便走红一部。这段时期被称作"红色的三十年代",当时的文化人普遍思想左倾,左倾是进步的标志,是时代的特征,不只中国是这样,苏俄是这样,整个欧美的文艺思潮,都是这样。

俞鸿曾经有一度被怀疑是共产党。走红归走红,票房的号召力再高,却不止一次进入当局的黑名单。首都影业公司决定拍摄《秦淮河畔》续集,剧本仍然由俞鸿来撰写。当年拍摄《秦淮河畔》,秀兰只是配角,她的戏都是导演临时增加的,而且还是默片,是一部无声电影。这一次,秀兰要成为当仁不让的主角,女一号,戏份必须全面围绕她来展开。男主角也换了,是位在上海名噪一时的男演员。为了这部戏,为了秀兰,俞鸿煞费苦心,经常与她抱怨,说自己的强项是擅长写男人戏,说自己笔下的男人,总是可以写得生龙活虎,总是可以写得栩栩如生,可以让观众魂牵梦绕,尤其是能打动那些女观众的芳心。这次要为她写戏，实在是一件苦差事。他写戏一向很快，加班加点，开几个夜车便能够完成，偏偏这一次是例外，灵感迟迟不来，匆匆写了个初稿，怎么看都不能满意。

既然是续集，当然还得沿着当初的故事线索走。原来的情节是反对封建包办婚姻，男主角因为爱情失意，因为门不当户不对，愤而去广州参加革命，然后随着北伐革命军一起回到南京。革命加恋爱再加上迷惘是故事的核心。这时候从表面上看，革命已成功了，他所心爱的女人，早已嫁给了一个富商。富商对她始乱终弃，她过着醉生梦死的生活；到了故事结尾，年轻人与自己所爱的女人，又一次在秦淮河畔相遇，两人无言以对，不知道国家命运会怎么样，看不到个人前途在哪里。《秦淮河畔》续集就是从这个结尾开始，以男女主角在秦淮河边的再次相遇为起点，展开故事情节。

俞鸿编的故事总是有些传奇。在秀兰看来，其中最特别的一个情节，是她所扮演的女主角，因为寂寞，因为内心的苦闷，抽起了鸦片。这个情节很突兀，一个人抽了鸦片是要上瘾的。女主角遭受丈夫迫害，差一点要被他卖到妓院，没想到丈夫会突然暴毙，结果万贯家产全落到了她手上，她变成了一个富婆。这个情节很突兀，却是俞鸿自认为最得意的一笔，男主角本来只是要拯救女主角,要把她从一个坏丈夫手里解放出来,坏丈夫死了,原来的故事失去了方向,新的矛盾就产生了,又有了新的戏剧冲突,男主角现在究竟是更爱女主角这个人,还是更爱她的钱?为了表明自己是真爱,男主角试图让女主角戒毒,女主角不肯戒,他就跟她一起吸。

男主角和女主角一样,也开始沉沦,他们用鸦片来麻醉自己。就在这时候,东北沦陷了,看到逃亡到南京来请愿的难民,他们深受震动,明白了亡国的危险;而报纸上的一则报道,更让他们觉得不能再这样沉沦下去。报道称郊区两个村子的农民,多少年来为了争夺水源,经常打架械斗,终于有一天,大家意识到日本人就要来了,不能再争了,要团结起来一致对外。男主角首先清醒过来,连没文化的农民都知道爱国,都知道要做亡国奴的危险,他们怎么可以继续沉醉在鸦片的迷雾中?年轻人一定要振作起来,年轻人必须要振作起来,男主角帮助女主角戒掉了鸦片,他们走上街头,为淞沪"一·二八"抗日将士募捐。电影结尾处,男主毅然放弃已获得的幸福生活,再一次与女主角十分缠绵地告别,不过这一次,他心中的目标已经非常明确,已经不再迷惘,这就是要去北方参加抗日义勇军。

俞鸿带领着剧组到南京郊区去体验生活,目的是要感受一下农村现状,了解农民的生活状态。为了能够顺利拍摄,为了能够通过当局的审查，也为了能有时代气息，俞鸿必须在自己的剧本中，添加有关新生活运动的内容，要表现新生活运动的成果。同时，"抗日"还是个敏感词，要有所控制，要掌握好尺度，尽管大家都知道政府迟早要和日本人干上一仗，但为了不得罪"友邦"，在宣传口径上，在用词方面，不得不忍辱负重，不得不玩文字游戏，把"日本鬼子"改成"敌人"。正是秋高气爽好季节，到农村体验生活，事实上成了一次十分特殊的郊游。江南佳丽地，金陵帝王洲，南京近郊有很多风景名胜，俞鸿是读书人，尤其熟悉南京的历史，知道的事也多，各种各样的掌故脱口就来。

他们这一行十多人，骑着自行车下乡了。秀兰与俞鸿不会骑车，一路都由别人驮着。乡间路不好走，遇到难走的地方，便下车推着前进。一路上，还带着一台手摇唱机，休息时用来放音乐。有一个年轻人叫李大新，学化学的大学毕业生，是业余剧团的骨干，老家就在燕子矶附近，离市区已经很远。根据新的首都计划，还是从原先的江宁县分割出来，划归为南京市区第九区。那时候市区是按照数字号码编号的。李大新家所在的那个李村很大，是他们此行下乡的目的地。江宁县因为紧挨着首都，被评为全国新生活运动中的模范县，而李村又是模范中的模范，样板中的样板，报纸上经常报道，经常有人前去参观。

当地村民对他们一行的来访，并不感到吃惊，唯一觉得有些新奇的是那台手摇唱机。村子还没通电，还靠点煤油灯来照明，天黑了，空地上升起篝火，年轻人聚集在一起，手摇唱机反复播放一张当时很时髦的爵士音乐唱片。大家也不懂什么叫爵士，反正知道是从美国过来的，属于资本主义的腐朽玩意儿，既觉得好听，又难免望文生义，看到了那个"爵"字，很自然地联想到了爵位，联想到了贵族，联想到了欧美的上层社会。俞鸿老夫聊发少年狂，带头跳起舞来，拉着秀兰，围着篝火转圈子。他只是胆子大，其实也不怎么会跳，所谓跳，也就是跟着音乐节拍走路，因为高度近视，秀兰不得不时时为他引路，免得撞到别人，或者跌到篝火里。其他的年轻人在他鼓舞下，也跟着乱跳，真会跳舞的也不多，能玩个高兴就好。当地农民在一旁看热闹，哈哈大笑，有胆大的年轻人，也在原地模仿着做几个跳舞动作。

前后足足在李村待了一个星期，晚上分别住在农民家，打地铺，地上铺一层厚厚的稻草就是床。几个女的住在一户比较富裕的人家，借了两床被子。秀兰是要演女主角的，又是电影明星，一个人盖一条被子，另外两人合盖一条。俞鸿的待遇最好，他用不着睡地铺，专门为他腾出了一间房间，有一张很好的宁式大红木床，新被子新垫褥。房主人的儿子新婚不久，因为好客，空出来让他睡觉。正是在这一个星期里，俞鸿开始了对秀兰的疯狂追求，借着要跟她说戏，一次次地找她谈话。

李村村口有一对六朝时期的石狮子，很大，还有一些别的石刻。当地农民也不管它们是什么文物，平时根本不把它当个东西，洗了衣服都搁在上面晒。秀兰他们一行人到了这里，洗了衣服没地方晾，也学着当地人的样子，把女人的衣服铺在石刻上晾晒。城里人衣服免不了花花绿绿，尤其是那些内衣，短裤袜子之类，与乡下人完全不一样，结果很多人都跑过去看热闹。石狮子的学名叫辟邪，是一种放在古墓前的神兽，距今已有一千五百年历史。俞鸿特别跟大家强调，在他们要拍摄的电影中，一定要把这些辟邪放在镜头里，因为这些古老的玩意儿，既有厚重历史，又非常好看，完全可以与古希腊古罗马的雕塑相媲美。

秀兰他们为当地的农民表演了一段话剧，新编的独幕剧，根据两个村子争夺水源的故事改编。乡下人看了似懂非懂，说过去都叫唱戏，拉开了嗓子就唱，台上有人唱，台下有人听，看戏其实是听戏；现在不唱了，也就听不了戏，只能是看，只能看个热闹，是不是以后的戏都不用唱了。秀兰他们就跟乡民解释，解释什么叫话剧，乡民也不想听解释，心里还是觉得看戏听不到唱，不够过瘾。不管怎么样，宣传抗日的效果是达到了，大家对抗日的热情很高，并不把日本人的侵略当回事，说小日本有种他就过来，真要来了，我们就跟他们拼。他们武器好又怎么样，我们不怕死，跟他们白刀子进，红刀子出，一个换一个。再说我们人多，大不了两个换一个，再不行，三个人换一个，我们才不怕他们呢。

乡里早就组织了自卫队，平时也曾出操训练过，没有枪，便用削尖的木棍先代替。这次还专门表演给秀兰他们看，都是些年轻健壮的乡民，虽然有些幼稚和天真，表演最基本的队形练习，喊口号，做刺杀动作，一个个都很当回事，都很当真，没有半点敷衍的意思。保长告诉俞鸿，自卫队都是天刚亮就起来练习，练习完了，再各自回去干农活，附近的部队还专门派过一名年轻军官过来指导。俞鸿听了很激动，觉得此次下乡很有收获，说民心可用，民心必须用；中国的民众只要真正组织起来，就将证明是不可被战胜的。保长是一位和蔼的中年人，脸上已有了深深的皱纹，无论俞鸿说什么，都是很诚恳地点头。

俞鸿的大胆表白让秀兰很忐忑。作为一个有经验的过来人，他既能做到在私下里直截了当，一下子就把该说的话都挑明了，又可以在众人面前装作若无其事，好像什么也没有发生。反倒是秀兰表现得局促不安，不知道自己应该怎样面对，动不动就脸红，就手足无措，害怕别人会知道。现如今的她再也不是当年那个天真的小姑娘，也算是见过不少世面，也算是经历过风风雨雨。一开始，秀兰尽可能地装作听不懂俞鸿的话，故意把他的那些表白，当作是在开玩笑，是在跟她说戏，是要写的戏里人物在表演。大家都有些半真半假，都真戏假做，都假戏真做。没想到此次下乡活动就要结束的时候，俞鸿突然放出大招，他将一行人都召集了起来，非常严肃地宣布：

"今天在座的都是见证人，你们都要给我作证，我俞鸿十分认真地向秀兰女士求婚了。老天爷高高在上，我向诸位保证，俞鸿一定会对秀兰好，我会永远把她当作自己最心爱的女神。"

3

秀兰与俞鸿的结婚日，定在1936年12月12日，婚宴安排在一年前才开业的福昌饭店，谈不上有多隆重，当然也不能太马虎。首都影业公司倪老板送了个硕大的花篮，秀兰的干爹李元老全程参加，并作了一番语重心长的讲话。大致意思是女大当嫁，秀兰虽然是他干女儿，这些年来，一直都把她当作亲生女儿看待，俞鸿今天既然有这个福分娶了秀兰，就一定要对她好，必须对她好，千万不能辜负她。一条拼接起来的长桌，新郎和新娘坐在最顶端。秀兰的亲爹吴有贵参加了女儿的宴会，吃的是西餐，轮不到有他说话的机会，坐在那儿，刀叉也不怎么会用，烟一支接一支抽，酒一杯接一杯喝，不停地给自己加酒，宴会还没结束，已经先喝醉了，不得不专门派一个人送他回去。

没人会想到这一天会出大事，没人想到这一天会发生震惊中外的西安事变。婚宴快结束，李元老的秘书小田匆匆赶过来，伏在他耳边轻轻地说着什么。李元老听不清楚，说你大声一点，到底怎么回事。小田只好扯嗓门，大声地在他耳边喊了一句：

"在西安，蒋委员长——被张学良和杨虎城给扣押了！"

李元老终于弄明白了，当即就拍了桌子，很生气地骂了一句："真是胡闹！堂堂国家元首，怎么可以说扣押就扣押，胆子也太大了。"

这以后，整个南京城乱作一团，都说要打仗了，天下又要大乱，中央军已经集结，正在往西北方向开拔。报纸上一片声的通电抗议，有些身份的人都站出来说话，各行各业的人都在谴责张学良和杨虎城，视张杨为"逆贼"。但是大学里也有人起哄，说西安的大学生上街游行，要求蒋委员长出兵抗日，结果老蒋手下的卫兵大开杀戒，打死了许多爱国的大学生，于是惹火了张学良和杨虎城，一生气就把委员长给抓了。因此南京的大学生们正在酝酿，也准备要游行示威，要声援西安，支持张杨。

希俨所在的政府机关大有瘫痪之势，谁也不知道事态会如何发展。头儿们都开会去了，一个会接着一个会开，不靠谱的消息也一个接着一个。机关里的同事心态不一，都觉得这既是个事，又不是个事，离自己说远不远，说近不近。要说远，西安远在西北，自己也就是个小公务员，做吏办事，给多少俸禄干多少活，打仗也好，不打仗也好，其实也没多大关系。要说近，首都的各政府机关紧靠中央，蒋委员长一出事，也就是中央出了事；中央出了事，天下就可能大乱，就必然大乱，首都就完全可能不再是首都。过去这些年，南京沾了首善之都的光，城市变化很大。此时此刻，天下还谈不上统一，内乱也没完全消除，外患一天比一天严重，毕竟国家形势还是朝着好的方向在发展。

好在混乱局面也不过就持续了十多天。一开始，天天有蒋委员长被杀的传闻，大家都提心吊胆。后来形势开始逐步好转，和平解决似乎已成共识，宋美龄离开南京去西安看望委员长，再后来，到了圣诞节那天，在张学良陪同下，蒋委员长离开西安飞往洛阳。消息传出，"举国狂欢，爆竹声彻夜不绝"。第二天中午12时15分，蒋的飞机从洛阳飞抵明故宫机场，南京市民夹道欢迎。抵达南京的第二天，各地纷纷举行蒋委员长脱险大会，庆贺国家躲过了一次劫难。

局势不平，人心思定。蒋介石回到南京，立刻通电海内外，对此次事变深自引咎，同时也发表了在西安对张学良杨虎城的训话。12月31日，西安事变和平解决一周，张学良陪同委员长返回南京的第五天，最高军事委员会审讯张学良，判处有期徒刑十年，褫夺公权五年。名义上这么判了，蒋介石又站出来做好人，呈请国府予以特赦，让其戴罪图功，努力自赎。

263

转眼到1937年的2月11日，风和日丽，这一天是丁丑年春节。秀兰主演的《秦淮河畔》续集正式投入拍摄，报纸上不时会有花边新闻。因为提倡新生活运动，当局废除了过农历春节，政府各机关都不允许放假，都要上班。商家店铺也不许关门。南京人向来大大咧咧，尤其是老百姓，很多事不是你说不允许就不允许，总会想办法来对抗。一家酒馆门口赫然贴着告示："修理锅炉，休业三天"。类似告示随处可见，"整理内部，休业三天"，"清理账目，休业五天"，好像都是统一的口径。远远过来一名警察，用警棍敲打紧锁的店铺大门，敲半天没反应，又去敲下一家。敲了一家又一家，终于听见有动静，吃准了里面有人，接着使劲敲。里面的人越是不理睬，警察越是恼火，越是不达目的誓不罢休。

终于有人开了门出来，一副怒气冲冲的样子。警察问为什么今天不营业，那人说我自己开的店，想盘点，关你鸟事。警察说平时可以，今天就不可以。那人怒不可遏，说别仗着你是警察，老子才不在乎你呢，快给我滚，要不然什么难听的话，我都能骂出来。警察一向都是欺软怕硬，见到这种刁民也无可奈何，扭头要走。这时候，对门冒出来一群小孩，点着一个爆竹，朝警察扔过来。警察吓了一大跳，赶紧抱住脑袋，然后回头要捉那些小孩，嘴里还在嚷嚷：

"老子马上把你们逮派出所去，说好不许过年，不许放炮仗，你们他妈的还放。"

小孩子也不怕警察,你点一个,我扔一个,警察追过来就跑,警察不追了,便用点着的爆竹捉弄警察。警察脸上做出要发急的模样,并不是真的发急,毕竟大过年的,犯不着与孩子们去计较。这一幕恰巧都落在去上班的希俨眼里,觉得挺好笑,到机关正想说给同事张听,西装笔挺的同事张先对他拱了拱手,说:

"总算还让我也见到一个穿西装的,不容易,真不容易。"

希俨想不明白为什么,连忙问:"穿西装又怎么了?"

同事张笑着说:"侯处难道忘了,几个月前,市府会议不是做过一决议,月薪八十元以上的公务员,都必须添京缎漳绒或建绒马褂一件,听说行政院后来也有过此动议。今天这日子,大过年的,自然应该是长袍马褂,像你我这样穿着西装,是不是显得有些特别。"

希俨恍然大悟,说:"我说今天怎么一个个都把长袍马褂穿了起来,对了,你一说,我也想起来了,来上班的这一路,店都打烊了,想买包烟都买不了。"

同事张是个话痨子,一旦开口就停不下来,说不瞒你个侯处,我也一样,响应国府号召,也真把春节这事给忘了;眼见着到处都打烊,心里就觉得奇怪,就纳闷了,难道又是国难纪念日?大家都休业一天,纪念山海关或者别的什么地方失陷。仔细想想,不对呀,

266

好像没这些事呀,怎么一点动静都没有,也没人喊口号,也没人游行演讲,更没看到有人贴标语,散传单。我这心里又想,市府不是规定了,不许罢市吗,既然是不许,那大概只能悄悄地进行。可是悄悄地进行,悄悄地做,那还有个什么意思。有些事大家都明白,你要么别做,要做,图的就是一个影响,图的就是一个热闹,就是要有声势,就是要有动静。直到后来才突然想明白,原来是过年,是过春节。

他们的办公室正对着外面过道,说话间,透过玻璃窗,不时有人经过。两位穿长袍马褂的公务员在过道上相遇,互相握手招呼,很热烈的样子。同事张摇了摇头,继续说下去,笑着说我觉得这长袍马褂,要么别穿,要穿的话,见面就应该是作揖;穿了长袍马褂再来这新式的握手,多少有些滑稽。当然,像你我这样,穿着西装再作揖,恐怕也是不太合适。希俨早已习惯他的唠叨,也不打断他,任由他说下去。今天既然过年,显然来上班也不会有什么正事要干,大家无非是应个卯。这位同事张说起来也是位名门贵胄,大学毕业好几年了,整天吊儿郎当,在办公室里混日子。说着说着,他的话锋便从长袍马褂,过渡到了当下的形势,大谈蒋委员长的种种传闻,说蒋的个人威望,因为西安事变,有了怎么样的提高。最后又说起自己新买的一辆雪佛莱汽车。一说到这话题,就显得非常兴奋,他告诉希俨买这辆车非常划算,如果是现在转手卖给别人,立刻可以赚到多少钱。

　　同事张滔滔不绝，希俨基本上插不上什么嘴，到中午休息，主动提出来要开车带他上街去找吃的，顺便也兜兜风。从三山街到新街口，再绕到太平路，因为是小汽车，很快就转了一大圈。街上人不多，也就太平路那一段有些热闹。他们将车在附近停下，选了一家叫"小上海"的面馆，一人吃了碗小煮面。吃完面条出来，准备去停放的汽车那里，却看见一队童子军正在街头搞活动。有几个孩子看上去眼熟，走近一看，发现是冯焕庭家的两个孩子，一个是冯的大女儿锦绣，一个是丽君的儿子泉忠，还有是瑞麟家的大女儿杨杨。他们身着童子军服装，一手拎着小木箱子，一手拿着根木棍，正对着行人说着什么，不由得便停下步来。

　　这时候，一个衣衫不整的路人叼着香烟，哼着小曲走了过来，挤进人群看热闹。希俨看见杨杨一扭头，招呼身边的泉忠。两个孩子耳语了一句，便向那个衣衫不整的路人走过去，拦住了他，用手中的木棍指着，奶声奶气地喊了一声：

　　"喂，先生，你站住。"

　　衣衫不整的路人一怔："怎么了？"

　　希俨看见泉忠放下手中的小木盒子，站了上去，从那衣衫不整的路人嘴上拔下香烟，说不许在公共场所这么抽烟，又帮他将帽子戴正，说这样不文明，知道不知道，帽子是不可以歪戴的。看热闹

267

的市民嘻嘻哈哈地围了过来,在众目睽睽之下,那个路人让小孩子这么一整束,有点下不了台,说这事真叫是新鲜了,老子凭什么要你管呢。一旁的杨杨立刻喊起来,说不许说粗话,讲话要文明,讲话要有礼貌。她因为是混血儿,金发碧眼,长得就是一个外国人模样,一开口又是地道的南京话,大家都觉得很新奇。泉忠还要帮那路人扣胸前的纽扣,嘴里很严肃地嘀咕着,说这儿的扣子,也应该扣上。被整束的那位路人哭笑不得,说好吧,你干脆都给我扣上吧;都扣上,我再也不解开了,连睡觉也不解开。

观众都笑起来。同事张叹着气对希俨说:"看这新生活运动闹的,童子军一个个都成宪兵了。"

"可不是,你不要说,这些童子军,有时候真比宪兵还厉害,还要起劲。"希俨与同事张上了车,心里也觉得可笑。现在孩子都是这样,他自己有三个孩子,两个还小,老大在家也是这身童子军打扮,说话动不动就这腔调。同事张一路开车,又开始滔滔不绝,从童子军说到新生活运动,又从新生活运动说到西安事变,从西安事变说到不随地吐痰,说中国人最难改的就是这个随地吐痰,说他天天去六凤居吃早点,总会看到有人在地上吐痰。墙上贴着爱国卫生的标语,一点作用都没有,角落里放个痰盂也没用,大家还是老样子,随时随地都可以吐痰擤鼻涕。说着说着,同事张自己的喉咙口也痒了,忍不住咳了一下,冲车窗外吐了一口浓痰。

4

总理逝世纪念日后第二天,是薇堂老人的寿辰。也不知道老人家心里怎么盘算,不愿意在自家过,不愿意让儿子操办,一定要在嫁出去的女儿家过生日。李元老和俞鸿都被叫去喝酒,碧如和希俨本来准备在外面请老父亲吃一顿,南京有好几家新开的馆子,都说味道很不错,薇堂老人也十分乐意,快到日子,却突然改变主意,非要在女儿家吃。说是自己测算过了,他这个生日要避寿,不能太张扬。在女儿家聚会,喊上一两个老朋友一起喝喝酒,意思到了就可以。因此一再关照,到日子吃个便饭,喝点小酒,不许提祝寿这事。

碧如请了水西门田厨行老板亲自过来做菜。田老板的手艺一向得到薇堂老人赏识,老人家不愿意去外面,只好把厨子请家里来。俞鸿带了瓶美国威士忌,薇堂老人和李元老不喜欢洋酒,结果这瓶威士忌基本上俞鸿一个人给喝了。因为新娶了秀兰,精神焕发,他酒量未减,反倒有些增加。与李元老的关系也变了,秀兰是李的干女儿,这身份立刻小一辈儿。酒喝到一半,开始有了醉意,俞鸿便嚷着下次他做东，到他家里去喝酒，他这做干女婿的，正好也可以表示表示。

薇堂老人说："什么叫干女婿？女婿就是女婿，干女婿这几个字，我听着别扭。"

李元老表示赞同，叹气说："我那闺女怎么会嫁给你的，真是一朵鲜花插在了牛粪上。"

希俨负责陪着一起喝酒，听了这话，忍不住要笑。俞鸿也笑，对薇堂老人说自己确实是坨牛粪，配不上秀兰，也不能与他那位乘龙快婿相比，说有希俨这样的好女婿，真要比养儿子还管用。这一天正好星期日，阳光灿烂，干脆把吃饭桌搬到了院子里，一边晒太阳，一边喝酒。孩子们都在，碧如家就已经有了三个，隔壁丽君带来五个，瑞麟的洋媳妇卡蜜拉带来四个，院子里大呼小叫，成了叽叽喳喳的儿童乐园。俞鸿也分不清这些孩子，眼睛直直地盯着岁数最大的锦绣看，问希俨这孩子是谁呀，日后长大了肯定是个美人儿。希俨不知道问的是谁，俞鸿就用手点了点，说个子最高穿着红毛衣的。孩子们在院子里踢毽子，一个个满头大汗，锦绣人最大，踢得自然也是最好，因为太热，脸上红通通的，脱去了外面棉袄，穿着一件已显小的紧身毛线衣，开始发育的胸前高高地鼓起来。希俨便对俞鸿解释，告诉他锦绣是谁。俞鸿听了恍然大悟，连连点头，他是高度近视，眼镜片后面凸出的眼珠子瞪得多大，紧紧盯着锦绣的胸前。

说着说着,就谈起了政治,说起了当前的形势。俞鸿回过头来向李元老请教,说你老先生身居高位,虽然已退休了,但与中枢的高层多有来往,现如今的这个形势,究竟是好呢,还是不太好?他这话刚说完,希俨也紧接着追问了一句,很希望能知道一些上层的内幕消息,外面传言很多,也不知道真假。李元老捻了捻胡须,对形势做出了很乐观的评价,说经过西安事变这么闹腾一下,本来是件坏事,反倒突然变成了好事。中共方面已做出了四项保证,答应不再搞什么武装暴动,他们的军队也要改名为国民革命军,直接受中央政府指导。中共方面领导人周恩来已经来南京谈判,过来落实一些具体事情。本来嘛,大家都中国人,都自己人,打过来打过去的,有个什么意思。

薇堂老人不太相信,摇了摇头,很不屑地说:"共党难道从此就真会听政府的话了?"

俞鸿也不相信,冷笑着说:"老先生不相信共产党,我还不相信中央政府呢!这个中央政府,又是什么时候说话算过话。看看报纸上都是怎么写的,'共产党人,输诚受命',过去是武力剿共,现在好了,是和平剿共,杀人不见血。你一方面要人家共党听你中央政府的,另一方面,你那个什么三中全会,又还要通过'根绝赤祸案',这是什么意思?不是还是要打仗,还是要跟共产党干吗？"

李元老说："不是要跟共产党干，是要统一军令，要统一政权，停止赤化宣传，停止阶级斗争。"

俞鸿说："说到底，还是'攘外必先安内'，还是这一套。"

李元老说："攘外确实必须先安内。"

"怎么个安内？把共党都灭了，天下就太平了，就可以攘外了？"俞鸿有些不满地问李元老，"那么抗日呢？我忍不住要问一句，这个小日本还要不要打？"

李元老说："对于日本人，我的观点从来都是'抗日不排日'。什么叫不排日呢？这个我在对高层谈话时，就明确表明过这态度，他们听得进也罢，听不进也罢，该说的话，我还是要说。说句老实话，日本自明治维新以来，哪一样不比中国强。抗日是什么，抗日就是你若要打我，我是要和你对打的，太欺负人这就不对了。不排日是什么，就是要虚心，要好好地向日本人学，不要忘了，自晚清以来，我们的那点进步，都是学了人家小日本的缘故。"

薇堂老人不吭声。他老人家对政治不感兴趣，对当下的形势也不想了解。俞鸿有些听不下去，略带嘲讽地说：

"你倒不怕别人说你汉奸。"

李元老听了有些恼怒，希俨注意到他手上捻胡须的速度明显在加快，越来越快，嘴唇开始蠕动，眼看着就要发作，心里想今天这日子，应该以和为贵，便打算扯开话题，搁置争论，沿着此前刚谈过的国共合作，与李元老讨论一下绍彭的事情。一转眼，绍彭在监狱待了也有几年，现在中央政府如果想表达诚意，那么也至少应该考虑释放绍彭这样的政治犯，起码是可以考虑一下减刑。话还没有说出来，憋了一会儿的李元老已开始发作。他冷笑了两声，满脸鄙视地看着俞鸿，十分不屑地说：

"现在有些人，动不动指责别人汉奸，就像你俞先生一样，实不知说人为奸者，自己很可能也是，很可能就是真价实货的汉奸。你们这些人都一个毛病，动辄喜欢说别人卖国，偌大一个国家，又岂是你等草民想卖，就能轻易给卖掉的？当年中山先生为了推翻大清，背后便有日本人在悄悄支持，后来在广州护法，又有苏俄的密谋策划，这些事情，也可以说是众所周知。当然签的那些密约，那些个条款，可能很多人并不知晓，中山先生这么做了，你们为什么不说话，为什么？不错，我李某人一向不太赞成共产党的做法，尤其是在今天，凭什么，就是为了背后有苏联在支持。"

天气说暖和就暖和起来，院子里的花花草草，显得生机勃勃。梅花已经谢了，桃花正盛开，海棠正盛开。碧如家紧挨着丽君家，两家院子只隔着一道围墙，结果丽君家的一棵杏子树，开了满树红花，很多枝叶都伸到这边院子里来。丽君不仅把自家孩子都带了过来，她家养的一条德国牧羊犬也一起跟过来。好在这些孩子平时在一起玩惯了，与这条狗也熟悉，孩子们院子里跑来跑去，它也跟着到处乱窜。眼见着酒也喝得差不多，碧如招呼开饭了，把孩子们召集在一起，院子里临时现搭了一张长桌，大大小小的孩子都挤在一起吃饭，一边吃，一边继续闹。卡蜜拉的南京话越讲越顺溜，她和丽君还有碧如三位大人负责照顾孩子，希俨则继续陪三位长者喝酒。

喝到最后，厨行田老板出来与主人见面，询问对今天菜肴是否满意，还有什么可以改进的意见。薇堂老人便让李元老和俞鸿表态，两人都说非常不错，尤其是一盘爆炒腰花做得好，出神入化。一道看上去很平常的菜，从田老板手上出来，味道就已经完全不一样。希俨邀请田老板一起喝一杯，田老板端起酒杯，说那我先敬老太爷一杯酒，祝老人家身体好，永远结结实实，其他的话就不说了。他显然是被事先关照过的，明知今天是寿诞，菜肴也是按照寿宴的规矩准备，却故意不提"祝寿"两个字。

三位女士一边照顾孩子，一边聊天。丽君是妇女促进会的会长，经常在外面抛头露面，自然是她的话最多。话题不知不觉到了时装上面，市社会局同首都警察厅根据内政部的规定，新近拟定了妇女着装标准。在这个标准正式出台之前，送了些照片到妇女促进会，希望能够听听妇女界意见。丽君对那些服装很不满意，没有照片又说不清楚，便让锦绣回去拿，反正就在隔壁，去拿一下也很快。果然，锦绣跑步去取，转眼工夫，拿着一个装照片的信封回来了。丽君让碧如和卡蜜拉看照片，说他们那些男人聚在一起，要么就是说不完的国家大事，动不动抗日救亡，动不动攘外安内，然后呢，还要操心我们这些夫人和太太穿什么衣服，穿什么衣服才合适，真是操心操得也太多了。

丽君一本正经地说："来，我先给你们念几条标准，你们听听，滑稽不滑稽。这是第一条，'衣服分长袍短衣两种，其长短大小标准为，长袍长度，不得拖靠脚背；衣领高度，不得接靠颚骨；袖子最短须齐肘关节；长袍左右开衩须接近膝盖，短衣左右开衩须不见裤腰；凡着短衣者均须着裙，不着裙者，上衣须遮臀部；胸腰臀部不得绷紧；裤长裙长均须过膝；不得露腿赤足，但从事体力劳动者，不在此限——'我还要念吗，还要念下去吗？真是念不下去了。"

碧如笑着说："确实有一些滑稽，说这么多，都记不住。"

卡蜜拉不太明白，问什么叫"胸腰臀部不得绷紧"。丽君用中文说了半天，还做手势，仍然说不清楚，便用法文解释，这一解释，卡蜜拉懂了，连声问为什么，为什么要这样说，难道这样不好看吗？碧如笑卡蜜拉天真，笑她不懂中国国情，说你眼里的好看，放在有些男人眼里，就是有伤风化。

卡蜜拉问："什么叫有伤风化？"

碧如笑着说："这个'有伤风化'，恐怕只有瑞麟哥才能跟你解释清楚了。"

正说着，希俨过来了，说你们一个个说得如此热闹，这是在讨论什么呢。丽君说你来得正好，赶快给卡蜜拉解释一下，什么叫"有伤风化"？你们家碧如让卡蜜拉回家问瑞麟，我看用不着了，问你也一样，你就跟她解释一下。希俨觉得莫名其妙，看看碧如，又看看卡蜜拉，不知道说什么好。碧如笑着说你别听表姐瞎掰，她这是拿你开玩笑呢。卡蜜拉就说，好了好了，我已经知道是什么意思；你们都这样说笑，都这样笑话，肯定是一个不好的词，我也不问了，我不想知道了。有伤风化的意思，就是不太好的意思，就是女人不应该这样那样，是不是？

转眼间，孩子们差不多都已经吃完了，嘻嘻哈哈继续去玩游戏，桌子上杯盘狼藉，两个佣人过来收拾。碧如站在桌子旁边，将吃剩下来的肉骨头捞出来，兴致勃勃地喂狗，一边喂，一边逗它。那条德国牧羊犬的胃口实在是好，喂什么吃什么，喂多少都能吃下去。丽君注意到希俨的目光老对着自己打转，觉得他有话要说，便主动问他，说你跑到我们这边来干什么，是有话要对我说呢，还是有话要跟你老婆说？希俨便说表姐既然问，那我就不妨冒昧地问一句，就是想问绍彭的事，能不能有一点转机。表姐是不是回去和姐夫说一声,打个招呼,现在国共双方准备要和平共处,要枪口一致对外,看看能不能把绍彭给放出来。

丽君一怔,说:"你跟我说这个有什么用?"

丽君脸色立刻不太好看。希俨注意到她的嘴角歪了一下,显然不太喜欢这话题。她对着希俨翻了个白眼,冷笑起来,目光转向碧如,话中有话地来了一句:

"你男人倒是蛮有意思,还真是有情有义。他为什么对那个绍彭,总会念念不忘。"

直到丽君离去,希俨才从碧如那里弄明白她为什么会不高兴,为什么会闷闷不乐。原来丽君的不高兴,并不是因为希俨提到了绍彭,而是要让她回去向冯焕庭求助。碧如告诉希俨,这段时间,冯焕庭已经引咎辞职,表姐丽君与他之间闹得很僵,正在考虑是不是要离婚。希俨没想到事情会这样,便向碧如打听原委。碧如说这事看似简单,说起来很复杂,情节十分曲折,有着太多花样,三言两语还真说不清楚。简单地说,就是冯焕庭卷入到了一个扯不清的风流事件中,而这个引起街谈巷议的风流事件,又牵涉到了最近轰动南京的贺氏父子汉奸案。小报上得到了消息,穷追猛打,添油加醋,弄得冯焕庭狼狈不堪,声名扫地。

要说冯焕庭与贺太太的关系,断断续续已经好几年,确实也不是什么光彩的事,都是因为人性的弱点。那贺太太方面,总觉得冯焕庭这样的男人，有权又有势，可以是个很不错的靠山。加上自己男人年老体衰，冯焕庭身强力壮，人长得也英武，有了这样的对比，自然是要抓住不放。她还有个年轻美貌的女儿阿红，虽然是贺先生的骨肉，但可能因为出生在妓院的缘故，贺先生对她总是喜欢不起来，总是有些不太相信她是自己的亲闺女。偏偏这阿红又有些缺心眼，小姐的身份，丫环的命，读书根本读不进去；嫁男人吧，一时也嫁不掉，高攀不上，低又绝对不肯将就，一来二去，反倒让冯焕庭先得了手。女人傻起来是没有底的，这母女俩天生一对，老的觉得冯可能要厌倦自己，便不惜贡献出自己的女儿。小的觉得老妈也不拦着，那就走一步是一步，反正她还年轻，想玩就玩，前面的路长着呢。

有一段时间，冯焕庭色迷心窍，深陷在温柔乡里不能自拔。他知道这样不太好，知道这样十分堕落，有违人伦，这样下去会非常危险，与新生活运动的要求相去甚远。他也知道，更麻烦的是贺氏父子与敌国真有勾结，他们真是日本人的间谍。想当年，冯焕庭不过是利用贺氏父子的间谍嫌疑，半真半假地与贺太太做成了好事，没想到弄假成真，本来还不靠谱的间谍嫌疑，最后竟然完全落实了。警察厅里有一个部门，专门负责间谍案件。贺太太丈夫在行政院的机要室上班，他起草的文件文字很好，深得做了多年行政院长的汪精卫喜欢。现如今，行政院长一职已由蒋介石兼任，汪过去的老班底还在，贺先生仍然能接触到一些重要的文件。他偷偷将这些文件抄录下来，让自己儿子仪祉交给日本人。

贺氏父子汉奸案在1936年底就已经东窗事发，如何处置，很让当局头痛。本来他们也不是什么了不得的间谍人才，无非是被金钱和美色拖下水，只是不得已而强为之。有关部门对贺氏父子的不轨行为，早就有所察觉。他们一举一动，在过去几年中，一直都处于监视状态。要不要缉捕贺氏父子，当局有过几种不同意见，一种是认为不要打草惊蛇，可以通过贺氏父子，向日方提供一些没价值的真情报，提供一些能够迷惑敌方的假情报。事情越来越明朗清晰，很快就纸包不住火。首都警察厅迟迟不收网抓鱼，力行社特务处那边便先下了手，不管三七二十一，先抓人，而且还让小报记者得到消息。

这样一来，冯焕庭便深深地陷入了被动，一手好牌全让他给打坏了。首先是公私不分，尽管冯焕庭一再强调，他的下属也可以作证，公是公，私是私，自己只不过是私德有瑕，公心却无亏。贺氏父子所进行的种种间谍活动，始终牢牢掌握在警方手中，我方所获得的利益远远大于损失。随着中日对抗加剧，汉奸的破坏活动越来越猖獗，正所谓愈演愈烈。冯焕庭从来就没有过庇护贺氏父子的意思，但是民众绝对不会相信他的清白。冯焕庭身为警察头子，淫人妻女，仅此一条罪名，足以让他吃不了兜着走。无论什么样的洗地，无论多么堂而皇之的解释,冯焕庭干的那些事,都不能放到桌面上来,都不能成为无耻行为的借口。媒体对这件事紧追不放,丽君也不可能不大闹,贺太太母女也不可能善罢甘休,他百口莫辩,最后只能引咎辞职。

虎贲之师

1

转眼间,锦绣已是名中学生,虽然不是丽君生养,但她与继母的关系一向都很融洽。丽君外表上是个女强人,喜欢抛头露面,好出风头,凡事都想做主,却多少也有些外强中干。冯焕庭说是引咎辞职,其实只是暂时停职,赋闲在家反思。丽君有些话没办法跟别人说,只好跟继女抱怨,骂冯焕庭无耻,恨他不要脸;又问锦绣,说自己若真要与冯分手,她愿意跟谁在一起。锦绣毫不犹豫,说我跟妈在一起。丽君听了一怔,想自己提了一个让人难以回答的问题,从道理上来说,锦绣当然是要跟着亲生父亲,况且她也确实非常依恋这个父亲,现在这么回答,似乎也是随口一说,在哄丽君高兴。锦绣大约也知道丽君心里的想法,说我要留下来,帮着妈一起照顾弟弟妹妹。

这话说到了丽君的心坎上，立刻觉得锦绣不是亲闺女，却远比自己生养的那几个孩子更懂事。譬如泉忠，这小家伙一门心思就是收集各式各样的邮票，家里出了这么大的事，冯焕庭如此背叛家庭，只是给了泉忠两张新发行的童子军邮票，他就立刻倒向了继父。冯焕庭对家庭不忠，偏偏孩子们都还喜欢他这个父亲，他远比丽君更会哄孩子开心。3月5日是童子军节，为了庆祝，锦绣所在的中学选了二十个学生，十男十女作为代表，参观在中央军校举办的春季练兵演习。这本来是好事，能被选中也不容易，可是冯焕庭或许心情不好，出人意外地提出了反对意见，说还要在外面住两夜这个不好，女孩子不应该随随便便睡在外面。

锦绣没想到冯焕庭会反对，好在有丽君支持。在这个家中，有她的支持，事情就会好办。丽君说，你爸爸说的都是封建一套，凭什么说女孩子不应该随随便便睡在外面，女孩子睡在外面又怎么了。丽君说，他不答应，我偏偏就要答应。事实上，所谓要睡在外面，就是童子军的露营。商务印书馆出过一本《童子军露营须知》，收入小学生文库中，当时的中小学生人手一册。中国童子军总会的会长由蒋介石亲自担任，由此也可见国家对童子军的重视。打开童子军章程，没有什么比露营更能引起孩子们的兴趣；能被选上去参加露营，可以说是一件非常幸运的事。要知道用来露营的帐篷都是从美国进口的,这样的待遇不是每个学生都能享受。

"好吧,这个事情,你妈说了算。"

冯焕庭对于锦绣是不是参加露营,不再坚持自己观点。这期间,丽君与他正处于冷战状态,她一再坚持要冯搬出去住。冯焕庭确实也在外面试着住了几天,不过最后还是搬了回来,因为他的辞职报告并没有被上锋批准,得到的批复只是在家闭门思过;既然要闭门思过,人还住在外面,便有些说不过去。当然搬回来住也有个重要借口,就是如果继续住在外面,冯焕庭与贺氏母女的纠葛,便有可能说不清楚。说老实话,那一对母女也不是什么省油的灯。在冯焕庭内心,堕落归堕落,并不想与丽君分手,不想拆散现在这个家。

丽君总是做出很生气的样子,不生气也不可能。她不止一次地想象自己如何与冯焕庭分手,想想就会生气,就会再也想不下去。孩子们除了锦绣,似乎都不太在乎这件事情,该上学上学,该打闹打闹。只有锦绣心事重重,有一天,她眼泪汪汪地看着丽君,说妈你就原谅我爸吧,你就原谅原谅他吧。锦绣说,我小时候,有很长很长一段日子,看不到爸爸,现在好不容易又有了爸又有了妈,我不想让弟弟妹妹像我小时候那样。说着,眼泪哗啦啦地淌了下来,丽君知道锦绣是不愿意拆散这个家,听到她说出不想让弟弟妹妹跟她小时候一样,不由得也有些动容。

丽君恨恨地说了一句："你爸做的这个事，你说我能原谅他吗？我能吗？"

锦绣不吭声，她不知道应该怎么回答。

丽君咬牙切齿地又追问了一句："我能吗？"

锦绣突然很大声地喊了起来，就两个字："不能！"

因为喊声太大，便有些怪，丽君和锦绣都怔了一下，都忍不住笑了。丽君是苦笑，锦绣是破涕而笑。丽君说你看，你也知道我们不能原谅他，不能原谅你那个不知羞耻的爸，你却还要叫我原谅他，真是个傻丫头。锦绣又要哭了，丽君说你别这样，你这一哭，我心里也不好受。反正你爸我是不会原谅他的，我这辈子都不会原谅。锦绣真哭了起来，一个劲地流眼泪，哽咽着不知道说什么好。丽君便安慰她，说好了好了，你别哭了，别哭了。她越这么说，锦绣哭得越厉害。丽君有些不耐烦，说我先不赶他走，我还会让他待在这个家里，你不要哭了，不要哭。

贺氏父子被明令执行枪决，很有些从严从快。判决书上写的颇模糊，说贺氏父子吸毒贩毒，私通敌国出卖情报，罪大恶极。这个敌国显而易见是指日本，不写日本而写"敌国"，是为了避免外交纠纷。老百姓看到公开枪毙汉奸，都觉得大快人心，报纸上也一片欢呼。在抗日情绪高涨的首都，惩治汉奸行为，公开处决通敌分子，是人心所向。然而丽君还是咽不下这口恶气，国仇家恨，国是国家是家，枪毙的是贺氏父子，不是贺家母女，一想到她们，她情绪就很坏。丽君悄悄地问过锦绣，有没有见过贺太太和她那个天生就不要脸的女儿，锦绣想了想，说没有，说我怎么会见过呢。

锦绣还真是见过贺太太和她的女儿。一年前全市防空动员大会上，首都很多名流都到场。那天最引人注目的无疑是蒋夫人宋美龄，市长作重要讲话，宣讲首都防空的意义。蒋夫人向大家问好，防空司令和副司令被喊出来与群众见面，一起呼喊口号。锦绣学校的女生都被喊过去，身穿童子军军服，排成方阵，安排在会场中央撑场面。锦绣看到了主席台上的冯焕庭，他虽然不是最显眼的一个，可毕竟是自己父亲，她觉得很光荣。有同学认出了冯，对锦绣说那不是你爸吗，你看你爸站在主席台，就站在蒋夫人后面。

集会结束，人群散去，锦绣带着同学准备去见父亲。快走到冯焕庭身边时，看见他正在和两个女人说话，老的那个不太老，小的那个不太小，又像母女，又像姐妹，拦住了他不让走，盯住了他要说话。冯焕庭有些尴尬，就在这时候，看到了女儿和她的同学，看到她们正向自己走来，似乎更加局促不安。锦绣和同学已经到了冯焕庭面前，冯焕庭硬着头皮做介绍，说这是自己女儿。至于那两个女人是谁，为什么他们会在一起说话，正在谈什么，冯焕庭没说，锦绣也不可能问。能感觉到的就是面对自己时，那两个女人有一些扭捏，她们看她的眼神并不是很友好。

2

童子军露营的帐篷很不容易得到。有一位胖胖的官员来视察，答应给锦绣所在的学校捐两顶帐篷。官员的女儿也在这所中学念书，与锦绣同届，就在隔壁班上。在当时这事很轰动，胖官员的官已经做得很大，是中央什么领导，身兼某某银行理事长，到学校来视察，从头到尾都是校长陪同。听说他要给学校捐帐篷，同学们很兴奋。教科书上提到的那些童子军课程，譬如结绳，生火，缝补，侦察，偷营，露营，凡此种种，最让孩子们激动不已的就是露营，而露营的首要条件，就是要有可以在露天睡觉的帐篷。胖胖的官员当时只是随口一说，大家信以为真，非常当回事。

"第三，力求自己智识、道德、体格之健全。"中国童子军的宗旨，是为了发展儿童做事能力，为了养成良好习惯，使其人格高尚，常识丰富，体魄健全，成为智仁勇兼备之青年。有些大道理孩子们也弄不太清楚，但是做人要诚实，说话要算话，则是每位童子军必须记住的，也是参加童子军最起码的要素。小孩子不能说谎，大人以身作则，更不应该说谎。胖官员说话不算话，让同学们很失望。

失望很快转变成了怨恨，同学们拿胖官员没办法，开始把气撒在他女儿吴同学身上。吴同学和父亲一样，小小年纪就已经很胖，因为胖，屁股也大，胸部也大。男生最初给她起的一个绰号叫"大屁股"，后来觉得这个还不够羞辱，又改成了"大奶子"。对于一个豆蔻年华的女生来说，被叫"大屁股"已很耻辱，叫"大奶子"更不像话。南京话的"大奶子"特别铿锵，念起来有腔有调，很有杀伤力。不仅男生这么公开称呼，连女生也在背后这么叫她。更可笑的还有各种流言，传得活灵活现。有个姓李的同学偷偷地告诉大家，"大奶子"她爹有的是钱，捐献几个帐篷根本不是什么事，小菜一碟。美国制造的帐篷很贵，他家的钱多得都数不清，全存在外国人的银行里。为什么不把钱存在中国人的银行呢，胖官员自己不就是银行的理事长吗，是怕别人知道他有多少钱，是因为他的钱都是贪污来的；答应要捐的帐篷突然不捐了，不是舍不得，是不敢捐，怕捐了以后，别人要查他的账。

　　吴同学最初也在参观春季演习的二十人名单中，消息传出去，同学们立刻哗然，纷纷抗议；老师也不是很乐意，认为校长徇私舞弊，缺乏民主精神。于是重新选拔，重新进行童子军课程考试，排名在前的同学优先录取。真要是参照实际成绩，吴同学也未必考不上，她的学习成绩十分优秀，数理化在班上一直排名靠前，而数理化好的人考什么都不在乎，大约也是不愿意与同学们在一起，怕大家讥笑她,她竟然在考试中交了白卷。

参加观摩中央军校的春季演习,不只是锦绣所在的这一所学校,还有四所名气差不多的中学,一共一百名学生。同学们热情都很高,一个个都很兴奋。大清早从学校排队出发,由一名年轻漂亮的女老师带队,步行至大行宫,与其他几所中学的同学会合。再由一名事先等候在那的青年军官带队,一路步行,一路高歌,抵达小营的中央军校门口。青年军官走过去与看守大门的卫兵招呼,简单交流了几句,将学生队伍带进了军校,直奔大礼堂,在礼堂门口的路边等候,军校学生的毕业典礼正在大礼堂里进行。

大礼堂门口聚集了不少人,在那列队等候的,除了童子军队伍,还有一些是从东北流亡过来的大学生。毕业典礼显然已到了尾声,就听见从礼堂里传出一阵阵热烈的口号,紧接着,看见有人匆匆出来维持秩序,清理道路,让大家别挡在道上,赶快向两边分开。锦绣还没明白是怎么一回事,就看见有很多人从礼堂里走出来。一辆辆黑色的小汽车排着队,不知道从何处钻了出来,开到礼堂门口。那些人接二连三地上了车,从立在道路两旁的同学们身边缓缓驶过。有同学说看见蒋委员长了,男生们尤其激动,说只要是军校的学生毕业,蒋委员长一定会赶过来参加,会亲自给每一位同学发毕业文凭。

锦绣并没看清楚小汽车里有谁。同学们还在七嘴八舌,在老师带领下，开始进入大礼堂。参加毕业典礼的军校学生还在，礼堂上方写着"毕业典礼"四个大字。大家按顺序找到位子，青年军官正对老师和同学做解释，大致的意思就是，今天毕业的这批学生，是黄埔十期同学，而且还是第二批。为什么是第二批，锦绣没听明白，也不明白为什么第一批学生去年六月就已经毕业。中央军校的全名叫"中央陆军军官学校"，前身是广东的"黄埔军校"。南京成为首都，黄埔军校便迁到了南京，毕业的学生依然还接着前面序列。青年军官告诉大家，从黄埔毕业的前几期学生，军衔都已是赫赫有名的将军，譬如他所在的教导总队，总队长是桂永清，他是黄埔一期的，现在的军衔就是中将。

说起这个教导总队的总队长桂永清，同学们并不陌生。两年前的中国童子军大检阅，桂永清是总检阅长。他的一个故事，总是会不断地被童子军教官提起。当时全国的童子军代表在南京集训，各个省份都组成自己的方队接受检阅。桂永清不仅出身黄埔，而且在德国的军事学院留过学，那天穿着大皮靴，手上拿着军刀，迈着标准的正步，挨个检阅各省童子军方队。检阅到由东北流亡学生组成的童子军方队时，看见那些无家可归的孩子，一个个无精打采，童子军军服穿在身上，好像也不是很合身，人数更是稀稀拉拉，看上去满目凄凉，他便情不自禁地停了下来。接下来一幕让所有的人感到震惊，桂永清没继续往前走，而是泪如泉涌，失声痛哭起来。为什么呢？因为他想到了"九一八"，想到了沦陷在东北的苦难同胞，想到了失去的中国领土。他这样一哭，孩子们也忍不住了，队伍也乱了，大家抱在一起，哭成一团。

这件事经过媒体渲染，一度引起了朝野震动。据说蒋委员长一开始很生气，说堂堂正正的黄埔军人，竟然与一帮小孩子一起，又哭鼻子又掉眼泪，成何体统。南京历史上曾有过一段新亭相泣的故事，说的是南朝逃难过来的北方人，每到春光明媚的好日子，便聚集在金陵城西南的新亭，一边赏花喝酒作乐，一边感叹"风景不殊，正自有山河之异"。当时一位姓王的丞相看了很不高兴，愀然变色，指责说："当共勠力王室，克复神州，何至作楚囚相对！"蒋委员长大约也是联想到这个典故，心里不太痛快。没想到故事传到后来又走了样，与孩子们哭成一团的不再是童子军检阅长桂永清，而是当时的国家最高领袖，是蒋委员长本人。

毕业典礼结束，接下来的节目是军民互动。童子军贡献了一场活报剧，由金大附中的同学表演。然后是中央军校的刚拿到毕业文凭的六名军人上台吹口琴，一人一个口琴，表演很精彩，很好玩，赢得了一次次掌声。一个曲子演奏完毕，同学们山呼海啸地喊起来，异口同声要求再来一个；于是又演奏了一首歌曲，是大家都熟悉的《松花江上》。再下来是两位流亡的东北大学生上台演讲，一边慷慨陈词，一边不停地呼喊口号，喊着要打回老家去，每一次都获得了热烈的响应。军民互动的节目终于结束，同学们排队走出大礼堂，在青年军官带领下，开始在学校参观。大家先去了营房，军校的营房收拾得非常干净，一丝不苟，然后又去防空高炮阵地，青年军官给同学们讲述防空高炮的要点，它的作用，应该怎么样瞄准，这几门高炮产自哪个国家，射程是多少，大家听得津津有味。

透过高炮的瞄准镜，锦绣什么也没有看到。轮流体验的过程很短暂，刚坐上去看了一眼，屁股还没坐稳，她便被后面的女生火急火燎地催下来。除了防空高炮，青年军官还给同学们介绍了几种武器，其中印象比较深刻的，是参观一挺崭新的重机关枪。这玩意儿据说很重，打仗的时候，要两个人抬着才能走。女生们对武器不会真正地感兴趣，听多了便有些心不在焉。青年军官告诉同学们，中央军校教导总队是一支完全现代化的军队，人员主要是由军校的学生组成，说是学生军，又不完全是。他们的武器最先进，清一色的德式装备，其编制相当于一个德械师，训练有素，战斗力很强，因此这支部队又被誉为"虎贲之师"。

同学们不知道"虎贲"两个字怎么写，年轻漂亮的女老师也不知道，青年军官连忙解释，说"虎"是老虎的虎，"贲"是愤怒的愤去掉左边的竖心旁，一边说，一边在女老师的手心上，用手指书写，大家总算弄明白这个字怎么写。锦绣原来也见过这个字，不知道怎么读，如果不解释，还以为也读作"愤"呢。青年军官想继续解释

"虎贲"是什么意思，说着说着解释不下去，便说自己其实也不是很清楚这两个字，反正在古时候，最能打仗的皇家部队，最厉害的皇家御林军，就叫作"虎贲之师"。

青年军官一说起自己所在的教导总队，便会感到无比自豪，很有些滔滔不绝。就在这时候，一个小道消息又在女生中悄悄传开了。有人说这位青年军官的意中人，就是锦绣学校的年轻女教师，他们是一对情侣，不说不知道，一说大家都相信了。因为同学们早看在眼里，这两个人关系很不一般。现在正好证实了猜想，大家终于明白，为什么别的学校没有派老师，为什么只有锦绣学校的年轻女教师可以作为代表。不过有位姓杨的女生并不这么认为，她比锦绣高一届，是一位高官家的千金小姐，是锦绣家的邻居，两家只隔着两个门牌号码。她们虽然同校，上学放学的路上经常碰到，却从来没有说过话。今天一起出来参观，在校门口算是第一次打招呼，接下来只要一有机会，她便会主动跟锦绣套几句近乎。很显然，杨同学与锦绣相比要成熟得多，她经验老到地发表自己看法，说这两个人就算真是一对，相恋时间也不会太长。锦绣不知道杨同学为什么会这么说，也不知道应该如何应答。参观完武器装备，便是排队去军校食堂吃饭。这时候，大家肚子都饿了，远远闻到了饭菜香，女生们还有些矜持，男生一个个都早已迫不及待。

3

春季演习在孝陵卫一带进行，这是中央军校学生军事课目的一次日常训练，与两年前的首都秋季联合大演习相比，完全不是同一个级别。然而对于同学们来说，能看到这样真枪实弹的演习，已经非常幸运。教导总队的官兵全员参加，同学们第一次看到了坦克，居然有三辆坦克参加了演习，演习内容是对一座荒秃秃的山头发起攻击。同学们都集中在山下一个缓坡上观看，进攻开始了，空中升起红色的信号弹，真枪实弹的射击，枪声炮声此起彼伏。山头上好像没有什么动静，除了好几处地方冒起了烟雾，突然，枪炮声减弱了，进攻的呐喊声开始回荡，隐约地可以看见有部队在往山上冲，就在进攻的队伍快接近山顶，枪声又很密集地响了起来，呐喊声和枪声连成一片。

事实上，锦绣并没有看明白演习是怎么回事，其他的同学大约也跟她一样，分不清敌我，只看了一个热闹。离他们不远处的山坡上，有十几位军官一直在用望远镜观察，一边观察，一边议论，呐喊声和枪声持续了很长一阵，终于消停下来。那十几位军官将望远镜交给卫兵，对演习似乎很满意，相互握了握手，便在卫兵簇拥下，向山坡下走去。他们的离去，意味着演习结束；军方演习结束了，对同学们来说，新的更有趣的活动马上就要开始。青年军官开始充当临时指挥官，他将男生和女生打散，按单号双号分成红蓝两队，兵分两路向山头进发，先到达的为胜利一方。同学们很激动，跃跃欲试，恨不得立刻开始。青年军官又再次解释比赛规则，必须是一方的所有同学到达才算完成。这个游戏的重要点，不是看谁先到达，不是看一个人，看几个人的成绩，而是要看整个团队；最后的胜负，是看队伍中最后抵达的那个人，只要有一个人掉队，就会影响大家。

青年军官还想到了要增加难度，就是在红蓝两队，分别安排一名伤员，同学们必须齐心合力，把这名伤员抬到山顶，才算最后完成任务。这个提议让同学们傻了，首先谁来扮演伤员。若是在平时，事情好办，你扮演伤病员，像老爷一样什么都不要干，有人背着你上山，这多好玩。现在是童子军作战演习，好不容易才有这样机会，如果成为伤员，等于自动放弃了比赛。童子军的誓词是"扶助他人，服务公众"，好端端地让人给背着上山，不能扶助他人，却要被他人扶助，这多没意思。然而规则已经定了，便要选一个人出来。红队采取抽签的办法，结果一个小胖子被抽到了，众人笑成一团，要把这个小胖子背上山去，不是一件容易的事。

蓝队七嘴八舌讨论半天，也是通过抽签决定，大家看到红队抽到了小胖子，很是担心，蓝队里还有个更胖的，是大胖子，又高又胖。总算最后抽到的是锦绣，都快乐地笑起来，跟小胖子相比，锦绣又瘦又小。比赛还没开始，蓝队这边就觉得自己赢了，已开始欢呼，结果出乎意外，以为稳操胜券的蓝队，最终输给了红队。蓝队选了一条看似相对要近一些的山路，没想到最后变成了死路，必须要攀岩才能爬上去。对于身手矫健的男生来说，吃点苦费些劲，还是有可能爬上去；对于女生来说，几乎是不可能完成的任务，要想把锦绣背上去，更不可能。眼看着近在咫尺，着急也没用，活生生看着绕远路的红队占了先机，在蓝队的头顶上方摇旗叫喊。那个挥舞着旗子的，正是扮演伤员的小胖子。

那天让同学们最开心的是晚上露营，从童子军总会借来的几顶帐篷根本不够住，到了晚上，只有三分之一的人可以睡帐篷里。大家根本不在乎，青年军官与年轻的女教师经过商量，决定将同学们分成三组，轮流进帐篷睡觉。空地上升起了三堆篝火，大家一起仰看星星，讲故事，唱爱尔兰民歌。没人愿意进帐篷睡觉，都缠着青年军官，让他给同学们讲故事，说说他是如何在前线打日本鬼子。青年军官面对同学们的殷切希望，说他很惭愧，说自己入伍好多年，一直是在军校里度过。"九一八"事变时他已经在读大学，是大学一年级新生，紧接着的淞沪"一·二八"抗战，对他们这些大学生触动更大，几个同学一商量，觉得国家已到危亡紧急关头，便一起报名参加了中央军校的考试。后来军校毕业，又留在军校当教师，因此也没机会去前线。

杨同学成了锦绣的好朋友。锦绣性格本来有些孤僻，很少主动与别人说话，杨同学不停地跟她说，说东说西，说多了，就成了朋友。她悄悄地问锦绣，说经常从你们家门走过，你们家有条大狼狗，它会不会跑出来咬人？锦绣回答说不会的，说她家的狗白天都拴着，用一根铁链子，不会让它跑出来咬人。杨同学说那么你们家的狗，还是会咬人的。锦绣说我们家的狗从来不咬人，真的，从来没咬过人。过了一会儿，话题转移了，杨同学又问她让别人背着上山感觉怎么样，锦绣说感觉坏透了，还不如自己走呢。有好几次，她觉得就快要从别人身上跌下来，晃过来晃过去，真的很难受。

杨同学说："我们班女生都说，长大了要嫁给谁呢，都说要嫁就嫁给飞行员。你知道，当空军才是最神气最威风，你们班女生是怎么想的？"

锦绣不知道怎么回答，她好像从来就没听过班上的女生议论这事。女孩子议论这些多难为情。

杨同学又说："我觉得嫁给坦克兵也挺好的，坐在坦克里，多威风呀。"

春寒料峭，俗话说春冻骨头秋冻肉，野外很冷，好在还有篝火，篝火一会儿烧得很旺，一会儿火又小下去，给人的感觉快要灭了，赶紧添木柴，看着它冒烟，突然又轰轰烈烈地燃烧起来。到了半夜，有些同学已经困了，真的是困了，又不愿意去帐篷睡觉，帐篷里太冷，就坐在篝火前打瞌睡。杨同学与锦绣也觉得累，但一点困意都没有，一定要青年军官再讲讲部队上的事，给大家再讲讲被誉为

"虎贲之师"的教导总队。青年军官想了一会儿，说好吧，我就给大家再说个故事，同学们想听的，就听，不想听，可以睡觉。夜深了，我看见有好几个同学都已经睡着了。

青年军官说的一个故事，让锦绣难受了好多天，年轻的女教师和许多同学都流下了眼泪，青年军官说着说着，自己也哽咽起来。他说的这个故事确实让人扼腕叹息，事情发生在两年前首都秋季军事大演习期间，那是国民政府定都南京以来，规模最大的一次演习，动用了二十多万军队。国军精锐悉数参加，空军，坦克团，防化部队协同作战。按照国际惯例，大型军事演习应该邀请各国武官观摩，结果美国和英国的武官来了，法国和意大利的武官来了，连中国军方的假想之敌日本，也派了两名驻华武官过来观摩。当然，那天最风光的还是德国大使，因为国军的精锐部队，都是按照德国军事标准训练，清一色的德式装备。

青年军官所在的学生军也参加了演习，他们是工兵，负责在一条并不是很宽的河上，临时架起一座木桥。根据演习要求，必须在下午四点钟前将桥架好。青年军官当时还是学生，他们的队长姓朱，黄埔六期的毕业生。没想到运输木料的汽车，半道上出了一点意外，大家紧追慢赶，结果快到四点钟，眼看着桥就要合拢，差一米多宽缺口，木料没了。朱队长急得直跺脚，追问到底怎么回事，负责运输的士兵说，来的路上太颠簸，有几根木料从车上颠了下去，因为急着赶路,就没当回事,没下去捡。朱队长气得拔出手枪,指着那名士兵的脑袋说,演习与正式作战并没有什么区别,我们必须在四点钟之前,将桥架好。军令如山,工兵连必须在下午四点钟将浮桥架好,否则军法处置。被指责的士兵很不服气,觉得总不能为了几根木料,就把自己枪毙。四点钟很快就要到了,演习的大部队陆续地来到河边,桥还没有搭好,也搭不好了,部队没办法过河。

部队的指挥官非常愤怒,痛斥负责架桥的朱队长,说朱队长你这究竟是怎么回事,你们的桥怎么会是这样?现在,敌人正从后边追过来,正向我们扑过来,你却让整个部队陷在河边,动弹不得。朱队长听了非常悲愤,连声说我是工兵队长,我是队长,对不起大家,我真惭愧,是我没有完成任务。说完拔出手枪,对着心脏开了一枪,当时青年军官就在他身边,眼睁睁地看着他开枪,想扑过去阻拦,已来不及。朱队长留下的最后一句话,是革命同志不成功便要成仁。这件事对青年军官触动很大,在军校学生中也引起了非常大反响。朱队长的遗体后来就埋在他牺牲的地方。

4

1937年的夏天注定会很热,时间还是5月,气温已有点高得不像话。4月初召开的中央常委会,就蒋介石的身体状况做出决议:"蒋同志久膺国重，备极忧勤，所请再给病假两月，并以王同志宠惠代理行政院长职务，自应照准，尚望为国摄卫，早复康健。"蒋返回老家溪口休养，不过这休养也是打了折扣，"医生等劝告务必绝对节劳"，显然还是得不到休息，仍然是到处跑，"应酬频繁，有害健康"。5月17日，蒋委员长自上海返回南京，十天以后，到了5月27日，又从南京飞往庐山。

国民政府在南京建都，此地办公的诸位高官大员，深感酷暑之苦。"南州溽暑醉如酒"，为了能让头脑更清醒一些，办事工作效率更好一些，远在江西的庐山，被选为中华民国的夏都，一到炎热难熬的夏日，南京的衮衮诸公，便会聚集到千里之外的庐山去办公。西安事变和平解决，蒋介石的地位，到了前所未有的高度。南京报纸上常常出现"领袖"这个词，作为民国的首都，报纸上总会有很多无聊。某某要人抵京离京，小恙病足甚至割疝气，都会成为花边新闻。南京老百姓不太明白，为什么蒋介石在天气刚开始热的时候，就迫不及待去了庐山。报纸上不停地报道他在庐山会见了谁，与什么人进行了重要谈话。6月4日，宋子文和杨虎城，四川军政长官刘湘的代表刘航琛，中国共产党的代表周恩来分别到达庐山，与蒋介石会见。6月8日，川康军整理方案在庐山商妥。6月14日，蒋介石在庐山发表《暑假期间对于救国最有效力的工作是什么》的讲话。6月18日，冯玉祥到达庐山。6月20日，湖北省府主席黄绍竑到达庐山。6月23日，蒋介石与汪精卫联名，柬邀各大学教授专家于7月15日到庐山牯岭谈话。6月27日，国府主席林森自南京抵达庐山，各省军政长官，在庐山受训的军官，受训的县长和校长陆续开始抵达。

7月7日这天到来前，完全看不出什么战争迹象。六年前的"九一八"事变，极大地伤害了国人的自尊心，从此以后，抗日激情犹如干柴烈火，只要有点小火星，就完全可能引燃。国民政府出于外交上考虑，报纸的宣传口径上，和抗日有关的话题，或多或少有所限制。南京老百姓已习惯了抗日高调，习惯了骂几声小日本，然后沉浸在琐碎的世俗生活中醉生梦死。事实上，在7月7日的一张报纸上，竟然是一个大半版的广告，为一种叫"生殖素"的药物做宣传，其声势远远地超过后来对"伟哥"的炒作。

同样是在7月7日的广告栏上，"卫生常识"的系列讲座正在进行，英国医学博士吴国泰要为大家演讲"衰弱丈夫的急救法"，德国医学博士张君宝的题目是"手淫与遗精的弊害"，美国医学博士姚崇培大谈"发育不全的科学挽救"。还有很长的"少女的一封信"，内容是"怎样做一个健美的女性"。副刊有一篇文章的标题，竟然是"夏季里的诗的肉感气息"。7月8日的报纸也没任何异常，标题依然在吸引公众眼球，大字标题是"秦淮河上的夏季风光"，小标题则是"画舫灯彩辉煌，歌声与笑语齐飞"，更有一行注解让人哭笑不得，

"她像一个风流寡妇会使你沉醉"。蒋介石的新生活运动提倡了好几年，夫子庙繁荣"娼"盛，竟然到了令人发指的地步。就在第五版上，有一篇报道宣称，"市府路一带，有私娼集团拉客举动"，这篇报道的题目就是"集团拉客"。直到7月9日，卢沟桥事变才见诸于南京报端，标题触目惊心，也有些轻描淡写：

日军前晚在卢沟桥演习突向我驻军轰击

南京人一开始完全没有想到，7月7日的卢沟桥事变，会有多么严重的后果。不会想到蒋介石在庐山的各种会见和谈话，有什么特殊意义，卢沟桥的枪声对大家触动并不太大。迟钝的南京市民根本没把卢沟桥事变当回事。自"九一八"以来，大家习惯了报纸上的大字标题——淞沪抗战，长城抗战，平津危急，日军在山东境内大规模军事演习——所有这些文字消息，都让生活在此地的居民很激愤，让他们生气，让他们骂娘，可是激愤归激愤，生气归生气，骂娘归骂娘，毕竟离得有些遥远，跟自己并无太大关系。大家看不出发生在卢沟桥的事变，有什么特别之处。

自东北沦亡，有识之士都意识到，日本人正在从北方蚕食过来。蒋介石已为国策明确表明态度，那就是不怕鲸吞，只怕蚕食，为什么呢？因为中国太大，小日本没有那么好的胃口，不可能一口就把我们这个有着几千年优秀历史的国家一口吞掉。中国太大了,真要想一口吞下去,非噎死它不可。不过它要是很有心计地慢慢来,一点一点蚕食,先吃掉东北,制造一个伪满洲国,再侵吞山东山西,再觊觎河南湖北安徽江苏,一路这么玩下来,历史上的明朝亡于清朝的惨剧,便无可避免地要又一次发生了。

"七七"卢沟桥事变,在南京产生的波澜,无非是又一次引发抗日救亡的激烈情绪。华北已危在旦夕,北平将士开始奋起反击,激战正酣,南京人现在可以做的,就是赶快上街声援,游行集会募捐,要求政府派最精锐的部队北上抗战。学校放假了,遇到这样的紧急情况,锦绣得到通知,让同学们赶快去学校。心急的市民已走上街头,大学生在游行示威,童子军必须尽快做些什么。南京中学生发起了一场"五万条毛巾"运动,然而局势一张一弛,抗战的要求如火如荼,和平的空气也同样笼罩。各地劳军运动一会儿热烈,一会儿降温,轰轰烈烈的五万条毛巾运动,开展了好多天,仅收到四十九条毛巾,离指定数目相差甚远。

"七七"卢沟桥事变后的半个月里,谈论北方战事和篮球,是市民的主要话题。当时南京有两支很厉害的篮球队,一是中央军校队,一是国立体专,被称为"篮球两霸"。两霸之争是球迷的大事,高手对决,每年也就一两次,老百姓心目中,这种大战充满悬念。地点不是在通济门外的省立公共体育场,就是在黄浦路的励志社。决赛票价是两角钱一张，一旦开赛，看台上一定挤满，万头攒动盛况空前。国立体专的校长张之江，中央军校的教育长张治中，都要亲临督阵，以示隆重。体专有同学组成啦啦队，呐喊助威，很是热闹。相比之下，中央军校队则更受南京市民爱戴，队员白背心白裤，清一色光头。这一年的决赛，国立体专又输给了中央军校。卫冕的中央军校队一时间成了国内的梦之队。他们带着胜利光环远征上海，击败了由美国侨民组织的"海贼"队。据说这支球队赫赫有名，执上海篮球之牛耳已经多年。

南京人没想到，中央军校的篮球队所向披靡，在球场上战胜了美国的"海贼"队，然而中国的军队在北方战场上却是接连失利。卢沟桥事变的直接后果，是北平和天津的沦陷。大家想不到失去的东北尚未收复，华北也完了，真的完了。此时再不全面奋起抗日，再不跟日寇拼个你死我活，更待何时。蒋介石一再宣称的最后关头，很显然已经到了。"战端一开，那就地无分南北，人无分老幼，无论何人皆有守土抗战之责任。"汪精卫也就最后关头发表了强硬的演说。他是一贯能说会道，说出来的话，使用过的警句，照例都会有很好的煽动性。他解释什么叫"最后关头"，是"未至的时候要忍耐，已至的时候要牺牲，必使人地俱成灰烬，不留一个傀儡种子"。

8月的南京城，天气越来越热，抗日的热情更加高涨，干柴终于被点燃。这一次要玩真的，这一次真的要打了。中央大员都从避暑胜地庐山飞了回来,各地的封疆大吏也纷纷赶往南京共商国是。共产党代表朱德和周恩来,又一次到了南京。共同抗日的大是大非,让国共这对已经打了十年的老冤家,不得不再一次携起手来。基督教徒发起了"为国祈祷会",分五处轮流举行。娱乐场所在票价上做文章,开始增收附加慰劳金。暑假中留在南京的学生,争先恐后地上街募款,乞丐、车夫、女佣,一个个都被动员,跟着踊跃捐输。卢沟桥事变引发了一波抗日激情,北平天津的沦陷又掀起新一波怒潮。

锦绣学校的那位年轻的女教师,也正是在这段日子,公开了与中央军校青年军官的恋情。同学们都很羡慕这段感情,听说这两个人已经订婚了,双方大人都很满意,婚期就定在双十节那一天。青年军官满怀激情地前来告别,他告诉自己心爱的未婚妻,他所在的部队接到通知,就要奔赴前线,养兵千日,用兵一时,报效祖国的时间到了。与年轻女教师一样,同学们只知道青年军官要走向战场,他所在的虎贲之师正准备开拔,准备投入战斗。"黄沙百战穿金甲,不斩楼兰誓不还",大家都觉得这支训练有素的部队,一定是开往正在激战的北方,去收复被倭寇占领的北平和天津;没想到他们并不是向北,而是开往东南,向离南京不远的上海进军。

第六章 ◎

鸡鸣落日

国际安全区

1

"八一三"淞沪抗战的第三天,十六架日本人的轰炸机,开始轰炸南京。盼望已久的抗战,货真价实地开始了,南京人终于闻到了火药味。8月19日的报纸上,用大字刊登了一条消息,说蒋委员长严令申儆,禁止非防空人员枪击敌机。锦绣与她的同学刚看到这条消息,都很吃惊。很快更让她们吃惊的消息传了过来,年轻女教师的未婚夫,那位平生第一次走向战场的青年军官,不幸阵亡了。

接下来一段时间,同学们也无心上课,前方捷报频传,形势却越来越不乐观。敌机前来轰炸的次数明显增多,锦绣和她的同学在年轻女教师带领下,每天都要去医院慰问伤病员,去帮忙做些什么。从前线运回来的伤员太多了,病房里挤得满满的。有伤员听说女教师的未婚夫已殉国，也不知道应该用什么样的话来安慰，便向她保证，说等自己伤养好了，立刻重回前线，英勇杀敌，多杀几个日本鬼子，为她牺牲的未婚夫报仇。一名姓高的伤员与大家很说得来，他给同学们说了许多前方的情况，说自己的战友如何英勇，说敌寇怎么凶残，说有时候只是为了一小块阵地，双方你夺我抢，一天竟然会几次易手，各自死伤无数。他一直在找机会与女教师单独说话，锦绣忍不住偷偷地提问，问他是不是她未婚夫的战友。这位姓高的伤员也是毕业于中央军校，比女老师的未婚夫晚了一期，虽然不是很熟悉，肯定在学校里也见过面。他斩钉截铁地告诉锦绣：

"从黄埔出来的军人，都是革命同志。"

再下来，形势开始恶化，越来越恶化。在杭州湾登陆的日军日益增加，我军不得不后撤，大规模地撤退。收音机里开始一遍遍广播《国民政府移驻重庆宣言》，新住宅区的主人们都在收拾行李，准备随政府西迁。各家的收音机都打开了，人们听了一遍又一遍女播音员的广播，心里很不是滋味，对国家前景十分担心。"自卢沟桥事变发生以来，平津沦陷，战事蔓延。国民政府鉴于暴日无止境之侵略，爰决定抗战自卫，全国民众敌忾同仇，全体将士忠勇奋发……迩者暴日更肆贪黩，分兵西进，逼我首都。察其用意，无非欲挟其暴力，要我为城下之盟。殊不知我国自决定抗战自卫之日，即已深知此为最后关头，为国家生命计，为民族人格计，为国际信义和世界和平计,皆已无屈服之余地。凡有血气,无不具宁为玉碎,不为瓦全之决心。国民政府兹为适应战况,统筹全局长期抗战起见,本日移驻重庆。此后将以最广大之规模,从事更持久之战斗……"

冯焕庭重新穿上警服,又一次官复原职。南京城危在旦夕,日军正以不可阻挡之势,向中华民国的首都猛扑过来。在这紧要关头,冯焕庭的职责是留守在南京城内,负责维护城市治安。丽君决定与他一起留下来。作为妇女界杰出代表,完全可以与政府一起西迁,可是她选择了与丈夫在一起。夫妻本是同林鸟,大难来时各东西,国难当头,他们没有分手,而是将矛盾暂时搁置开。冯焕庭表示他一定会改过自新,一定会振作起来,一定要对自己这个家和孩子负责。希俨在第一批离京名单中,他们是全家都要走,碧如和孩子将跟着他一起离开。瑞麟也要跟着学校一起西迁,他走得最早,因为在撤退计划中,大学被优先安排离开。这时候,他太太卡蜜拉又一次怀孕了,她决定留下来。

最让大家感到意外的,是作为政治犯的绍彭也被释放了。他能够被当局放出来,最高兴的是希俨,绍彭判刑以后,为了能让他减刑,他没少动过脑筋。希俨坚持要为绍彭接风,决定在自己动身西迁之前,好好地请绍彭吃一顿。地点还是选在了福昌饭店,碧如借口身体不适,不愿意参加。她不想去,不想与绍彭见面,也不能勉强。丽君听说绍彭被放出来了,主动提出要求参加,说很想看看绍彭现在怎么样了，而且还带上了锦绣。为什么要带上锦绣？大约也是多了个心眼，毕竟与绍彭有过那么一段故事。在丽君心里，冯焕庭一点不多心不好，太多心了也不好。俞鸿夫妇听说这消息非常高兴，同样提出要请绍彭吃饭。希俨说现在形势逼人，大家时间都很紧张，也不要请来请去了，定好时间，你和秀兰就一起过来吧。这很可能是我们的最后一顿晚餐，吃了也就吃了，接下来日子会怎么样，天知道。

等到大家一起坐下来，冷菜端上来，希俨才想到漏了一个人，应该把李元老也请过来。正吃着，警报声响了，日本人的飞机即将光临，各位只好放下碗筷，跑下楼，躲进简易的防空洞。防空洞很小，挤在里面，都转不过身来。丽君问身边的绍彭，在监狱里有没有吃到苦头，又问他未来有什么考虑。绍彭说我跟希俨说过了，接下来，会跟着八路军的在京办事处一起去武汉。希俨他们好像也是要先去武汉，你们怎么打算呢？你们什么时候走？丽君说自己不准备走，她要与冯焕庭一起留在南京。

丽君说："我看这个小日本，也不一定能打进来，他们未必就有那个能耐。国际上肯定会干涉，不能任由他们这么胡来。"

俞鸿听见这话，不同意，冷笑说："国际干涉有个屁用！要有用，也不会像今天这样。"

丽君问俞鸿夫妇是怎么安排，秀兰说他们已经决定去香港，正好有部电影要拍,去香港可能会好一些,毕竟那里是大英帝国殖民统治的地方。只是去香港必须从上海走,现在这么乱,路上会不会有问题,火车还通不通,这个真的很难说。说着说着,防空警报已经解除,有几架小日本的飞机过来兜个圈子,扔两颗炸弹又飞走了。大家离开防空洞,重新上楼,回到先前的餐桌,继续吃。从头至尾,锦绣都是默默地跟着大人,没说过一句话。毕竟她还是个孩子,是个初中生,大人们在说话,她根本插不上嘴。

时间真有些迫不及待。这顿饭吃完,绍彭便与大家告别,要去傅厚岗66号八路军驻京办事处报到。街上到处都是军人,墙上写着各种抗日标语,全国各地的军队都在往南京赶,都在准备保卫首都。穿着各式各样的军服,中央军,保安队,宪兵,川军,让人看上去眼花缭乱,也分辨不清。因为顺路,希俨执意要送绍彭去八路军办事处。绍彭说,你非要送我也好,我们正好一路再说说话。希俨就跟他解释,说碧如今天为什么不能来,找的理由当然有些勉强,绍彭也不往心上去。希俨说你能在这个时候被放出来,我真的很高兴。好多共产党说毙就给毙了,你真是运气还算不错。绍彭说共产党杀不完,姓蒋的这笔血账,我们迟早还是要跟他算的。

希俨发现,从监狱里出来的绍彭,好像完全变了一个人,变得让人都不认识了。绍彭自己也说,国民党监狱是个锻炼人的好地方,是一所好学校,他在那里学到许多东西。绍彭说他就没想到自己还是活着放出来，这个确实很让人意外。刚被捕的时候，他当年的上级，也就是介绍他加入组织并且已经叛变的原江苏省委代书记，与绍彭进行了一次谈话。他们开诚布公，各自都说了自己的心里话。绍彭说，我既然当了共产党，就不会再当共产党的叛徒。我不会像你那样，绝不会。对方有些尴尬，也有些惭愧，说人各有志，我也绝不会勉强你季先生，可是你应该想到，拒绝政府，可能会有什么样的后果。

"不就是被枪毙吗！这一点，我当初参加组织的时候，就已经想好了。"

当时绍彭确实是做好了牺牲的准备。他告诉希俨，各地的"共党要犯"都会押到南京来会审，政府相信屠杀可以解决问题。用死亡作为威胁，有人因为害怕会屈膝投降，但是更多的人则是被激怒了，他们宁愿死亡，也绝不和这个混蛋的政府合作。说着说着，绍彭突然想到希俨会多心，便不再往下说。两人又聊到了秀兰和俞鸿的婚事，绍彭觉得非常诧异，想不明白这样两个人，最后怎么会走到了一起。绍彭说，俞鸿年纪也太大了一些，是不是。希俨便笑，说许多事本来就预想不到，谁会想到人家秀兰会成为电影明星，谁也想不到，可她就是成了电影明星。绍彭说想当初，我一直觉得她是有些喜欢你的，觉得你们两个肯定会成为一对。希俨连忙让他别乱说，说没这事，根本没有这事。绍彭说你用不着否认，反正我那时候就是这么认为的。绍彭又说，天下的事真难以预料，真想不到，秀兰会和俞先生竟然走到一起，丽君会与冯焕庭成为夫妻，你呢，最后又是与碧如，这结果，当年真是做梦都不会想到，想不到。

希俨告诉绍彭，他与碧如离开南京后，瑞麟的比利时太太将带着孩子搬到他家去住，因为他家的房子与丽君家紧挨着，瑞麟不在，丽君可以帮着照应她。当然，最关键的原因，是比利时公使馆就在附近，离得更近的还有法国大使馆，几乎就是邻居。为了避免遭受敌机轰炸，卡蜜拉已准备好了几面比利时国旗，就铺在院子里的草地上，这样，恐怕也能避免一些伤害。绍彭对卡蜜拉不是很熟悉，只知道丽君有个双胞胎兄弟，在国外留学，娶了金发碧眼的外国太太。他曾经跟她聊过天，印象最深的是，这个洋太太竟然会说地道的南京话。

看得出，希俨是真的高兴，他一直把绍彭当作自己最要好的朋友。也说不清他们的关系好在哪里，也许绍彭并不完全像他那样，反正希俨的心里多多少少总会在惦记绍彭，全心全意地希望他好，总是要为他的安危担心。到了傅厚岗的八路军办事处，希俨依依不舍地与绍彭告别，两人相约到了武汉再见面。然而接下来又是音讯全无，绍彭去武汉不久，便转道西安去了延安。希俨在武汉行色匆匆，还没来得及打听到绍彭的消息，就转道去了战时首府重庆，仍然是在政府机关办事，天天要去衙门里上班，抗战胜利后才与国民政府一起返回南京。

2

情况越来越危急，敌机的轰炸已让大家麻木，悲哀气氛开始笼罩全城。碧如一家乘船离开了南京，卡蜜拉带着四个孩子，带着保姆蔡妈和李妈，还有蔡妈的女儿珠珠，李妈的儿子阿二，一起搬进了碧如家。碧如家与丽君家就隔着一堵围墙，其实卡蜜拉完全可以干脆就住在丽君家，之所以不愿意这样，是因为丽君的大伯母从城南搬了过来。不光是来了这位大伯母，老太太还把瑞麟的另一位妻子吴芳也带来了，还有吴芳生的四个儿子。卡蜜拉一直不能接受丈夫还有个妻子的现实，什么两头大，什么一房顶两房，心里虽然不接受，感情上坚决抑制，实际上已无可奈何地默认了。好在瑞麟平时除了春节和清明回去应卯，基本上也是不把那边的家当家，老太太也不把她个洋媳妇当媳妇。

跟随瑞麟回到中国以后，卡蜜拉不停地生孩子，已生过四个，第五个孩子又怀了好几个月。除了生孩子，带孩子，她还在金陵女子学院当兼职老师。经济上并没有什么太大问题，瑞麟薪水很高，卡蜜拉还愿意有这么一份兼差，是因为这个女子学院有许多外籍教师，她与这些教师来往，很自然地就进入了在京的外籍人士圈子。

有时候，与瑞麟有什么口舌之争，卡蜜拉也说过要离开中国的狠话。当然只是赌气说说，她知道自己不可能真正这么做。她爱他的中国丈夫，爱自己的这几个孩子，卡蜜拉不可能再与他们分开，她已经没有祖国了。

现在，瑞麟跟着他的学校西迁，这是自结婚以来，卡蜜拉第一次与丈夫分离。好在他们的孩子还在，只要孩子们还在，家的感觉就存在。警报声不时地会响起来，日本人的飞机除了到处扔炸弹，还开始在这个城市上空撒传单。搬家后的卡蜜拉仍然要去金陵女子学院。金陵女子学院也随着国民政府西迁，学生已经不在了，她作为不多的几名外籍留校人员，主要任务是尽可能地保护校产。时间已到了11月下旬，这一天，卡蜜拉又骑自行车去女子学院，见到了文理学院的魏特琳女士。魏是美国人，她告诉卡蜜拉，蒋委员长的夫人宋美龄女士已将她的钢琴和手摇唱机送给了学院。魏特琳相信，这是个不太好的信号，蒋夫人这么做，肯定是相信南京城已经守不住了，因为她显然不愿意让自己的心爱之物，落入日本人之手。

魏特琳女士告诉卡蜜拉，一个国际安全区的计划正在付诸实施。在南京的外籍人士已组织起来，成立了一个国际委员会，与市长和军方进行了沟通，打算申请划出一块和平区域，为躲避战乱的难民提供保护。这个方案也是受此前刚在上海设置的南市难民区启发。中国军队从闸北撤退，上海的法国传教士饶家驹向中日军政当局提出建议，希望在南市建立一个难民安全区。几经交涉，获得中日双方的同意，11月4日，上海市政府以不损失领土主权为前提，批准设立南市难民区；11月6日，日本驻沪总领事冈本也给予了明确答复，于是一个战争难民的保护区得以成立。现在南京也到了十分紧要关头，在这个时间节点，建立一个由国际委员会领导的难民区，显得非常有必要。

国际安全区的区域已初步划定，南京最高军事当局承诺实现安全区的非军事化，并且给国际委员会提供粮食和警察。日本方面拒绝承认，但是表示只要安全区没有中国军队驻扎，日军将不会攻击安全区。魏特琳十分吃惊卡蜜拉的决定，吃惊她居然会搬到了高云岭去住，因为那一带虽然有大使馆，但并不在难民区内，而卡蜜拉自己家的房子，恰恰是被划在了难民区里。这个差别非常大。魏特琳告诉卡蜜拉，她嫁给了中国人，与中国人生了好几个孩子，还会说南京话，这些都不意味着她就是安全的。卡蜜拉必须明白，真到了兵荒马乱，对于一个外国人来说，任何可怕的事情，都有可能在这个城市里发生。如果她知道十年前，北伐军进入南京，曾发生过那些悲惨事件，她很有可能会重新考虑自己的决定，会重新考虑是否应该搬回自己的房子。

卡蜜拉近乎天真地做着解释，说丈夫瑞麟希望他姐姐丽君可以照顾我们。魏特琳连连摇头，说这个城市一旦灾难来临，谁也保护不了你。她告诉卡蜜拉,当初北伐革命军进入这个城市,无论胜利一方,还是失败一方,都给南京城造成了伤害。失败的北军在溃退中,烧杀抢掠什么都干,获得胜利的南方革命党人,也好不到哪里。北伐军排外情绪非常强烈,他们进城不久,魏特琳便得到消息,自己的熟人威廉博士已经遇难。女子学院外籍教师都躲到了金陵大学本部。那是极度恐怖的一个夜晚,黑暗中可以清晰地看见正在焚烧外国建筑物的火焰。洋人被杀被抢被强奸的消息,源源不断地传过来,整个城市完全失控,人性彻底泯灭,军人成了土匪,城市中的小偷,流氓,无赖,都在趁火打劫。虽然这是十年前发生的事,过去十年,这个城市文明程度有了些改善,市民素质也有了一些提高,对外国人的友好态度也不同以往,但是一旦日本人真正攻入这个城市,接下来会发生什么,真的是不太好说。

魏特琳一番话,对卡蜜拉触动很大。记得自己当初要嫁给瑞麟,她的家人就描述过东方人对西方人的仇恨。她确实听说过许多骇人听闻的事情。卡蜜拉母亲告诉女儿,中国人不仅仇恨西方人,他们的穷人对富人也有一种天然仇恨,只要一有机会,就会毫不犹豫地把富人的脑袋割去。事实上,随着形势越来越紧张,在南京的各国大使馆,都在动员自己的侨民离开南京。大使馆功能正在丧失,使馆人员纷纷跟随国民政府西迁,在南京的大使馆已成为一座座空壳。美国大使馆还有几位留守人员,他们的军舰"帕奈号"还停泊在长江中，到了最后时刻，如果有必要的话，可以借助绳子爬城墙撤离。魏特琳说自己已做好了准备，无论发生什么样的情况，她都不会离开这个城市。

说话间，女子学院的仆役拿了两块旧门牌过来，他好不容易才从仓库里翻出来。这是两块旧牌子，上面写着"金陵学院"字样。魏特琳不太高兴，她希望仆役去寻找的是当年写有"大美国女子学院"的门牌，很显然，如果日本人攻进城，这块旧门牌对保护校产更有利。仆役笑了，说就是这块门牌，你一看反面就知道了。原来当年北伐革命军进城，不许再挂这种带有帝国主义性质的门牌，教会学校必须改名，于是就用红漆将原来的字样涂掉。魏特琳也笑了，与卡蜜拉商量应该怎么解决。她们很快想到了一个办法，就是用黑漆再涂一遍，然后用白字重新写上"大美国女子学院"字样，这样的话，门牌两面都有字，到时候可以看情况而定，究竟应该用哪一面。

说干就干，仆役很快找来了黑漆和白漆，用黑漆涂抹过以后，放在太阳底下晒干。找不到会写大字的人，仆役就自荐，说实在没有人写，他可以写。过了两天，卡蜜拉再去学院，"大美国女子学院"的门牌已挂在学校门口，问魏特琳是不是仆役写的，魏说当然是他，现在都已经乱成这样，还能到哪去找会写字的人。卡蜜拉便说为什么还要再找会写的人呢？要知道，这几个字写得非常好，非常不错。魏特琳笑着说,她也觉得字写得很好。中国人很有意思,有很多人是文盲,他们根本就不认识字,还有很多这样那样的普通人,看上去很潦倒,很一般,生活得并不如意,被称为贩夫走卒,却写了一手好字,真的很让人佩服。

3

恐惧正在逐渐加深,都说日本人攻进城了,枪炮声一阵一阵,时有时无;有时候非常寂静,有时候又可以听见大声叫喊。卡蜜拉事先准备的几面比利时国旗派上了用场,在自家和丽君家大门口,各插了一面,表示这里面居住的是外国人。一开始确实还有些用处,光听见门外有脚步声,有人说话的声音,都是匆匆路过。从门缝里往外看,大多是撤退的中国军队,一路走,一路将武器丢落在街上。有一挺要几个人抬的重机枪,就扔在丽君家门口不远的地方。

到了12月13日下午,开始有人敲门了,是路过的几位国军士兵。先是不敢开门,后来忍不住还是开了;士兵也不进门,就讨一口水喝。其中一个当官的身上在流血,问能不能给他们一条被单,可以撕下来包扎伤口。卡蜜拉关照蔡妈赶快去找,很快找了一条干净被单过来。那些人喝了水,拿着被单就走了。他们前脚走,隔壁丽君就派佣人老陈过来传话,说绝对不要开门,不管是谁敲门,都不要开,不能让别人进院子,尤其是不能收留当兵的,这么做很危险。老陈与卡蜜拉正说着话,外面的枪声突然响了起来,有人在飞奔,从门缝里也看不见,就听见有声音,离得有些远。子弹就打在附近,吓得老陈都不敢出门,就困在卡蜜拉这边。

过了一会儿,安静了,又过了一会儿,从门缝里往外面看,好像没什么事。老陈正准备开门出去,突然看到巷子口好像有人影在晃,仔细一看,是戴着钢盔的日本兵。吓得用手指不停地敲打嘴唇,对卡蜜拉做手势,告诉她外面有日本人。卡蜜拉连忙对老陈示意,让他赶快离开门口,赶快回到屋子里藏起来,同时关照身边的孩子,千万不要发出声音。

进了屋子以后,大惊失色的老陈压低了嗓子说:

"日本人来了,真的来了。"

蔡妈和李妈又害怕,又有点不相信,两个人你看看我,我看看你,不知道说什么好。蔡妈十七岁的女儿珠珠不相信地问老陈,说陈老伯真看清楚了,真的是日本人?可不要看错了。老陈被她这么一问,也有些犯糊涂,想了想,十分肯定地说,是日本人,就是日本人。其实他真没看清楚,一是心里慌张,二是南京城里的国军部队也多,各种番号的都有,装备都不一样,还真有可能看走眼。不过很快就证实老陈没有看错,外面传来了日本人的喊声。这一次确凿无疑,日本兵正从外面经过,幸运的是他们并没有敲门,只是大声说着日本话，叽里呱啦地路过。

直到天黑，老陈才偷偷地溜回去。电没了，水没了，枪声还在继续，断断续续，不时地还有流弹从空中飞过。各个方向都能看见火光，都有房子在燃烧，都是红的，好像整个城市都陷入了火海之中。与前几日相比，这一天的晚上要相对安静许多，卡蜜拉与几个孩子以及珠珠睡在一个屋里，蔡妈和李妈住一个屋，大家都是和衣而睡。一夜无事。天快亮时，李妈觉得有些动静，俯在窗口往外面看，看见围墙上冒出一个头来，正对院子里东张西望。明显是个中国人，一边看，一边回头，对身后的人说着什么，就看见他骑坐墙头上，扭转身子，准备跳进院子来。

李妈看了忍不住，敲了一下玻璃窗，那个人显然听见了动静，发现房子里还住着人，立刻又回过身体，跌落到围墙外面去了。李妈想明白了，这是趁乱偷盗别人财物的窃贼。事实上，过去这些日子，抗日军民在保卫南京城，小偷和无赖也没闲着，高云岭这一带有不少好房子，很多人家都随国府西迁了，有的房子由下人看着，有的房子根本没人看。小偷无赖不时地过来打这些房子主意，偷到什么是什么。前几天，刚搬到这儿来住，蔡妈曾在路口看见有两个窃贼偷一户人家的钢琴，回来说给李妈听，李妈不相信，觉得那东西太大了，小偷不应该会偷这玩意儿。蔡妈说她敢肯定是偷，或者说是抢，因为有一个看房子的老太太追在后面喊抓小偷。街上根本没人，各家大门都关着，喊也没用。

李妈赶紧喊醒蔡妈，把小偷光临的事说给她听。蔡妈听了睡意全无，与李妈一起到院子里，走到大门那儿，透过门缝往外看，你俯在那看一会儿，再让我看一会儿。街上好像没人，两个人的胆子也大了，轻轻地把门打开，走到街上去看，就看见刚才爬上墙头的那个人，与另外两个人，还在不远处巡视，还在挨家挨户地寻找机会。他们也看见了蔡妈和李妈，但好像根本不把她们放在眼里。蔡妈便过去敲丽君家的大门，老陈开门出来，她便跟他讲小偷的事，老陈便冲着那几个人喊了一嗓子。这一嗓子有些突兀，外面本来很安静，突然有这么一声，非常吓人。小偷吓了一大跳，还在东张西望，好像看到了有什么人正在走过来，撒腿就跑。老陈连忙说，不好，不要是日本人，赶快回去。于是各自回到自己院子里，紧锁上大门，还用一根很粗的木棍将门顶死。

日本人真的来了，有时候列队从外面经过，有时候是分散的，三个五个，一个两个。最初几天，也许大门上的比利时国旗起了作用，没有日本兵敲门骚扰。这条街上的其他人家，不止一次地被光顾。紧挨着丽君家的另一边，主人是农民银行襄理，很有钱，结果日本兵一次又一次地闯进去，反正里面也没人住，想拿什么拿什么。有一天，一个日本兵开始敲丽君家的门，感觉里面住着人，有动静，还有条大狼狗在狂吠，试着敲了一阵，敲不开，离开了。这让丽君感到恐惧,小日本前脚走,便让老陈去隔壁,看看卡蜜拉那边有没有事。同时让老陈带信过去,让卡蜜拉那边的人,干脆都搬到丽君家去住,大家集中住在一起也好互相照应。按照现在这个趋势,日本兵迟早还是会来的,肯定会来。

蔡妈和李妈听了老陈的话,立刻表示赞同,都劝卡蜜拉赶快带着孩子搬过去。这边一个男人都没有,实在太危险。卡蜜拉的孩子们心里惦记着能跟那边的孩子玩,惦记着那边的大狼狗,也闹着要搬过去。卡蜜拉掂量了一番,决定听从丽君的意见,答应与老陈一起搬过去。老陈又说,事不宜迟说搬就搬,让她立刻收拾行李。很快,老陈带着孩子们先走一步,先过去了。卡蜜拉与蔡妈和李妈简单地收拾一下,带着大包小包,也随后到达隔壁的院子里。

4

日本兵的骚扰开始了,丽君家门上的比利时国旗被扯下来扔在地上,显然用刺刀划过。有一天,来了一队日本兵,由两个戴着袖标的中国人带着,说是上门检查,问有没有收留支那士兵,若是有,请立刻自己走出来,否则严惩不贷。说话间,日本兵开始搜查,每个房间草草地看一遍。戴袖标的中国人会说日本话,丽君请他翻译,告诉领队的日本军官,说卡蜜拉是比利时公民,这里是她的住宅;

也就是说，这里是外国人的财产。日本军官听了，点点头，让负责搜查的日本兵继续，搜了一会儿，什么也没发现，便准备将老陈带走。老陈急得连声大叫，说他从来没当过兵；他都一把年纪了，怎么看也不像个当兵的。卡蜜拉用法语对日本军官说话，说老陈是这里的雇工，日本军官听不懂法语，皱着眉头听着。丽君故意与卡蜜拉说法语，再翻译成中文，戴袖标的中国人又翻译成日文，日本军官听了，过去检查老陈的手心，很仔细地看了一会儿，又将他胸部衣服扯开，看肩膀上印痕，在他胸口狠狠捶了一拳，挥挥手，示意将老陈放了。

这以后，三三两两的日本兵，时不时地就会过来骚扰。这一带住家大都空关，所以大家在猜想，这些日本兵一次次地光临那些空宅子，目的很明确，无非是想捞些东西，同时也是在动女人的脑筋。进入这个城市的日本兵，像发了狂的野兽一样，正在到处寻找女人。很多女人被强奸，这些不幸消息，最初是由两名过路的婆媳带来的。她们本是住在下关的居民，日本人进城前，已经进了国际保护区，以为在那里可以获得安全。没想到日本人在安全区里甄别中国军人，一口咬定她们的丈夫是支那士兵，不由分说便强行带走。这婆媳俩就向安全区国际委员会的外国人哭诉，外国人又代她们向日本宪兵求助，但没有任何结果。

第二天，来了两个日本宪兵，身边还有个会日本话的翻译。婆媳俩向翻译求救，翻译跟宪兵说话，宪兵就让她们跟他们走，说是去指认她们的丈夫。两个女人救丈夫心切，也不顾安全委员会外国人的警告，把"千万不要离开难民区"置之脑后，跟着日本宪兵走了。结果刚离开难民区，走过一排空房子，两个日本宪兵便让翻译在路口等候，命令婆媳俩跟着他们进空房子，又命令两人分开，一个在东边一间，一个在西边一间，然后就把她们强奸了。两个女人还想叫喊，做媳妇的听见隔壁婆婆在哭，刚惨兮兮地喊了一声"妈"，便被狠狠扇了一记耳光。

　　再然后，婆媳俩眼泪汪汪地被带出来，那翻译还在等候。大家脸上都是愧色，翻译不看她们，她们也不看翻译。两个日本宪兵心满意足，很快乐地说笑着。走过一所小学，里面关着许多被俘的中国兵，整整齐齐地坐在操场的地上。其中一个宪兵就让翻译转话，让婆媳俩进去看看有没有她们的丈夫。那些中国人都穿着军服，破衣烂衫，有的脸上还有血污，一看就不可能是她们的丈夫。他们一个个垂头丧气，无精打采地抬起头来，十分无助地看着她们。从小学出来，继续往前走，穿过一片废墟，迎面有几个男人被押过来，手都被反绑着，明显不是军人，其中有个男人，婆媳俩倒是认识的。那男人见了她们立刻停下步来，满脸要求救的样子；日本宪兵就问这是不是她们要找的人。婆媳俩跟翻译解释，说这人她们认识，说他不是当兵的，翻译再说给日本人听。日本人听了，有些不耐烦，挥手示意继续往前走,表示不用理睬他。那个男人当然也听明白了,急得直跺脚,不肯再往前走。负责押送的日本士兵非常愤怒,恶声斥骂,连拖带拽,端起手上的刺刀,对准他的胸口就是一刀。

婆媳俩看到这么惨烈的场面,吓得魂飞魄散,腿都软了。日本宪兵示意她们赶快离开,继续往前走,再往前走,场面变得更加恐怖。有一片空地上,布满了尸体,横七竖八地都堆在一起,人压着人,都是些被打死的男人。其中一名日本宪兵便让她们前去辨认,看看这些尸体中有没有要找的丈夫。婆媳俩听明白意思,过去小心翼翼地辨认,巡视了一大圈,发现有张脸的侧面有些像,上前翻过身体仔细看,却发现是认错人了。

接下来又是继续赶路,不止一次会遇到被押送着的中国人,成队的中国士兵,看着这些并不认识的男人,婆媳俩便会想到空地上的尸体。一路上不停地看到尸体,有男的,也有女的,有的女人还赤裸着下身。她们开始后悔,早就开始后悔了,现在想后悔也来不及。不知道会把她们带到哪里去,婆媳俩跟翻译商量,说好话,说不打算再找自己的丈夫了,她们现在最想做的,是赶快重新返回难民区。她们心里也明白,已经走到了这一步,恐怕很难再回到被称之为"国际安全区"的难民区。最后被带到一处兵营,翻译什么话也没说,拍拍屁股就离开了。兵营里已有三个中国女人在那儿,正挽高了袖子在洗衣服。婆媳俩一到那里,宪兵就非常凶地让她们跟着一起洗衣服。

向干活的女人打听,婆媳俩才知道,什么帮着找丈夫,压根就是骗人鬼话。接下来一周,几个可怜的女人白天洗衣服——她们的所在地是宪兵队,紧挨着伤兵医院,洗不完的衣服;到晚上,总会有日本兵偷偷钻进房间拉人,将她们拉到外面树林里。天天如此,可能是地处宪兵队的关系,有长官约束,强奸行为都是发生在外面的树林里。一开始,她们也不敢反抗,后来摸到了规律,到晚上只要一有人摸进来,她们便在黑暗中大声喊叫;一喊叫,那些日本兵就不得不逃之夭夭。她们中间有个哺乳期的女人,带着孩子,每天都要喂奶。有个日本宪兵显然看中她了,一有机会,便过来逗小孩玩。有一天,还送了一罐奶粉给她。这女人也明白那家伙的意思,先还是不肯要,后来想想,拿了也就拿了。这里的女人根本搞不清楚自己被谁强奸过,可以肯定的是,那个日本兵不是个好东西。

就像不明白为什么会被骗到这儿来为日本兵洗衣服一样,婆媳俩后来又被释放了,为什么会释放她们,也不明白。可能是有外国的记者要来,可能是日本人又找到新的女人了,反正莫名其妙地就被释放了,而且警告她们赶快离开,立刻滚蛋。婆媳俩经过这番磨难,也不敢再去寻找丈夫。外面还是那么乱,到处还能见到站岗的日本兵,端着枪,刺刀闪亮,本来是打算重新返回国际安全区,走着走着,就走错了路,就来到了高云岭,就来到了丽君家附近。一个男人突然从小巷子里窜了出来,他在前面跑,后面有三个日本兵在紧追,一边追,一边开枪。那个男人转眼跑得没了踪影,日本兵站在三岔路口,不知道应该往哪个方向去。就在这时候,他们看见了婆媳俩,对着她们指指戳戳,感觉就要往这边过来,行进中,其中一个日本兵可能听到了什么动静,又发现了目标,用手指朝那边点了点,于是三个气势汹汹的日本兵都扭转过身体,朝东南方向追过去。

惊魂未定的婆媳俩吓得不敢再在街上走,本来想去的那个方向,就是三个日本兵正在去的方向,她们自然不能再跟过去。于是掉过头来,改变方向,走了没几步,看见了挂在丽君家的比利时国旗,便跑过去敲门,希望里面的人能够收留她们。"咚咚咚"的敲门声,惊动了院子里的人,卡蜜拉过来开门,门刚打开,婆媳俩"扑通"一下,跪在了地上,请求眼前这个外国人救助她们。卡蜜拉有点不知所措,有点懵,不知道应该怎么办。好在丽君和老陈过来了,弄明白怎么回事,就跟她们解释,说这里不是难民区,是私人住宅,不能收留她们。卡蜜拉也跟着解释,一听见眼前的这个外国人会说中国话,婆媳俩就盯住了她不放,一个劲地哀求卡蜜拉,求她不要见死不救。

一直这么跪在门口也不是事,万一被路过的日本人看见,肯定会引起不必要的麻烦,只好先让她们进院子,有话慢慢说。最后的结果就是暂时收留她们,外面实在是太危险了,硬把她们赶出去,硬把她们往虎口里送,有点说不过去。而且大家只知道外面危险,究竟危险到什么样子,也不知道;婆媳俩来了,正好可以说一说外面的情况。外面的情况,不用说,就知道肯定会很可怕。婆媳俩流着眼泪说了一通外面的惨状,大家听了,脊梁骨发麻,心口怦怦直跳。一开始,婆媳俩还不愿意将自己被强奸的事情说出来,觉得太丢人,后来就说给蔡妈和李妈听。蔡妈和李妈听了,事情便传开,弄得大家都知道了。

接下来,南京城被攻破差不多已经有十天,大家仍然不知道外面的情况怎么样。贮存的粮食也不多了,这么多人坐吃山空,虽然此前屯积了不少,但也到了必须进行补充的地步。谁都不敢贸然出门。男人出门怕被抓,女人出门怕被强奸。街道上依然空空荡荡,零零碎碎地还会有些枪声。碧如家再过去两家,院子里倒是有一大块菜地,老陈时不时地过去偷点蔬菜,反正主人不在。那婆媳俩在这儿已待了三天,觉得总是吃人家的,心里也有些过意不去,便主动提出跟老陈一起去偷菜,从地里拔了不少萝卜回来。一来二去,胆子就逐渐大了,老陈在路上遇到一条野狗,便用了点心思,将它骗了回来。此前丽君家的那条德国大狼狗,已经被老陈给宰杀了,因为它不仅吃得太多,供养不起,还动不动就狂吠;它一叫,大家就怕它会把日本人给引来。

也许是老陈的进进出出被看到了,也许是狗肉的香味引起日本人的注意，几个日本兵又来骚扰了。此前他们曾经来过一次，有个络腮胡子会说几句中国话，反正开口闭口就是"大日本皇军"，就是"花姑娘"，卡蜜拉和丽君试图跟他们讲道理，请他们离开私宅，让他们不要吓唬小孩。络腮胡子捻了捻手指，表示"花姑娘"可以不要，但是必须拿出一些钱来。他的意思很明显，卡蜜拉与丽君想装不明白都不行，就是直截了当地索要财物。于是两人就用法语商量，是不是给一点钱打发他们。正商量着，一个日本兵突然冲向锦绣，将锦绣抱了起来，就要把她带走。锦绣吓得大喊大叫，其他孩子都被吓哭了；当时在场的各家孩子，加在一起大大小小有十多个。丽君奋不顾身地冲向那个日本兵，不顾一切地将锦绣抢了下来，大声呵斥他：

"你们想干什么，想干什么？"

卡蜜拉也急了，一边安慰孩子，一边跟着指责日本兵。一着急，竟然说起了南京话，好在日本兵也不懂。这时候，事情已经有些弄僵了，大家都不知道下一步会怎么样。日本兵似乎怔住了，他们也有些欺软怕硬，毕竟还有外国人在场，弄不好会有国际影响。卡蜜拉的几个孩子外貌都随母亲，虽然是混血儿，都是不折不扣的金发碧眼，因此外国人看上去不是只有一个卡蜜拉。然而事情不可能就这样算了，日本只是忌惮在南京的外国人，对中国人根本就用不着太客气。络腮胡子气势汹汹地指着锦绣：

"花姑娘，你害怕的、不要。"

在南京的阿瑟丹尼尔

1

三年以后，1940年的春天，丽君与新婚的丈夫何为谈起冯焕庭，说起他的不幸遇难，仍然不胜唏嘘。在丽君看来，这注定是一道很无奈的选择题。命中注定有一个人要做出牺牲，不是冯焕庭，就是锦绣，不是锦绣，就是冯焕庭。无法假设冯焕庭如果不出来，会发生什么样的事情。络腮胡子用手指着锦绣，让她不要害怕，他气势汹汹，很生气的样子，很难让人不害怕。丽君护住了锦绣，把她弱小的身子挡在了身后。丽君告诉何为，如果当时日本人真要冲过来，真要过来强行拉走锦绣，她会跟他们拼命的。她不能让锦绣落入这些畜生的手中，锦绣还是个孩子，虽然不是她的亲骨肉，不是她的亲闺女，可是丽君有责任保护她，她有这个责任和义务。

南京城已经沦陷半个月，人们都生活在恐惧中。当时的情形就是乱成一团，何为对日本人是不是真的要拉走锦绣表示怀疑，在场有那么多女人，日本人为什么偏偏选中了锦绣？不管怎么说，锦绣那时候也还是个孩子。日本人为什么不选择丽君，为什么不选择蔡妈和她的女儿，为什么不选择前来避难的婆媳中的媳妇？那时候的日本人为所欲为，人一旦成了畜生，就会比畜生更坏。何为只是有些想不明白，这些疑问从来也没有解开过。那么多的孩子都在哭，丽君歇斯底里地叫喊着，日本兵在大声申斥，就在这节骨眼上，冯焕庭出现了。二楼的窗户突然打开了，冯焕庭从窗户里探出身来，大声地喊着：

"住手，你们这些日本人，立刻从这滚出去！"

在场的所有人都惊呆了，没有人想到冯焕庭会在这个时候出现，根本就没人想到他竟然还藏在这个院子里，还藏在这个小楼上。日本人惊呆了，他们就驻扎在附近，曾经不止一次光临过这个院子，小楼的每一个房间都检查过，只知道这个大门里面，唯一的男人就是那个雇工老陈。孩子们也惊呆了，不明白冯焕庭为什么会出现在楼上的窗户里。卡蜜拉回过头来，看着丽君，她相信丽君一定知道这事，她一定知道冯焕庭藏在这儿。

日本兵端着枪冲上楼去，丽君也跟着上了楼。他们冲进了楼上的房间，把枪对准了冯焕庭。很显然，日本兵要把冯焕庭带走，不仅要把他带走，还在楼上挨个房间搜了一遍。在卫生间，他们发现了一个竹梯，通过这个还没有来得及搬走的竹梯，掀开一块活动的天花板，可以爬到天花板上去。原来在小楼顶部，还有一个隆起的隔层。南京的冬天太冷了，夏天又太热，这个隔层起着保温和隔热的效果。沿着竹梯往上爬，日本兵发现隔层的角落居然还藏着一个人，这个人是冯焕庭的警卫小萧。在日本兵逼迫下，小萧不得不乖乖地从上面下来。

现在，日本人要把冯焕庭和他的警卫小萧带走。小萧的脸上全是惊慌，相形之下，冯焕庭倒是一副大义凛然的样子。他让丽君将他的警官服找出来，当着日本人的面，不急不忙地换好，然后跟着日本兵下楼。在下楼的途中，他回过头来，对丽君说了一句：

"好好照顾孩子，我不会有事的。"

到了院子里，孩子们扑到了他怀里，冯焕庭挨个地搂了搂自己的孩子，看着满脸泪水的锦绣，在她额头上亲了亲，让她不要害怕，让她坚强一点，照顾好弟弟妹妹。又摸了摸身边所有孩子的脑袋，院子里孩子太多了，有几个他都不认识。瑞麟和中国太太的孩子基本上跟他没什么来往，他分辨不出他们谁是谁。卡蜜拉的几个孩子冯焕庭都熟悉，他们经常会到他家的院子里来玩，冯焕庭对他们挥了挥手，又转过身来，对卡蜜拉十分抱歉地点了点头，脸上始终保持着微笑。然后，在大家的眼皮底下，在丽君和孩子们的哭喊声中，冯焕庭和小萧被日本兵押解出了院子。

再下来的事情,大家就不太清楚了。几天以后,老陈带回来一个不幸消息,离高云岭不远的傅厚岗山坡上,有人发现两具尸体,其中有一具穿着警官制服。老陈说他很担心,心里在想会不会是他家主人。丽君听了,也不放心,让老陈去打听仔细,看看究竟。老陈有些犹豫,心里仍然害怕,也不好拒绝,显然是没办法拒绝,便硬着头皮去看了。街上依然荒凉,但总归可以看见有人在走动了;只要有人影在街上晃,老陈胆子也陡然大了一些,说明危险正在相对减少。

找了一会儿,才在山坡边的菜地里,看见要找的两具尸体。走近仔细看,果然是冯焕庭的遗体,身上血迹斑斑,人早已僵硬,因为天气寒冷,地冻三尺,看上去仍然是刚死不久的样子。老陈赶紧回去报告,丽君听了,捂着嘴哭开了。事实上,在南京城被攻破的第二天晚上,冯焕庭便带着小萧躲回了自己家里。当时也是走投无路,他所带的警察部队与日军刚一接触,便被猛烈的攻势打散了。警察毕竟不是正规作战部队,武器装备也不行。他们的任务是维护市区治安,可是日本人都打进来了,南京已经被攻破,到处都是枪炮声,到处火光冲天,他们也就不得不为这个城市进行最后一搏。

很多弟兄当时就英勇牺牲了,不死的,只能四处逃命,作鸟兽散。冯焕庭本是行伍出身,激愤之下,也想到拼命,偏偏手下这帮兄弟都不能打。情急之中，想起要与这个城市同存亡的誓言，便准备拔枪自戕，幸亏他的警卫小萧眼疾手快，一把抢过手枪，拉着他就跑。子弹在身边呼呼乱飞，他们沿着中山北路向下关码头方向跑去，那是唯一可以逃离南京的退路，跑出去没多远，发现迎面已有日军包抄过来，只好赶快向右转，钻进旁边小巷。经过七弯八拐，冯焕庭突然发现离自己家已不远，身后紧追不放的日军也被甩掉了。

这时候，城里到处都是日军，南京这个城市彻底地沦陷了。除了老陈和丽君，没人知道冯焕庭和小萧躲在这儿。他们是在半夜里翻墙进来的，进来以后，先小心翼翼找到了老陈，然后又悄悄地叫来丽君。经过一番商量研究，在天亮前，他们躲进了楼上的天花板隔层。

2

丽君跟着老陈去看尸体，陪着一起去的还有卡蜜拉，还有蔡妈，还有丽君家的女佣崔阿姨。见了冯焕庭遗体，丽君忍不住失声大哭。没想到冯就这样结束了自己的生命，她恨过他，爱过他，又恨过他，甚至可以说在他死之前，还没有来得及真正地原谅他。现在，世上再也不会出现一个像他这样，让自己又恨又爱的男人，一想到这个，丽君悲痛欲绝，哭得更加厉害。呼天抢地的哭喊声，夜深人静时显得特别瘆人，自从日本人进城，南京女人发自内心深处的哀号，一直在城市的半空中徘徊，一阵一阵，像寒风一样飘过。丽君没想到，现在轮到她发出这样痛苦的声音了。

丽君哭了一阵，如何处置冯的遗体成了一个问题，老陈说最好是先回去商量，光在这里哭也不是事。其他几个女人也是眼泪汪汪。丽君不肯离去，蔡妈就说太太你得拿个主意，你说怎么办。丽君也不知道怎么办，只能先回去商量。外面兵荒马乱，不知道什么时候又会冒出危险来。回到家里，丽君也不哭了，与老陈很严肃地商量，问他能不能把尸体拉回来。老陈有些为难，首先是怎么运回来，其次是运回来怎么办。李妈便在一旁插嘴，说按老法的规矩，人横死在外面，就不能再拖进家门。老陈立刻表示赞同，说最好还是找一口棺材，先就地掩埋。

可是眼下到哪里去找棺材呢？人逢乱世，很多事就不能再计较。老陈说明天他去找找看，如果能找到，是冯先生的福分，找不到，只有在菜地里挖个坑，先把人埋了再说。丽君听了，觉得有些道理，也只能依了老陈的这个办法。到了第二天，老陈便去他所知道的最近一家棺材铺，发现棺材铺倒是开门营业，只是棺材早就卖光了。棺材铺老板对老陈说，你也不要去别家了，我跟你说，南京城里的棺材都卖光了，你也别想再找到一具。

老陈就问："凭什么你说得这么肯定？"

"凭什么？你说凭什么，这事还不是明摆着？"

正说着，又有人过来问有没有棺材卖。棺材铺老板便感慨，说南京人真是倒了血霉，遭他娘的八辈子的殃。这叫一个什么世道，你看看敢街上跑的人，都是过来买棺材的。都说人一辈子，最怕的就是遭遇乱世，现在好了，乱世说来就真来了，这些日子死了多少人。买不到棺材，老陈只能空手而回，不过在外面走了一趟，胆子也大了许多。一路上，发现人正在多起来，空地里添了许多新坟，一棵高大的白杨树顶端，光秃秃的树枝上飘扬着日本膏药旗。不时地还会遇到胳膊上戴着袖标的收尸队，写着"崇善堂"，写着"同善堂"，世界红卍字会南京分会的工作人员标志最特别，外衣上套了一件背心，前后都印着醒目的白底红卍字。

在外面转了一大圈，肚子也饿了，老陈先赶回去吃些东西。同时也没忘了，顺便再在别人家菜地里，胡乱地偷些菜带回去。当时的高云岭周围，到处都是成片的菜地。回去吃了饭，扛了锄头和铁锹，准备去挖坑埋葬冯焕庭，去了不久，大惊失色地跑回来，说冯的尸体已不在了，也不知被谁收走了。冯焕庭的尸体没了，他旁边小萧的尸体也没了。谁也没想到会出现这样的状况，大家都傻了眼。丽君便让老陈去追查，究竟是谁收了尸，收到哪里去了。孩子们都已经知道冯焕庭不幸遇难，最伤心的是锦绣，总觉得父亲的死，与自己有关，是为了救自己，现在听说父亲的尸体没有了，哇啦哇啦地又哭起来。

丽君的大伯母本来要闹着要回到城南去住,现在因为冯焕庭的惨死,也开始感到害怕,不敢再提搬回去的事情。当初她就不太愿意搬到这里来,是丽君的主意,儿媳妇吴芳也坚持要搬。吴芳是四个儿子,男孩子总要调皮捣蛋一些,加上老太太平时又特别宠小孩,他们不太容易与丽君和卡蜜拉的孩子玩到一起去。只要是一闹,大伯母便开始跟着闹,闹着要回去。跟她说外面太乱,跟她说外面不安全不太平,她对这些似乎很有经验,说不就是打个仗吗?南京人都知道,南京人又不是没见识过,不就是攻下一个城来,让老百姓倒霉,三日之内不封刀,谁撞上谁倒霉,谁活该。现在都过去了这么多日子了,外面难道还会不太平?

老太太还有一个不满意,就是不喜欢她的洋媳妇,嫌卡蜜拉对自己不够尊敬。虽然卡蜜拉与丽君一样,也喊大伯母叫"大妈妈",总不如吴芳一个字的"妈",来得顺耳来得亲切。大伯母一直都把瑞麟当自己亲儿子,瑞麟娶了两个老婆,说起来是两头大,一房兼祧两房,她的内心深处,总认为还是一大一小,吴芳这边是大,卡蜜拉那边是小。瑞麟鬼迷心窍,平时把心都放在卡蜜拉这头,对吴芳不闻不问,所有这些,毫无疑问都是卡蜜拉的过错。

残酷的事实现在就放在面前,外面显然还不太平,不只是外面不太平，大家躲在这里，明摆着也不太平。现在，恐惧正在这里蔓延，连大伯母这个老太太都忍不住要害怕了。老陈说日本人强奸妇女，老的小的都不肯放过。老陈还听说，在大中桥那边，两个日本人找不到女人，竟然把一个十三岁的小男孩，当作女人一样给糟蹋了。他们现在的处境很糟糕，困在这个院子里，如果日本人再次闯进来，就像上次一样，又会怎么样呢？老陈因为去外面见过世面，见到了太多可怕的事情，因此他现在说什么，别人都还能听得进去。老陈说，南京已经没什么地方是太平的了，南京人都吓死了，日本人完全疯了，都发疯了，什么事都能干出来。

"街上根本就没个人影，你们说现在这样子，谁还敢出门？马路上到处都是死人。躲在家里也不太平，躲在家里也不是个事，日本人说来就来，我听说人都跑到难民区去了。"

相比较而言，只有难民区会好一些。难民区由国际委员会负责，都是一些在南京的外国人。日本人对这些外国人的账，似乎还是要买的，外国人的面子，似乎也还是要给的。他们也害怕国际影响，他们并不太想得罪在中国的外国人。老陈听一起去买棺材的人说，日本人到难民区去拉"花姑娘"，硬是让金陵女大的那个女校长，一个外国老太太，给轰了出来，大家都叫她华太。

华太说："你们这些畜生，赶快滚走！"

3

　　卡蜜拉建议大家还是一起搬到难民区比较好，老陈说的那个外国老太太华太，毫无疑问就是魏特琳。卡蜜拉现在有些后悔，很后悔当时没有听魏特琳的话，没有搬到难民区去。日本人的残暴，已经严重超出了她的想象，已经远远地超出了底限。大家一致同意搬去难民区，难民区也叫安全区。光听老陈嘴上说也不行，卡蜜拉决定自己先去看看情况。丽君立刻表示赞同，毕竟是这么一大家人，稳妥一些好，并问要不要让老陈陪着一起去。老陈面有难色，卡蜜拉说不用了，我骑脚踏车去，一会儿就能到了。

　　这时候，卡蜜拉的肚子又大了一圈，身孕已很明显。临出门，老陈先开门探出脑袋，东张西望了一下，然后回过身来，跟大家说外面没人，现在可以出去。街上真的是没人，卡蜜拉小心翼翼上了车，一路骑得飞快。在湖北路口，有端着枪站岗的日本兵，竟然跟她表示友好地打招呼。再走过去不远，有一群懒懒散散的日本士兵，正坐在倒坍的墙角边上晒太阳。卡蜜拉想避开他们已经来不及，只好硬着头皮骑过去。那些日本兵也没带枪，看见卡蜜拉，嬉皮笑脸议论着什么，其中有一个日本人，十分严肃地做着举枪瞄准的动作，嘴里发出枪击的声音，显然是在吓唬卡蜜拉。

　　卡蜜拉只当作什么也没发生，继续往前行，很快到了宁海路，沿着宁海路一直往前骑,已经进入难民区。到处都是人,小孩子在乱跑,女人在木盆里洗衣服。卡蜜拉不得不下车推着走,一片混乱中,卡蜜拉看到了远处的魏特琳女士,她正与一个男人在说话。走近一看,那个男人卡蜜拉也熟悉,金陵大学园艺系的老师阿瑟丹尼尔。魏特琳很高兴能见到卡蜜拉,立刻问她情况怎么样,要不要帮助?

卡蜜拉因为着急,一会儿说中国话,一会儿说英语。可能是太着急,有些结巴,魏特琳连忙安慰她,让她不要惊慌,有话慢慢地说。阿瑟丹尼尔也在一旁安慰,也让她不要着急。卡蜜拉还是忍不住一个急,毕竟还有很多人在等待她的消息。魏特琳听她说了没几句,当场表态,什么话都不用多说,让卡蜜拉赶快把家人都接到难民区来。难民区也不安全,但肯定要比别的地方好。

正好有一位外籍老师离开南京去上海了,刚走,他家的房子可以空出来,让给卡蜜拉住。阿瑟丹尼尔则自告奋勇,愿意陪卡蜜拉一起去接她的家人。魏特琳也觉得能有阿瑟丹尼尔帮忙是好事,外面实在太乱了,卡蜜拉又有身孕,能有个男人帮着照应一下,尤其是外籍男士出手援助,情况显然会不太一样。正说着话,又有个女人哭着来找魏特琳,说自己十一岁的女儿不见了。魏特琳便让那个女人先不要哭,不要着急,让她把情况说说清楚,她的女儿究竟是怎么不见了,为什么。

魏特琳还在跟那个哭哭啼啼的女人说话，还在安慰她，卡蜜拉便与阿瑟丹尼尔一起匆匆离开了。这一次，是阿瑟丹尼尔骑车，卡蜜拉搂着他的腰坐在后面。这个阿瑟丹尼尔不仅与卡蜜拉熟悉，与卡蜜拉的丈夫瑞麟也是非常要好的朋友。两个人都喜欢拍照，都是中华摄影联谊会的成员，瑞麟还为阿瑟丹尼尔的一本摄影图片集写过序。听说瑞麟一个人跟着学校西迁，却将孩子和怀孕的妻子留在南京，阿瑟丹尼尔觉得瑞麟作为一个男人，作为一个丈夫，作为一个父亲，这么做很不应该。

阿瑟丹尼尔说："看起来，我们的情况很相似，我的太太离开了我，回法国了，你呢，先生也走了。他们居然都是在最关键的时候，把自己的家人，把我们留在了这个很危险的城市里。"

街上还是没有什么人，卡蜜拉对阿瑟丹尼尔的个人情况完全了解，她觉得自己的遭遇与他并不一样，完全是两回事，因此也就没有接他的茬。路面上有点坑坑洼洼，自行车重重地颠了一上，卡蜜拉害怕摔下来，一只手紧紧地搂住了阿瑟丹尼尔，另一只手护住了肚子。这时候，她想到了自己肚子里的孩子，想到再过两三个月，自己就要生产了。

阿瑟丹尼尔又说："日本人太不像话！好吧，既然我们是留在这儿，就要想办法把他们做的这些事，这些恶行，传递到文明世界去。我要让文明世界知道，中国的首都南京，一个如此漂亮的古城，正

在南京的阿瑟丹尼尔

341

在变成一座人间地狱,这个城市正在毁灭。"

很快就到家了。这边已做好了走的准备,都在十分焦急地等候;看到卡蜜拉还带了一个外国人来,立刻欣慰许多。事不宜迟,说走就走,只留下老陈一个人看房子。因为人多,又拖儿带女,老的老小的小,为了避开先前在湖北路口遇到的日本兵,他们决定换一条路走,没想到最后还是遇到了日本人的岗哨。这次干脆是拦住了不让他们通过,阿瑟丹尼尔与卡蜜拉上前交涉。在他们交涉的时候,一个日本军官走了过来,要检查良民证,没有良民证,不让他们通过。

丽君挺身而出,勇敢地迎了上去,日本军官对着她上上下下打量,又看看其他的人。大家都被吓得不轻,孩子们眼睛瞪多大的,女人们一个个很紧张。纠缠了一会儿,终于放行,一行人进入难民区,找到了可以安置他们的地方。还没有安顿好,魏特琳女士已经过来看望他们了,关照大家不要乱跑,不要走到难民区外面,尤其是女孩子,千万不要出去。

丽君与魏特琳太太原本就认识,如今竟然在难民区相见,大家都很是感慨。丽君忍不住把冯焕庭惨死的事说给她,魏特琳听了,不停地叹气,说过去这些日子,她所听到的,所看到的悲剧,真是太多太多。丽君一边说,一边流泪。作为一名基督徒,魏特琳也不知道说什么好。前几日日本大使馆举行吹奏音乐会,邀请安全区国际委员会的成员参加,她和委员会主席拉贝先生都参加了。演奏的节目似乎还不错,但是她根本无法沉湎于音乐之中。乐队在演奏《轻骑兵进行曲》,她的思绪却停留在一群群被捆绑的平民身上。日本军人骑在马上,押送着他们,从难民区里走了出去,他们的老婆孩子追在后面,哭着喊着,那些人就再也没有回来。

4

阿瑟丹尼尔出生在中国的镇江,直到上中学,才回到美国。父母都是在华的传教士,他因此可以说一口非常流利的镇江话。在美国念完大学,阿瑟丹尼尔又回到中国,成了金陵大学园艺系的老师。太太克洛艾是法国人,与他一样,也是传教士的孩子,三岁时跟父母一起来到中国,在中国的教会学校读书,在中国上小学,读完中学,没有上大学。结婚以后,他们有了三个孩子,阿瑟丹尼尔很爱他的妻子,但妻子似乎并不像他爱她那样爱丈夫。

他们的第二个孩子是一头黑发,刚生下来,也不觉得异样,反正小孩子都是头发稀疏,都差不多。渐渐地头发越来越茂密,越来越黑,越来越像中国人。阿瑟丹尼尔与太太都是金发碧眼,这个小男孩却完全是中国人的模样,让人不得不产生怀疑,不得不在背后议论。最后克洛艾终于承认了,这个孩子确实是有问题,他是园丁儿子的儿子。阿瑟丹尼尔家有个负责照顾菜地和花木的园丁，园丁又有个十七岁的儿子，叫狗儿，生得小鼻子小眼，看上去还像个小孩。有一段时间，做父亲的自己偷懒，便让狗儿过来帮着照顾园子，浇浇水什么的。

狗儿已经结婚了，有个胖胖的小媳妇，比他大两岁。阿瑟丹尼尔一直没弄明白，克洛艾怎么就在不知不觉中，与那个看上去还像个小孩一样的狗儿，有了苟且的关系，真是让人无法想象。作为一名园艺系的老师，阿瑟丹尼尔待在郊外农场的时间，略多了一些，有可能是在无意间冷落了妻子。反正事情就这么发生了，克洛艾语焉不详地道了歉，轻描淡写地说了说事情经过，恳求丈夫能够原谅她。这件事情别扭了很长一段时间，阿瑟丹尼尔总是觉得心里堵得慌，最后说过去，便算过去了，不过去也得过去，日子总还得过下去。

克洛艾后来成了一个嫉妒狂。她总是怀疑自己丈夫，担心他与别的女人会有一腿。家里再也不肯用漂亮的女佣人，一有女学生上门请教，克洛艾会变得歇斯底里。医生的诊断是她的精神开始出现问题，她已经有了严重的臆想症，因此最稳妥的办法，就是要避免再刺激她。这种状况直到生了第三个孩子才逐渐好转，由于老大和老三都是女孩，阿瑟丹尼尔夫妇其实都还挺喜欢老二这个儿子。"八一三"淞沪抗战期间，克洛艾去法国探亲。她父亲已去世，母亲回法国养老，克洛艾带着三个孩子去看望母亲。当时吃不准事态会如何发展，情况似乎越来越严重，阿瑟丹尼尔便写信给克洛艾，让她暂时不要回到中国来。

信寄出以后，他有些后悔，克洛艾听了他的话，也就当了真，立刻安排几个孩子在那边读书。接下来，事态越来越不可收拾，上海失陷了，苏州也失陷了，炮声隆隆，日本人开始准备进攻南京。阿瑟丹尼尔因为自己的美国人身份，可以跟随美国大使馆安排的军舰一起撤退，当时军舰就停在长江口，然而他又被魏特琳的牺牲精神感动，决定留下来，参加南京安全区国际委员会的工作。他的想法很简单，阿瑟丹尼尔亲身经历过1927年北伐革命军进入南京时的混乱，他觉得自己这次留下来协助魏特琳的工作，首先是保护校产，其次才是保护市民不受战乱的袭扰。

当时的假设和预想，主要担心守城军队溃败，会像当年那样进行抢劫。在中国的历史上，这样的事情经常发生；结果这种担心并不存在，反倒是日本人的所作所为，让阿瑟丹尼尔十分意外。按照他的想法，包括安全委员会的一些人的观点，日本人的文明程度显然会高一点；阿瑟丹尼尔去过日本，和日本人交过朋友。日本军队打仗英勇，对手无寸铁的市民，不应该形成过分伤害。然而残酷的事实却证明，阿瑟丹尼尔和安全委员会某些人的预判完全错误，日本人进入这个城市，彻底失去了理智，彻底失去了控制。

阿瑟丹尼尔喜欢拍照，国际安全委员会希望他尽可能地多拍摄一些照片，作为最直接的证据，递交给南京的日本大使馆。从12月16日起，也就是日军进入南京城的第三天开始，国际安全委员会几乎天天都在给日本大使馆写信。这些信的内容涉及各个方面，安全区的四辆消防车，被日军征用为运输车，安全委员会希望通过大使馆，找回这些车辆。又譬如安全区里许多妇女被强奸，许多工友被抓走，外国公民的财产被抢劫，安全委员会不厌其烦地一桩桩都写下来，当作备忘录送交大使馆的秘书。渐渐地，阿瑟丹尼尔对安全委员会的申诉不太理解，也不太相信，如果这样写信有用的话，日本人的恶行早就应该停止。

魏特琳和安全委员会的其他成员，相信这些信还是会有用的，目前情况下，也只能这么做了。事实上，连日本大使馆也对日军的野蛮行为感到头疼，出于外交方面的考虑，他们也觉得很没面子。日本军方总是显得非常强势，大使馆根本无法约束军方的行为，因此有时候也会故意把国际安全委员会提交的抗议，泄露给日本和西方的媒体，通过媒体给军方施加压力。当时的世界根本就不知道南京正在发生什么，南京已经与外界隔离开了。

阿瑟丹尼尔拍摄了很多胶卷，那一段日子，卡蜜拉与他经常在难民区里见面。他们的住处挨得很近，都是借宿别人的房子，卡蜜拉一家住在离京的外籍老师家，阿瑟丹尼尔则住在化学系的办公室。

只要是有机会见面，只要还有胶卷，他就会从裤兜里掏出照相机，为卡蜜拉拍一张照片。最后一次拍照，已是卡蜜拉临产前，当时她捧着个大肚子，站也不是，坐也不是。阿瑟丹尼尔一定要为她拍摄一张全身的照片，镜头对过来对过去，想选择一个好的角度，好的背景，对了半天镜头，仍然也没有按下快门。卡蜜拉开始有些不耐烦，说你快点拍吧，我是真的站不住了。

清凉古道上的刺客

1

卡蜜拉最终也没能见到阿瑟丹尼尔为自己拍摄的照片。刚到难民区第二天,她去拜访过他,在阿瑟丹尼尔借住的办公室里,看到了一些照片。这些照片有的是他亲自拍摄,有的显然不是。不是他拍摄的照片从何而来,阿瑟丹尼尔并没有告诉卡蜜拉。卡蜜拉只是觉得很神奇,这些照片怎么就到了阿瑟丹尼尔手里。这些照片记录了日本兵的各种行径,既有屠杀现场的写真图片,很血腥,也有很日常的生活画面。总之一句话,每一张都非常真实,真实得令人难以置信。这些可以作为罪证的照片,绝对是一个谜,阿瑟丹尼尔一定是通过一种非常奇特的途径,才获得这些照片的。

卡蜜拉印象最深的是一张合影,两个士兵很悠闲地坐在台阶下面，脸上露出了笑容，其中一个还伸出两根手指，对拍照的人示意。背景是一栋房子，在他们身后的水泥台阶上，放着两个被砍下来的男人头颅，嘴上各插着一根中国式的旱烟枪。这是一张令人作呕的照片，因为这张照片，卡蜜拉睡觉都会做噩梦。

转眼已是春节期间，因为除夕夜未能摆供祭祖，丽君的大伯母心里一直不踏实，总觉得是桩心事。从她记事以来，过年不祭祖宗，这还是第一次。有些话老太太只能跟吴芳讲，丽君是新派，卡蜜拉是洋人，根本不把祭祖宗这些事放在心上。正月初六那天，两名日本宪兵和一名中国翻译来到了难民区，让魏特琳把难民都召集到一起训话，向大家宣布，这个城市的秩序已完全恢复了，难民区已经没有存在的必要，希望难民们尽快做好回家的准备。

日本宪兵趾高气昂，声音很大，声嘶力竭，卡蜜拉看见翻译正与魏特琳低声地说着什么。魏特琳不动声色，好像根本没在听他说话。然而日本宪兵前脚走，魏特琳就悄悄地告诉卡蜜拉，说这个翻译明里一套，背后又是一套。他偷偷地告诉魏特琳，南京城仍然是不安全的，绝对不安全。女人，尤其是年轻的女人，千万不要贸然回家，还是应该待在难民区里。

正月十五到了，难民区来了一群人，是一个不小的参观团，有日本的军人和文化人，有维新政府的官员，还有几位手上拿着笔和小本子的西方记者。这一大群人浩浩荡荡，进入了难民区，东张西望，到处拍照。日本军人开始给小孩子发放糖果和鞭炮，小孩子们一传十，十传百，都纷纷拥了过去，乱哄哄的，竟然有许多大人在看热闹。

人们依然记得，大年初一清晨，难民区的南京人被爆竹声炸醒了。与往年的热闹相比，这声音几乎可以忽略不计，大家还是忍不住要想，要在心里生气，这个城市都已经悲惨到了这一步，为什么还会有人放鞭炮呢？吴芳的几个儿子与卡蜜拉和丽君的孩子玩不到一起去，现在来到了难民区，这里能玩的小孩多，尤其是小男孩多，他们因此挺喜欢这里的生活，照样打打闹闹，无忧无虑。日本人发给他们的糖果吃了，又把分发的鞭炮拆散，零零星星地点放，点着了，到处乱扔。丽君看不下去，指责了几句，大伯母便发话，说小孩子玩玩的事，你就让他们高兴高兴，又怎么样？丽君气得直摇头，脱口冒出来了一句：

"商女不知亡国恨，跟你们这些人，还有什么好说的。"

幸好老太太耳朵聋，也听不见丽君在说什么。再下来，卡蜜拉预产期就到了，魏特琳专门为她找了辆手推车，派人送她去鼓楼医院。到医院的当天，卡蜜拉便生了个儿子，三天以后，魏特琳又派人将她接回难民区。回到难民区的那天晚上，魏特琳过来看她，给卡蜜拉带了两罐奶粉，同时告诉她一个很不幸的消息——阿瑟丹尼尔失踪了。当时外面非常混乱，失踪是一件非常严重的事情。

2

几天以后，外秦淮河边一个小树丛里，发现了阿瑟丹尼尔的尸体。显然是被人打死了，然后抛尸于此，因为他是外国人，问题显然有些严重。美国政府提出了抗议，要求日方做出解释，缉拿凶手。很快结论就有了，治安维持会出面，宣布凶手已经抓获。有人在黑市上贩卖阿瑟丹尼尔的相机，经过审讯，贩卖相机的人已经承认，是他对阿瑟丹尼尔进行了抢劫，因为阿瑟丹尼尔进行反抗，凶手便将他杀害了。接下来，又是很快，杀手被宣告死刑，枪毙了。

卡蜜拉几乎是在第一时间就想到阿瑟丹尼尔收集的那些照片。她根本就不相信这事会是中国人干的，日本宪兵搜查了阿瑟丹尼尔居住的化学系办公室，将属于他的私人物品统统作为证据没收了。卡蜜拉跟魏特琳说起了阿瑟丹尼尔收藏的那些照片。对那些照片，魏特琳也有耳闻，与卡蜜拉一样，她们相信阿瑟丹尼尔的遇难与那些有着特殊意义的照片有关。

事实上，不只是阿瑟丹尼尔遇难了，他经常去冲洗胶卷和相片的大明照相馆，这家南京很有名的老字号照相馆，也被一把莫名其妙的大火给烧毁，照相馆老板和店员都神秘地失踪了。自从开战以来，日本人飞机狂轰乱炸，城南许多商家都未能幸免于战火。大明照相馆也遭受了损失，屋顶被掀掉了一大块。日本人进入南京后，经过简单的维修，它是南京城里最先恢复营业的几家店铺之一。因为照相馆老板有过留学日本的经历，许多日本兵都进去照相留念。除了在照相馆里照相，他们自己用相机拍摄的胶卷，也会不断地送到这里来冲印。魏特琳与卡蜜拉很有理由怀疑，阿瑟丹尼尔那些来路不明的照片，可能就来自这家照相馆。

到3月底，伪中华民国维新政府宣告成立，南京再次成为首都，但它的势力范围，只能管辖到江苏浙江安徽三省，以及南京和上海两个特别市。北洋时期的五色国旗再次在这城市上空飘扬，代替此前的青天白日满地红国旗。日本人的飞机在天上撒着传单，南京和上海都举行了庆典游行，居然还有不少人上了街，也有几分热闹。鞭炮放了不少，惊天动地，口号声也还算响亮，其中最流行的几句，不是"日满华亲善"，就是"大东亚共荣"。各式各样的报纸也出笼了，一时间，南京沦陷的惨痛，已经不复存在，流过血的伤口都结痂了，伪维新政府"如春天之萌动"，"充满了盎然生机"。

丽君的大伯母带着吴芳和四个孙子回城南老宅，卡蜜拉也带着自己孩子，与蔡妈和李妈一起搬了回去。接下来的一年，与失去丈夫的丽君相比，卡蜜拉显得更加不幸。首先是孩子生下来不久便夭折,可怜这孩子,从未见过父亲,就离开了人世。不过,就算有幸活下来,也不可能见到瑞麟。在日机对重庆的一次轰炸中,他已不幸遇难。当时瑞麟正在街上给老房子画速写,敌机来了,类似的敌机轰炸很频繁,他可能觉得不应该有什么事,没想到一颗炸弹就在身边爆炸了,一块不大的弹片正好击中他脑袋。瑞麟是中央大学的著名教授,他的死报纸上有报道,消息很快传到南京。卡蜜拉一开始也不相信,后来有人终于帮忙,找到了报纸,白纸黑字,写得清清楚楚。

绝望的卡蜜拉决定带着孩子离开中国,要离开,身无分文的她只能卖房子。要卖房子,只能靠丽君帮忙。瑞麟遇难,最伤心的是卡蜜拉,其次恐怕就是丽君了,毕竟她和他是一母所生,还是双胞胎。说起来,丽君是姐姐,她的确也一直以姐姐自居,处处都想着他,让着他,同时也不断地欺负他。丽君告诉卡蜜拉,小时候她总是欺负这个弟弟,表面上不得不让着他,因为他是男孩,是唯一的男孩,大家都宠他。现在,悲伤的卡蜜拉决定要返回祖国,要卖房子,丽君没有理由拦着。她知道这时候如果换成自己,也会这么做,会毫不犹豫地这么做。事情都到了这一步,还有什么可留恋,为什么还要留在这个伤心之地?

当初准备要嫁给瑞麟,卡蜜拉父母从十分犹豫,到坚决反对。安特卫普夫妇只有三个女儿,最疼的就是二女儿卡蜜拉。卡蜜拉三姐妹都喜欢这个中国小伙子,母亲曾经告诉过卡蜜拉,如果换作她的姐姐或妹妹,执意要嫁给这个中国人,他们可能会感觉好接受一点。卡蜜拉向来最乖巧,最听话,最懂事。在感情上他们接受不了女儿要远嫁他国,好心相劝没起到任何作用,卡蜜拉已打定主意,结果双方都有些失去理智。女儿第一次把大人的话当作耳边风,第一次顶撞了父母,你一句我一句各种不相让,说到最后,愤怒的母亲难免失态,居然对女儿说了一段话:

"你非要嫁给这个中国人,非要不听妈妈的话,我就告诉你,真嫁给了这个人,你一辈子都不会幸福。"

悲伤中的卡蜜拉给母亲写了一封信,开头的第一句话就是,"亲爱的妈妈,你的诅咒应验了",写完这句话,她不知道应该如何继续下去,抓着笔失声痛哭。过了很长时间,才继续住下写,卡蜜拉向母亲诉说自己的遭遇,说起过去的几个月,她所在的这个城市遭遇的不幸。说起自己与瑞麟有过的幸福生活,说起自己的那些孩子多么可爱。对于以往的生活,对于过去的经历,卡蜜拉无怨无悔,然而就在转眼之间,这一切突然都不存在了,圆满和幸福化为泡影。亲爱的丈夫没了,一个可爱的孩子刚出生就夭折,现在,她完全不知道应该怎样面对这个世界,不知道今后应该如何生活下去,她看不到任何希望,她实在是太绝望了。

母亲的远方回信很快到了,开头第一句就是:"妈妈非常地抱歉，我心爱的女儿，妈妈没有诅咒，妈妈永远不会诅咒女儿，妈妈宁愿自己堕入地狱，也不愿意心爱的女儿受到伤害。"接下来，卡蜜拉母亲以不容商量的语气写道，"心爱的女儿，你接到此信，立刻就动身回家吧。变卖掉所有可以变卖的一切，带上那些可爱的孩子，立刻赶往最近的一班可以回家的海轮。我们都迫切地想让你知道，你的爸爸妈妈，你的所有家人，正在翘首企盼，我们盼望着你的归来。"

在一个乱世，要想立刻把房子以合适的价格脱手，并不容易。伪国民政府定都南京，赶过来想捞个一官半职的人，多如过江之鲫。没钱的租房子，新贵们添豪宅，小洋楼越盖越漂亮。日本人打进南京，房子被毁坏了不少，城南的老房子成片烧毁，老房子要烧起来就是火烧连营，好在旧的不去，新的不来，真要重新翻盖，倒也不是很难的事。"国破山河在，城春草木深"，这个城市人口已锐减，住房远不像战前那么紧张，因此卡蜜拉打算卖房，还真没什么人愿意接手。

何为与丽君走近，与卡蜜拉准备卖房子有关。

何为是以买卖房屋的中间人身份出现的。说起来也是丽君的旧相识，他与冯焕庭关系非同一般，打过无数次交道。论岁数，何为比冯焕庭要小许多，甚至比丽君也要小三岁。不过千万不要小看了这位中间人，提起此马来头大，何为是黄埔二期的学生，在军校成绩优秀，最早是共产党员，被中共派去苏联，在莫斯科东方大学学习，后来又被选拔到苏联特种警察学校受训。这个所谓"特种警察学校"，是一个专门培养间谍的地方，位于偏僻的西伯利亚小城，隶属于苏军总参谋部，学员多是不同国籍的共产党员。没人知道何为在那里究竟学到了什么，让人意想不到的只是，他回到国内不久，便和共产党分道扬镳，进了国民党中央组织部设立的"党务调查科"，专门与中共的"特别行动科"作对，捉了不少共产党。

抗战后，党务调查科分裂成为大名鼎鼎的"中统"和"军统"，何为此次奉命从重庆潜回南京，主要任务就是负责监视和惩处叛变投敌的汉奸。监视是重点，具体地说，一旦确定目标已经投敌，便毫不犹豫地进行刺杀。何为所监视的对象，正是秀兰的干爹李元老。李元老是辛亥革命功臣，老资格的国民党人，年轻时信奉泛亚洲主义，对日本的维新成功一直存有好感。他是不折不扣的亲日派，作为党国元老，对先总理孙中山先生，始终都有微词。二次革命，李元老不赞成倒袁，认为孙根本不是袁的对手。护法运动，认为孙不遵守誓约，说话不算话，譬如孙曾对众人表示，只要徐世昌辞职不当大总统，他也下野不干，结果人家徐下台了，护法目的已经达到，大家都盼着他能兑现，没想到孙又一次失言，不但不辞职，还要嚷着继续北伐，为此很多社会名流公开通电反对，李元老便列名其中。

作为国民党中的反对派,李元老动不动就倚老卖老。南京沦陷前夕,他没有听从国府安排,没有西迁内地,而是抱着与首都共存亡的决心,留在了南京。日本人的飞机不断地光临,炸弹乱飞,他居然还有闲情雅致,在城西的乌龙潭里钓鱼。乌龙潭里不仅有鱼,还有王八,就在日本人进城的前三天,李元老竟然钓到了一只一斤八两重的大王八。王八咬住了什么就不肯松口,无论怎么样都没办法将钩子取下,最后只好将王八脑袋用菜刀给剁下来。

3

李元老至死都没想到重庆政府真会派人来刺杀。作为一名老革命党人,他知道自己会被监视,知道他的一举一动,都暴露在别人眼皮底下,知道别人很在乎他的表态,因此李元老的基本态度,是对任何敏感话题,都不轻易地表明自己态度。有一位日本老朋友伊藤来南京,决定要去拜访李元老。中日两国虽然还在交战,处于敌对状态,可是他们已经有了几十年的交情,当年在日本参加同盟会,就是关系非常好的朋友。

伊藤战前曾数次拜访李元老。李家就在清凉山附近,在小后花园里一起吃茶喝酒。李元老还带着伊藤去过扫叶楼和清凉寺,这两个地方伊藤都特别喜欢。他喜欢扫叶楼的精致,喜欢它的清静。最喜欢的还是从清凉寺走出来，有一条古意盎然的小道。伊藤写信时，把它称为"清凉古道"，说无论春夏秋冬，想起它时，便有一种别样回忆。山坡上有两棵六朝松，树干很粗壮，姿态很好看。伊藤还记得李元老在这条古道上，跟他说起了"解铃还须系铃人"，说这典故就是这清凉寺传出去的。修行的禅师问众弟子，老虎脖子上挂了一串铃铛，谁可以将其解下，众弟子当时就傻了。结果一个不为人所知的小和尚泰钦，为"是谁解得"这道难题，给出了一个让众人都信服的答案，就是"系者解得"。伊藤在信中提起这个典故，不知道什么原因，将"解铃还须系铃人"，写成了"系铃还须解铃人"，究竟是个笔误，还是伊藤故意要这么写，李元老一直没弄明白。

伊藤此次来到南京，又打算去见老友李元老，没想到人已到门口，却活生生地吃了一个闭门羹。派人进去问候，李元老让人带信出来，说中日两个民族目前正在打仗，都以为只有一战，只有你死我活，才能最后解决问题，既然大家都这么想，都失去了理智，他与伊藤之间，瓜田李下，一时也没有什么好说，还是不见面的好。中国有句俗话，黄泥巴掉在裤裆里，不是屎也是屎，现在说什么都是废话。

伊藤心有不快，又觉得老友高风亮节，便在报纸上写文章，赞赏李元老的做法。伊藤也算是有点名气的汉学家，这样的文章登出来，中日双方老百姓都不喜欢，毕竟反战意味太浓了。重庆方面特别担心李元老会落水，在新成立的伪南京维新政府中，基本上都是些老北洋时期的失意政客，早就过了气的旧官僚，这些人没有号召力，本来就无权无势，老实说，连日本军方也不是太看得上眼。李元老不一样，他是国民党元老，赫赫有名的前辈，南京的社会名流。他如果愿意出山，站出来为日本人做事，意义完全不一样。这也是重庆方面为什么要专门派特工人员监视的原因。

闭门谢客的李元老现在经常做的事，就是去乌龙潭钓鱼，风雨无阻。方方面面的人都在监视他，重庆方面的特工，日本占领军的谍报人员，伪维新政府的警察，都在揣测他下一步会怎么样。重庆的一份报纸，不点名地提到了李元老，说居住在城西的某大佬正待价而沽，已做好了落水准备，清凉山已经成为了终南山，不是唐诗人王维的"行到水穷处，坐看云起时"的终南山，而是有着"仕宦捷径"之名的终南山。李元老知道外面都在这么议论，南京一名大学生给他写了一封长信，慷慨激昂，历数中国历史上的民族英雄，"人生自古谁无死，留取丹心照汗青"，意思简单明了，希望李元老成仁取义，保持住人生的晚节。

有一天，李元老正坐在乌龙潭边的石头上钓鱼，突然有个不明身份的人，走到他身后，趁其不备，猛地将他推到了水潭里。没人不知道袭击者是谁，这个人将永远是个谜。唯一可以肯定的就是，袭击者想置李元老于死地。好在水不太深，李元老岁数虽然不小，水性却非常不错，在水潭里打了个滚，翻个身，便自己爬上岸来。一时间议论纷纷，有人说是日本人干的，日本军方曾多次上门说项，希望他能够出山，都被李元老婉言拒绝。有人说是重庆方面派了人，担心他落水当汉奸，被敌人所利用。还有人说是伪维新政府的人干的，理由很简单，现如今的伪维新政府，都是一些无用低能的草包，人一无用低能，就担心有能耐的人会代替自己，害怕他会出山，害怕他到伪维新政府中来任职，抢夺自己饭碗，所以要把李元老给清除了。

刚开始众说纷纭，到临了仍然莫衷一是，这件事只能不了了之。伪维新政府为证明自己清白，专门派了两名警察，到李元老家门口站岗放哨。既然大家都担心，都有可能派人刺杀李元老，那么行走在清凉古道上的陌生人，就都可能被怀疑成刺客。李元老家人也开始担忧，尽管有了保镖，这些保镖究竟是不是可以依靠，还真说不清楚。就连重庆方面派来负责监视他的何为，对眼前形势也判断不清楚，对李元老究竟会不会落水，心里一点都没底。了解李元老的人都知道，他这人表面上很清高，好像很淡泊名利，实际上完全不是这么一回事。只要价码合适，他会欣然出山，心甘情愿地落水当汉奸。作为重庆方面的代表，何为知道将李推入水潭这事与他们无关，经过分析，何为更愿意相信，很可能是上演了一场苦肉计，目的无非想逼他老人家下水。事实上效果也已经达到，伪维新政府派警察保护，等于向南京老百姓昭示，重庆方面要谋害李，李元老尽管还没有落水做汉奸，离出山也不远了。

何为立刻果断应变，成功收买了负责保护安全的警务人员。他让两名伪维新政府警察中的一个，从自己的眼线发展成为小组的外围人员。通过这个警察，准确无误地监视着李元老的一举一动，进可以攻，退可以守。一旦发现了他要投敌的明确信号，何为可以在最短的时间里解决李元老。

第七章 ◎

搣搣萧萧里

王可大的告白

1

何为这人，无论做什么，都会想到一箭双雕，都会想到一石三鸟。他向来精于计划，可以说是神机妙算，从来不做赔本买卖。错综复杂的政治形势面前，他总是会显得出奇的冷静，走出第一步，后面第二步第三步，甚至第四步第五步都已经想好了。伪南京维新政府很无能，办事十分低效，惟日军马首是瞻。虽地处东南一隅，无能归无能，日本人却更看重它，因为这里是伪国民政府首都，老百姓都认这个。对于人民群众来说，首都的声音有着更大的号召力。在北方成立略早的华北伪临时政府，一直不甘心屈居其下，同样落水做汉奸，好比封建家庭的旧式婚姻，真要讨论起排行，怎么也应该是先入一天为大，虽然大家都是以五色旗为国旗，都是不太能见得阳光的伪政权。

当时新办了一张报纸叫《新京时报》,出资方是伪维新政府和日本特务机关。伪维新政府仍然仿效国民政府,一样有"行政院",有"立法院"。何为的公开身份是在这家报社挂职,负责副刊和广告。报纸内容也没什么好看,因为是奉命办报,免不了要看日本人脸色,说日本人喜欢听的话。说来说去,无非中日亲善,和平反共建国,集中日满宣传斗士于一堂。相比较起来,副刊上文章好看一些,风花雪月邻里短长,离政治很远,离抗战更远。广告也好看,婚丧喜事,卖房购物,老百姓谈不上喜欢,识字的人总得要有字可看,有事要议论。时事新闻也会关注,不过大家都不相信。南京人早已麻木,无论谁来办报,有关时局的新闻,十有八九不会靠谱。

没人知道李元老会不会下水,他的态度暧昧,各方面对他的态度也是暧昧。日本人刚进入南京,为尽快恢复这个城市的秩序,非常希望李元老这样有名望的人出山,重庆方面最担心的也是这个。随着时间推移,大家突然发现,李元老并不像想象的那么重要,因为伪国民政府中另外一个重要人物就要出场了,那个人比李更大牌。大家听说汪精卫发表了"艳电",已悄悄离开重庆,去了越南河内。再下来,人到了上海,消息不胫而走,说汪正在与日本人密谈。事情明摆在桌面上,大家都知道,大家都相信,如果汪先生能够出来收拾残局，以他的资历，以他的身份和地位，北方的伪华北临时政府，南京的伪中华民国维新政府，还有一些莫名其妙的小伪政权，统统都是狗屁，都是小孩子在玩过家家。

汪精卫出山前后，重庆方面对汉奸的惩处达到了一个新高度。何为接到密令，对李元老这样的老家伙，杀了算了，免得留下后患。时穷节乃现，乱世出英雄，杀他可能杀错，可能冤杀，但起码可以起到一点威慑作用。到伪政府中去任职的人正在多起来，很多人还在观望，廉耻之心正逐渐丧失，投机取巧的人只要有个合适价码，都会落水做汉奸。反正李元老这样的政客，本来就不受待见，留着也没用，杀了也就杀了。但接到指令的何为却迟迟不动手，他汇报说可以把事情做得更巧妙，那就是既要清除了李，同时还要设计让日本人来背这个黑锅，让人觉得是日本人干了这事。

上锋并不赞成何为的方案，这么做，起不到敲山震虎的作用。惩处汉奸，是要让坏人闻风丧胆，不敢再做汉奸。如果嫁祸日本人，效果完全不一样，起不了让人不去做汉奸的作用，反倒有可能推动别人去落水。事情就这么挂在那儿，悬而未决。有一天，何为正在报社处理事务，发现有两个女人进来打探消息，其中一个金发碧眼的外国人，另外一个有些眼熟。他记性好，立刻想起这个女人是丽君。丽君过去也见过何为，印象并不深刻。她们来报社的目的十分简单，就是想帮卡蜜拉卖房子。

有了何为这个中间人，一切变得简单起来。何为说这年头大家都不容易，我一定会想办法，帮你们卖出一个好价钱。正好手头事情已经办完，他主动提出与她们一起去看房子。让丽君感到吃惊的是还有一辆小汽车，何为居然还会开车。虽然车主不是他，但在兵荒马乱的年月，能开着小汽车在南京街头招摇，也不是一件容易的事。结果一路上，很自然地说起了冯焕庭，何为很感慨，说他以为冯早就去了重庆，没想到最后会那样。又说冯焕庭为人太耿直，太行伍气，不太懂得随机应变，他的处事性格，关键时候必定要吃亏的。丽君心里难过，说不要再说这事了，一提到老冯，我心里就难受得像有刀在割，就不痛快。何为就说，好吧，我不说了，不说了，不要说你，连我心里都感到难受。这年头，能够活着就好，我们说些高兴的事。

说话间到了卡蜜拉家，何为看了房子，夸不绝口，说这房子外形好，里面更好。他说自己没钱，有钱要买就买这样的房子，这样的好房子要卖掉实在可惜。说着说着连声叹气，说冯太太关太太放心，姓何的可以跟你们打包票，绝不可能让买主趁人之危；我说帮你们卖个好价钱，就一定要帮你们卖个好价钱。结果这件事还真办得挺漂亮，维新政府实业部的次长张某新娶了一房姨太太，成天闹着要买洋房，何为从中一撺掇，领着张次长和姨太太去看了一次房，姨太太就铁了心要买这房子，花多少钱都要买。反正张次长也不差钱，说买就买，真的就买了。

1940年3月30日，南京举行了国民政府和平还都典礼，汪精卫成为这个政府当仁不让的领袖。老百姓也弄不太清楚，知道有点猫腻，有点不太光彩。毕竟日本人在这儿统治两年多，虽然有过一个伪维新政府，大家并不当回事。现在，汪伪国民政府敲锣打鼓粉墨登场，情况就不太一样了，看上去正经得多，听起来也顺耳。又看到了青天白日满地红的国旗，"遗民泪尽胡尘里，西望王师好几年"。伪国民政府主席，还是原来的那个林森。林森随国府迁往重庆，眼下还在重庆，南京的这个伪国民政府，仍然遥奉重庆国府主席林森为主席。汪精卫是"行政院长"，也是原来干过的职务。

何为挂职的《新京时报》改组了，还叫《新京时报》，后台老板仍然是宣传部。只不过他身份已改变，不再在报社兼职，也不再接受重庆方面的指令。何为与军统彻底脱离关系，不仅脱离关系，还与军统完全处于对立状态。按照重庆方面的说法，何为也已经落水了，已经当了汉奸。他现在的正式身份，是汪伪政府警务部的重要官员。

2

何为是有家室的男人，老婆带着孩子留在了老家湖南。他一个人独自在南京打拼,自然有些寂寞;丽君年轻寡居,也难免寂寞。两个寂寞的人,两颗不安分的心,干柴遇上烈火,很容易地走到了一起,很热烈地就燃烧起来。何为干的工作十分危险,军统派人杀他,他也派人杀军统的人。双方杀来杀去,你暗杀我的人,我暗杀你的人,一时间血雨腥风,谁也没办法收手。最后终于达成默契,你也算了,我也算了,大家都心里有数,都高抬贵手。

丽君对何为的所作所为,并非一无所知。但女人头脑发起热来,什么事都能做出来,什么后果都会搁在脑后。男人和女人上床前后,完全不是同一个人。男人为上床会不顾一切,女人上过床会不顾一切。丽君直截了当地问何为,他是不是当了汉奸?像他这样在汪伪政府里任职,不就是当汉奸吗?得到了肯定的答复,丽君又说,如果冯焕庭还活着,知道我和你在一起,绝对饶不了你,也饶不了我。何为便坏笑,说老冯要是活着,我做不做汉奸,都饶不了我,你想想看,我都把你给睡了,他怎么肯放过我?丽君就说,人家都说朋友妻,不可欺,你这样对待我,亏心不亏心?何为说,我怎么不亏心,怎么能不亏心,亏心死了。都说色胆包天,我从见到你的第一天起,就开始不怀好意,就贼心不死,就他妈很不要脸。为了你,我什么事都能做,都敢做。

这一年,丽君正好四十岁,何为问她岁数,她不肯说,让他猜。何为便往小里说,丽君就说你是故意的,少来这套,犯不着用这办法来讨女人喜欢。何为便说三十如狼，四十如虎，五十坐地吸土。丽君说你这人好下流，何为笑了，说我让你猜个更下流的谜语，你听了保证受不了。丽君说我受不了你就别说，何为还是说了，有声有色地念道：

"掀开热被窝，就往腿上摸；掰开两条腿，就往眼上搁。好吧，你猜猜，这是在干什么？"

丽君连声说你太坏了，太无聊，这么下流。何为一本正经，说怎么下流了？我一点都不下流，你知道我说的这个是什么？你肯定想歪了，肯定是往那方面在想，我告诉你谜底是什么，是眼镜。你想眼镜搁眼镜盒里，还裹着一层布，你打开眼镜盒，掀开擦眼镜的布，掰开眼镜，把两条眼镜腿掰开来，再往耳朵上一挂，也可以说是往眼睛上一搁，你想想，这不正是我们戴的眼镜吗？

说起眼镜，丽君情不自禁地想起自己两任丈夫，想到死去的亚声和冯焕庭。亚声戴眼镜，他眼睛有点近视。冯焕庭视力好，从来都不戴眼镜，不过有一副金边的墨镜，只要外面有点阳光，出门就会戴上，他觉得这样很神气很威风。何为也是非常厉害的近视眼，真让他拿下眼镜，看东西一片模糊。丽君一直想不明白，他这样看上去文绉绉的男人怎么当间谍，怎么干特务工作。与冯焕庭相比，何为其实更冷血，更是杀人不眨眼。他知道自己血债累累，身边总会有两名保镖。即使到高云岭来与丽君相会，也是大门外面留一个保镖守卫，院子里还有一个保镖在巡逻。

丽君与何为唯一一次在公开场合同时出现，是去吊唁李元老。李元老很幸运，虽然有很多人曾想暗杀他，方方面面都派过刺客，却都让他安然躲过了，最后老死在床上。他一死，一了百了，大家都乐得做好人，都派人前去慰问。日本友人就去了好几位。生前李元老不愿意见面，现在他死了，他们决定去看他最后一眼。汪伪政府更是隆重对待，又派要员吊唁，又送了一大笔钱。据说汪精卫本来也准备亲自到场凭吊，他们也算是老战友了，在抗战前，都属于主和派，然而临时改变主意，只是写了一首诗送过来。

远在重庆的蒋介石写了一幅字过来。除了蒋送了挽幛，还有其他党国元老，有写悼亡诗的，有写挽联的，都在灵堂里挂了出来，琳琅满目，各路显要汇聚。何为之所以与丽君一起去吊唁，是要用小汽车载她的舅舅薇堂老人。薇堂老人年龄比李元老还略长，平时都是李元老去看他，登门找他聊天，现在李元老先走了，兔死狐悲，薇堂老人很伤心，执意要去李府凭吊，去洒几滴老泪。灵堂里人来人往，到处都是挽联，都是有头有脸的人物。反倒是薇堂老人用心写的一首长诗，放在了不显眼的角落。老先生看了，不胜感慨，对搀着他的丽君和秀兰说：

"杜甫有句诗，'匡汲俄宠辱，卫霍竟哀荣'，你们知道什么叫哀荣，什么叫极尽哀荣？就是说人死得很有光彩，十分风光。不过

371

'哀荣'二字,其实别有深意,不只是说一个人死得如何热闹。死得热闹有什么意思?人死了也就死了,再风光也就那么一回事。你们知道孔子是怎么说的,他的意思是'其生也荣,其死也哀',哀和荣是两个意思,意思是说一个人活着要让人羡慕,让人眼红,死了要让人伤心,让人觉得心痛。唉,看着老友就这么走了,我留在这个世上的日子,也不会多了,就算多活几天,又有什么意思,有什么意思呢!你们是不知道,我这心里有多难受。"

在李元老的棺材前,薇堂老人没有抚棺流泪,在灵堂里看挽幛,也没有流泪,出了灵堂,直到秀兰送他颤颤巍巍地要上小汽车,临上车前,老先生突然像小孩子受了委屈一样,放声哀号起来。秀兰也在不停地流眼泪。她一直搀着薇堂老人,他这么一哭,秀兰连忙安慰,也不知道说什么好,跟着非常伤心地哭起来。在一旁的何为不知道秀兰是谁,心里全是疑问;向丽君打听,丽君便告诉何为,说秀兰是李元老的干女儿,是个很有名的电影明星,拍过不少电影。何为听了,这才恍然大悟。

3

秀兰早在一年前就回到南京,她已经跟俞鸿分了手,分手原因很简单,俞鸿又有了别的女人。想当初,他们一起去香港,在香港一直想拍电影，结果也没拍成，人家不喜欢俞鸿的剧本。加上秀兰怀孕了，俞鸿不让她去演别人的电影，理由是那些剧本太烂，庸俗不堪，根本没有艺术性。秀兰的肚子一天天大起来，家里没佣人，一切琐事都要她去做。好在秀兰从小就是穷人家的孩子，也无所谓，电影明星的架子，说放下就能放下。没想到有一天买菜回来，在小巷子里让一辆自行车给撞了。骑车的是一位外国人，撞了她，说了几句她听也听不懂的话，跨上自行车就走了。秀兰回家，不久就小产了，好不容易在医院生下一个死孩子，医生说能保住她的性命已属万幸。

医生的意思，秀兰以后已很难怀孕，也不会再生孩子。她为此非常悲伤，想到自己以后不能有小孩，情绪经常会失控。失控的原因也与俞鸿有关。他已经有过两任老婆，儿女成群，平时就喜欢埋怨，说辛辛苦苦挣的钱，都被老婆孩子给榨空了。现在秀兰的孩子没了，他好像根本不在乎。秀兰气急败坏时，说你倒是活得很自在，也不想想，人家老了怎么办，谁来给我养老送终。俞鸿说我那么多小孩，到时候随便挑一个就行。秀兰说你若不在了，你那些孩子会服侍我？怎么可能！现在恐怕一个个心里都咬牙切齿地恨我呢！你在的时候就这样，以后不在了，人没了，不知道会出什么幺蛾子。俞鸿听见秀兰一口一个你不在了，人没了，心里就不痛快，气鼓鼓地说：

"你怎么知道就一定是我先走呢？天下的事都没有个一定，谁知道小日本就把南京给占了？我虽然比你长了几岁，到底是谁先走在前面，还真没个一定。"

秀兰听俞鸿这么说，又好气，又好笑，也懒得再跟他争论，回了一句：

"好吧，是我走在前面。"

两个人更大的分歧是接下来怎么办。秀兰想去上海，上海租界又被称为"孤岛"，那边也有人带信过来让她去拍电影。俞鸿想去重庆，重庆是战时的中华民国首都，去了那里，因为条件限制，拍电影几乎没可能，但是国统区话剧很流行，演什么话剧都可以人山人海。俞鸿一向认为他擅长写话剧，而且也认为好的话剧演员，比电影演员更会演戏。秀兰觉得俞鸿一点都不为自己着想，她确实不太喜欢演话剧，站在话剧舞台上要直接面对太多观众，这让她感到很不自在。拍电影不一样，电影棚里没几个人在看，一段一段拍，按照导演的意思，演一段是一段，演完就算。

俞鸿岁数已经不小了，那方面的要求仍然很强烈；秀兰恰恰相反，总是要找借口躲他。一而再，再而三，俞鸿便出去寻花问柳。香港要去那种地方很容易，去了，也不太瞒着秀兰。有一天，他告诉秀兰，自己出于对帝国主义的仇恨，专门找了一个洋女人。没想到坐在那儿谈价钱不觉得，真站起来，那个高那个大，竟然要比自己高出一个头！脱光了更可怕，两个大奶子，每个都差不多要和自己脑袋一样大，睡在她身上，波澜壮阔，跟睡在一张气垫床上差不多。秀兰也不知道他说的是真是假，也许是假的，只是为了气气自己，也可能是真的，这种荒唐事，他还真能做出来。

直到俞鸿与李美霞搞上了，秀兰才意识到自己与他的缘分已到尽头。李美霞是从广州过去的一名演员，会唱粤剧，也拍过电影；岁数也不小了，有些积蓄。一开始，俞鸿大约只是想占她的便宜，没想到上了手，她便缠住了俞鸿不放。李美霞与香港黑社会的人熟悉，她的目的很简单，并不是一定非要嫁给俞鸿，就是要闹。她想达到的目的，就是要拆散俞鸿和秀兰。

李美霞掷地有声地给俞鸿扔出了一句话：

"最讨厌男人吃了碗里还看着锅里。你要么把碗砸了，要么把锅砸了，必须做一个选择。"

于是秀兰就选择去上海。在上海待了没多少日子，又回到南京，回南京不久，她干爹李元老又离开了人世。说起来，她也是电影明星，也红过火过，然而当初也没置过什么房产，都是住在公寓里，由电影公司为她付租金。红的时候，也十足赚了些钱；与俞鸿结婚以后，由于他基本上是净身出户，花起钱来又是少爷脾气，因此真要计较起来，反倒是"二姑娘倒贴"，是她在俞鸿身上用了不少钱。回了南京后没地方住，还是去住先前的公寓；一问价钱，涨得有些离谱。只好再找地方,在大行宫附近找了一间房子先住下来,价钱也不便宜。几年前日本人来,烧了不少房屋,很多人被杀了,很多人离开了。过去的一年,人气正逐渐恢复,谈不上昔日繁华;但汪精卫回来了,青天白日满地红的国旗也挂了出来,南京似乎又有了一点首都气息。

李元老逝世前后,秀兰在李府住过一阵,作为干女儿,也算尽了孝。这期间,来访的熟悉面孔除了丽君,除了薇堂老人,还有一些抗战前就与李元老经常来往的国府高官,这些人都在汪伪政权中任要职。最让她意外的是遇到了王可大,很多年没见面,他还是在当警察,不过已不是什么队长,而是派出所所长。李元老逝世,来来往往人多,政府派了多名警察在这维持秩序,具体负责人就是王可大。他来去匆匆,秀兰觉得脸熟,很快想起来他是谁。大家也不说话,后来还是王可大先打招呼,试探地问了一句:

"俞太太怕是已经不认得我了?"

秀兰笑了,大大方方地回了一句:

"我当然记得,怎么会不记得。"

秀兰嘴上这么说,心里想的却是当年希俨带她去金陵大学看戏,他带着手下到剧场抓人。王可大跟她说话似乎有些不好意思,带着一些歉意,说当初有些事,完全都是误会,都是别人在瞎说,跟我一点关系都没有,真的跟我王可大没一点关系。经他这么一提醒,秀兰才想起当年小报上的谣言，说她与王订过婚，说他们还有过一个孩子。作为曾经的电影明星，小报上的谣言太多了，秀兰根本懒得去理那些无聊的东西。有一段时间，报纸上还说，王可大已向法院递交了讼状，要告秀兰赖婚。

王可大跟秀兰解释，说自己并没有被别人当枪使，他绝不会做出伤害俞太太的事，从来没做过。确实有居心叵测的记者找过他，千方百计地套他的话，最后都被他给骂走了。王可大说，俞太太你想想，我不能无中生有地诬蔑人是不是？秀兰说这些事早过去了，用不着再放在心上。王可大说我当然没什么，希望俞太太不要当回事，千万不要把这些烂事放在心上。他一口一个俞太太，喊得秀兰心里很不是滋味。后来两人熟识了，王可大还这么称呼，秀兰终于忍不住，直截了当地告诉他：

"王所长不要再喊我俞太太了。人家跟俞鸿早就分手，我跟他，早就不是夫妻。"

4

秀兰和王可大最后会成夫妻，出乎很多人意外，包括他们俩自己，秀兰没想到，王可大更没想到。很多事情就是凑巧，说起来，他也不算混得好，国民政府定都南京前就是侦缉队长，混来混去，干了二十年警察，职务还是差不多。好在能够在警界一直混下去，也算相当不错。孙传芳统治时期，王可大抓过革命党；北伐革命军进城，正好他爹病故，给了他一个请假奔丧的机会，等到风头过了，才又回到南京。警察的职务是维护治安，因为熟悉业务，他再次回到已重组的警局，降职留用。好不容易从副队长升到正队长，抓共产党，抓汉奸，坏事好事都干过。日本人快进城，王可大老母亲又去世了，他不得不赶回老家奔丧；留在南京城里的很多警察，都被日军当作现役军人杀了，他因为母亲的死而得以幸存。

在警察局，王可大是老人儿，身边同事差不多都是新人。他也不愿意再干侦缉队长，这活儿太危险，太血腥。重庆的特工前仆后继，与汪伪警务部的特工斗智斗勇，成天杀过来杀过去，实在是让人担惊受怕，也让人心寒。王可大找个借口，主动要求去派出所当小所长。这差事权力不大，油水也不多，好在很安逸很太平。汪伪时的老百姓就是亡国奴，叫小日本给弄怕了，弄老实了，弄乖巧了，胆子非常小，非常容易管。

秀兰租的房子不远，有一处日本人兵营，每天一大清早，就能听到出操的声音。当初租这个房子，秀兰很担心，房东拍着胸脯安慰，说绝对没事；说日本人跟刚进南京城时已完全不一样，那时候的日本兵，像发了狂的疯狗，到处杀人强奸；现在伪国府已经还都，中日已经携手和平共处，大家都相安无事。日本人真要敢胡来，汪主席也不会答应。秀兰就付了租金，反正城里到处都可以看到日本兵，在哪儿都一样。住下来以后，秀兰发现附近不仅有日本人的兵营，还有一处日军慰安所，偶尔从旁边经过，就可以看见日本兵和穿着和服的日本妓女，三三两两地走进去，走出来，有说有笑，一个个神情都很安逸。

实际情况远比预料得要糟糕。秀兰打算在上海的租界立脚，没想到并不容易，很多电影人都转行了。回到南京，更是发现一点机会也没有，眼看着坐吃山空，日子过不下去，情急之中，有日本导演要在南京拍电影，剧本中有个中国女人，考虑让秀兰来演，毕竟她当年是个电影明星。秀兰也去试了镜头，对方也还满意，正准备签字付订金，半路杀出了一个月兰小姐，不知走了什么人的门路，活生生将定下来的角色给抢走了。这事王可大知道了，他告诉秀兰，不拍这样一个电影，未必是什么坏事。在日本人的电影里演戏，老百姓知道了，要骂人的。秀兰便说，我也想到会挨骂，可要是不拍电影，不演戏，谁来养活我呢？人总是要吃饭，骂骂人谁不会？南京人就喜欢骂人，我也没少让人骂过，骂就骂吧。

王可大说："你还年轻，这个事，你肯听我的话，绝对不会错的。"

秀兰苦笑，叹气说："还有什么可年轻的，我岁数已经不小了。"

王可大也笑了，说："什么叫不小了，你还能有多大？在我心目中，你还是当年那个小丫头。记得那时候，刚看到你的照片，真是让人那个，不怕你秀兰小姐笑话，我是当场就动心了，真的，我说的真话。你千万别笑话，我知道自己配不上你秀兰小姐。"

秀兰反应不过来，不知道他说的是什么照片。王可大就做解释，说起当年的媒婆朱氏，说她在茶馆里为自己做媒，让他看照片，说起了她那张铁嘴，巧舌如簧天花乱坠，真是能把死人说活过来。又说起了吴有贵，当年怎么样怎么样。秀兰不由得有些脸红，她也想起当年自己确实有过那样一张照片，算算时间，都快十五年了。十五年的光阴岁月，说过去也就过去。看到秀兰脸红，王可大也有些不安起来，他也不知道再说什么好，就说自己现在当这么一个小小的派出所所长，算不上什么有出息；她若是有什么需要，尽管盼咐他去做，他一定会尽量帮忙，尽一切可能帮她做好。

自从回到南京，吴有贵没少给女儿增加烦恼。当年是电影明星的时候，经常去找秀兰要钱，动不动就预支女儿的薪水，曾被倪老板派人狠狠地收拾过一次。当时跟他说好了，到日子会给他一份月钱，但他必须老老实实，再也不许去打扰女儿，否则一个子儿都别想得到。抗战爆发，秀兰与俞鸿去了香港，吴有贵的月钱自然也就没了，生活变得苦不堪言。想当初，也算是过了几天好日子，现在女儿回来了，他再一次旧态复萌，又开始隔三岔五地过来要钱。秀兰告诉他自己没钱，吴有贵便涎着脸说：

"别跟我说没钱，没钱，还住得起这么好的房子？"

秀兰是真的没钱了，说是身无分文也不夸张，因此，当王可大再次向她求婚，明知道他有点趁人之危，秀兰还是答应了。王可大的告白很朴素，很实在，情真意切。他许诺不仅要很好地照顾她，还要连同老丈人吴有贵一起照顾。这让秀兰感到十分安慰，她知道吴有贵是个无底洞，是个无赖，谁做了他的女婿都要倒霉，只有当警察的男人才能够对付他。吴有贵这一辈子，好吃懒做欺软怕硬，就害怕当官的，就害怕警察。秀兰有时候被吴有贵纠缠烦了，又拿他没办法，心里就想嫁个男人，让自己男人收拾他。

天若有情天亦老

1

秀兰决定嫁给王可大,她觉得要把丑话说在前面,把应该说的话,先摊在桌面上说清楚。她说了小产的经过,告诉他自己差一点儿送了命,告诉他医生已经宣布,她可能不会再生小孩。王可大听了脸色很阴沉,有一些难看。秀兰心想,幸好先把这话说出来,他若是不愿意,想反悔还来得及。没想到王可大是心疼她,眼睛红了,说你最后能没事就好,孩子没了,是有些可惜,可是你活下来了,这就好。秀兰便问他是不是真不在乎以后没有孩子;王可大说你肯嫁给我,就是我王可大最大的福分,别的我都无所谓。秀兰没想到他会这么在意她,想自己本来也就是一个穷人家的苦孩子,不过是拍了几部电影,有了点小名气,真有个男人愿意真心真意地疼她,也认了。

王可大是真的会疼人，对秀兰是真的好。秀兰知道他在老家娶过媳妇，有一个女儿，已嫁人了。说起前面的媳妇，他很内疚，说当初结婚，也不太知道她的好，都是老人操办的；因为不喜欢包办婚姻，很少回去看她。后来日久生情，真正体会到一日夫妻百日恩，真有了感情，没想到她却病故了；一想起这事，就觉得对不住她。王可大说自己单身了这么多年，屡屡想过要娶媳妇，一想到死去的前妻，再娶的念头也就淡了许多。听他这么一说，秀兰觉得王可大人挺善，不只是对自己好，还真是个有情有义的男人。

结婚不久，秀兰怀孕了，这是个非常意外的惊喜，王可大快乐得手舞足蹈。不过她还是有些担心。在香港时，外国医生曾跟秀兰说过，一是不太会怀孕，真怀上了，生产起来也很危险。她看到王可大高兴，不忍心说出来，心里还是害怕，终于忍不住说了。王可大听了如同被迎头泼了盆凉水，气急败坏地说他只要老婆，只在乎老婆，生孩子这么危险，如何是好。秀兰不免后悔，本来也就是自己一个人担心，现在倒害得王可大一起担惊受怕。

汪伪国民政府成立一周年，南京举行了规模盛大的庆典活动，差一点把戏剧大师梅兰芳请到场。梅先生已留了胡须不再演戏，他最后并没有到场，但是上海方面还是来了六十多位影剧界人士，有男明星，有女明星，还有电影导演和编剧，非常热闹。

秀兰作为南京当地的电影女明星，毫无疑问也在被邀请之列。这时候她的身孕还没显出来，穿着旗袍，给人的印象只是胖了一些。王可大不太愿意她参加这样的活动，一来觉得女人没必要出头露面，不愿意自己老婆再当明星；二来也知道参加这样的活动，老百姓会在心里骂娘。亡国奴已经做了，做了就做吧，还要高高兴兴地玩庆典，这个就有点过分。当然更担心秀兰肚子里的孩子，眼看着肚子一天天大起来，王可大决定要把她送到最好的产科医院去生产。那年头，很多女人都是在家生孩子。王可大把秀兰送进了同仁会产科医院，通过熟人先打好招呼。同仁会的产科医院有位叫林佳佳的医生特别厉害，在德国学的妇产科，据说手特别巧，经验丰富，对付难产很有一套。

直到秀兰要生孩子，才知道这位林佳佳医生是个男的，还是个日本人。王可大也没想到产科会有男医生。秀兰生的时候果然难产，到关键时刻，助产士不灵了，赶紧派人去把大名鼎鼎的林医生喊过来。很快林医生就来了，都说日本人个子矮，这林医生又是日本人中间的矮个子。因为是在手术室里生孩子，家属不让跟着进去，王可大看着林医生匆匆忙忙穿上白大褂，护士帮他戴白帽子，套橡皮手套，看着他走进手术室，虽然知道病不瞒医，看着一个日本男人往手术室里跑，心里多少还是有些不是滋味。接下来，看到护士急急忙忙地跑出来，又拿着什么东西急急忙忙地跑进去，情绪又立刻紧张起来，害怕秀兰会出什么问题。都说林医生医术十分高超，如果情况真像香港那位外国医生说的那样可怕，但愿这位林医生能救秀兰一命。

幸好是林佳佳医生做了手术，母子这才双双平安。护士都说秀兰命大，要是在别家医院，最后结果会怎么样，还真不好说。同仁会产科医院是大病房，一共两个房间，每个房间都有十多张病床。上午查房，林医生领着一群实习的青年医生，挨个床走过去。他中文不算太好，一会儿说中文，一会儿说日语，有个非常漂亮的女护士为他做翻译。快要轮到谁，便会有个助产士提前将盖在产妇身上的被子掀开。家属这个时候一般都要被赶出去，尤其是男人。王可大穿着警服，一直守在秀兰身边，护士让他出去，他不肯，护士也就不强求了。终于轮到秀兰，被子掀开了，露出了光溜溜的下身，林医生对她特别仔细，看了又看，问秀兰怎么样，又对那些实习医生谆谆教诲，说了半天。王可大真想上前将被子替秀兰盖上，秀兰张开了两条大腿的样子，真让人尴尬。好在实习医生都是年轻女孩子。

母子都平安，说出院就出院了。想到自己娶了秀兰，又在四十岁后，有一个白白胖胖的儿子，王可大感到幸福无比。派出所所长也没什么钱，买不起房子，便在自己辖区租了两间房子，把吴有贵也接过来住。吴有贵这个老丈人自然是有种种毛病，可自从有了王可大这个当警察的女婿,也乖巧多了,不敢太过分太出格。再说他岁数也不小,太荒唐的事也干不出来了,无非好几口老酒,天天要喝一些,不喝难受。王可大接他过来时就谈好,只要条件还允许,他这做女婿的肯定满足,酒可以天天喝,不过量就行。吴有贵也喝不多,白天不喝,每天吃晚饭前喝一点,一边喝,一边逗小外孙玩。筷子头在酒盅里蘸一下,往小孩子嘴上送,看着小外孙咂嘴眨眼睛,觉得很好玩,乐此不疲,秀兰怎么反对也没用。

2

丽君与何为的关系一直很尴尬,一开始,她就知道他们有缘无分,不可能修成正果。何为不会娶她,她也未必真想嫁给他。世道这么乱,人心早已不古,大家的处世态度都是往往走一步是一步,混一天算一天,都没太想未来会怎么样,始乱终弃似乎在一开始就注定了。也许正是因为对未来不抱希望,他们的关系除了苟且,就是疯狂,以至于丽君自己也不得不承认,他们真是不要脸,除了想上床,其他什么都不想。何为很高兴她这么说,说男人最喜欢的就是不要脸,男人最怕的就是女人上了手,盯住了不肯放手。丽君听他说得这么赤裸裸,心里很有几分不舒服、不痛快,酸溜溜地告诉他:

"何为你放心,什么时候你真烦我了,通知一声,我保证不会缠着你。"

何为说:"我还能来,这不是说明我还没烦你吗?"

丽君说:"你迟早都会烦我的,迟早都会。"

何为就说:"女大三,抱金砖,我喜欢比我大的女人。老女人好,老女人懂得体贴人,我起码现在还不会烦你。"

何为本意大约也是想安慰,但这话反而会让丽君多心,他显然是嫌她老了。男人嘛,总是喜欢年轻漂亮的女人,总是喜欢新鲜,丽君的性格一向极要强,想到何为比自己小了好几岁,如今在汪伪国民政府的职务也不小,可以说是身居要职,又有权又有势,比当年的冯焕庭还有威风。乱世里的威风才叫真正的威风,何为告诉她,这年头,说句不太客气的话,他想杀谁就杀谁,想把谁做掉,就把谁做掉。乱世用重典,实际上真正到了乱世,根本就没什么规矩。要杀就杀了,说你是共产党,说你是汉奸,说你是重庆派来的,都可以是杀无赦的理由。想到他还能眷恋自己,想到这么一个杀人不眨眼的男人,对她还有一点柔情,不管真假,丽君心里也满足了。既然他们的关系是偷鸡摸狗,名不正,言不顺,也用不着太当真。

丽君没想到的是自己会怀孕,一开始倒是有些担心,再不计后果,毕竟也是个后果。没想到一年多都没事,说有事就有事了,等到她意识到要出问题,已经出了问题。纸是包不住火的,丽君便与何为商量,要他拿个主意。这事情真传出去,实在是不太好。何为说你就生下来,偷偷地生,我们有个小孩有什么不好呢?丽君被他说得有些动心,当然也是内心深处对何为隐约还有点希望;如果他们之间有了孩子,情况当然会不一样。反正是可以躲在家里生,她与何为的事在这个家早已是公开秘密,佣人们都知道,孩子们也知道,这事只要能瞒着外人就行。

于是说生就生了,是个儿子,看上去与何为一模一样,肉肉的小眼睛,能哭能闹。丽君躲家里坐月子,神不知鬼不晓。太平洋战争爆发,日军攻击了珍珠港,美帝国主义不堪一击。中日之间打了好几年仗,直到这时候,重庆国民政府才郑重其事地正式向日本公开宣战,南京的汪伪国民政府,也一本正经发表宣言向盟军叫板。何为对形势很乐观,说中国人真要能像日本人那样厉害,这个世界怕就是要属于亚洲人了,现在这样也好,进可以攻,败可以守,最后谁赢了,都吃不了亏。日本人赢,汪主席领导的南京政府是战胜方;日本人输,重庆那边蒋委员长的国民政府又是胜利一方。无论怎么样,无论谁赢谁输,中国都会有退路。

丽君问何为:"你看究竟谁更可能赢呢?"

何为不说话,想了一会儿,说:"真要比较实力,怕是美国人更厉害。打仗吗,说穿了是要拼实力。要审时度势,光靠一个英勇顽强,恐怕也是无济于事。当初抗战军兴,'一·二八'在上海和日本人打,'八一三'又在上海和日本人打了,打到临了,真是打不过人家,这也是没办法。"

丽君听何为这么说,心里觉得没谱。何为又跟她仔细分析历史,说现在都觉得中国已亡国了,沦陷了,其实你好好想想,有什么亡不亡的,这个国家不是还在?不就是改个朝换个代吗?不就是还得过日子吗?大清朝刚开始那会儿,中国人死都不承认,都要做忠臣烈女,后来呢?后来不是都他妈认了。最后你想想,连大清的满人,也都跟着我们这些汉人学,说人家洋人是夷,动不动就来华夷之分。所以我跟你说,什么汉贼不两立,什么王室不偏安,千万不要相信。识时务者为俊杰,什么叫识时务?关键是要看清楚局势,看清楚了局势,才有可能在混乱中立足不败之地。

那段日子,何为与她几乎就是公开同居,偶尔也会在外面拈花惹草,不过基本上还是把丽君家当作自己家。这边的孩子也已经接受他了,都叫他何叔叔。小孩子也不知道什么叫未婚同居,反正觉得这个何叔叔能耐很大,办法特别多。电影院里放好看的电影,只要他打个招呼,大大小小的孩子都可以去免费看电影。各式各样的参观活动,这个票那个券,也都是比别人容易弄到。当时很流行一种"画片剧",也就是后来的连环画,从日本传过来的。小孩子喜欢看,不仅小孩子喜欢,很多大人也热衷看这玩意儿。南京曾经有过一个"中国画片剧协会",创作的画片剧有《英美的末日》,有《大东亚万岁》,一看名字就知道是在鼓吹日本的侵略战争,还有什么《孔善人》和《姐妹花》,为了配合"清乡运动"与"新国民运动"画的,画得很难看,卖得非常好。

南京夏天非常热,普通老百姓到了三伏天,都有乘凉或睡露天的习惯。天黑了,卸下一块门板,把竹榻和躺椅搬出去,坐在外面聊天,手上拿把扇子,一边扇,一边赶蚊子。真到了夜晚,大街小巷,是个地方就有人在乘凉。丽君家有院子,门前有个水泥晒台,何为能说会道,乘凉的时候,孩子们缠着他要听故事。他最喜欢说神弄鬼,孩子们又想听,又有点害怕。锦绣快中学毕业,不喜欢听何为的鬼怪故事,喜欢看言情小说。那时候,小说家张资平的《新红A字》正在报纸上连载。他的小说专门写粉红色的三角恋爱,鲁迅先生曾经写文章嘲讽过。但是女孩子喜欢看,喜欢他的那种缠绵故事,锦绣和女同学都在议论,都在猜想后面可能会有的结局。可惜连载到一半,小说被腰斩了,理由是小说中写到了物价飞涨,日伪当局很不满意,觉得这是在影射当下。

张资平的《新红A字》看不到了,有个同学弄来一本美国小说家霍桑的《红A字》。张资平的创作是新编,霍桑的这本书是原创。说好就借给锦绣一天时间,她必须抓紧时间将这部厚厚的长篇小说看完。因此,何为跟孩子们在晒台上说故事,她躲在房间里埋头看小说。天气很热，没有风，何为一边说故事，一边偷眼看台灯下的锦绣。丽君在晾台上坐了一会儿，刚生不久的儿子闹个不歇，好不容易睡着，她也有些累，便回去睡了。再下来，时间越来越晚，逐渐有些凉意，孩子们也困了，纷纷回房间睡觉。何为贪图凉快，不愿意进屋，就在躺椅上休息，困意绵绵，不时地被蚊子咬醒。

锦绣还在看小说，看到夜深，实在太困，放下书就睡着了，灯也没关。晒台紧挨着锦绣的小房间，夜深人静，何为似睡非睡地醒过来，坐在黑暗中，隔着打开的窗户，看着房间里熟睡的锦绣。天气热，女孩子轻衣薄衫，曲线婀娜地躺在床上。夜越来越深，夜越来越黑，何为突然有了很不好的念头，他悄悄起身，走到窗户前，神不知鬼不晓地爬了进去。

3

何为进入锦绣房间做的第一件事，就是把灯关了。锦绣睡得实在太沉，以至于短裤都被褪到膝盖处，才惊醒过来。何为第一时间捂住了她的嘴，根本不让她发出任何声音，同时用最快的速度，将她短裤扯下来，窝成了一团，塞进她嘴里。然后又将她上衣脱了，把她的两个膀子扭到背后，紧紧地捆住。所有这一切，都干得非常娴熟。受过职业特工训练的何为，制服一个柔弱的小女孩，让她彻底失去反抗能力，易如反掌。

如果不是因为尖锐的疼，不是因为刺心的痛，锦绣真会以为自己是在做噩梦。事情并没有很快结束，事情也不是像想象的那么容易。锦绣仿佛一只落入狼口的小羔羊，在何为的百般欺凌下，毫无反抗之力。痛苦持续了很久，很漫长，终于结束了，这时候，天已经快亮，可以听见远远的公鸡报晓声。

何为压低了嗓子，把嘴凑到了锦绣耳朵旁边，警告说：

"这事，不会再有第二个人知道，是不是？"

过了一会儿，何为又说：

"这事过去了，不会再有下一次，听见没有！你就当作什么事也没发生过，听见没有。"

何为从她嘴里取出短裤，抖了抖，给她穿上，解开绑她两个手的衣服，仍然是在空中抖了一下，扔在她手上，让她自己把衣服穿好。然后，还帮她抹了抹脸上的眼泪，再若无其事地从窗户里又爬了出去，回到晾台上，回到先前躺过的那张躺椅上，装模作样地继续睡觉。不一会儿，女佣崔阿姨起床了，拎了个菜篮准备出门买菜，看见何为还在晒台上，以为他睡着了，不打算招呼，经过他身边时，却看见他睁开了眼睛，就顺便问候一声，说何先生在外面睡，凉快是凉快，会不会蚊子太多。何为白了她一眼，没有搭理她，闭上眼睛，继续睡觉。

接下来一段日子，对锦绣来说真是很难很难。何为这人倒是说话算话，没再骚扰过她，但是她实在是无法面对。何为很会装，他若无其事的样子，让锦绣觉得同样是一种伤害，一种更大的伤害。本来这一家人对何叔叔印象都很好，都觉得他是个不错的男人，只不过是来的次数突然减少了，理由是汪主席最近刚接见过他，很可能要给他安排一个更重要的位置。那段时间，汪精卫在南京人心目中的地位不算低，街头到处都挂着他的巨幅画像。大家记忆中，这个城市够资格挂巨幅画像的，一个是孙中山要安葬，一个是蒋介石从西安脱险归来，还有一个就是庆祝汪伪国民政府的和平还都。对于经历过苦难的南京人来说，"和平"两个字尤为重要，一提起要打仗就慌张。汪精卫自认最值得夸口的一件事，是用和平方式收回了沦陷的南京。他的名言是"南京城不是我丢的，却是我汪某人为你们收回来的"。大家都知道，上海等地的英美法租界，被帝国主义占据了那么多年，太平洋战争以后，租界从日本人手里，象征性地交还给了汪伪国民政府，这其中还包括了上海天津武汉的日租界。

汪伪国民政府似乎又给南京创造了一个新的盛世，毕竟租界是从中国人身上割出去的肉，都说覆水难收，连这个都能收回来，有一点引以为自豪，也不过分。所以只要是个什么日子，就大张旗鼓地庆祝，还都要隆重庆祝，还都一周年两周年纪念日，更是要庆祝。也没几支像样的部队，根本就不能打仗，照样玩阅兵式，照样放焰火。南京的文化界也跟着出现了繁荣迹象。抗战前，中国的文化中心，毫无疑问在上海，现在不一样，都跑南京来混了。写旧诗词的遗老，写新诗玩小说的时髦文学青年，都到南京来寻找机会。

南京有了"中国作家联谊会"，有一个会刊叫《国艺》，专发文人唱和的旧诗词，类似刊物还有一本《同声》。被五四新文学痛斥的国学余孽，开始一个个沉渣泛起。新文学中流行的小品文，闲适风格的散文，也一样有着很好销路。夫子庙一带的书店，一进门书摊上，除了旧派的杂志在卖，新派的刊物《古今》和《人间味》也放在那儿。喜欢谈论古今的《求是》，号称"严肃的纯文学"的《野草》，还有摘摘选选的《文编》，鱼龙混杂琳琅满目。与蒋介石的一介武夫做派不同，汪精卫喜欢文人范儿，还给自己取了个名字叫"双照楼主人"。他写的旧诗词，连自视甚高的薇堂老人都得竖起大拇指称赞，要知道，他老人家很少会夸当代人的诗写得好。

那一段日子，南京老百姓忍辱负重，好像都忘却了沦陷的痛楚。"商女不知亡国恨"，大家熟悉的"新生活运动"，已改名叫"新国民运动"，内容差不多，经常提到的一个词就是"国民素质"。常常有日本作家来访问，与南京的文化人交流。南京的作家也组团去伪满洲国访问，与日本人座谈。"大东亚文学者大会"在日本东京召开过两届，第三届轰轰烈烈跑到南京来举办。名额有限，南京只派出了七名代表，当时上海最红的女作家张爱玲便在上海代表名单中。小报记者因为她特别火，早就做好了采访准备，没想到最后竟然没有来。

最让南京人难忘的，是日本人和汪伪国民政府联合举办了"大东亚圣战博览会"，主会场就设在风景秀丽的玄武湖。博览会刻意制造了这样一种印象：日本军队战无不胜，美国人，英国人，都被打得落花流水；大日本帝国皇军横扫东南亚，所向披靡，指向哪里，打到哪里，解放了大片被奴役的亚洲土地；亚洲人民从此站了起来，黄种人打败了白种人，大东亚共荣圈已成事实。据当时的报纸报道，南京民众约有六十万人先后参观了博览会，主办方还展出了日军在战场上缴获的各种战利品，很多图片，很多宣传画。西方的大鼻子一个个成了俘虏，其中有一幅宣传画，南京观众看了心里不太舒服，一堆印有国军空军标志的飞机残骸，以及各种枪炮和头盔，上面印着国民党党徽。为了获得更好的宣传效果，为了向观众逼真地再现袭击珍珠港的辉煌场面，日军总司令部特地调来了几艘小炮艇，在玄武湖中游弋，装扮成日本海军的巨型战舰。又调来好几架飞机，在玄武湖湖面上空不断地盘旋。然后在湖中的各个洲施放烟火，燃放爆竹和礼炮，一会儿炮声隆隆，一会儿火光冲天，战舰与战机交相辉映，大喇叭里人声鼎沸，让人仿佛置身于真正的"太平洋海战"之中。

4

一系列的日中亲善活动，真把南京人给搞糊涂了。这个城市的居民老百姓，有时候还真是不太明白，现如今到底谁说了算？是汪精卫的话管用，还是日本人的话当真？大家都知道是日本人说了算，只是心里不太愿意接受。都说南京人是大萝卜，"大萝卜"是说南京人厚道，是说南京人纯朴，并不意味着南京人真傻。"自胡马窥江去后，废池乔木，犹厌言兵"，国破了，山河仍在，看着眼前各种热闹，要说仇恨已忘了，似乎是有点忘了；要说没忘，那是根本就不可能忘记。失败的阴影始终在萦绕，国仇家恨，点点滴滴仍然还在心头。

宣传当然还是有用，有老百姓开始相信大日本皇军真不可战胜。蒋介石在的时候，努力搞新生活运动，目的是为了"完成复兴民族的使命"，是想借"新生活"之壳，造就一种全民的军事化，结果呢，军事化还没完成，叫日本人给打得鼻青脸肿。现在汪精卫提倡"新国民运动"，基本上也是换汤不换药，也是为了要让自己变得更强大，为了强化他领导的一党专政，达到党政民一元化的境地。南京人虽然厚道，南京人虽然纯朴，对汪精卫说的那些话，最多也就是将信将疑，毕竟他是所谓的党国领袖，革命元勋。等到汪精卫一死，他的继任者陈公博当了主席，人们对这个汪伪国民政府，已经从基本不信任，到彻底不信任了。

哀莫大于心死，世道如此，南京人是绝望的，有钱的人在醉生，没钱的人只能梦死。当时南京城里，最能够看清形势的莫过于何为。早在太平洋战争刚爆发第二天，他便意识到日本人前景会不太妙。当时日本军队处处占着上风，打遍天下无敌手，就在这时候，何为向他捕获的重庆特工头目表示，自己愿意改正以往错误，与重庆方面重新开始合作，成为军统埋伏在汪伪内部的谍报人员。这事听起来几乎不太可能，有点天方夜谭的意思，但何为却很有信心，他的信心是充分相信自己的能力。能力就是实力，一个真正有能力的人，谁都会需要他。

何为牛刀小试，应重庆方面要求，暗中协助，帮着除去了江宁县县长。这个县长很能干，是汪精卫清乡运动的骨干代表。何为还设置了一个秘密电台，就设在丽君家阁楼上。当时南京房子都很矮，城里放焰火，坐在丽君家二楼的平台上，看得清清楚楚。一开始，丽君并不知道他的发报机是用来干什么的，何为的解释是做生意，因为获得了秘密商业信息，可以获得非常丰厚的回报。

丽君对何为的解释深信不疑。古诗有"男子爱后妇，女人重前夫"，但自从为他生了孩子，何为对丽君还是不是真爱不好说，她对何为倒是越来越一心一意。死去的前任早已不放在心上，有一段日子，她特别希望何为与自己不再偷偷摸摸，正大光明地进入婚姻殿堂。何为干的那些事总是很神秘，关于电台的事情，他一再叮嘱她要严守秘密。丽君根本不知道他与重庆方面的关系,事实上,何为此时的身份,不仅是重庆方面的双面间谍,与长江对面的苏北新四军也有秘密接触,说他是三重间谍也不为过。

他到丽君家的次数越来越少,每次来,都是为了要使用秘密电台,要给重庆方面请示汇报,都有些匆匆忙忙。这期间,锦绣已上大学了,她平时成绩很好,发生了那件事,学习上面严重分心,考试并不太理想。好在何为有办法,当时的中央大学被日本人占了,成了医院,伪中央大学便搬到了邻近的金陵大学。他找到了文学院院长龙榆生,请他就锦绣的入学帮个小忙。龙榆生是江西万载人,旧学很好,尤其精通词学格律,挂名汪伪国民政府的"立法委员",兼任过汪精卫家的家庭老师。"双照楼主人"的诗词写得精美,据说就是得到了龙的指点。龙榆生与薇堂老人是非常好的诗友,经过龙这个文学院长的特批,锦绣成了伪中央大学的一名学生。

国民代表大会

1

汪伪国民政府的军队基本上没什么实战经验,在南京附近,布置了三个首都警卫师,说起来都是精锐。三个警卫师中,有死心投敌的人,也有太多"身在曹营心在汉"的官兵。何为对于这三个师的情况,知根知底,谁是谁的人,是谁派来的,想干些什么,心里一清二楚。如果他真要帮着日本人,想抓策反的共产党,就抓共产党,想抓重庆的卧底,就抓重庆的卧底。然而何为并没有这么做。时局越来越复杂,也越来越清晰,他采取的态度是各方面都不得罪。汪伪政府是个非常低效的政府,只会说大话说空话,何为与那些最高层的官员打起交道来游刃有余,又广泛结交各路朋友。从日本的军方,到普通的日本文化人,从南京的黑白两道,重庆的特工,到共产党的地下分子，他都有很不错的关系。

1945年8月15日，日本宣布无条件投降。就在宣布投降的前两天，首都警卫第三师的三千多人，悄悄地跑到共产党那边去了。南京人突然发现，街头居然贴有"千两黄金捉拿钟健魂"的告示。8月15日的延安《解放日报》也做了报道，宣布"拱卫宁伪首都之精锐伪警卫第三师反正"，"分别从江苏江北之六合与江南之句容向我新四军自动反正"。大势所趋，盟军的胜利势不可挡，意大利的墨索里尼完蛋了，德国的希特勒完蛋了，日本法西斯也肯定要完蛋。不只是汪伪的首都警卫第三师率先投奔了共产党，另外两个师也很快加入重庆阵营。经过整顿改编，居然被编入赫赫有名的抗日铁军新编七十四师。

何为也跟着摇身一变，成为重庆方面安插在南京的地下特工人员，成为接收大员们必须依赖的重要人物。捉拿已成瓮中之鳖的汉奸，没收汉奸资产，追捕逃亡的汉奸，所有这一切，有了何为协助，都可以变得轻而易举。与日本人在的时期相比，现在的何为比过去一点儿不逊色，甚至更加神气活现。最让人眼花缭乱的，他又与美国人玩到了一起，北平军事调处执行部的一名武官，居然是他留学苏联期间就认识的一位熟人。北平军事调处执行部简称为"军调部"，目的是为了防止日本投降后，中国可能会发生内战。何为认识的这名美军武官，是军调部美方特使马歇尔身边的红人谢柯，后来接受了美国"麦卡锡非美活动调查小组委员会"的调查，被认定是一名私通苏联的间谍。

不只是何为大出风头，他还把丽君也包装成重庆方面的特工人员。尽管直到日本人快投降，丽君才知道藏在自家天花板上的秘密电台，一直是在偷偷地给重庆发报。西迁内地的国民政府，开始陆续返回。碧如夫妇回来了，他们是丽君的邻居，两家就隔着一道围墙，因此回来当天，就到丽君家来吃饭。说起在重庆的生活，碧如不停地向表姐诉苦，诉说大后方种种艰难，同时又按捺不住得意，毕竟她属于凯旋而归的胜利者，坚持抗战的义民，跟留在南京当亡国奴的顺民不一样。丽君的性格向来要强，看到表妹碧如得意忘形，觉得何为把自己说成是重庆方面的女特工，也没什么不好。

对日本战争罪犯的审判开始了，南京市民开始到法庭上去控诉，纷纷去作证，丽君提交了冯焕庭被杀的详细证词，同时上法庭作证的还有当年在她家避难的婆媳。她们不仅是冯焕庭遇难的见证人，同时也是受害者，说起自己惨遭多次强奸，以及一次次被侮辱的经过，泣不成声骂不绝口。冯焕庭遇难的具体经过，在很多年以后出版的一本日本兵日记中有翔实记载。原来这一队士兵是出操回去，经过这户人家，只是想顺便捞些钱财。感觉这一家可能比较富裕，看上去是很有钱的样子，便闯了进去。当时是想吓唬一下，让对方乖乖地交出值钱的东西。没想到冯焕庭会突然出现，这让他们很意外，就把冯和他的卫兵带走了。又知道这是个当官的，如果把他送到宪兵那里，很可能说出一些对他们不利的话，会说他们违犯军纪。南京城秩序正在逐渐恢复，正开始整肃军纪，这些日本兵想省得麻烦，就在附近一片菜地里，将冯和他的卫兵都枪杀了。

希俨回到南京，最重要的工作是筹备召开国民代表大会，也就是所谓的"制宪国大"。早在1936年，首届国大就在筹备召开，任务是制定宪法，决定宪法施行的日期。当时的国民政府公布了宪法草案，公布了国大组织法及国大代表选举法，并开始选举代表，部分省区还没来得及完成，全面抗战就爆发了，原定召开的国大不得不延期。现在抗战胜利，中国成为四大强国之一，这个时候召开国民代表大会，适得其势正当其时。1946年的11月，"制宪国大"在国民大会堂正式召开，丽君作为妇女界代表参加了会议。早在1936年，她就被选举为代表，现在她的代表资格继续有效。

然而国共已闹得不可交，总计二千零五十名各党派代表经过分配，计国民党二百二十名，共产党一百九十名，民盟一百二十名，中国青年党一百名，社会贤达七十名等等。最后，都是说话不算话，国民党当局拼命往里面塞私货，共产党抗议退出，民盟拒绝参加，大会还是召开了，但开了也跟没开差不多。有人站出来质疑丽君的代表资格，质疑她的烈士遗孀身份，说她假冒地下工作人员，而何为根本就是个不折不扣的汉奸，南京人都知道，凭什么他摇身一变，变成了军统特工。死于何为之手的军统特工家属也联名抗议，要求政府严肃处置汉奸，追究何为的罪责。同时也要追究丽君，追究她与汉奸何为的通奸行为。何为被捕下了大狱，丽君与他有个私生子的事，也在报纸上捅出来。一时间，丽君和何为从风光无限，变得声名狼藉。

接下来一段日子，丽君心情非常不好。事实上，何为与她之间早就有名无实，她早知道他外面有女人，有不少女人。曾经有一度，还希望他能够名正言顺地娶自己，不管怎么说，他们有一个儿子。很快她就死心了，对于嫁给他不再抱希望。抗战结束不久，丽君收到了卡蜜拉的一封信，信中的卡蜜拉非常忧伤，说自己除了怀念瑞麟，对人生没有任何眷恋。说自己几个孩子，除了老大还会说几句中国话，其他几个孩子，完全忘记了怎么说中国话。卡蜜拉告诉丽君，她所在的城市，很多男人参加到了德国人的阵营中，成为法西斯分子，结果战争结束，这些男人不是被打死，就是被送往集中营。有一句话让丽君印象深刻，特别伤感，卡蜜拉说这个世界最后剩下的都是寡妇，男人都死光了。

2

抗战胜利，西迁战时首都重庆的学校，开始纷纷返回南京。锦绣所在的中央大学成了伪中央大学。这个伪中央大学身份很尴尬，首先校名是不能占用，其次地址也不能占用，它的所在地是原金陵大学校址，现在人家中央大学和金陵大学都回来了，它不仅名分尴尬，而且毫无立足之地。伪中央大学必须立刻解散，"伪大学生"们被编进了临时大学补习班，进行甄别和清算。日本人在的时候，亡国奴不好当；日本人赶走了，亡国奴也不好当。好在当时的何为还炙手可热，仍然是由他出面摆平了这件事。临时大学的甄别结束，在他一手安排下，锦绣转入刚返回南京的国立戏剧专科学校，进了戏文系。

对于父亲的死，锦绣一直有深深的内疚。如果冯焕庭当初不站出来保护自己，他就不会遇难，不会惨死于日本人的魔爪。想到父亲为她丢了性命，锦绣对日寇充满仇恨。她与丽君的关系也因此变得微妙。本来这对母女之间的关系，一直都还算和谐，丽君并不是个糟糕的后妈；因为冯焕庭的遇难，她们之间总是有那么一层隔阂。锦绣觉得父亲的死与自己有关，觉得丽君心里一直在为这事记恨自己。她甚至偷偷地想，如果自己真能够代替父亲去死就好了。事实上，这个家真正对冯焕庭之死念念不忘的只有锦绣，其他的人伤心过一阵，好像也就把这事给忘了。弟弟妹妹年龄还小，还不懂事，抗战前，跟着别人喊口号，喊打倒日本帝国主义；后来日本人真来了，真占领了南京，他们仍然还是跟着别人喊口号，只是内容已完全不一样。

丽君常常要喝些酒。春天来了，院子里花开始绽放，看着她与何为在桃树下喝酒，谈笑风生，锦绣忍不住要在自己房间里暗暗流眼泪，不能不想起死去的父亲。父亲是她心中永远的伤痛。她想起小时候，她与母亲瑞云在苏州生活，瑞云被冯焕庭抛弃，充满了怨恨，这股怨恨又没地方发泄，都用在了女儿锦绣身上。童年记忆中，冯焕庭一直是非常喜欢她，从外面公务回来，第一件事就是将女儿抱起来，在空中举上那么好几下，然后问女儿要不要用胡子扎她。记忆中父亲的胡子扎人会很疼，锦绣便说不要，冯焕庭就说，好吧，不让爸爸扎，赶快亲亲爸爸。那可能是他们父女最亲密的一段日子。父女分开后，明知道女儿在苦苦地思念父亲，瑞云还是会经常说那句对锦绣最有杀伤力的话：

"你爸爸根本都不要你了，你还把他当个事！"

瑞云临死前，留给女儿的一句话更歹毒，更让人刻骨铭心。她咬牙切齿地说：

"你爸爸不要我，是嫌弃你妈出身不好，是嫌弃你妈当过婊子。我确实当过婊子，冯焕庭他有什么好神气的？他这么对待我，这样负我，最终也会遭报应。报应他是躲不了，终有一天，他女儿也会跟我一样！"

瑞云死后，重新回到冯焕庭身边，母亲生前说过的那些诅咒，偶尔也会出现锦绣的脑海中。父亲不再像过去那样宠她，他好像更喜欢弟弟妹妹。也许怕丽君多心，怕她吃醋，冯焕庭很少当着丽君的面，对锦绣表现出更多关心。在这个家中，与父亲没有血缘关系的泉忠，甚至也比她更得宠。然而锦绣知道父亲是爱自己的，有一次，她在放学的路上被一个二流子一样的男人撞了，那人明明自己撞了人，嘴里还骂骂咧咧，还不肯罢休，还想调戏她，结果泉忠回去把这事告诉了冯焕庭。冯焕庭大怒，带着锦绣上街，找到那个二流子，狠狠地揍了他一顿。丽君为这事还说过冯焕庭，觉得他这么做有失身份。冯焕庭说自己没穿警服，说老子不是以一个警察局长的身份在教训他，我脱了警服就是一个老百姓，我这是以一个父亲的身份揍了他。谁要敢欺负我女儿，我就要他的好看。

父亲的死成了锦绣心中抹不去的一片阴影。冯焕庭生前，锦绣不愿意在他面前表现出太多亲昵。但是大家都知道，都心知肚明，女儿爱父亲，父亲也爱她这个女儿，只不过各自都还有些克制。正是因为太爱父亲，很长一段时间，锦绣都没办法接受丽君与何为的关系。父亲尸骨未寒，这两个人就当着这么多孩子的面，当着锦绣弟弟妹妹的面，不顾一切地走到了一起。那时候，何为已公开落水，在汪伪国民政府中任职，是警务部中的要员。他与丽君喝酒，他的保镖则在院子周围巡视。一开始，锦绣非常不喜欢何为，这人是众所周知的汉奸，而且是个大汉奸，正明目张胆地帮日本人做事。在锦绣的印象中，丽君不仅是喜欢喝酒，还很容易喝多，喝多了，举止就不太恰当，就显得有些轻浮。

何为与冯焕庭一样，很会讨孩子们的喜欢，渐渐地，大家似乎也都开始接受了那种关系。泉忠最喜欢收集各种画片，看画片剧，他想要看什么，甚至还没想到要看什么，何为叔叔便已经为他准备好了。锦绣喜欢读言情小说，她从来没有告诉过何为，她甚至从来不跟他说话，但他不过是听到丽君一句"我们锦绣现在成天都在看小说"，就让手下给她送了一堆小说过来。有个小说家在报纸上发了一篇文章，因为有违"战时文化宣传体制"，妨碍了"国民精神总动员"，被捕入狱，家属来求何为帮着说情，结果他只用一个电话，就让警察局放人，说好的条件是这小说家以后出版小说，每次都不要忘了给锦绣寄一本。

如果不是因为那次伤害露出了他的狰狞面目，锦绣大约也不会对何为恨之入骨。事后唯一的一次谈及此事，是发生在放学的路上，他当时曾赤裸裸地威胁她。何为告诉她这不过是一次意外，正如那天已说过的那样，不会有第二个人知道。他再次强调，既然是意外，既然是不会有第二个人知道，就绝不会再发生第二次。他希望她能想明白，如果让别人知道了这件事，可能会产生什么不好的结果。丽君会怎么想，她的弟弟妹妹会怎么想，还有家里的佣人，还有她的那些同学，那些男同学和女同学，他们又会怎么想。

无论进伪中央大学，还是后来转入国立剧专，尽管是何为出了力，锦绣都没有丝毫感激。在感情上，她对他唯一略有好感的一次，是发现他竟然还是重庆方面的地下特工。这很重要，既可以洗刷他自己的汉奸罪名，同时也让丽君脸上跟着有了光彩，让她已经严重受损的名誉，略略有了些修补。事实上，抗战胜利前一段日子，丽君过得很不开心，生活也越来越不检点，酒量越喝越大，已成了十足的瘾君子，动不动就喝醉。有一天喝多了，竟然赤条条地躺在浴缸里呼呼大睡，幸好浴缸里水不太多，要不然就淹死了。抗战胜利，地下情报工作者身份让她又一次变得活跃起来；尤其是再次当选国大代表，让她又开始神气活现，又成了妇女界的名流，又像抗战前那样开始到处出风头。

首届国大成了决定丽君命运的分水岭，她很看重这个代表身份。锦绣清楚地记得，在决定代表名单前夕，丽君显得非常紧张，非常忐忑不安，一次次地去找表妹碧如打听消息。她表妹夫希俨是国民代表大会筹备小组的重要成员，如何分配名单，有谁，没有谁，他都会比别人先知道。终于知道名单里有她，等到最后公布，已经宣布戒酒的丽君，当天又喝得酩酊大醉。中共方面并不承认这个名单，宣布拒绝参加国民大会。紧跟着，民盟也表态，宣布退出。社会名流譬如俞鸿，也在国大代表的名单之中，同样是不把这个名单当回事。国民大会还没召开，他就公开表示这个名单太荒唐，自己绝不会参加。

俞鸿在课堂上向学生宣布了自己的决定。他现在是国立剧专兼职的著名教授,名气要比抗战前更大,在戏剧界的地位也更高。他在课堂上慷慨陈词,说民主都已经被糟蹋成了这个样子,还要开什么狗屁的国大。锦绣回家将这事告诉了丽君,丽君听了很不高兴,不以为然地讥讽了一句:

"俞先生这个人,与共产党也走得太近了。"

说完,意犹未尽地又补充了一句:

"他未必有什么好下场。"

锦绣跟大多数的南京人一样,对政治根本不感兴趣,对国民代表大会也没什么了解。她只是希望丽君能够重新振作起来,不要再沉浸在酒精之中,不要再酗酒。至于俞鸿是不是共产党,这一点同学们其实都知道,都一清二楚。大家都很喜欢他,俞鸿很进步,敢讲敢说,他确实和共产党走得有些近,但是他绝不是共产党。

3

绍彭又一次回到了南京。他现在的身份是中共代表团驻京办事处的工作人员,住在梅园新村。等到希俨知道这个消息,知道他也在南京,绍彭在这个城市里已经待了好几个月。两个人居然是在一次工作场合上相遇。中共代表周恩来与南京特别市的市长在中央饭店会谈,绍彭与希俨是随行的工作人员。两人都感到很意外,都有些激动。希俨埋怨绍彭不给自己消息,立刻要约再次见面的日期。绍彭也很想看望南京的亲友,但碍于组织纪律,不太方便这么做,只能随口敷衍,既不说答应,也不说不答应。希俨有点不乐意,说国共都可以合作,都可以和平谈判,我们这么好的朋友,为什么不能坐下来,一起吃个饭,好好地叙叙旧。

当时的南京开始流行四川馆子。南京人原来是不吃辣的,政府很多工作人员在大后方待了八年,都学会了吃辣,口味都变重了。一时间能不能吃辣,会不会说几句四川话,成了某些人可以显摆的东西。希俨也赶时髦,说南京新开了几家不错的川菜馆,我们一起去尝尝。不瞒你绍彭,我是真有点想吃那个鱼香肉丝,不说别的,川菜里这道菜,怎么吃都不会腻,也实在是下饭,隔一段日子就想吃。绍彭听了就笑,说你这么一说,我倒也被你钩起了馋虫,忍不住要流口水。

结果也没去什么四川馆子,约好在希俨家聚一次,请什么人,名单由希俨来定,但是一定要以绍彭的名义请客,钱也由绍彭来出。希俨说你这个话,我有些听不懂;在我家吃饭,要说想喊什么人,你想见谁,可以由你来定,现在你让我定人头,又说是你来花钱,真弄不懂你是什么意思。绍彭说这个你也用不着搞懂了,反正大家都知道我是共产党，我们也有我们的组织纪律，这顿饭就算是我们共产党请客。希俨还是有些不明白，但看他的态度十分认真，完全不像可以有个商量的样子，也就不跟他顶真计较；说这钱的事到时候再说，只要你人能到场就好，我们先这么说定了。

到日子，不仅绍彭自己来了，还带了一位同事老李。希俨有些意外，没想到他会带个大家都不熟悉的陌生人。这次聚会召集的人，基本上都是希俨熟悉的，有俞鸿，有秀兰和王可大夫妇，有丽君，还有正在上大学的锦绣，准备考大学的泉忠。仍然是请了水西门田厨行的大厨。时过境迁，老田老板已过世，现在当家的是小田老板。薇堂老人太老了，本来说好要过来，真到了日子，又觉得有些不舒服，头晕得很，也就不过来赴宴；还专门派了人送信，让绍彭记着一定过去看看他那个老头子，说是多年不见，很有点想念绍彭。

绍彭让带信的人回复，说只要有时间，一定会去拜访他老人家。八年全面抗战，孩子们变化最大，绍彭已分不清希俨和碧如的孩子谁是谁，他们都会说一口四川话，都有点顽皮，都有点油腔滑调。锦绣看上去心事重重，泉忠一见面便孩子气地跟绍彭讨论，他怎么样才能去解放区。碧如的变化相对小些，依然风韵犹存；丽君变化太大了，化了很浓的妆，抹了很厚的粉，口红涂得有些夸张，但还是掩盖不住她的憔悴，尤其那一口烟牙，让人不忍目睹。秀兰也完全不再是电影明星的样子，看上去更像个普通家庭妇女。她身边的丈夫，那个曾经几次带人捉拿过绍彭的王可大，还穿着一身警服，如果不介绍，绍彭是真认不出来。

经过介绍，两人都不约而同地笑了，都想到了对方的身份，所谓"不是冤家不聚头"。王可大说没想到会在这儿遇到季先生，绍彭便说我还记得，早在北洋时你就抓过我；国民政府了，你也抓过我，现在是不是要再抓一次？王可大笑了，说你季先生现如今已是共产党的官员，是国民政府的贵客，我们怎么敢抓。绍彭也笑，说这个也不一定，上面真要你们抓人，你们还不是照样抓。王可大被他说得有些不好意思，说日本人走了，国共现在是一家人，怎么会再抓你呢。绍彭说你就直说吧，真叫你抓，你抓不抓？王可大说季先生这是存心要为难我，好吧，我就跟你说句实话，人我照样还是要抓的，不过我会先跟你季先生透露一个消息，先走漏一点风声。绍彭说你难道就不怕上面问罪？王可大说问什么罪呀，什么上面不上面的，说不定这以后天下还是你们共产党的呢。

绍彭微笑着说："天下以后不管是谁的，不过，我可以告诉你，肯定不会是国民党一家的。天下将来一定是属于人民的，这个绝对不会有错，你信不信？"

那天聚会的人中，这些年来最没变化的是俞鸿，原来不年轻，现在也不见苍老。他手上拿着个造型奇怪的烟斗，与过去相比，更像一名艺术家。绍彭在与王可大聊天，俞鸿便对着秀兰没完没了地说话。大家都觉得和秀兰碰面会有些尴尬，没想到他谈笑风生，若无其事，还告诉她说自己跟李美霞早就分手了。俞鸿告诉秀兰，李美霞在重庆与一位年轻的国军军官搞到了一起，后来又想回头，又来找俞鸿，但那年轻军官带着枪找过来，对着他大腿开了一枪。为证实自己不是瞎说，当着众人面，俞鸿撩起裤管，让大家看膝盖上方一道子弹擦痕。

丽君对俞鸿大腿上的子弹擦痕没兴趣，她翻开前一天的《南京人报》，指着上面的一篇专栏，说这个笔名叫"蜂刺"的文章，我倒是一直挺喜欢看，为什么这一天只有"今日无话可说"六个字？本来是想让绍彭回答，不料她的儿子泉忠抢先回答了，说妈你不知道，还不是跟下关的那件事有关？上海来了一些人向政府请愿，反对内战，在下关被一些苏北的地痞给打了，政府还不让说这件事，不让说，又有什么办法，报纸上就只好这样，说是今天无话可说；无话可说，其实把想说的话都说了，我们南京人还不是都知道是怎么回事，心里都明白。

丽君并不明白，眉头紧皱："我就不知道怎么回事。"

绍彭清了清嗓子，帮泉忠回答说："事情很简单，那些地痞背后肯定是有人在指使，在捣鬼。"

"谁会指使？"

"这还用问，当然是南京国民政府，他们这是要打内战。上海来的那些是什么人？他们是来请愿的，是要反对内战，要求和平，可是最后的结果呢？就发生了冲突。什么苏北地痞，这个显然都是国民党特务在背后唆使。我们中共代表团去慰问过受伤的人，我和老李都去过医院。"绍彭指了指站在身边一直没吭声的老李。老李听了，点了点头，表示确有其事。绍彭告诉大家，想了解这件事的真相并不困难，当时就有外国记者在场，他们全看见了，拍了照片，还到医院做了跟踪报道。现在国外也都知道了，这件事情已经惊动了全世界。现在全世界都知道下关惨案，全世界都知道南京政府的用心，知道他们无非就是想打内战，就是想搞独裁；他们现在还是和过去一样，还是老一套，无非就是假和谈，真备战，处心积虑地还想消灭我们共产党。

那天聚会有两个人处境有些尴尬，一个是绍彭带来的同事老李，除了绍彭谁也不认识，跟谁也说不上话，除了一开始与绍彭聊了几句。还有一个是穿着警服的王可大，也是谁也说不上话。好在两个人性格都沉闷，都不爱说话。王可大回家告诉秀兰，说跟绍彭在一起的那人，是在监视绍彭；绍彭也需要有这样一个人来为自己作证明，为什么呢？因为这是干地下工作的规矩。在某些特殊场合，如果是一个人，有些事会说不清楚。秀兰不太明白，王可大十分肯定，说我当了这么多年警察，这事那事见太多了，错不了。还有我告诉你，后面肯定还有政府的人在跟踪，你真以为国共在谈判，就真的合作了？不可能。那个叫绍彭的人说得一点儿不错，这个仗呀，说打就真会打起来。

秀兰便与王可大回忆过去，说起希俨和绍彭，说他们非常非常要好；他们之间的关系，三言两语说不清楚。秀兰告诉他，绍彭与碧如原来是一对，是订过婚的，都准备结婚了，绍彭又看上了丽君。

王可大想不明白："他还看上过丽君？"

秀兰叹了一口气，说："这个事，也是谁也说不清楚。"

"后来呢？"

"后来当然没成，他呢，追过一阵丽君，没追上也就算了。你知道就是这个绍彭，又看上别的女人，结果又没成，到最后，最后希俨就和碧如结婚，绍彭也和别的女人结婚。这些个事说起来有些乱，我都觉得说不太清。反正他们还是好朋友好兄弟，他们一直都是好朋友好兄弟。"

秀兰说不清楚，王可大也不想弄清楚。他只知道绍彭是共产党，知道共产党的翅膀越来越硬。过去的共党分子都是秘密的，活动在地下，现在身份都已经公开。王可大问秀兰，俞鸿对她提起的那个李美霞又是什么人？很显然，俞鸿大腿上的子弹痕迹是真的，当时没伤到骨头，也算是他幸运，要不然一条腿就废了。秀兰便跟王可大解释李美霞的来龙去脉，讲起自己在香港时的遭遇。她一向不愿意与王可大讲自己与俞鸿的那段婚姻，现在既然是他主动问起，也就顺便跟他说了几句。嘴上在说俞鸿,心里却在一个劲儿地想希俨,对他有一种说不出的怨恨。

王可大听完,对俞鸿的所作所为,只做了一句简单评价:

"今天我是注意了,这姓俞的,眼镜片后面的眼珠子,就盯着那个叫锦绣的姑娘死看,真是为老不尊。"

秀兰听了,苦笑起来,接着王可大的话说:

"他这人就这样,就这毛病,见不得年轻漂亮的女人。你知道,锦绣那丫头就在他教书的学校里读书,俞鸿说起来还是她的老师。"

"老师又怎么了?现如今当老师的,不是个东西的人,多得是。"

"他这人反正就这样,你也没办法跟他计较。"

"他今天从头到尾都在骂政府,说政府怎么腐败,怎么坏,当官的怎么不像话,他也不摸着良心问问自己,不好好想想,想想他又是个什么东西!"

秀兰觉得王可大不喜欢俞鸿很正常,毕竟她与他有过那么一段纠葛。事实上,今天最让秀兰忐忑不安的是再次遇到希俨。希俨借了一台照相机回来,给大家拍照,为她和王可大也单独拍了一张。拍照的时候,她突然想起了当年,想起了当年的大明照相馆,想起了希俨在大明照相馆为自己拍照。那时候他们都还年轻,那时候,做梦都不可能想到,未来会是今天这个样子。王可大对秀兰确实不错,他是个好丈夫，总能无微不至地照料她，可是秀兰也知道，自己真的是更喜欢希俨。当年她得到希俨与碧如结婚的消息，曾躲在被子里哭了大半夜。为了希俨，秀兰甚至考虑过嫁给绍彭，她这么想，不是因为自己当演员成为电影明星是靠了绍彭的推荐，而是因为他是自己生命中的贵人；只是因为她喜欢希俨，绍彭是希俨最好的朋友，能与希俨最好的朋友成为夫妻，感觉上似乎离希俨也近了一些。这个想法当然很愚蠢，爱有时候就是愚蠢的，就是解释不清楚。

4

王可大刚当上侦缉队长的时候还年轻，后来北伐革命军来，国民政府定都南京，追究他捉拿过革命党人，降职留用，降为副队长。日本人来，副队长不干了，或者说不想干，成了派出所所长。再以后，国民政府还都，撤了派出所所长的职，成了一名最普通的警察；再往后，普通警察也不让干了，说是清理整顿，清算当年的伪警察，让他退休。可怜他穿了大半辈子警服，说没饭吃就没饭吃，说让人撵走就让人撵走。这事就发生在希俨家那次聚会的几个月后，这时候国共已彻底决裂，梅园新村的中共代表团离开了南京，绍彭也随代表团飞回延安。

儿子还小，秀兰的老父亲吴有贵太老，王可大无路可走，都已是五十多岁的人,只好去蹬三轮车。秀兰夫妇最终成为城南最普通的老百姓,住在破旧的矮平房里,十分平静地为吴有贵送终,看着自己孩子一天天长大,也不去想内战会有什么结果。他们本来就出生于底层,也曾各自风光过,对眼下这样的平静日子,有了家有了儿子,倒也还能欣然接受。逆来就顺受吧,事实上,自从国民政府还都南京,王可大受够了歧视,谁让你当那个伪警察呢,谁让你安心去做那个亡国奴呢。真正觉得自己度日如年的是丽君,她现在竟然过着与秀兰夫妇一样的底层生活。时间眼看着到了1948年春天,丽君卖了高云岭的房子,搬回城南老宅去住。老宅也卖得差不多了,剩下的基本上落在了二房东手里。二房东盘剥起别人来,吃人不吐骨头。回到自己老宅,二房东照样跟她算钱,钱虽然很少,但丽君实在是咽不下这口气。

咽不下也没办法,继前面开过的"制宪国大"之后,"行宪国大"正式召开。制宪国大是开几天会讨论怎么选总统,行宪国大是正经八百地选总统。对于南京老百姓来说,总统毫无疑义肯定是蒋介石,谁当副总统才是个悬念。丽君与秀兰夫妇一样,并不关心谁来当副总统,她感到悲伤的是自己的国大代表身份被取消了。抗战胜利后,如果说她还有什么最在乎,就是特别在乎这个国大代表。这个代表资格被取消,意味着社会上对她的种种非议,关于她的流言蜚语,都可以敲定落实。丽君成了一个不守妇道的坏女人,一个劣迹斑斑的汉奸姘头。

看着丽君一步步走向毁灭，锦绣十分无奈，她很快就要大学毕业，家庭重担就要完全落在她肩上。事实上，在过去的日子里，这个家主要在靠变卖家中物品维持生活。泉忠大学念到半路，真的去了苏北解放区。其他的弟弟妹妹都太小，都要靠锦绣来照顾。丽君的生活状态越来越不像话，烟越抽越厉害，酒只要是有，必定喝得烂醉。为此锦绣不得不硬着头皮，去见同样是不复旧日风光的何为。已经很落魄潦倒的何为，对锦绣的到来非常意外。他刚从监狱里被假释出来，正为自己的遭遇与军统方面讨价还价。不管怎么说，何为也是个知道分寸的人，知道怎么样为自己留条后路，知道怎么样才最有利。他知道，不能将对手逼得太狠，真逼狠了，不该说的话说出来，很可能导致被杀人灭口。

何为已跟丽君断绝往来，听了锦绣的一番话，他来到了城南老宅，正式向丽君求婚。丽君抽着最蹩脚的香烟，一头乱发，很冷淡地说：

"你直到现在才想到与我结婚，不觉得晚了一些吗？"

何为想了一会儿，非常冷静地说：

"不晚。"

何为告诉丽君，这一段时间，他对佛学很感兴趣，对人生有了完全不同的认识。其实这个世界上，很多事情都是无所谓的，都是嘴上说说，早就是晚，晚就是早。丽君听了又好气又好笑，说你这样的人谈佛学，真是糟蹋了佛学，你真当了和尚，连尼姑都要倒霉，别在我面前装模作样好不好。何为被她这么一抢白，脸色有些难看。丽君又说，别跟我说什么要照顾我，要照顾我们的儿子，别说这个；你现在是泥菩萨过河，自身都难保，用不着再考虑我了。何为左也不是，右也不是，最后便说你这是何苦，何苦非要硬撑呢！丽君说苦不苦我自己知道，你说我硬撑，我也就硬撑了。今天既然是你过来，有这份好心，我也领情了，心领了。我呢，现在也把自己的一份好心说出来，知道我为什么不愿意嫁给你？因为我这人的命太硬，克夫，再好的男人娶了我，都不会有什么好结果，都不会有什么好下场。我已经克死了两个男人，都是死得很惨，我不愿意你也这样。

丽君的话吓得何为扭头就走。这话很能吓唬男人，谁听了都怕。然而她克夫的威力似乎还在，还在起着作用，何为最终也没有逃脱命运的安排。国民党已无情地抛弃了他，1949年人民解放军渡江前夕，何为故伎重演，又玩弄起双面间谍的拿手把戏。他与中共南京地下党组织取得了联系，再次表明愿意提供情报，并用当年在汪伪时期曾和新四军有过接触，打过几次交道来为自己引路。这时候的南京城已乱成一片，物价在飞涨，街头到处都是乱民。希俨和碧如夫妇随着国民政府去了广州，很快又去了台湾，从此再也没有回过南京。钟山风雨起苍黄，南京老百姓怀着十分好奇的心情，看着共产党军队开进了南京城。过去短短的几十年里，这个城市改朝换代好多次。

何为递交了投名状，协助解放军连续破获了几起军统特务潜伏案。他一度还真得到过新政府的信任，虽然事实并不像他所吹嘘的那样，自己又一次得到重用。当局从来没有重用过他。情况很快发生了变化，接下来，大规模的镇压反革命运动开始了，新政府开始追究过去，清算何为的血债。因他而牺牲的共产党人，可以列出一长串名单，其中还有几个非常著名的人物。何为被判处了死刑，公开执行枪毙，这个消息传到丽君那儿，她已奄奄一息，正进入弥留之际。消息是锦绣带给她的，当时的丽君连爬起来上马桶的气力都没了，房间里臭气熏天；弟弟妹妹上学的上学，逃学的逃学，家已经完全不像个家。

丽君对何为被枪毙的消息，已没有任何反应，好像这事跟她，跟这个家没任何关系。锦绣最小的弟弟还不到九岁，丽君清醒时，曾向锦绣抱歉，觉得自己对不住锦绣。她说自己没能力再支撑起这个家，只能撒手不管了，只能眼不见为净，只能一闭眼都拉倒。丽君一向都是个要强的女人，她最爱的是虚荣和繁华，最不愿意的是低头求人。她天生骄傲，很少在锦绣面前表现出自己脆弱的一面，可是她现在不得不向锦绣低头，不得不向锦绣求救。丽君意识到自己的大限就要到了，突然间，她伸出了瘦骨嶙峋的手，在空中胡乱

地抓着。锦绣不知道她要干什么。她拉住锦绣的手腕,指甲深深掐进肉里,掐出了深深的血痕,丽君流着眼泪说:

"锦绣啊锦绣,你年龄最大,妈不是你的亲妈,却从来也没觉得你不是我女儿。现在妈只能求你了,只能求你,求你照顾好你弟弟妹妹,他们现在可怜,只能靠你了。"

后记

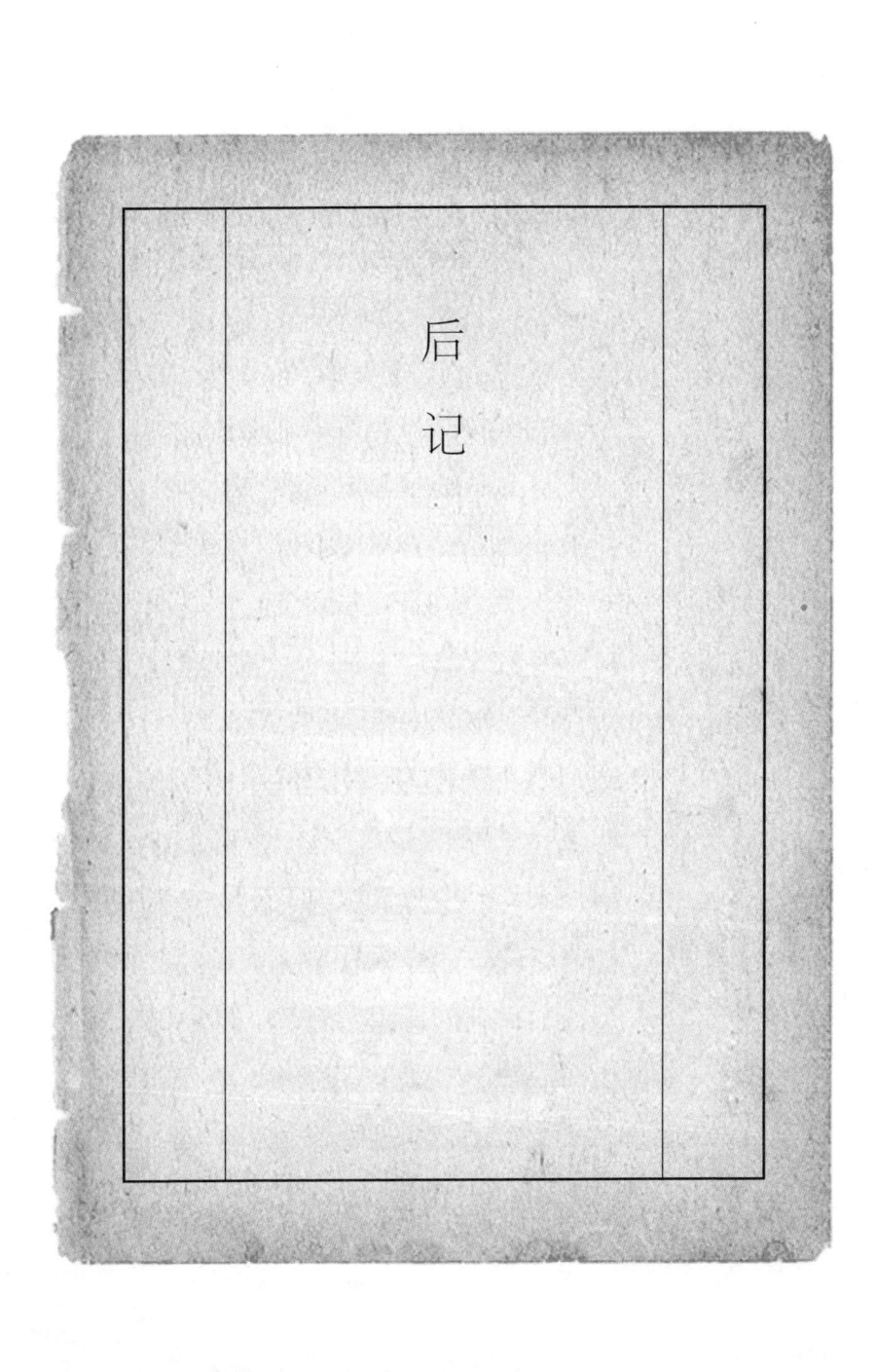

有点多余的匆匆结尾

1

那天除了传递何为被枪毙的消息，锦绣还想告诉丽君，自己决定嫁给俞鸿。下这样一个决心很不容易，有很多心不甘情不愿，但她最后并没有说出来，因为丽君都神志不清了，跟她说这个没任何意义。作为一名已毕业的女大学生，锦绣有好几个弟弟妹妹要抚养，未来的路还很长。事实上，她根本不知道怎样才能养家糊口。她只是一个标准的弱女子，镇压反革命的运动轰轰烈烈，何为被抓，被枪毙，最让锦绣感到庆幸的是，当初也是一念之差，差一点儿要嫁给他。病急难免乱投医，锦绣太需要有个依靠，差一点儿就相信何为说的人民政府会重用他的鬼话。

作为一名弱女子，除了嫁人，锦绣也想不出别的更好办法。丽君如果不是快死了，如果不是已经死了，镇压反革命运动的烈火，很可能就烧到她身上。光是那个女国大代表身份，就足以让她吃不了兜着走。她还是冯焕庭的妻子，相对于何为，冯更是一个残杀共产党人的刽子手。他是丽君的丈夫，他是锦绣的父亲，深究起来，想想都让人不寒而栗。锦绣打算嫁给何为也是迫不得已，最后没有嫁给他，当然还有更深层的原因，说到底还是因为这个人与继母的关系；不管怎么说，与继母的情人结为夫妇，与自己一个弟弟的父亲公开结婚，这个关系太乱了，太有违人伦。

　　国立戏剧专科学校后来去了北京，成为中央戏剧学院的一部分。迁往北京之前，原来的校长不干了，于是俞鸿便成为这个学校的最大招牌，成为最有号召力的人物。他身上有许多闪光头衔：英勇反蒋的民主斗士，深爱观众好评的剧作家，著名的戏剧教育家和活动家，名人效应得到了充分体现。最关键还是他的级别非常高。竟然被评为行政七级，在当时相当于副省级。这级别真的是很高，很多老革命忿忿不平，气不打一处出，老子辛辛苦苦，抛头颅洒热血，打下了江山，凭什么让他这样的人坐享其成。南京颐和路有许多官邸，都是国民政府官员留下的豪宅，副省级领导便可以分一套去住。嫁了俞鸿的锦绣，留校成为学校工作人员，就住在这样的豪宅里。她的工作是当俞鸿的生活秘书，太太成秘书，秘书是太太，反正就那么一回事了。

2

  我的长篇小说《没有玻璃的花房》，写到过一个叫李道始的人，他是戏剧学校副校长，也就是俞鸿夫妇所在的学校领导。这人有个毛病，喜欢关心别人的男女私事，一有点风吹草动，就喜欢刨根问底。1955年反胡风运动中，俞鸿的儿媳找了过来，向刚上任分管学校后勤的李道始反映一个情况，说自己丈夫俞天与锦绣有着不正常的男女关系。俞天是俞鸿第二任太太生的，第二任太太被抛弃后穷困潦倒，日子过得非常不好；俞天也从一个富家少爷，变成了一名不文的穷小子。

  1949年以后，不学无术的俞天成为学校负责后勤的一名职工。能有这份工作，明摆着是因为俞鸿的关系，然而他并不领情，积累在心头的对父亲那股怨恨，始终消解不了。根据他妻子的反映，是锦绣主动勾引了俞天，理由十分简单，她嫌俞鸿年纪太大了，便看上了更年轻的俞天。俗话说，家丑不可外扬，俞鸿先生德高望重，是学校的招牌，当初他准备娶锦绣，有关部门就有过反对意见，可是俞先生的性格，根本不在乎别人怎么说，再年轻的姑娘他都敢娶。现在弄出这样的丑闻，李道始只能一个劲儿强调，说这事最好不要外传，传出去太难听，传出去对俞先生的影响不好。俞天的妻子咬牙切齿，说若要人不知，除非己莫为，这事迟早都会传出去，学校的老杨头就知道,你不信,可以去问他。

李道始真的就去向老杨头询问,虽然是领导,这种事可管可不管,但他改不了好打听的毛病。老杨头也是学校职工,负责花木和打扫厕所,最大的乐趣是喝酒。没想到领导会打听这事,他矢口否认,说李校长不能听那女人瞎说,我啥也不知道;嘴上说不知道,脸上表情显然是知道。李道始便陪他喝酒,继续追问。老杨头也藏不住事,喝了酒什么话都说,毫无保留。说俞天倒是跟他聊过几句,说把他爹那个小老婆给弄了。说俞鸿老先生不小心摔断了腿,他得知消息前去探视,上楼为老父亲拿药。锦绣在楼上弹钢琴,刚买的一架新钢琴,弹得正起劲。夏天里衣服都单薄,扭过身来问他有什么事,俞天便说拿药,于是两个人一起翻箱倒柜找药。药瓶掉到地上,滚到了钢琴凳下,锦绣弯下身子捡药瓶,俞天一眼看到了她衣服里面两个奶子,白花花的两个奶子,一下子没忍住,就把她按在了钢琴凳上,弄得地板咚咚直响。俞鸿在楼下床上躺着,听见楼上的声音,大声问怎么回事。俞天不吭声,不敢吭声,听到老头子还在问,便不耐烦地回了一句"找药"。

李道始听了不太相信,不相信真有这个事。老杨头说有没有真事,你要去问俞天,反正话都是他亲口对我说的,我又不能编造这故事。李道始又找俞天谈话,俞天一听急了,死也不肯承认,说我老婆是胡说八道,说老杨头也是在胡扯,说我就是有那个贼心,也没那个贼胆。李道始心里还是抱有疑问,说无风不起浪,这种事恐怕多少会有些影子。你老婆干吗要瞎说,老杨头为什么要编造?俞天听了怒不可遏,说好吧,你既然是这么说,你非要这么说,我也就没什么好说的,说什么也没用,反正就这么回事。有人就是喜欢他妈的瞎说,有人就是喜欢编造,你爱信不信。

          2017年4月10日初稿 河西
          2017年12月13日二稿 河西